Jennifer E. Smith

Die unsinkbare Greta James

Jennifer E. Smith

Die unsinkbare Greta James

Roman

Aus dem Amerikanischen
von Charlotte Breuer und Norbert Möllemann

DIANA

FSC
www.fsc.org
MIX
Papier | Fördert
gute Waldnutzung
FSC® C083411

Penguin Random House Verlagsgruppe GmbH FSC® N001967

Deutsche Erstausgabe 10/2022

Die Originalausgabe erschien 2022 unter
dem Titel *The Unsinkable Greta James* bei Ballantine, New York.

Redaktion: Catherine Beck
Umschlaggestaltung: t.mutzenbach design, München
Umschlagmotive: © Arcangel Images
(Sybille Sterk; Angelo Cerantola)
Satz: Leingärtner, Nabburg
Druck und Bindung: CPI books GmbH, Leck
Printed in Germany

ISBN 978-3-453-36147-8

www.diana-verlag.de

Für Susan Kamil, die an dieses Buch geglaubt hat,
bevor ich überhaupt ein Wort geschrieben hatte.

We set out to be wrecked
(Wir sind aufgebrochen, um zu scheitern)

J. M. Barrie, The Boy Castaways of Black Lake Island, London 1901

Vorher

Kapitel 1

Greta steht am Fenster eines Hotels in West Hollywood, als ihr Bruder zum dritten Mal an diesem Tag anruft. Auf einer Reklametafel gegenüber ist ein schnittiges weißes Segelboot auf türkisfarbenem Wasser abgebildet, offenbar eine Bierwerbung, und irgendwas an dem Bild – das Gefühl der Ungebundenheit – macht es ihr leichter, Nein zu sagen, als sie endlich abnimmt.

»Ach, komm schon«, sagt Asher. »Ist doch nur eine Woche.«

»Eine Woche auf einem Boot.«

»Es ist ein Schiff«, korrigiert er sie.

»Ich kann das im Moment überhaupt nicht gebrauchen«, sagt Greta und wendet sich vom Fenster ab, wo der rosafarbene Himmel eine verträumte Stimmung verbreitet. Sie ist eben erst von einem Fotoshooting für das Cover ihres zweiten Albums zurückgekommen, das jetzt erst im Juli herauskommen soll. Greta hätte den Termin der Veröffentlichung am liebsten noch weiter hinausgeschoben, aber da war nichts zu machen. Stattdessen wurde sie nach Los Angeles beordert, wo sie drei Tage in einer Lagerhalle verbracht hat, umschwirrt von Blitzlichtern und stirnrunzelnden Studiobossen in Anzügen und Turnschuhen, die Gesichter verkniffen von dem Stress, die Sache unter Dach und Fach zu bringen.

Ihren letzten Live-Auftritt hatte sie vor zwei Monaten, als sie eine Woche nach dem Tod ihrer Mutter auf der Bühne zusammengebrochen war, aber das Geschäft ist seitdem ganz normal weitergelaufen, mehr oder weniger ohne sie.

Auf dem Schreibtisch steht neben dem Hotelbriefpapier ein kleiner Teller mit Pralinen und einem Gruß des Hotelmanagers: *Wir freuen uns sehr, dass Sie hier sind*! Unwillkürlich muss Greta an ihre Mutter denken, die nicht mehr da ist, und es wird ihr mit einer Endgültigkeit bewusst, die ihr den Atem raubt.

»Warum fährst du nicht mit?«, fragte sie Asher, während sie sich vorzustellen versucht, wie es wäre, eine ganze Woche mit ihrem Vater auf einem Schiff zu verbringen. Die Kreuzfahrt entlang der Küste von Alaska war die Idee ihrer Mutter gewesen. Ein ganzes Jahr lang hat sie von nichts anderem geredet, bis im März in ihrem Gehirn eine Arterie platzte und die ganze Welt zum Stillstand kam.

Jetzt sind es nur noch vier Wochen bis zu der Kreuzfahrt. Und ihr Vater ist immer noch entschlossen, sie anzutreten.

»Wir können ihn das nicht allein machen lassen«, sagt Asher, ohne auf ihre Frage einzugehen. »Das wäre einfach zu traurig.«

»Von allein kann keine Rede sein«, entgegnet Greta auf dem Weg ins Bad. »Die Fosters und die Blooms fahren schließlich auch mit, die werden sich schon um ihn kümmern.«

Sie betrachtet sich im Spiegel. Sie trägt immer noch das Make-up vom Fotoshooting: rote Lippen, weiße Haut, die grünen Augen mit Kajal schwarz umrandet. Ihr dunkles Haar, das sich normalerweise kaum bändigen lässt, ist jetzt glattgekämmt. Sie legt das Telefon auf dem Waschbecken ab, schaltet auf Lautsprecher und beginnt sich abzuschminken.

»Er wird sich fühlen wie das fünfte Rad am Wagen«, fährt Asher fort, seine Stimme hallt durch das Bad. »Das ist doch deprimierend. Einer von uns muss ihn begleiten.«

»Genau«, sagt Greta. »Und das bist du.«

»Ich kann nicht.«

Sie richtet sich auf. Ihre Haut ist gerötet, aber sie sieht wieder aus wie sie selbst, was immer wieder eine Erleichterung ist. Sie schnappt sich ein Handtuch und tupft sich das Gesicht trocken. »Aber dich«, sagt sie, nimmt das Telefon vom Becken, geht aus dem Bad und lässt sich aufs Bett fallen, »mag er wenigstens.«

»Greta«, entgegnet Asher ungehalten. »Du weißt, dass ich nicht kann.«

Natürlich weiß sie es. Asher hat eine Frau und drei kleine Töchter. Er hat einen Job und einen Chef, eine normale Arbeitswoche, eine Personalabteilung und eine begrenzte Anzahl Urlaubstage, von denen die meisten draufgehen, wenn eins der Kinder krank ist. Er hat schon seit Jahren in keinem Flugzeug mehr gesessen.

Greta ist allein diese Woche schon dreimal geflogen.

Sie seufzt. »Wann genau war die Reise noch mal?«

»Ende Mai bis Anfang Juni.«

»Am fünften ist das Governors Ball-Music-Festival, da muss ich zurück sein«, sagt sie, so erleichtert über die Ausrede, dass es sich fast unanständig anfühlt, egal, wie sehr ihr vor dem Festival graut. Aber Asher ist unbeeindruckt.

»Da hast du Glück«, sagt er. »Die Rückreise ist am vierten.«

»Du weißt hoffentlich, dass das nicht irgendein Auftritt ist. Der ist wichtig.«

»Wichtiger als Dad?«

»Das ist nicht fair.«

»Du hast gar keine Wahl«, sagt Asher. »Du bist früh genug wieder in New York für deinen Auftritt. Außerdem hab ich mir sagen lassen, dass Alaska um diese Jahreszeit wunderschön ist. Vielleicht immer noch ein bisschen kalt, aber Dad wollte einfach nicht so viel Geld –«

»Asher …«

»Ja?«

»Ich glaub nicht, dass ich das kann.«

»Klar kannst du das. Du stehst doch auf Wasser. Weißt du noch, wie wir mal mit dem Kanu –«

»Ja, weiß ich noch.«

Er schweigt einen Moment. Dann sagt er: »Du würdest es ja auch nicht nur für ihn tun.«

Und damit kriegt er sie rum.

Samstag

Kapitel 2

Greta steht im breiten Schatten eines riesigen Schiffs und fragt sich, wie es möglich ist, dass so ein Ding nicht untergeht. Es ist ein schwimmendes Hotel, ein auf der Seite liegender Wolkenkratzer, ein Monolith, ein Ungetüm. Und es wird, so abwegig das ist, in den kommenden acht Tagen ihr Zuhause sein.

Der Name des Schiffs steht in großen Buchstaben auf der Seite des weißen Rumpfs. Er lautet *Escape,* »Flucht«, und ist das Einzige, was sie heute beinahe zum Lachen gebracht hätte.

Hunderte Menschen wuseln um sie herum. Mit teuren Kameras vor dem Bauch können sie es alle kaum erwarten, an Bord zu gehen und ihre Abenteuerfahrt nach Alaska anzutreten. Zu ihrer Linken verschmilzt die Skyline von Vancouver mit dem Himmel, grau und verhangen. Regen liegt in der Luft. Greta hatte hier mal einen Auftritt, hat aber kaum mehr von der Stadt gesehen als die Konzerthalle, in der sie gespielt hat.

»Es hat elf Decks«, sagt ihr Vater, der gerade mit einem Deckplan des Schiffs zu ihr tritt. Er trägt eine viel zu dünne Windjacke und eine Baseballmütze, ein Werbegeschenk der Bank, bei der er vor Kurzem ein Konto eröffnet hat. Gretas Mutter ist jetzt seit drei Monaten tot, und zum ersten Mal sieht ihr siebzigjähriger Vater genauso alt aus, wie er ist. »Und acht Restaurants. Vier davon mit Büfett.«

Gretas Mutter, wenn sie dagewesen wäre, hätte gesagt: *Wow!* Und: *Ich kann's kaum erwarten, die alle auszuprobieren!* Sie hätte ihm den Arm gedrückt und mit leuchtenden Augen das Schiff bewundert, alle elf Decks.

Aber Helen ist nicht da. Nur Greta, die immer noch nicht glauben kann, dass Asher es geschafft hat, sie zu dieser Fahrt zu überreden.

»Cool«, sagt sie, bemüht, irgendwie begeistert zu klingen, was ihr offenbar nicht gelingt, denn ihr Vater verdreht nur resigniert die Augen und beugt sich wieder über seinen Plan.

Die Kreuzfahrt hatten sie zur Feier ihres vierzigsten Hochzeitstags geplant; sie hatten sich ein Jahr lang darauf vorbereitet und noch länger dafür gespart. Zum letzten Weihnachten, vor fünf Monaten, hat Helen Conrad einen Wandkalender mit Fotos von Gletschern geschenkt und er ihr einen neuen Fleecepullover als Ersatz für ihren alten, der ganz abgenutzt war, weil sie ihn immer bei der Gartenarbeit getragen hatte. Sie hatten sich einen schweren Feldstecher zugelegt, den man sich um den Hals hängen konnte, und Helen hat jeden Artikel über Alaska, der in der Zeitung erschien, ausgeschnitten, in einen Briefumschlag gesteckt und mit der Post – mit der Post! – an Greta geschickt, versehen mit einem Klebezettel mit der Aufschrift »Zu deiner Information«, so, als würde sie an der Kreuzfahrt teilnehmen.

Der neue Fleecepullover – himmelblau und babyweich – befindet sich in Gretas Reisetasche, die gerade aufs Schiff gebracht wird. Ihre Mutter hat ihn keinmal getragen. Sie hatte ihn für die Reise aufgehoben.

Das Schiffshorn ertönt, die Schlange bewegt sich vorwärts. Die anderen vier Erwachsenen hinter ihr – wie Greta sie für sich immer noch nennt, obwohl sie inzwischen selbst sechsunddreißig ist – sind bereits dabei, Pläne zu schmieden. Gerade überlegen sie, ob sie am ersten Abend ins Casino gehen oder sich das Musical ansehen sollen. Die vier sind seit Ewigkeiten mit Gretas Eltern befreundet, und beide Paare gönnen sich die Kreuzfahrt ebenfalls, um etwas zu feiern: Die Fosters sind kürzlich in Rente gegangen, und die Blooms werden in diesem Jahr beide siebzig. Aber die treibende Kraft war Helen, sie hat alle anderen mit ihrer Begeisterung für diese Reise angesteckt.

Ein Steward geht an ihnen vorbei, dreht sich nach ein paar Schritten um und kommt zurück. Er zeigt auf Gretas Gitarrenkoffer, den sie sich, als sie aus dem Taxi gestiegen sind, über die Schulter geschlungen hat.

»Brauchen Sie Hilfe damit, Ma'am?«, fragt er, und sie zuckt innerlich zusammen, als er sie mit Ma'am anredet. Sie trägt ein kurzes schwarzes Kleid, Turnschuhe und Sonnenbrille. Die Haare hat sie sich zu einem losen Knoten hochgesteckt und ihre Lederjacke über den Arm gelegt. Sie ist es nicht gewohnt, mit Ma'am angesprochen zu werden.

»Nein, danke«, sagt sie. »Ich komm schon zurecht.«

»Das Ding würde sie nicht mal loslassen, wenn sie über Bord gehen würde«, knurrt ihr Vater.

»Kann ich gut verstehen«, sagt Davis Foster hinter Greta. Er hält sich einen Stadtplan von Vancouver über seine Glatze, um sie vor dem einsetzenden Nieselregen zu schützen. »Wäre doch 'ne Schande, die Gitarre zu verlieren.«

Greta kennt die Fosters, seit sie in ihr Nachbarhaus gezogen sind, als sie zwölf war. Sie waren die ersten Schwarzen im Viertel, und Greta hatte sich sofort in ihren jüngsten Sohn Jason verliebt, der auf dieselbe Schule ging wie sie, allerdings zwei Klassen über ihr. Nähergekommen sind sie sich erst viel später, nachdem sie beide nach New York gezogen waren, aber auch da war es nie etwas Ernstes und immer nur, wenn sie gerade nicht in einer Beziehung steckten. Ihre Eltern wissen nichts davon, und zwar aus gutem Grund. Wenn sie davon erfahren hätten, dann hätten sie sofort angefangen, die Hochzeit zu planen, und das ist das Allerletzte, was Greta oder Jason vorschwebt.

Davis deutet mit dem Kinn auf den Gitarrenkoffer. »Dafür würdest du auf eBay garantiert ein Vermögen bekommen«, flachst er, woraufhin seine Frau ihm einen vor den Latz knallt. Er tut so, als würde er sich vor Schmerzen krümmen. »War ein Scherz.«

Mary ist groß und schlank und dunkelhäutig, ihr Kurzhaarschnitt lässt ihre Augen riesig wirken. Gerade sind sie auf Greta gerichtet. »Wir wissen alle, dass die Gitarre in deinen Händen viel mehr wert ist«, sagt sie mit einem Blick, der etwas Mütterliches hat. Mary und Helen waren auf Anhieb Freundinnen. Davis hat den schmalen Weg, der die Gärten der beiden Familien verbindet, immer als schwarzes Loch bezeichnet, denn wenn eine der beiden Frauen, eine Flasche Wein in der Hand, über diesen Weg das Grundstück wechselte, blieb sie in der Regel stundenlang verschwunden.

Greta kann Marys Entschlossenheit, sie zu beschützen, förmlich spüren. Es ist tröstlich, so als wäre ihre Mutter im Geiste noch da.

»Weißt du was?«, fragt Eleanor Bloom sie mit ihrem leichten

irischen Akzent und strahlt vor Freude über ihren Einfall. Sie trägt einen Designer-Regenmantel, und trotz der feuchten Luft sitzt ihr langes silbergraues Haar wie immer perfekt. »Du solltest auf dem Schiff einen kleinen Auftritt machen. Ich fände es toll, dich mal auf der Bühne zu erleben.«

»Ich weiß nicht …«, sagt Greta, obwohl sie es genau weiß – auf gar keinen Fall wird sie auf einem Kreuzfahrtschiff spielen. Das würde sie niemals tun, und schon gar nicht jetzt.

»Im Programm hab ich gesehen, dass es am letzten Abend eine Varietévorstellung gibt«, fährt Eleanor unbeirrt fort. »Da kann jeder mitmachen. Was glaubst du, wie die sich über einen echten Profi freuen würden.«

»Da treten nur Profis auf, Schatz«, sagt ihr Mann in seinem üblichen nachsichtigen Ton. Todd ist ein Vogelnarr; er verbringt die meisten Wochenenden in irgendwelchen Sumpfgebieten, um Reiher und andere Wasservögel zu beobachten. Einmal im Jahr veranstaltet der Ornithologische Verein, dem er angehört, eine Reise in irgendeine abgelegene Gegend, wo man die Vögel nur mit einem Fernglas beobachten kann, aber in Alaska war er noch nie. Er hat ein Vogelbestimmungsbuch unterm Arm, das schon ganz eselsohrig ist. »Die engagieren richtig gute Leute für diese Kreuzfahrten«, erklärt er Eleanor. »Komiker, Zauberer, Tanzgruppen.«

»Aber keine Rockstars«, sagt Eleanor. »Keine Leute wie Greta James.«

Letzteres sagt sie, als stünde Greta nicht höflich lächelnd neben ihr, als redete sie über jemand ganz anderen: Greta James, die Gitarristin, die als Indie-Singer-Songwriter massenhaft Fans begeistert, und nicht Greta James, die Tochter von Conrad und Helen, die in einer offenen Garage zwischen

Regalen voller Werkzeug Gitarrespielen gelernt hat, mit Ashers Rennmäusen als einzigem Publikum – die er nicht im Haus halten durfte, weil sie stanken –, und die sich plötzlich wieder wie ein junges Mädchen vorkommt, während sie auf den Beginn dieses skurrilen Familienurlaubs wartet, wie ein schlechter Ersatz für das wichtigste Mitglied dieser Reisegruppe.

Ihr fällt ein Mann auf, der sich in einer anderen Schlange anstellt. Er sticht aus diesem Meer aus älteren Herrschaften und jungen Familien heraus. Er hat einen kurzen Bart und ein kantiges Kinn, und er trägt eine Brille, die entweder total nerdig oder total hip ist; schwierig zu sagen. Als sie sieht, dass er eine altmodische Schreibmaschine unter den Arm geklemmt hat wie einen Football, verdreht sie innerlich die Augen. Doch dann bemerkt er ihren Gitarrenkoffer, und es bleibt ihr nichts anderes übrig, als sein schüchternes Lächeln zu erwidern. Im nächsten Augenblick ist er in der Menge verschwunden.

»Überleg's dir«, sagt Eleanor gerade, und Greta wendet sich ihr wieder zu.

»Danke, aber –«

»Da steht sie inzwischen drüber«, bemerkt ihr Vater und hebt eine Braue. Es klingt nicht wie ein Kompliment.

Ein kurzes Schweigen entsteht, dann sagt Eleanor, bemüht, nicht enttäuscht zu klingen: »Na ja, wahrscheinlich hast du recht. War nur so ein Gedanke.«

»Nein, nein«, sagt Greta und schüttelt den Kopf. »Es ist einfach … Es kommt so selten vor, dass ich mal ein paar Tage frei hab …«

Dabei wissen alle so gut wie sie, dass sie in letzter Zeit nichts als Freizeit hatte.

Mary sieht Greta voller Bewunderung an. »Ich weiß noch, wie du in dieser Garage nächtelang geübt hast –«

Davis lacht laut auf. »Gott, war das furchtbar. Aber du warst wild entschlossen, das muss man dir lassen.«

»Genau«, sagt Eleanor und wendet sich wieder Conrad zu. »Wie viele Menschen haben schon das Glück, ihren Lebensunterhalt mit dem zu verdienen, wovon sie als Jugendliche immer geträumt haben? Du kannst wirklich stolz auf sie sein.«

Conrad dreht sich zu Greta um, ihre Blicke begegnen sich, und sie sehen einander lange an. Schließlich nickt er.

»Ja«, sagt er. »Wir sind sehr stolz auf sie.«

Was eine zweifache Lüge ist. Er ist nicht stolz auf sie. Und es gibt kein *Wir* mehr.

Kapitel 3

Die Kabine ist so winzig, dass sie, wenn sie auf der Bettkante sitzt, mit den Fingerspitzen die gegenüberliegende Wand berühren kann. Aber das stört Greta nicht. Sie lebt seit vierzehn Jahren in New York, wo Platz Luxus ist, und beherrscht die Kunst des platzsparenden Wohnens. Das größere Problem ist das Fehlen von Fenstern. Als sie die Reise gebucht hat, gab es nur noch Innenkabinen. Während Conrads Kabine über eine verglaste Balkontür verfügt, wirkt Gretas wie eine Gefängniszelle: klein und beigefarben und rein funktional.

Sieben Nächte, denkt sie. *Es sind nur sieben Nächte.*

Sie legt den Gitarrenkoffer aufs Bett. Dort liegt ein dicker schwarzer Ordner, der einen ausführlichen Reiseplan enthält. Den Rest des Abends und den ganzen nächsten Tag werden sie auf See sein und die Inside Passage befahren. Dann werden sie nacheinander Juneau, Glacier Bay, Haines und Icy Strait Point anlaufen, und auf der Rückfahrt nach Vancouver werden sie noch einmal einen ganzen Tag auf See verbringen.

Für jeden Hafen, den sie anfahren, gibt es ein laminiertes Blatt mit Empfehlungen für Stadtrundfahrten, Restaurants, Spaziergänge und Sehenswürdigkeiten. Außerdem enthält der Ordner eine lächerliche Menge an Informationen über das Schiff selbst: Deckpläne, Speisekarten, Anweisungen für Terminbuchungen im Spa, detaillierte Beschreibungen der Restaurants und Bars sowie sämtlicher Programmpunkte wie Lesungen und Spieleabende. Man könnte sich eine ganze Woche lang mit der Planung der einwöchigen Reise beschäftigen.

Greta klappt den Ordner zu. Das Schiff wird bald ablegen, und wenn es so weit ist, möchte sie nicht in seinem Bauch hocken. Wenn sie sich schon auf Kreuzfahrt begibt – und inzwischen sieht es ja danach aus, dass sie das tatsächlich tut –, will sie es mitbekommen, wenn es losgeht.

Genauso hätte ihre Mutter es schließlich auch gemacht.

An Deck, unter tief hängenden grauen Wolken, sitzen einige Passagiere dick eingemummelt auf Adirondack-Stühlen, aber die meisten stehen an der Reling und betrachten die Skyline von Vancouver oder die Berge auf der anderen Seite der Bucht. Greta findet einen Platz zwischen einem älteren Paar und einer Gruppe Frauen in pinkfarbenen T-Shirts mit dem Aufdruck *Fünfzig ist das neue F-Wort*, die lachend einen Flachmann rundgehen lassen.

Greta lehnt sich an die Reling und atmet tief ein. Es riecht nach Salzwasser und Fisch, und tief unten am Kai stehen winzige Figuren, die wie verrückt winken, so als würden die Passagiere an Bord sich auf eine gefährliche Expedition begeben statt auf eine achttägige Luxuskreuzfahrt.

Über ihnen kurven ein paar Möwen, und die Brise ist salzgesättigt. Greta schließt einen Moment lang die Augen, und als sie sie wieder öffnet, spürt sie, dass jemand sie ansieht. Sie dreht sich in die Richtung und sieht ein Mädchen von vielleicht zwölf, dreizehn Jahren ein paar Meter weiter an der Reling stehen. Sie hat hellbraune Haut und schwarzes Haar, und sie blickt Greta mit zusammengekniffenen Augen an.

»Hi«, sagt Greta.

Das Mädchen reißt die Augen auf, begeistert und zugleich verlegen. Sie trägt pinkfarbene Sneakers und Skinny Jeans mit Löchern an den Knien.

»Sind Sie … Greta James?«, fragt sie unsicher.

Greta hebt belustigt die Brauen. »Ja.«

»Wusste ich's doch!« Das Mädchen lacht überrascht auf. »Wow. Cool. Echt krass. Ich kann's nicht glauben, dass Sie auf diesem Schiff sind.«

»Ehrlich gesagt, ich auch nicht«, sagt Greta.

»Ich steh total auf Ihr Album. Und letztes Jahr war ich auf Ihrem Konzert in Berkeley.« Die Worte sprudeln nur so aus ihr heraus. »Sie lassen echt die Fetzen fliegen, ey. So hab ich noch nie 'ne Frau abrocken sehen.«

Greta muss lächeln. Sie hätte nie gedacht, dass es eine Schnittmenge gibt zwischen Leuten, die auf Kreuzfahrt gehen, und Leuten, die ihre Konzerte besuchen. Sie füllt große Konzertsäle, ihre Songs werden im Radio gespielt, und sie hat Fans auf der ganzen Welt; sie war sogar schon auf den Titelblättern verschiedener Musikzeitschriften. Aber außerhalb von New York oder Los Angeles wird sie kaum jemals auf der Straße erkannt, schon gar nicht von einem so jungen Mädchen.

»Machst du auch Musik?«, fragt sie das Mädchen, das begeistert nickt. Dabei wirkt sie weder verlegen noch bescheiden, die Antwort lautet schlicht und einfach: Ja. Sie macht Musik.

Greta erinnert sich noch gut, wie sie in dem Alter war, voller Selbstvertrauen, als sie feststellte, dass eine Gitarre mehr ist als ein Spielzeug, ja mehr noch als einfach nur ein Instrument.

Sie wusste, dass die Gitarre ihr eine Tür öffnete und sie talentiert genug war, um es damit weit zu bringen.

Ihr Vater hat ihr ihre erste Gitarre gekauft. Da war Greta acht. Eigentlich war das Instrument ein Geschenk für Asher gewesen, denn der war da schon zwölf, aber der interessierte sich schon damals für kaum etwas anderes als Football. Es war eine Westerngitarre, sie war gebraucht und eigentlich viel zu groß für Greta; sie würde Jahre brauchen, bis sie groß genug war dafür. Manchmal blieb Conrad, wenn er von der Arbeit kam, vor der offenen Garage stehen, eine brennende Zigarette in der Hand, und sah ihr dabei zu, wie sie versuchte, die Töne zu finden. Wenn sie ein paar richtige traf, klemmte er sich die Zigarette zwischen die Lippen und klatschte Beifall.

Damals war er noch begeistert davon, dass sie spielte. Damals war Musik noch kein kontroverses Thema zwischen ihnen. Jeden Abend nach dem Abendessen legte er eine alte Billy-Joel-Platte auf, und beim Geschirrspülen sangen sie laut »Piano Man« mit, während Helen lachte und Asher die Augen verdrehte.

Das Mädchen kratzt an der abblätternden Farbe der Reling. »Ich versuch grade, ›Birdsong‹ zu schaffen«, sagt sie. *Birdsong* ist eins der weniger populären Stücke auf Gretas EP, und die Entscheidung für dieses Stück macht das Mädchen Greta noch sympathischer.

»Das ist ziemlich kompliziert.«

»Ich weiß«, sagt das Mädchen. »Viel komplizierter als ›Told You So‹.«

Greta lächelt. *Told You So* war das erste Stück ihres Debütalbums, das als Single herauskam, und inzwischen ist es so populär, dass es selbst Leute kennen, die noch nie von Greta James gehört haben.

»Du stehst wohl nicht so auf die Mainstream-Sachen, was?«

Das Mädchen nickt ernst. »Ich steh mehr auf Stücke, die ehrlicher sind«, sagt sie.

Greta lacht. »Alles klar.«

Als eine Schiffssirene zweimal laut dröhnt, zucken alle an Deck zusammen und sehen sich um. Die Motoren lassen das gigantische Schiff vibrieren und bringen das Wasser tief unter ihnen zum Schäumen. Irgendwo knackt es in unsichtbaren Lautsprechern.

»Guten Tag, liebe Passagiere«, ertönt eine knarzende Stimme. »Hier spricht Kapitän Edward Windsor. Ich möchte Sie alle herzlich an Bord willkommen heißen. Bevor wir den Hafen verlassen, werden wir eine kurze Sicherheitsbelehrung durchführen. Bitte holen Sie Ihre Schwimmwesten und begeben Sie sich an Ihre Sammelstelle.«

Alle Leute setzen sich in Bewegung, und das Mädchen sieht sich um. »Ich geh mal lieber zu meinen Eltern. War super, Sie kennenzulernen. Vielleicht treffe ich Sie ja noch mal?«

Greta nickt. »Wie heißt du?«

»Preeti.«

»Hat mich auch gefreut, dich kennenzulernen, Preeti«, sagt sie. »Ich halte Ausschau nach dir, wenn ich mal fachsimpeln will, okay?«

Preeti strahlt, dann hebt sie die Hand zum Abschied und läuft los.

Greta holt ihre Schwimmweste aus der Kabine und trifft als Letzte ihrer Gruppe an der Sammelstelle ein. Ihr Vater zieht missbilligend die Brauen zusammen, als er sieht, wie lässig sie die Schwimmweste über eine Schulter geworfen hat. Er war im Vietnamkrieg Marineoffizier im Pazifik und nimmt solche Dinge sehr ernst.

Greta ist umgeben von einem Meer aus leuchtendem Orange; alle haben ihre Schwimmwesten an, sogar Davis Foster, der über zwei Meter groß ist und so breite Schultern hat, dass die Weste an ihm aussieht wie ein Exemplar für Kleinkinder. Greta zieht sich ihre Weste über den Kopf, hakt die Verschlüsse ein und hofft, dass sich nicht noch mehr Fans in der Menge befinden. Dass sie jemand mit Schwimmweste fotografiert, hat ihr gerade noch gefehlt.

»Auch wenn Sie wahrscheinlich nie in eine Notlage geraten werden, ist es wichtig, vorbereitet zu sein«, verkündet ein Mann, der sich als ihr Deckmanager vorstellt.

Hinter ihm sieht Greta die orangefarbenen Aufbauten der Rettungsboote, die am Rand des Schiffs aufgereiht sind wie Baumschmuck. Seelenruhig beschreibt der Mann die Katastrophen, die in dieser schwimmenden Stadt schlimmstenfalls – wenn auch höchst unwahrscheinlich – passieren können. In demselben Tonfall hat der Arzt mit ihr über das Aneurysma ihrer Mutter gesprochen, nachdem Greta darauf bestanden hatte, mit ihm zu telefonieren – am Flughafen in Berlin, wo sie gerade während eines Festivals vor Zehntausenden Fans aufgetreten war. Da lag ihre Mutter schon im Koma, und die Diskrepanz zwischen dem, was der Arzt sagte, und der Gelassenheit, mit der er sprach, war so krass, dass Greta am liebsten ihr Handy quer durch die Abfertigungshalle geworfen hätte.

»Sollten Sie zufällig beobachten, dass eine Person über Bord geht«, sagt der Mann gerade beinahe gut gelaunt, »werfen Sie ihr einen Rettungsring zu, rufen Sie laut ›Mann über Bord!‹ und informieren Sie sofort ein Besatzungsmitglied.«

Die Leute lachen leise, schließen flüsternd Wetten darüber ab, wer als Erster über Bord gehen wird. Davis packt Mary so plötzlich an den Schultern, dass sie aufschreit. Eleanor ergreift ängstlich Todds Hände, aber Todd beobachtet gerade einen kleinen, schillernden Vogel, der über den schmalen Streifen Himmel fliegt, den man vom Zwischendeck aus sehen kann.

»Eine Purpurschwalbe«, murmelt er fasziniert, während er unter der Schwimmweste nach seinem Fernglas nestelt, doch als er es endlich an die Augen hebt, ist der Vogel schon weg.

Greta fummelt an den Gurten ihrer Weste und sieht sich um. In einiger Entfernung entdeckt sie in der Menge den Mann, der vorhin die Schreibmaschine unterm Arm hatte. Gerade hebt er sein Handy, um diese Sicherheitsbelehrung und das Drumherum zu fotografieren. Dann lässt er das Handy wieder sinken und fängt an, etwas in die Tastatur einzugeben. Greta fragt sich, wem er die Fotos wohl schickt. Dann fragt sie sich, warum sie sich darüber Gedanken macht.

»Du hörst ja überhaupt nicht zu«, raunt ihr Vater ihr zu und versetzt ihr einen Rippenstoß, und als der Mann in ihre Richtung blickt, kommt sie sich vor wie eine Zwölfjährige. Doch er lächelt nur, dann wenden beide ihre Aufmerksamkeit wieder dem Deckmanager zu, der immer noch detailreich alle Gefahren beschreibt, in die sie vielleicht – aber nicht wahrscheinlich – in den kommenden acht Tagen geraten können.

Kapitel 4

Obwohl so viel von Büfetts geredet wurde, hat Gretas Vater für den ersten Abend für alle einen Tisch im elegantesten Restaurant des Schiffs gebucht. Um eine Tanzfläche herum erstreckt sich ein gedämpft beleuchtetes Meer aus weißen Tischdecken. Durch die Fenster dringt diesiges Licht. Hier im hohen Norden geht die Sonne erst nach neun unter, und der Abendhimmel färbt sich gemächlich erst rosa, dann orange, dann grau.

»Also, Greta«, sagt Eleanor Bloom, als ihre Getränke gebracht werden. Sie trägt einen eleganten schwarzen Hosenanzug und war schon beim Frisör.

Greta findet schon lange, dass Eleanor eigentlich viel zu mondän ist für ihr spießiges Viertel in Columbus, Ohio. Sie hat Todd vor Jahrzehnten in New York kennengelernt, wo sie mit ein paar Freundinnen aus Dublin ein paar Tage verbrachte. Er war dort wegen einer Versicherungskonferenz, und beide sind am Times Square in ein Gewitter geraten. Greta hat sich schon immer gefragt, wie ein Mann wie Todd – sehr gutmütig, aber extrem langweilig – es geschafft hat, eine Frau wie Eleanor dazu zu bewegen, seinetwegen aus Irland in die USA zu ziehen. Aber anscheinend war ihr erster Mann ein Albtraum, und bei Todd hat sie wohl eine Beständigkeit gefunden, die ihr den Raum zum Glänzen bietet. Was sie mit Vergnügen ausnutzt. »Wie sieht's aus mit deinem hinreißenden Freund?«

Greta trinkt langsam einen Schluck Wein, während sie überlegt, was sie antworten soll. Sie haben sich vor drei Monaten getrennt, kurz nach dem Tod ihrer Mutter, trotzdem bringt die Frage nach ihrem *Freund* sie ganz durcheinander. Ebenso wie das Wort *hinreißend*. Greta fallen alle möglichen Adjektive ein, um Luke zu beschreiben – intelligent und reizbar, sexy und unerträglich –, aber *hinreißend* gehört wirklich nicht dazu.

»Na ja, wir …«, setzt sie an. Dann trinkt sie noch einen Schluck Wein. »Wir haben uns entschlossen …«

»Sie haben sich getrennt«, sagt Conrad etwas gezwungen heiter. »Habt ihr die E-Mail nicht gekriegt?«

Greta spürt, wie ihre Wangen heiß werden. Ihr war gar nicht bewusst, dass sie Conrad gekränkt hat. Sie und Luke haben sich kurz nach der Beerdigung getrennt, in einer Phase, als sie und ihr Vater kaum geredet haben. Aber sie wollte, dass er es erfuhr, und zwar von ihr selbst, ehe Asher es ausplaudern konnte, und deswegen hatte sie ihm eine E-Mail geschrieben.

Er hatte nicht darauf geantwortet, und weder er noch sie haben seitdem ein Wort darüber verloren.

»Oh, das tut mir leid«, sagt Mary. Als sie sich ein Brötchen aus dem Korb nimmt, klimpern ihre Armreifen. Greta ist noch nie jemandem begegnet, der so viel mit den Augenbrauen ausdrücken kann wie Mary Foster. Jetzt gerade sind sie bis zum Haaransatz hochgezogen. »Deine Mutter hat ihn sehr gemocht.«

Das stimmt zwar überhaupt nicht, aber sie hat Verständnis für die Bemerkung.

Ihre Eltern sind Luke nur zweimal begegnet. Das erste Mal auf der Party anlässlich der Veröffentlichung ihres Debütalbums in New York, aber da hat sie ihn nur als ihren Produzenten vorgestellt, aus Angst, sie könnten ihn sonst aus den verschiedensten Gründen ablehnen – wegen der Zigarette hinter seinem Ohr, den Tattoos auf beiden Armen, wegen seines australischen Akzents oder seinen verächtlichen Bemerkungen, wenn jemand über eine Band redete, die er für zweitklassig hielt.

»Wir haben schon so viel von Ihnen gehört«, hatte Gretas Mutter an dem Abend mit einem tapferen Lächeln gesagt, während sie ihm die Hand schüttelte. »Und das Album ist großartig. Die Musik, die Sie beide machen, ist einfach wunderbar.«

Worauf Luke laut loslachte. Greta sieht immer noch Conrads Gesicht vor sich, die Enttäuschung in seinen Augen, als er begriff.

Das zweite Mal war am 4. Juli. Inzwischen waren sie fest zusammen, und sie nahm ihn zu den Feierlichkeiten des Unabhängigkeitstags mit nach Columbus. Zwei Tage lang machte er alles richtig: Er sammelte zusammen mit Gretas Nichten beim Festtagsumzug Bonbons auf, er half ihrer Mutter, jede Menge Muffins mit winzigen amerikanischen Flaggen zu dekorieren (in einen steckte er eine australische Flagge), und er schenkte ihrem Vater eine Flasche von seinem Lieblingswhisky. Er schaffte es sogar, sich mit Conrad über dessen Job als Anzeigenrequisiteur für die Gelben Seiten zu unterhalten, ohne durchblicken zu lassen, dass längst kein Mensch mehr die Gelben Seiten benutzte.

Am letzten Morgen traf sie ihn auf der Veranda an, wo er gerade versuchte, den kaputten Grill zu reparieren; er stand darüber gebeugt, wie er sonst über das Mischpult im Studio gebeugt die Regler betätigte, bis ihre Songs einigermaßen so klangen, wie sie sie in ihrem Kopf hörte, und sie wunderte sich darüber, dass so etwas Alltägliches wie das Hantieren mit dem Grill immer noch so sexy sein konnte.

Später, als sie auf das Flugzeug warteten, das sie zurück nach New York bringen sollte, legte er einen Arm um ihre Schultern und sagte: »Ich freue mich auf zu Hause«, und als sie murmelte: »Ich auch«, legte er mit einem tiefen Seufzer den Kopf in den Nacken. »Wenn das mein Leben wär – ich würd mir die Kugel geben.«

Dasselbe denkt Greta natürlich auch jedes Mal, wenn sie ihre Eltern besucht. Und genau aus diesem Grund hat sie als junges Mädchen Abend für Abend in der eiskalten Garage Gitarre gespielt, genau aus diesem Grund ist sie zum Studium nach Südkalifornien an der Westküste gegangen und hinterher auf direktem Weg von dort nach New York. Genau das hat sie all die Jahre angetrieben – die Angst festzuhängen, die Angst vor dem Stillstand, vor der Mittelmäßigkeit. Und es treibt sie heute noch an, auch wenn dadurch die Mauer zwischen ihr und ihrem Vater immer höher wächst, Backstein für Backstein, einer für jede Facette ihres unkonventionellen Lebens, einer für jede Entscheidung, die sie weiter weg von Ohio brachte, weg von einem Acht-Stunden-Job und einem Bausparvertrag und einem weißen Lattenzaun, weg von der Art, wie sich das Leben ihres Bruders entwickelte – nämlich wie das Leben der meisten Leute –, zuerst ein fester Beruf, dann die Hochzeit und schließlich die Kinder, alles auf Sicherheit ausgerichtet und vorhersagbar.

Aber Luke diesen Gedanken aussprechen zu hören – Luke, der nur aus Einmachgläsern trinkt, der immer eine Strickmütze trägt, selbst im Sommer, der bei Wind und Wetter eine Zigarette anzünden kann und die Texte aller ihrer Songs aufsagen kann –, das war zu viel.

»So schlimm ist es auch wieder nicht«, sagte sie, während sie durch das Fenster zusah, wie ihr Flugzeug ganz langsam an die ziehharmonikaartige Fluggastbrücke andockte. Es wunderte sie immer wieder von Neuem, dass man innerhalb weniger Stunden von Columbus, Ohio, nach New York gelangen konnte, denn meistens kam es ihr vor, als existierten die beiden Orte auf verschiedenen Planeten.

Luke richtete sich leicht auf. »Das ist nicht dein Ernst«, sagte er, und sein australischer Akzent kam stärker durch, wie immer, wenn er abfällige Bemerkungen macht. »Ich kann mir nicht mal vorstellen, wie du das als Kind ausgehalten hast, von jetzt ganz zu schweigen.«

»Ich sag ja auch nicht, dass ich zurückwill – ich sag nur, dass es so schlimm nicht ist.«

»Was? Die Siedlung, wo deine Eltern wohnen?«

»Nein, sie zu besuchen.«

»Mich trennen fünfzehntausend Kilometer von meinen Eltern«, sagte er grinsend, »und das reicht immer noch nicht.«

Damals wusste sie es nicht, aber das war der erste Schnitzer.

Mary, die ihr gegenübersitzt, sieht sie immer noch erwartungsvoll an.

»Es hat nicht sollen sein«, sagt Greta.

»Oder du wolltest es einfach nicht mehr«, sagt ihr Vater.

»Conrad«, ermahnt ihn Mary in genau demselben Ton, den Helen angeschlagen hätte, und Greta schenkt ihr ein dankbares Lächeln. Aber es ist keine Überraschung. Und es ist auch nicht neu.

Sie wendet sich ihrem Vater zu, der ein zerknittertes Hemd trägt, jetzt, da ihre Mutter ihm die Hemden nicht mehr bügelt. Er sieht sie auf dieselbe Weise an, wie er es schon seit zwanzig Jahren tut: als wäre sie eine Rechenaufgabe, die er nicht lösen kann.

»Was ist?«, fragt er scheinheilig, so als wollte er nicht denselben Streit vom Zaun brechen, den sie schon tausendmal hatten. Es geht nicht um Luke. Es geht nicht einmal um die Frage, wann sie sich endlich häuslich niederlässt und heiratet, obwohl das dazugehört. Es geht darum, dass sich das Leben, das er sich für sie wünscht, grundsätzlich von dem Leben unterscheidet, das sie sich selbst wünscht; und die Musik ist das Vehikel, das sie immer weiter von seinen Vorstellungen wegträgt.

»Du mochtest ihn doch noch nicht mal«, sagt Greta, und obwohl sie es leichthin sagt, schwingt etwas Stahlhartes in ihrer Stimme mit.

»Aber *du* mochtest ihn«, entgegnet Conrad. »Und deswegen versteh ich nicht, was passiert ist.«

Passiert ist, würde sie am liebsten antworten, dass ihre Mutter gestorben ist. Passiert ist, dass Helen in ein Koma gefallen und die Welt untergegangen ist.

Aber das ist natürlich nur ein Teil davon. Das ist die Ursache.

Und das ist die Wirkung: Greta war mitten in einem Konzert, einem einstündigen Auftritt bei einem Musikfestival in Berlin, und als ihr Bruder immer und immer wieder versucht hat, sie anzurufen, ist Luke irgendwann rangegangen. Bis ihr

Auftritt beendet war, hatte er ihr bereits einen Flug nach Columbus gebucht.

»Nur für mich?«, hat sie ihn ganz benommen von dem Schock gefragt, als sie mit Luke hinter der Bühne stand, immer noch ganz verschwitzt und aufgeputscht, immer noch unfähig, die Nachricht aufzunehmen.

Ihre Frage schien ihn zu wundern, was lächerlich war, schließlich waren sie seit zwei Jahren ein Paar, und sie dachte, dass man in solchen Situationen gemeinsam handelt, dass das der Sinn einer Partnerschaft war.

»Na ja«, sagte er und fuhr sich durchs Haar. Die nächste Band war auf die Bühne gegangen, und draußen vor dem Zelt tobte der Applaus. »Ich meine, das ist doch 'ne Familienangelegenheit, oder? Ich war mir nicht sicher, ob du mich dabeihaben willst.«

Sie sah ihn ungläubig an. »Du fliegst also einfach zurück nach New York, oder wie?«

»Nein«, sagte er, und wenigstens besaß er den Anstand, sich zerknirscht zu zeigen. »Ich dachte, wo ich schon mal hier bin, bleib ich bis zum Ende des Festivals.«

Das ist passiert, würde sie jetzt gern sagen.

Oder zumindest: Damit hat es angefangen.

Luke hat das Streichholz angezündet, aber Greta war diejenige, die eine Woche später alles abgebrannt hat. Aber das kann sie ihrem Vater nicht sagen. Also sagt sie stattdessen: »Es ist kompliziert.«

Conrad hebt die Brauen. »Wieso kompliziert? Es war das Übliche. Du lernst jemanden kennen, bist eine Weile mit ihm zusammen, dann fängst du an, dich zu langweilen und machst Schluss.«

»Du siehst das zu einfach, Dad.«

»Klar.«

Greta lässt den Wein in ihrem Glas kreisen. Sie haben vier Zuhörer, und allen vieren ist die Situation zunehmend unangenehm. »Manchmal spielt das Leben einem übel mit.«

»Das liegt daran, dass dein Leben beziehungsuntauglich ist.« Er nimmt seine Speisekarte und schlägt die Seite mit den Vorspeisen auf. »Eine Beziehung *passiert* nicht einfach. Man muss ihr Raum geben.«

»Mir gefällt mein Leben«, sagt sie zähneknirschend.

»Na, das sollte es aber auch«, sagt Davis, und als sich ihm alle zuwenden, fügt er achselzuckend hinzu: »Stimmt doch. Sie hat ganz objektiv ein fantastisches Leben.«

Als junger Mann war Davis Pianist in einem Jazz-Trio, und er hat zahllose Geschichten von den alten Zeiten in Chicago zu erzählen, von mit Freunden durchzechten Nächten. Greta weiß, dass er ein glückliches Leben führt – er liebt seine Frau, und er hat drei erwachsene Kinder, die alle ganz großartig sind, und bis er vor wenigen Wochen in Rente gegangen ist, war er der beliebteste Briefträger des Viertels –, aber wenn die Sprache auf ihr Leben als Musikerin kommt, bekommt er diesen ganz bestimmten Gesichtsausdruck zwischen Neid und Wehmut.

Der Kellner erscheint, sie bestellen und geben ihre Speisekarten ab, und Greta denkt, das Thema ist beendet. Doch dann fängt Conrad, der die ganze Zeit in sein Whiskyglas gestarrt hat, wieder von vorne an.

»Du weißt doch, dass ich nur dein Bestes will, oder?«, fragt er, und in dem Moment sieht er so alt und unglücklich aus, dass Greta beinahe Ja gesagt hätte. Aber sie bringt es nicht fertig.

»Nein«, sagt sie. »Du willst, dass ich so ein Leben führe wie Asher.«

»Ich möchte nur, dass du glücklich bist.«

»Du möchtest, dass ich heirate und mich häuslich niederlasse. Das ist nicht dasselbe«, entgegnet sie.

Mary schiebt ihren Stuhl zurück und legt ihre Serviette auf den Tisch. »Wisst ihr was?«, fragt sie. »Ich glaube, wir beide tanzen mal ein Ründchen.«

»Vor dem Essen?«, fragt Davis entgeistert.

»Ja«, antwortet sie bestimmt, und die Blooms stehen ebenfalls auf.

»Wir auch«, sagt Eleanor und nimmt Todds Hand. »Ich brauch ein bisschen Bewegung.«

»Ich kann keinen Walzer«, protestiert Todd, folgt ihr aber trotzdem auf die Tanzfläche.

Greta und Conrad sehen erst einander an und betrachten dann den Tisch – die hingeworfenen Servietten, die leeren Brotteller, die mit Lippenstift beschmierten Weingläser –, bis Greta am liebsten losprusten würde. Stattdessen räuspert sie sich und sagt: »Hör zu, ich weiß, du wünschst dir, ich wäre mehr wie Asher, aber –«

»Das ist es nicht –«

»Komm schon«, sagt sie etwas freundlicher. »Mom ist nicht mehr da, wir können also wenigstens ehrlich miteinander umgehen.«

Er seufzt. »Du willst also, dass ich ehrlich zu dir bin?«

»Ja«, antwortet Greta mit etwas Überwindung.

»Also gut.« Er dreht sich so auf seinem Stuhl, dass er ihr besser gegenübersitzt. Das Licht hinter ihm ist weich und verschwommen, und unter den Tänzern, die sich in den Fensterscheiben spiegeln, sieht sie Davis, der Mary herumwirbelt. Sie zwingt sich, Conrad anzusehen, der die gleichen grünen Augen hat wie sie, den gleichen undurchdringlichen Blick. »Du weißt, dass deine Mutter dein größter Fan war –«

»Dad«, sagt Greta. Sie hat einen Kloß im Hals, denn auch wenn sie es war, die ihre Mutter ins Spiel gebracht hat, findet sie es gemein, dass er sich jetzt auf sie beruft. »Nicht.«

»Was nicht?«, fragt er verblüfft.

»Es geht nicht um sie«, sagt Greta. »Es geht um dich und mich.«

»Ganz genau«, sagt er kopfschüttelnd. »Ich weiß, dass sie das mit deiner Musik besser verstanden hat als ich, aber sie hat sich auch Sorgen gemacht.«

Greta bemüht sich um einen neutralen Gesichtsausdruck. Er soll ihr nicht anmerken, wie sehr sie das trifft. Sie hat es schon vor langer Zeit aufgegeben, ihn überzeugen zu wollen, und es irgendwann hingenommen, dass er von ihren Träumen nichts hält. Im Gegensatz zu ihrer Mutter. Und das hat ihr gereicht.

»Du weißt ja nicht, wovon du redest«, sagt sie.

»Sie war dein größter Fan«, wiederholt er, und auf einmal scheint er ganz weit weg zu sein. »Aber sie hat sich auch Sorgen um dich gemacht. Weil du immer allein bist und immer auf Achse und dich im Musikgeschäft durchschlagen musst, das voller Unwägbarkeiten ist. Sie hat es vielleicht besser überspielt als ich, aber es war nicht so … Nicht nur ich hatte immer meine Bedenken. Sie auch.«

Greta sitzt still da und lässt seine Worte auf sich wirken. Nach einer Weile beugt er sich vor, sein Gesichtsausdruck hat sich verändert.

»Es tut mir leid«, sagt er. »Ich wollte dich nicht –«

»Schon gut.«

Das Stück endet, und es wird begeistert applaudiert. Conrad räuspert sich. »Ohne sie hatten wir beide es noch nie leicht miteinander, nicht wahr?«

»Ja«, sagt sie. »Das stimmt.«

»Und jetzt ist es noch schwieriger.«

Sie nickt, überrascht, wie schnell sich ihre Augen mit Tränen füllen.

Aber er hat recht. Es ist alles schwieriger, jetzt.

»Aber ich freue mich, dass du mitgekommen bist«, sagt er, und Greta muss lachen.

Conrad legt den Kopf schief. »Was ist?«

»Ich habe gerade gedacht, ich hätte nicht mitkommen sollen.«

»Tja«, sagt er achselzuckend. »Ich bin trotzdem froh, dass du's getan hast.«

»Wirklich?«, fragt sie und mustert ihn eingehend, doch dann kommen die Fosters und die Blooms zurück an den Tisch; sie sind ganz aufgekratzt vom Tanzen. Der Kellner bringt den Salat, draußen wird es dunkler, und das Schiff fährt in die Nacht hinaus, und erst später fällt Greta auf, dass er ihre Frage gar nicht beantwortet hat.

Kapitel 5

Nach dem Essen geht Greta in ihre Kabine. Sie setzt sich im Schneidersitz auf ihre Koje, die Gitarre auf den Knien. Die anderen haben sich entschlossen, ihr Glück im Casino zu versuchen, aber das Gebimmel und Gescheppere all der Spielautomaten wäre nach so einem Tag zu viel für Greta gewesen.

Ein Plektron zwischen den Lippen, stimmt sie ihre alte akustische Martin. Diese Gitarre nimmt sie selten mit auf Reisen, sie ist sperriger als die schlanken E-Gitarren, die sie für ihre Auftritte benutzt. Aber sie begleitet sie schon seit ewigen Zeiten, und sie hat etwas Tröstliches, wie ein altes, zerlesenes Buch. Greta hat sie sich während des Studiums gekauft, von dem jahrelang gesparten Trinkgeld, das sie als Kellnerin im Olive Garden bekam. Und obwohl sie inzwischen Dutzende Gitarren besitzt – die meisten schlank und glatt und voller kraftvoller Soundmöglichkeiten –, greift sie immer noch häufig zu diesem guten alten Stück und genießt es, die Töne zu spüren, die durch ihren Körper strömen wie Erinnerungen.

Sie schlägt einen Akkord an, und der Klang ist in der Enge der Kabine hell wie ein angezündetes Streichholz. Nach ein paar weiteren Akkorden wird ihr bewusst, dass sie die ersten Takte von »Astronomy« gespielt hat. Sie hebt die Hände, als hätte sie etwas Heißes angefasst, und die Stille kehrt zurück wie die Ebbe nach der Flut.

Bisher ist das Stück mehr ein Phantom als ein Song. Sie hat auf dem Heimflug aus Deutschland angefangen, es zu schreiben, noch ganz überwältigt von der Nachricht, dass ihre Mutter ein Aneurysma hatte. Sie konnte keinen Schlaf finden. Als sie versuchte, etwas zu trinken, zitterten ihre Hände. Der Himmel draußen war pechschwarz und beunruhigend sternlos. Ihr Magen revoltierte.

Sie schloss die Augen und dachte an die im Dunkeln leuchtenden Sterne, die an der Decke ihres Kinderzimmers geklebt hatten, daran, wie ihre Mutter jedes Mal auf die Sterne zeigte, nachdem sie ihr eine Gutenachtgeschichte vorgelesen hatte. Die Erinnerung hatte etwas Hoffnungsvolles, und sie nahm ihr Notizheft heraus und fing an zu schreiben, versuchte die Dunkelheit mit jeder Zeile ein bisschen weiter von sich wegzuschieben, und es war wie ein Gebet.

Nachdem sie den Atlantik überquert hatten, hatte sie eine ganze Seite Text, und in ihrem Kopf spukte eine Melodie herum. Der Song handelte davon, dass man seinen eigenen Weg im Leben finden musste, aber in Wirklichkeit war er – wie alle Songs – viel persönlicher, eine Erinnerung daran, wie sie als Kind mit ihrer Mutter im Bett gelegen und unter den leuchtenden Sternen über sich ihren Geschichten gelauscht hatte.

Der Song war noch nicht fertig, aber er war wie der Beginn von etwas Neuem.

Nur von was?

Als sie jetzt zu spielen beginnt, geht sie gezielter vor. Sie lässt die Anfangsmelodie von »Prologue« erklingen, dem ersten Stück ihres neuen Albums, das demnächst herauskommt.

Diesen Song will sie auf dem Governors-Ball-Festival am kommenden Wochenende zum ersten Mal spielen. Es ist ein ganz anderes Stück, schnell und explosiv, und selbst von der akustischen Gitarre aus erfüllt es die ganze Kabine.

Sie weiß, der Song wird ihr Comeback sein. Ihre Chance auf Erlösung. Und doch kommt er ihr schon jetzt vor wie ein Relikt aus einer anderen Zeit, etwas, das sie in einem anderen Leben geschrieben hat, als ihre Mutter noch lebte und sie selbst voller Zuversicht war.

Es klopft an der linken Kabinenwand. Sie hört auf zu spielen. Nach ein paar Minuten fängt sie wieder an, diesmal leiser. Aber dann klopft es wieder, diesmal nachdrücklicher. Seufzend legt Greta die Gitarre aufs Bett, nimmt den Fleecepullover ihrer Mutter vom Haken an der Tür und verlässt die Kabine. Sie hat plötzlich das dringende Bedürfnis nach frischer Luft.

Draußen herrscht immer noch Dämmerlicht, alles ist neblig und grau. Greta geht über das Promenadendeck, bis sie eine ruhige Stelle an der Reling findet. Sie lehnt sich vor, der Wind lässt ihre Augen tränen. Tief unter ihr ein weißer Streifen schäumendes Wasser entlang des Schiffsrumpfs, und die Bugwellen breiten sich aus, bis sie im Nebel verschwinden. Sie werden den ganzen nächsten Tag auf dem Schiff verbringen, müssen auf dem Meer ausharren bis zum nächsten Morgen, wenn sie in Juneau einlaufen. Es kommt Greta vor wie eine Ewigkeit.

»Ich muss die ganze Zeit an die *Titanic* denken«, sagt jemand.

Greta dreht sich um und sieht den Schreibmaschinenmann an der Reling stehen. Er trägt eine grüne wasserdichte Jacke mit Kapuze, und sein braunes Haar ist vom Wind zerzaust.

»Die echte oder die aus dem Film?«

»Ist doch egal, oder?«, antwortet er grinsend. »Die sind schließlich beide untergegangen.«

Eine Weile betrachten sie schweigend den dunkler werdenden Himmel. Als Greta sich von der Reling abstößt und zurück in ihre Kabine gehen will, blickt er wieder in ihre Richtung.

»Irgendwie seltsam, oder?«

»Was?«

Er zuckt die Achseln. »Weiß auch nicht. Hier draußen zu sein. Auf einem Schiff. Im Dunkeln. Mitten auf dem Meer rumzudümpeln. Hat irgendwie was Einsames.«

»Finden Sie?«, fragt sie. Aus irgendeinem Grund erinnert sie die Situation daran, wie sie einmal mit Anfang zwanzig ganz schlimm die Grippe hatte und ihre Mutter nach New York geflogen kam, um sich um sie zu kümmern. Drei Tage lang hat Helen auf dem mickrigen Herd in ihrer winzigen Wohnung Suppe gekocht, drei Abende haben sie zusammen im Schlafanzug auf dem Sofa gesessen und ferngesehen, während der Heizkörper zischte und draußen Schneeflocken sanft gegen das Fenster trieben. Einmal, als Helen dachte, Greta schlief, hat sie Conrad angerufen, und in dem benommenen Zustand zwischen Schlafen und Wachen hat Greta ihre Mutter ins Telefon flüstern hören: »Ja, ich weiß. In solchen Zeiten wünschte ich auch, sie hätte jemanden.«

Bis zu dem Moment war Greta noch nie auf die Idee gekommen, sich einsam zu fühlen.

Sie war gerade von einer siebenmonatigen Tournee zurück, sie war als Vorgruppe für eine Band aufgetreten, die sie schon als junges Mädchen bewundert hatte – es war buchstäblich ein wahr gewordener Traum –, und an all den Tagen auf Achse und all den Abenden auf der Bühne hatte sich ihr normales Leben in Luft aufgelöst: regelmäßige Anrufe bei ihren Eltern, Textnachrichten an Freundinnen und Freunde, selbst die Affäre, die sie damals mit Jason Foster hatte. Bei ihrer Rückkehr war ihr Gehirn immer noch auf Hochtouren gelaufen, völlig überdreht von den Monaten inmitten von Fans und Ekstase, und in den Wochen danach hatte sie ihren grauen Hoodie und die Leggins keinmal ausgezogen, war vor lauter kreativer Schaffenskraft nur so zwischen Notizheft, Computer und Gitarre hin und her getaumelt. Noch nie war sie so glücklich gewesen.

Doch plötzlich sah sie das alles mit den Augen ihrer Mutter: wie sie in eine leere Wohnung zurückgekehrt war, wie niemand dagewesen war, als sie krank wurde. Es spielte keine Rolle, dass Greta ihre Mutter nicht ausdrücklich gebeten hatte zu kommen; sie hätte sich genauso gut aus dem Diner im Erdgeschoss Suppe kommen lassen und im Bett bleiben können, bis die Grippe überstanden war. Und es spielte auch keine Rolle, dass sie sich jetzt eine größere Wohnung hätte leisten können; diese Wohnung, in der sie nun schon seit so vielen Jahren lebte, war ihr Zuhause. Sie führte dieses Leben nicht in Ermangelung von etwas Besserem, sondern weil es ihr so gefiel.

Sie schüttelt sich und wendet sich dem Mann wieder zu. Er betrachtet immer noch das Wasser.

»Ich habe in letzter Zeit viel über Herman Melville gelesen …« Er sieht Greta etwas unsicher an. »Melville war –«

»Bartleby der Schreiber«, sagt sie.

Seine Augen leuchten auf.

»Wow. Die meisten erwähnen als Erstes *Moby-Dick*.«

Sie nickt, den Blick aufs Wasser gerichtet. »Zu offensichtlich.«

»Jedenfalls«, fährt er gut gelaunt fort, »habe ich gelesen, dass Melville schon mit neunzehn zur See gefahren ist. Das kommt einem heute so jung vor. Irgendwann ist er dann auf diesem Handelsschiff gelandet, das von New York aus nach … Wissen Sie was?« Er lacht. »Jetzt würde mein sechsjähriger Sohn zu mir sagen, ich soll das lieber noch mal neu berechnen.«

»Neu berechnen?«

»Na, wie bei einem Navi«, sagt er verlegen. »Wenn man falsch abbiegt und das Ding anfängt, die Strecke neu zu berechnen. Ich neige zu Umwegen.«

»Das ist nicht immer das Schlechteste«, sagt sie.

Er kratzt sich den kurzen, grau melierten Bart. Er sieht gut aus und sehr gesund, gepflegt und ernst, und obwohl er nicht mehr als ein paar Jahre älter sein kann als sie, wirkt er wie ein Erwachsener, wie jemand, der sein Leben im Griff hat, wie die Männer auf den Urlaubsfotos von alten Freunden aus Studentenzeiten, zu denen sie den Kontakt verloren hat, weil sie ein so anderes Leben führen.

Er kommt auf sie zu und streckt ihr die Hand entgegen. »Ich bin übrigens Ben. Ben Wilder. Wie Laura Ingalls.«

Sie muss laut lachen. »Dann haben Sie also mehrere Schwestern.«

»Töchter«, sagt er mit einem breiten Lächeln, und ihr Blick geht automatisch zu seiner Hand. Er trägt keinen Ehering. »Und Sie?«

»Greta.« Sie überlegt, ob sie ihm ihren Familiennamen nennen soll, kommt jedoch zu dem Schluss, dass es keine Rolle spielt. Er wird sie nicht kennen. Sie sieht ihm regelrecht an, dass er einen ganz anderen Musikgeschmack hat; er hört vielleicht Dave Matthews und Bob Dylan. Als Student hat er vielleicht Phish und solche Bands gehört. »James«, fügt sie schließlich hinzu.

»Wie bei Bond«, sagt er mit einem wissenden Nicken.

»Wie bei Bond«, bestätigt sie.

Über ihnen gehen die Lichter an, weil der Himmel langsam dunkel wird. Aus irgendeiner der vielen Bars auf dem Schiff sind ausgelassene Stimmen zu hören.

»Wissen Sie«, sagt Ben, »dass Matrosen der Britischen Marine früher für jeden Tag, den sie auf See verbrachten, eine Ration Rum zustand? Das war ungefährlicher als Trinkwasser. Und gut für die Moral.«

»Darauf wette ich.«

»Ich glaube, ich gönne mir auch einen. Wollen Sie mitkommen?«

Sie zögert. Aber nur eine Sekunde lang. »Ich hau mich lieber in die Koje.«

»Okay.« Er lächelt. »Dann bis demnächst wieder, Bond.«

»Schönen Abend noch, Laura Ingalls.«

Sonntag

Kapitel 6

Greta wacht im Dunkeln auf, das einzige Licht kommt von den roten Leuchtziffern ihres Weckers, der 03:08 Uhr anzeigt. Sie kennt diesen kurzen Moment der Verwirrung, wenn sie aus dem Schlaf fährt und erst einmal überlegen muss, wo sie ist, in welchem Hotel, in welcher Zeitzone. Aber das Fehlen eines Fensters und das Schaukeln des Schiffs führen dazu, dass sie noch ein bisschen länger braucht, um sich zu orientieren. Sie ist jetzt seit zwölf Stunden auf dem Schiff, und zum ersten Mal hat sie wirklich das Gefühl, auf See zu sein.

Sie nimmt ihr Handy, kneift die Augen zusammen, als sich das Display einschaltet, und sieht, dass sie eine Nachricht von Luke hat: *Hab meine Jacke geholt. Hab den Schlüssel dagelassen.*

Mehr nicht. Kein Lebwohl. Kein Tschüss. Nur: Ende.

Aber sie kann es ihm nicht verdenken. Sie hat sich Wochen Zeit gelassen, um ihm auf seine Nachfrage nach seiner alten Lederjacke zu antworten, die er vergessen hat, als er da war, um seine Sachen abzuholen, und von der sie gehofft hatte, dass er sie ihr überlassen würde. Eine Zeit lang hat sie sie in der Wohnung getragen. Sie roch noch nach seinen Zigaretten.

Jetzt betrachtet sie seinen Namen auf dem Display und überlegt, ob sie einfach den Kontakt löschen soll. Aber sie tut es nicht. Stattdessen scrollt sie durch ihr Telefonbuch und hält den Finger über den Eintrag für Jason Foster.

Seit der Beerdigung hat sie nichts mehr von ihm gehört, seit sie von der Trauerfeier nach oben in ihr ehemaliges Kinderzimmer geflüchtet ist, wo er saß und mit der Hand über ihre alte Gitarre fuhr, ihre erste, die ihr Vater ihr damals gekauft hat. Sie hatten einander lange nicht gesehen, fast zwei Jahre, und sie hatte gar nicht damit gerechnet, dass er für die Trauerfeier extra nach Columbus kommen würde. Als sie sah, wie seine dunkle Hand über den geschwungenen Korpus aus Mahagoni fuhr, bekam sie eine Gänsehaut. Es war beinahe, als würde er ihre Haut streicheln.

Genau vierundzwanzig Minuten, bevor ihr Flugzeug die Landebahn berührte, war Gretas Mutter gestorben. Nachdem sie die Nachricht von Asher abgehört hatte, war sie auf ihrem Platz sitzen geblieben, die Stirn an das kühle Fenster gepresst, bis eine Stewardess sie sanft an der Schulter berührte und sie merkte, dass sie als Einzige noch im Flugzeug saß.

Als sie vor der Trauerfeier flüchtete, war Luke noch in Deutschland. Er hatte sich um einen Flug bemüht, als sie es ihm mitgeteilt hatte, aber nachdem sie abgereist war, waren wegen eines Unwetters sämtliche Transatlantikflüge gestrichen worden, und danach waren tagelang alle Flüge ausgebucht. Er hatte die Beerdigung verpasst, die Gretas Vater auf den frühestmöglichen Termin gelegt hatte, und es sah so aus, als würde er überhaupt nicht kommen. Auch wenn er fürchterlich zerknirscht klang, als er anrief, um ihr das Problem zu schildern. Aber darüber war sie nicht einmal sauer. Es gab andere Dinge, über die sie sich ärgerte, zu viele, um sie zu zählen. Und doch wusste sie, dass sie ihm das nie verzeihen würde.

Und jetzt saß Jason in ihrem Zimmer. Jason Foster, der erste Junge, in den sie sich verliebt hatte, der Mann, zu dem sie nach jeder gescheiterten Beziehung zurücklief.

Sie hatten allerdings feste Regeln. Weder bezeichneten sie sich als Paar, noch benutzten sie einander für Seitensprünge. Es gab keine Bedingungen und keine Erwartungen. Sie wollten Spaß miteinander haben, sonst nichts. Und es war für beide die perfekte Lösung: für Greta, weil sie ständig auf Tour war und sich nicht auf eine längere Beziehung einlassen wollte, und für Jason, weil er ständig arbeitete und sich noch nie eine feste Beziehung gewünscht hatte.

Aber jetzt hing ihr Freund in Europa fest, und ihre Mutter war tot, und ihr Leben stand Kopf.

Und vor allem war jetzt Jason da und Luke nicht.

Sie sagten kein Wort, als sie aufeinander zugingen, aber Greta erinnert sich, dass sie in dem Nebel aus Trauer und Erschöpfung und Schock dachte, wie vollkommen richtig es sich anfühlte. Es gab einen Moment, da hätte sie ihm von Luke erzählen können – einen Moment, in dem sie an Luke dachte –, aber er verging, und dann nahm Jason sie in die Arme, und mehr brauchte sie nicht.

Hinterher lagen sie in ihrem alten Bett und betrachteten die Sterne an der Decke. Jason drehte den Kopf zur Seite und zog ein eselsohriges Buch aus ihrem alten Bücherregal, doch sie legte ihm eine Hand auf den Arm.

»Was ist?«, fragte er und sah sie mit einem schläfrigen Lächeln an. »Hast du Angst, ich finde dein Tagebuch? Ich wette, da steht drin *Dieses Buch gehört Greta Foster.*«

Sie verdrehte die Augen. »Träum weiter.«

»Na, na!«, frotzelte er. Er trug neuerdings einen Fade Cut,

was ihn jünger aussehen ließ, und jetzt mit ihm in ihrem alten Bett zu liegen – sein Grinsen und seine Grübchen, bei deren Anblick sie früher immer weiche Knie bekam –, gaben ihr das Gefühl, als wäre die Zeit elastisch, als würden all ihre Fantasien aus der Teenagerzeit plötzlich wahr werden. Er kitzelte sie in der Taille, und sie erschauderte. Sie spürte, dass er sich das Lachen verkneifen musste, als er ihr ins Ohr flüsterte: »Von dem Tag an, als wir nebenan eingezogen sind, wolltest du mich heiraten, gib's zu.«

Greta schüttelte den Kopf. »So ein Quatsch.«

»Gib's zu!«

»Also gut«, räumte sie mit einem Lächeln ein. »Ein bisschen vielleicht. Aber dann bin ich erwachsen geworden.«

Er ließ den Kopf wieder auf das Kissen fallen und sah nachdenklich zu den Sternen hoch. »Fragst du dich manchmal, wo wir stünden, wenn …«

»Wenn was?«

»Wenn wir ein Paar geworden wären.«

Greta sieht ihn wortlos an, zu verblüfft, um zu antworten.

»Glaubst du, dann wären wir hiergeblieben?«

»In Columbus?«, fragte sie. »Nie im Leben.«

Er lächelte. »Ich weiß nicht. Manchmal kann ich's mir direkt vorstellen. Ein Häuschen hier im Viertel. Die Kinder spielen Fangen, bis es dunkel wird, so wie wir früher. Abendessen mit den Eltern. Grillen im Garten. Familienleben mit allem Drum und Dran.«

Sie wusste, dass er nur vor sich hin sinnierte, dass gerade an diesem Wochenende Wehmut in der Luft lag. Trotzdem irritierten sie seine Worte. Jason war der Einzige unter Gretas Freunden und Bekannten, der es genauso eilig gehabt hatte wie sie, diesem Ort, diesem Leben zu entkommen. Während der Highschoolzeit hatte er so besessen gelernt, dass er an der Columbia University in New York aufgenommen worden war, wo er sich, statt erst einmal durchzuatmen, mit doppeltem Elan ins Zeug gelegt und als einer der Besten seines Jahrgangs abgeschlossen hatte. Später wurde er der erste schwarze Finanzchef bei einem Hedgefonds, ein Posten, für den er doppelt so viel gearbeitet hatte wie seine weißen Kollegen, deren Väter jetzt seine Kunden waren oder mit seinen Kunden Golf spielten. Aber für Jason war es mehr als ein Job. Und New York war nicht irgendein Ort für ihn. Von beidem hatte er auf der Veranda des kleinen gelben Hauses nebenan geträumt. Und er hatte seine Träume verwirklicht.

»Du würdest doch niemals aus New York weggehen«, sagte Greta, der Jasons Worte immer noch merkwürdig vorkamen. »Oder?«

Er sah sie mit seinen braunen Augen an. »Kommt auf die Umstände an«, sagte er. »Und du?«

»Ich weiß nicht«, antwortete sie, während sie sich fragte, worüber genau sie hier eigentlich redeten. Aber in dieser Situation, unter ihnen die Trauerfeier, über ihnen die Leuchtsterne, konnte sie nicht klar denken. Sie wollte ihn küssen, und zugleich wollte sie weglaufen. Sie hätte sich gern an seiner Schulter ausgeweint, und zugleich hätte sie am liebsten die Flucht ergriffen. Sie wusste selbst nicht, was sie empfand. Aber das wusste sie sowieso selten.

»Vielleicht sollten wir wieder nach unten gehen«, sagte sie schließlich.

Er wirkte enttäuscht, richtete sich aber trotzdem auf. »Wahrscheinlich hast du recht«, sagte er mit einem Nicken.

Nachdem sie sich angezogen und ihre zerzausten Haare geglättet hatten, gingen sie mit einem Abstand von ein paar Minuten nacheinander nach unten. Kaum hatte Greta die Küche betreten, winkte ihr Vater sie zu sich. Er befand sich bereits im Gespräch mit Jason, der sie vielsagend angrinste.

»Sieh mal, wer hier ist!«, rief Conrad aus und klopfte Jason auf die Schulter. Wenige Tage nach dem Tod ihrer Mutter wirkte er bereits verändert – blass und grau –, aber er gab sich Mühe, versuchte in die Rolle zu schlüpfen, die Helen sonst immer übernommen hatte, wenn Gäste kamen. »Wie schön, dass du extra hergekommen bist, mein Junge. Es hätte ihr wirklich viel bedeutet.«

»War doch klar«, sagte Jason feierlich. »Ich habe sie sehr gemocht.«

»Bist du noch im Bankgeschäft?«, fragte Conrad. »Ich weiß, ihr beide bewegt euch in komplett verschiedenen Kreisen, aber seht ihr euch manchmal in New York?«

»Eigentlich nicht«, sagte Jason im selben Moment, als Greta sagte: »Manchmal.«

»Ich bin nicht cool genug, um zum Gefolge eines Rockstars zu gehören«, fuhr Jason fort und schenkte Greta sein charmantestes Lächeln. »Zu deinen Konzerten kommen bestimmt nicht viele Typen in Anzug und Krawatte.«

Greta hob die Brauen. »Wenn du mal auf einem gewesen wärst, dann wüsstest du's.«

»Die sind halt immer ausverkauft«, gab Jason grinsend zurück. »Aber zum Glück kennst du ja eine aus der Band.«

Sie sahen einander so tief in die Augen, dass Greta erst wieder merkte, dass ihr Vater neben ihr stand, als er seine Bierflasche hob. »Übrigens«, sagte er, »Luke hat eben angerufen.

Er hat doch noch einen Flug erwischt und lässt dir ausrichten, dass er morgen früh hier ist.«

Greta schaute auf ihre Füße, doch sie spürte, dass Jason sie beobachtete. »Super«, sagte sie leise. Dann ging ihr Vater los, um Asher mit dem Büfett zu helfen, und sie waren wieder zu zweit. Sie wappnete sich für was auch immer er sagen würde, doch er reichte ihr nur übertrieben förmlich die Hand.

»Mein herzliches Beileid«, sagte er, drückte ihr die Hand einmal ganz fest, drehte sich um und ließ sie allein in der Küche stehen.

Das war das letzte Mal, dass sie miteinander gesprochen haben. Den ganzen restlichen Tag über ging Jason ihr aus dem Weg, und als Luke am nächsten Morgen kam – übernächtigt von dem langen Flug –, war Jason längst wieder nach New York zurückgeflogen.

Greta legt ihr Handy ab. Nimmt es wieder in die Hand. In Ohio ist es kurz nach sechs, das heißt, ihr Bruder ist schon mit den Kindern aufgestanden. Sie fängt an, seine Nummer zu wählen, dann fällt ihr ein, dass sie auf dem Schiff nur begrenztes Datenvolumen zur Verfügung hat, und schreibt ihm stattdessen eine Textnachricht: *SOS. 12 Stunden geschafft. Noch eine Million vor mir.*

Wenige Sekunden später kommt Ashers Antwort: *Vier von uns haben Angina. Willst du tauschen?*

Greta antwortet: *Es ist nicht leicht, der Liebling zu sein,* ihr Standardspruch, wenn er sich über sein Leben beklagt, das Leben, das ihr Vater sich so verzweifelt auch für sie wünscht. Aber diesmal schreibt sie es nicht mit Überzeugung, denn wenn sie ehrlich ist, klingt Angina nur unwesentlich schlimmer als ihr eigenes Schicksal.

Asher schreibt: *Wie geht's Dad?*

Wie immer, antwortet sie.

Ich bin froh, dass du bei ihm bist.

Ich auch, schreibt Greta, dann löscht sie es wieder. Natürlich ist sie froh, dass er jemanden hat. Aber sie vermutet, dass sie beide wünschen, dieser Jemand wäre nicht sie. Sie schreibt: *Gute Besserung euch allen!*

Er verabschiedet sich mit *Bon voyage!*, und Greta schwingt die Beine aus dem Bett. Ein paar Minuten lang sitzt sie im Dunkeln da und lauscht den Schiffsgeräuschen, dann nimmt sie ihre Gitarre und hofft, dass ihre Kabinennachbarn inzwischen schlafen.

Leise beginnt sie zu spielen, ihre Finger bewegen sich behände über die Saiten. Als sie jünger war, haben ihre Lehrer immer versucht, sie zur Melodie zurückzudirigieren, wenn sie davon abwich, ohne zu merken, dass ihr das Experimentieren das Wichtigste war. Selbst heute noch fällt es Kritikern schwer, ihre Musik einzuordnen – ist es Indie oder Rock, Pop oder Folk? Eigentlich ist es ein bisschen von allem und zugleich nichts davon. Es ist ihr ganz eigener Sound.

Die Augenlider werden ihr wieder schwer. Ein *Schlaflied*, denkt sie, und legt die flache Hand über die Saiten, sodass sie verstummen. Dann verstaut sie die Gitarre vorsichtig im Koffer und kriecht zurück unter die Decke.

Als sie wieder aufwacht, zeigt der Wecker 09:21 Uhr an. Vor zwanzig Minuten war sie mit ihrem Vater am Büfett verabredet. Hastig steckt sie sich die Haare hoch, schlüpft in Leggings und schwarze Stiefel und zieht ihre Lederjacke über das Pink-Floyd-T-Shirt. Sie schnappt sich noch ihre Sonnenbrille und setzt sie auf, während sie die Kabine verlässt.

Im Aufzug, der sie nach oben bringt, fahren zwei alte Leute mit, die so tattrig sind, dass sie sich am goldenen Handlauf festhalten müssen, der an drei Seiten der Kabine befestigt ist. Die Frau – klein und buckelig, mit runzliger brauner Haut und hauchdünnem silbernen Haar – sieht Greta durchdringend an, dann zeigt sie mit dem Finger auf sie. »Sie sind sehr blass«, sagt sie mit sorgenvoll zusammengezogenen Brauen.

Greta nickt, denn die alte Frau hat recht. Sie kommt nach ihrer Mutter, deren Eltern beide aus Schottland stammten. Greta hat Helens dunkle Haare, Helens Sommersprossen und helle Haut, die schon in so vielen Zeitschriften als porzellanen beschrieben wurde, dass ihr Bruder sie gern damit aufzieht, die Leute würden bestimmt bald denken, einer ihrer Vorfahren müsse eine Toilettenschüssel gewesen sein.

»Denken Sie immer dran, Sonnenmilch zu benutzen«, sagt die alte Frau. »Wenn der Himmel grau ist, heißt das noch lange nicht, dass Ihnen nichts passieren kann.«

»Mach ich«, sagt Greta. Der Aufzug hält auf dem Lido Deck, und die beiden Alten steigen schlurfend aus. »Danke für den guten Rat!«

»Sie wollen ja mit neunundachtzig nicht aussehen wie ich«, ruft die Frau über die Schulter, und Greta lächelt.

»Ich würde mich glücklich schätzen.«

Im Restaurant entdeckt sie ihren Vater und die anderen ganz hinten in der Ecke. Sie sitzen an einem Tisch unter einem Gemälde von einem Grizzlybär, ihre Teller sind schon leergegessen. Ihr Vater hebt sein Sektglas, als er sie sieht, und Todd schiebt eins in ihre Richtung, während sie sich einen Stuhl heranzieht. Todd, das Fernglas um den Hals, ist bereits für den Tag gerüstet.

Greta beäugt ihr Glas stirnrunzelnd. »Ist es nicht ein bisschen früh für Sekt?«

»Ich dachte, du bist ein Rockstar«, frotzelt Davis, als sie einen winzigen Schluck trinkt. Sie spürt das Prickeln bis tief in den Hals.

»Gibt's was zu feiern?«, fragt sie.

»Na ja«, sagt Mary strahlend. »Wir haben heute Morgen eine E-Mail von Jason bekommen.«

»Was schon allein ein Grund zum Feiern ist«, bemerkt Davis lachend, aber Mary ist so glücklich, dass sie noch nicht mal die Augen darüber verdreht und einfach nur mitlacht.

»Die beiden haben sich gestern Abend verlobt!«, sagt Mary, und als ihr klar wird, dass Greta immer noch nicht begreift, fügt sie mit großen Augen hinzu: »Jason und Olivia.«

Einen Moment lang starrt Greta sie nur an. Sie hat noch nie von Olivia gehört. Das Schiff unter ihnen krängt leicht, und Greta spürt den Sekt in ihrem leeren Magen hin und her schwappen. Sie muss sich konzentrieren, um zu verhindern, dass er ihr hochkommt. »Wow«, stößt sie schließlich hervor, bemüht, etwas wie ein Lächeln auf ihr Gesicht zu zaubern. »Das ist … wow. Glückwunsch. Euch beiden.«

»Die Eltern des Bräutigams«, sagt Mary und strahlt ihren Mann an, der das erfreute Lächeln erwidert. »Wie schön das klingt.«

Eleanor lächelt ebenfalls. »Haben sie ein Foto vom Verlobungsring geschickt?«

»Ich konnte es nicht runterladen«, antwortet Mary. »Aber anscheinend hat er ihn auf einem Flohmarkt gekauft, also wer weiß …«

»Auf jeden Fall hat sie Ja gesagt«, bemerkt Conrad, »und das ist schließlich die Hauptsache.«

Mary seufzt beglückt. »Das stimmt. Sie hat Ja gesagt.«

»Seit wann sind die beiden denn schon zusammen?«, fragt Greta, so als wäre sie eine Sandkastenfreundin ihres Sohns und nicht seit zehn Jahren die gelegentliche Geliebte und Bettgenossin.

»Also, ich schätze mal, ein Jahr«, sagt Davis. »Sie ist sehr nett. Sie wird dir gefallen.«

»Ich freue mich so, dass er endlich die Richtige gefunden hat«, sagt Mary, und ausnahmsweise stört Greta sich nicht an Conrads Blick, der sagt, sie solle sich ein Beispiel an Jason nehmen. Sie hat viel zu sehr damit zu tun, den Gedanken zu verdauen, dass Jason Foster heiratet.

So sehr sie als junges Mädchen nach ihm geschmachtet und so sehr sie die Zwischenspiele mit ihm genossen hat, sie hat nie davon geträumt, ihn zu heiraten. Nicht im echten Leben. Jason arbeitet im zweiundvierzigsten Stock einer internationalen Bank. Er trägt Anzug und Krawatte und fährt mit einem schwarzen Auto zur Arbeit, und er verbringt seine Abende am liebsten in seiner Wohnung, in der alles blitzt und blinkt und die mit weißem Teppichboden ausgelegt ist, so makellos, dass sich Greta kaum traute, Rotwein zu trinken, wenn sie bei Jason zu Besuch war. Sie selbst bewohnt ein kleines, vollgestopftes Apartment, wo Pflanzen vor sich hin welken, sie ist dauernd auf Tour, hockt bis in die frühen Morgenstunden mit irgendwelchen Musikern in irgendwelchen Bars, wacht mitten in der Nacht, eine Melodie im Kopf, plötzlich auf und verbreitet mit dem Display ihres Handys grelles Licht im Zimmer bei dem Versuch, die Melodie einzufangen. – Jason und sie, das hätte nie im Leben klappen können.

Und dennoch fühlt es sich an wie ein Schlag in die Magengrube, als sie erfährt, dass er eine andere heiratet. Und wenn die beiden schon seit einem Jahr zusammen sind, bedeutet das außerdem, dass sie es auch schon waren, als Greta Jason am Tag der Trauerfeier in ihrem alten Kinderzimmer angetroffen hat. Natürlich ist sie auch nicht ohne Tadel; sie war zu dem Zeitpunkt selbst mit jemandem zusammen. Aber ihre Beziehung war schon auf dem absteigenden Ast, egal, ob Luke das wusste oder nicht. Jason hingegen hatte kurz davorgestanden, seiner Freundin einen Heiratsantrag zu machen. Und macht ihn das nicht zur größeren Kanaille?

Es ist ein seltsames Gefühl, wenn einem etwas genommen wird, das man nicht mal haben will. Greta spürt den Schmerz des Verlusts, er trifft sie an einer Stelle in ihrem Innern, von deren Existenz sie bisher gar nichts wusste. Sie denkt, vielleicht ist es ein Anflug von Trauer, aber wenn sie in sich hineinspürt, muss sie sich eingestehen, dass es sich eher anfühlt wie Verlegenheit oder sogar Eifersucht, obwohl sie sich nicht einmal sicher ist, worauf eigentlich. Ein solches Leben will sie gar nicht. Nicht jetzt. Und nicht mit ihm. Warum also erschüttert sie die Nachricht dermaßen?

Sie blinzelt, als sie gewahr wird, dass ihr Vater etwas zu ihr sagt. »Wie bitte?«

»Wir gehen ins Spa«, wiederholt er im Aufstehen. »Wir haben alle einen Termin um zehn.«

»Was für einen Termin denn?«, fragt sie verblüfft. Ihr Vater ist Biertrinker. Er ist Angler. Er sitzt gern im Sessel und schaut Baseball. In ihrem ganzen Leben hat Greta noch nicht erlebt, dass er ein Spa aufsucht; die Vorstellung, dass er in einem flauschigen Bademantel in einem Spa herumläuft, ist in etwa so seltsam, als wäre er in einem Clownskostüm zum Frühstück erschienen.

»Irgendeine Art Massage«, sagt Conrad mit einem Blick in Todds Richtung, der eine nagelneue Schirmmütze mit dem Logo der Kreuzfahrtgesellschaft auf dem Kopf hat. »Oder? Die anderen haben die Termine gemacht, ich hab keine Ahnung, worauf ich mich einlasse.«

»Es wird dir gefallen«, versichert ihm Eleanor, während sie in ihrer Handtasche nach ihrem Lippenstift sucht. »Es hilft dir, dich zu entspannen und auf andere Gedanken zu kommen.«

Conrads Lächeln erstarrt ein bisschen, aber er nickt tapfer. »Zumindest hoffe ich, dass es meinem Rücken guttut.«

»Wolltest du denn mitkommen?«, fragt Mary Greta. »Wir waren uns nicht sicher. Wir dachten, du bist vielleicht froh, uns alte Leute mal eine Weile los zu sein.«

»Nein, lass mal«, sagt Greta. »Ich frühstücke erst mal in Ruhe, wir sehen uns dann später.«

»Hier«, sagt Conrad und schiebt ihr ein Blatt Papier zu. Es ist eine Liste mit Aktivitäten, von denen er mehrere mit blauem Kugelschreiber eingekreist hat. »Wir haben um zehn unseren Termin im Spa, um zwölf Mittagessen im Restaurant Admiral, um zwei gibt's einen Vortrag, den ich mir gern anhören würde, und um drei ist Bingo ange–«

»Bingo?«, fällt Greta ihm ins Wort.

Er übergeht ihre Frage. »Gegen sechs kommen wir an einer Stelle vorbei, wo man Seelöwen beobachten kann, das wollen wir nicht verpassen.«

»Vielleicht bekommen wir da sogar ein paar Marmelalken zu sehen«, fügt Todd begeistert hinzu. »Die kommen hier oben ziemlich häufig vor.«

»Und vielleicht sehen wir auch ein paar Marmelalken«, wiederholt Conrad geduldig, als redete er mit einem aufgeregten Kind. In all den Jahren, seit sie Freunde sind, ist es Todd nicht gelungen, Conrad für sein Lieblingshobby zu gewinnen. »Und dann Abendessen im Portside-Restaurant und Absacker in der Pianobar.«

»Wow«, sagt Greta. »Ihr habt ja volles Programm.«

»Du kannst dich jederzeit zu uns gesellen«, sagt Conrad. »Ganz, wie du willst.«

»Hier.« Mary reicht Greta einen Prospekt mit dem Angebot an täglichen Aktivitäten. »Vielleicht ist ja auch was für dich dabei. Wir sehen uns später, okay?«

Greta nickt. »Alles klar. Viel Spaß im Spa.«

Dann sitzt sie allein am Tisch mit ihrem Kaffee und betrachtet das Gemälde mit dem Grizzlybär. Mit einer seiner gewaltigen Tatzen hält er einen silbrigen Fisch im Bachbett fest, während das Wasser um ihn herumfließt. Der Fisch hat riesige Augen und zappelt unter der Bärentatze, und Greta wird wieder flau im Magen. Sie reißt den Blick von dem Bild los.

Der Prospekt auf dem Tisch ist dick, die Blätter sind am Rand zusammengetackert. Greta blättert gedankenverloren darin, überfliegt die Kurzbeschreibungen der verschiedenen Programmpunkte und die Fotos von Jongleuren und Zauberern, Hypnotiseuren und Pantomimen, Rednern und Musikern. Plötzlich entdeckt sie ein vertrautes Gesicht. Auf Seite 11 befindet sich ein Foto von Benjamin Wilder, Bestsellerautor und Dozent an der Columbia University.

Aus irgendeinem Grund muss sie lachen. Er wirkt so ernst auf dem Foto, so professoral mit seiner Hornbrille und dem konzentrierten Gesichtsausdruck. Unter dem Foto ist eine

Kurzbiografie abgedruckt, in der es hauptsächlich um seinen Bestseller *Das Lied der Wildnis* geht, bei dem es sich anscheinend um eine fiktive Version der Lebensgeschichte von Jack London handelt, dem Autor von *Der Ruf der Wildnis* und *Wolfsblut* und anderen Romanen. Sie wirft einen Blick auf die Liste, die ihr Vater ihr gegeben hat, und sieht, dass der Vortrag, der für zwei Uhr angesetzt ist, den Titel trägt: »Jack London: Ein Blick auf Alaska«.

Eigentlich hatte sie nicht vorgehabt, sich an irgendeiner Aktivität zu beteiligen außer an der Beobachtung der Seelöwen. Aber als sie aufsteht, um sich am Büfett etwas zu essen zu holen, klemmt sie sich den Prospekt unter den Arm. Für alle Fälle.

Kapitel 7

Ihr Vater wundert sich, als er sie vor der Tür des Veranstaltungssaals stehen sieht, lässt es sich aber nicht anmerken. Sein Gesicht ist noch gerötet vom Aufenthalt im Spa, und die tiefe Falte zwischen seinen Augenbrauen, die sich seit Helens Tod dort eingegraben hat, ist fast verschwunden.

»Na, wie war's im Spa?«, fragt Greta. »Konntest du dich entspannen?«

»Ja, tatsächlich«, antwortet er und hebt die Arme, um sich zu strecken. Der Reißverschluss seiner marineblauen Golfjacke ist bis unters Kinn hochgezogen, und sein weißes Haar ist noch feucht vom Duschen. Wie so oft betrachtet sie die hakenförmige Narbe an seinem Kinn, die von einer Schlägerei aus seiner Zeit als Barmann stammt. Als Kind ist sie oft mit dem Finger über die Narbe gefahren. Inzwischen ist sein ganzes Gesicht von Linien zerfurcht. »Mein Rücken fühlt sich fantastisch an«, sagt er, während er die Arme sinken lässt. »Was machst du hier?«

Sie hält den Zettel hoch. »Du hast mir deinen Tagesplan gegeben.«

»Ich weiß«, sagt er und lässt den Blick über die Wartenden wandern. Neben dem Eingang zum Saal hängt ein Plakat mit dem Titel des Vortrags und einem Foto von Bens Buch, auf dessen Umschlag eine Schneelandschaft mit Schlittenhunden abgebildet ist. »Aber du hast dich doch noch nie für Vorträge interessiert.«

»Nur nicht, wenn du sie mir hältst«, witzelt sie, und zu ihrer Überraschung bringt ihn das zum Lachen. »Außerdem sitzen wir von morgens bis abends auf diesem Schiff fest, was soll ich also sonst machen?«

»Das klingt ja gerade so, als wären wir auf einem Segelboot. Die haben hier alles. Du könntest es zum Beispiel mal mit dem Casino versuchen. Oder im Atrium shoppen gehen.«

Greta sah ihn ungläubig an. »Glaubst du, dass mir so was Spaß macht?«

»Ich hab keine Ahnung, was dir Spaß macht«, erwidert er. »Außer Gitarre spielen.«

»Tja, das hab ich sogar schon versucht, aber meine Kabinennachbarn waren alles andere als begeistert.«

Er verdreht die Augen. »Bitte treib es nicht so weit, dass man dich vom Schiff wirft.«

»Wie sollten sie das denn machen?«, fragt sie. »Mich in einem Schlauchboot aussetzen?«

»Ich weiß nicht, aber wir sollten es lieber nicht drauf ankommen lassen.«

Hinter ihm entdeckt sie die Blooms und die Fosters, alle wirken gleichermaßen erfrischt. Als sich die Türen öffnen, schieben sie sich mit der Menge in den Saal. Greta schätzt das Durchschnittsalter der Leute auf etwa Mitte siebzig.

Als sie ihre Plätze einnehmen, flüstert Mary: »Hast du's gelesen?« Sie zeigt auf das Cover von Bens Buch, das von einem Projektor auf die Leinwand hinter der Bühne geworfen wird. »Wir hatten es mal in unserem Lesezirkel. Es ist großartig.«

»Ich hab noch nicht mal *Der Ruf der Wildnis* gelesen«, antwortet Greta, während sie sich im Saal umsieht. Hier finden abends die großen Shows statt, hier treten die Tänzer, Comedians und Zauberer auf, die ein großes Publikum anziehen. Jetzt ist der Saal mehr als zur Hälfte gefüllt, und das ist ziemlich beachtlich. Allerdings hat schon ein alter Mann zu schnarchen angefangen; er sägt vernehmlich, aber seine Begleiter scheint das nicht zu stören, oder sie bemerken es nicht.

Ihr kommt ein Gedanke, und sie wendet sich wieder Mary zu. »Wann?«, fragt sie etwas eindringlicher als nötig. »Wann habt ihr das Buch in eurer Gruppe gelesen?«

Zuerst wirkt Mary verwirrt, doch dann begreift sie, und sie tätschelt Gretas Hand. »Deiner Mutter hat es auch gefallen«, sagt sie mit einem Lächeln.

Als Ben auf die Bühne kommt, lehnt sich Greta vor. Er trägt einen Tweedblazer über einem blau-weiß-karierten Hemd, breitet die Arme aus und lächelt ins Publikum.

»Wow«, sagt er, offensichtlich erfreut über die zahlreichen Zuhörer. »Sieht aus, als hätten wir eine Menge Jack-London-Experten auf dem Schiff, was?«

Die Leute lachen.

Auf Bens Frage »Wer von Ihnen hat *Der Ruf der Wildnis* gelesen?« heben sich nicht wenige Hände. Er lässt den Blick über das Publikum wandern, und als er Greta entdeckt, hält er einen Moment überrascht inne. Sie hebt die Hand halb … bestimmt hat sie den Film irgendwann mal gesehen. Als Mary sie von der Seite ansieht, zuckt sie nur die Achseln.

»Und wie sieht's mit *Wolfsblut* aus?«, fragt Ben, während er den Blick von Greta losreißt.

Sie lässt die Hand sinken, dafür gehen ein paar andere hoch.

»Okay. Schön. Nicht schlecht. Aber jetzt kommt's: Wer hat *Die Kreuzfahrt der Dazzler* gelesen?«

Hier und da ertönt Gelächter, während sich die Leute umdrehen und feststellen, dass keine Hände mehr oben sind. Ben tut so, als wäre er total verblüfft.

»Kommt schon, Leute. Das war einer seiner ersten Romane. *Piraten in der Frisco-Bay*. Sehr wichtig für unsere Zwecke heute Abend, denn Sie sollten alle wissen, dass ich vorhabe, der Pirat dieses Kreuzfahrtschiffs zu sein.«

Eleanor lacht laut auf. »Kitschig, aber gut«, flüstert sie Greta zu. »Genau mein Typ.«

Ben stellt sich vor, hält sich aber nicht lange damit auf, sondern steigt sofort ein in die Schilderung von Jack Londons gefährlicher Alaskareise mitten im Klondike-Goldrausch und all den Geschichten und Romanen, zu denen die Wintermonate im Yukon-Territorium ihn inspiriert haben. Greta hat eigentlich damit gerechnet, dass es langweilig sein würde, sich anzuhören, welche Bedeutung Londons Geschichten in ihrem historischen Kontext haben und was sie in der heutigen Zeit problematisch macht. Aber so ist es ganz und gar nicht. Er ist nicht Billy Joel im Madison Square Garden, und er ist auch nicht Bruce Springsteen beim Asbury-Park-Festival, aber er ist ein guter Redner, der die Vergangenheit so lebendig werden lässt, dass ihm alle Zuhörer an den Lippen hängen. Und das will etwas heißen, wenn man bedenkt, dass die Hälfte des Publikums um diese Zeit normalerweise Mittagsschlaf macht.

Als nach dem Vortrag Fragen gestellt werden können, erteilt er einer Frau das Wort, die so heftig mit dem Arm wedelt, als wollte sie ein Taxi anhalten. »Wie lange haben Sie gebraucht, um Ihr Buch zu schreiben?«, fragt sie, dann lehnt sie sich zufrieden in ihrem Sitz zurück.

»Hm«, macht er, rückt seine Brille zurecht und lächelt die Frau an. »Ich würde sagen, mehr oder weniger mein ganzes Leben, also seit ich als Junge angefangen habe, über Jack London nachzudenken. Das eigentliche Schreiben hat dann ein paar Jahre in Anspruch genommen. Da mich das Thema seit meiner Kindheit interessiert, hatte ich bereits eine Menge Recherchematerial zur Verfügung.«

»Aber es ist doch ein Roman«, sagt ein Mann ein paar Reihen vor Greta. »Das hat es doch bestimmt noch schwieriger gemacht, immerhin musste die Geschichte ja auch spannend werden.«

Greta muss darüber schmunzeln, dass so viele Fragen zu seinem Schreibprozess denen ähneln, die man auch ihr schon in zahllosen Interviews gestellt hat, und sie spürt, dass seine Antworten ebenso wie ihre inzwischen ein bisschen abgedroschen sind. Trotzdem verfolgen alle sehr aufmerksam, was er sagt; offenbar haben sie sein Buch tatsächlich gelesen. Und zwar alle. Aus irgendeinem Grund überrascht sie das.

Als die Veranstaltung beendet ist, macht ihr Vater sich zusammen mit den Fosters und den Blooms auf den Weg zum Ausgang. »Wir wollen nicht zu spät zum Bingo kommen«, sagt Mary, als sie sich an Gretas Knien vorbeischiebt. »Kommst du auch?«

Greta blickt sich nach ihrem Vater um, unsicher, ob er möchte, dass sie mitgeht, doch zu ihrer Erleichterung hat er den Saal bereits mit Davis und Todd verlassen.

»Keine Sorge«, sagt Mary. »Wir passen schon auf ihn auf.«

Sie steht auf, um den anderen nach draußen zu folgen, und

während sie überlegt, was sie mit dem Rest des Tages anfangen soll, sieht sie, dass Ben noch immer vor der Bühne steht, umringt von einer kleinen Menschentraube. Er hat sich das Jackett ausgezogen und die Hemdsärmel hochgekrempelt, und es scheint ihm großen Spaß zu machen, mit den Leuten über sein Lieblingsthema zu plaudern. Dann kommt Greta plötzlich der Gedanke, dass Ben vermutlich außer ihr der einzige Mensch auf dem ganzen Schiff ist, der nicht als Nächstes die Bingohalle oder das Planschbecken ansteuert. Sie setzt sich wieder hin, lehnt sich gemütlich zurück und legt die Füße auf die Lehne des Sitzes vor sich.

Als sich der letzte Zuhörer trollt, sammelt Ben seine Unterlagen ein und schlingt sich seine Umhängetasche über die Schulter. Auf halbem Weg den Gang hinunter entdeckt er Greta, und seine Miene hellt sich auf.

»Hi«, sagt er, biegt in ihre Reihe ab und setzt sich einen Platz von ihr entfernt.

Sie lächelt. »Sie waren richtig gut.«

»War nicht mein erster Ritt«, sagt er, scheint sich jedoch geschmeichelt zu fühlen. »Sind Sie geblieben, um mir Fragen zu stellen? Ich hätte sie eigentlich nicht für einen Jack-London-Fan gehalten.«

»Bin ich auch nicht«, antwortet sie so schnell, dass er lacht. »Noch nicht.«

»Ich glaub, ich war die Einzige im Publikum, die Ihr Buch nicht gelesen hat.«

Er winkt ab. »Das Buch wird total überbewertet.«

»Bestimmt nicht.«

»Dann sind Sie bestimmt auch die Einzige, die die Kritik in der *Times* nicht gelesen hat«, sagt er mit einem verschmitzten

Blick. »Der Kritiker hat meinen Stil als ›schwülstig und selbstgefällig‹ bezeichnet.«

Greta lacht. »Ich hab schon Schlimmeres erlebt.«

»Jack London auch.«

»Der Mann scheint es Ihnen ja wirklich angetan zu haben«, sagt sie, »dass Sie ihm so viel Zeit widmen.«

Er nickt. »Eigentlich wollte ich immer eine neue Biografie über ihn schreiben, aber da gibt es einfach schon so viel, und irgendwann habe ich festgestellt, dass mich weniger die Fakten interessierten als die Geschichte. Da habe ich mich dann entschlossen, einen Roman zu schreiben.« Er sieht sich im Saal um. »Aber mit so viel Publikum hatte ich nicht gerechnet.«

»Wie denn auch?«, sagt Greta mitfühlend. »Man hofft natürlich darauf. Aber man kann nie wissen. Es ist wie Lotto spielen.«

»Genau«, sagt er, offensichtlich froh, dass ihn jemand versteht. »Zwei Jahre lang hab ich an dem Buch rumgebastelt, im Prinzip nur so zum Spaß. Aber dann habe ich es einem Freund in der Fakultät für Englische Literatur zu lesen gegeben, und der hat es seiner Agentur gezeigt, und dann ging alles ganz schnell. Eigentlich habe ich mich immer noch nicht an den ganzen Zirkus gewöhnt – Interviews, Lesereisen, Festivals ...«

»Kreuzfahrten.«

»Nein, nein, die Kreuzfahrten waren eingeplant. Warum sollte man sonst ein Buch schreiben?« Er lächelt, dann schüttelt er den Kopf. »Ich sollte mich nicht darüber lustig machen. In Wirklichkeit bin ich so aufgeregt, dass es schon fast peinlich ist. Ich war noch nie in Alaska.«

»Wirklich nicht? Auch nicht, um zu recherchieren?«

»Nein. Ich bin jeden Morgen um vier aufgestanden, um zu schreiben, bis die Kinder wach wurden. Für Recherchereisen hatte ich keine Zeit. Und auch kein Geld. Aber jetzt ist es endlich so weit.« Er sieht sie von der Seite an. »Und Sie?«

»Was ist mit mir?«, fragt sie zurück und sieht zur Decke hoch.

»Was machen Sie, wenn Sie nicht auf Kreuzfahrt sind?«

»Ich bin Musikerin.«

»Ich werd verrückt«, sagt er mit hochgezogenen Brauen. »Und welches Instrument spielen Sie?«

»Hauptsächlich Gitarre.«

»Ja, genau! Jetzt erinnere ich mich!« Er tut so, als würde er einen Gitarrenkoffer schultern, und ihr wird bewusst, dass sie ihn erst gestern zum ersten Mal mit der Schreibmaschine unterm Arm gesehen hat. »Und das machen Sie in echt?«

Sie weiß, wie die Frage gemeint ist: Er will wissen, ob die Musik ihr Beruf oder ihr Hobby ist. Das wollen die meisten Leute als Erstes wissen. Früher hat sie das geärgert, vor allem, als sie noch ganz jung war und sich danach sehnte, ernst genommen zu werden. Aber jetzt erfüllt es sie endlich mit Befriedigung, die sie sich nach so vielen Jahren der Plackerei, der Hoffnung und des Durchhaltens wohlverdient hat, nach so vielen Auftritten vor elf Zuschauern in Kellerkneipen und als Vorgruppe für Bands, die, obwohl sie viel schlechter waren, viel mehr Fans hatten. Natürlich konnte sie auch Erfolge verbuchen, und es ging stetig bergauf, aber ihren Durchbruch hatte sie erst vor wenigen Jahren, und es ist etwas anderes, wenn man das erst mit Mitte dreißig erlebt, nach zehn Jahren Ackerei auf dem Buckel. Nicht ihre Alben, die Menge der Fans oder das Geld bedeuten für sie, *es geschafft zu haben.*

Für sie bedeutet es, sagen zu können – und zwar klar und direkt, ohne Anführungszeichen oder Nachweise –, ja, das ist mein Beruf. Ja, ich bin Musikerin. So einfach ist das.

Im Lauf der Jahre hat sie sich schon alle Arten von herablassenden Kommentaren anhören müssen: *Fänd ich auch toll, den ganzen Tag Gitarre spielen zu dürfen* oder *Super, was machen zu können, das Spaß macht, statt zu arbeiten* oder *Davon kann man echt leben?*

Die Fans sind natürlich anders, und es werden jeden Tag mehr. Aber sie wird nie begreifen, warum die meisten Leute erst mal skeptisch sind. Vielleicht sind sie einfach missgünstig. Oder vielleicht sitzt es auch tiefer, vielleicht sind sie neidisch, weil sie die Verwegenheit besitzt, ihren Traum zu leben, während sie selbst ihre Träume längst begraben haben.

Aber als sie Ben antwortet, reagiert er beinahe ehrfürchtig.

»Wow«, sagt er. »Das ist … also, ich glaube, das ist das Coolste, was ich je gehört habe.«

Greta lächelt. Es dauert einen Moment, bis ihr bewusst wird, dass sie einfach dasitzen, als warteten sie auf irgendetwas.

Schließlich räuspert er sich. »Äh, also … Haben Sie gewartet, weil Sie noch eine Frage hatten?«

»Ja«, sagt Greta und steht auf. »Sie hatten doch vorgeschlagen, dass wir uns mal auf einen Drink treffen.«

Kapitel 8

Als sie den Saal verlassen, bleibt Ben stehen, um eine prächtige Treppe zu fotografieren, die zum nächsten tieferen Deck hinunterführt. Eine Minute später bleibt er wieder stehen, um eine Skulptur zu fotografieren, die einen Seeotter darstellt.

Greta wirft ihm von der Seite einen Blick zu. »Werden Sie dafür bezahlt, dass Sie das ganze Boot fotografieren?«

Er lacht. »Die sind für meine Kinder. Ich würde ihnen viel lieber Postkarten schicken, aber dafür sind sie zu ungeduldig.« Er tritt an ein Fenster und fotografiert die Aussicht: ein Streifen blaues Wasser und dunkle Fichten am Ufer. Dann steckt er das Handy ein. »Außerdem ist es ein Schiff.«

Greta zuckt die Achseln. »Pott wie Deckel.«

»Nicht ganz«, erwidert er. »Schiffe haben mindestens zwei Decks oberhalb der Wasserlinie. Dieses hier hat sogar elf. Und es wiegt über fünfhundert Tonnen. Und es wird von einem Motor angetrieben, der …« Er bemerkt ihren ungläubigen Blick.

»Sorry, ich bin ein Nerd«, sagt er im selben Augenblick, als sie sagt: »Gott, sind Sie ein Nerd.«

Sie überqueren das Lido-Deck, wo die chlorgeschwängerte Luft die Scheiben beschlägt. Im Pool, wo anscheinend gerade Wasseraerobic stattfindet, sind Dutzende Schwimmmützen zu sehen, die im türkisfarbenen Wasser auf und ab hüpfen.

Als sie das Atrium betreten, einen Bereich voller Läden und Restaurants, so als wären sie nicht auf einem Schiff, sondern an Land in einem Einkaufszentrum, sieht Greta Preeti, das Mädchen vom Vortag, gerade aus einer Kunstgalerie kommen. Als Preeti Greta erblickt, werden ihre Augen groß, sie reißt sich die Ohrstöpsel aus den Ohren und kommt angelaufen.

»Hi«, sagt sie, bedenkt Ben mit einem flüchtigen Blick und wendet sich wieder Greta zu. Sie hält ihr Handy hoch. »Ich hab meiner Freundin Caroline erzählt, dass ich Sie getroffen hab, aber sie glaubt's mir nicht. Könnten wir vielleicht zum Beweis ein Selfie machen?«

»Klar«, sagt Greta, der nicht entgeht, dass Ben verblüfft die Brauen hochzieht.

Er deutet auf Preetis Handy. »Soll ich es machen?«

»Äh, nein danke«, sagt sie und sieht ihn mit schmalen Augen an. »Es soll ja ein Selfie sein, also …«

»Alles klar«, sagt Greta, bemüht, nicht über seinen Gesichtsausdruck zu lachen.

Preeti tippt auf dem Display herum, dann hält sie das Handy hoch, und Greta beugt sich vor, sodass ihre beiden Gesichter zu sehen sind. Sie setzt ihr eingeübtes Lächeln auf, dann blitzt es, und sie richtet sich wieder auf.

»Der Beweis«, sagt sie, als sie sich das Foto ansehen. Im künstlichen Licht wirken Gretas Augen grüner, als sie sind, und ihr dunkles Haar ist zerzaust. Außerdem ist sie ungeschminkt, sodass sie ziemlich blass aussieht. Preeti strahlt und macht noch ein Selfie von sich mit der zum Peace-Zeichen erhobenen Hand.

»Ich hab immer wieder versucht, sie für Ihre Musik zu begeistern«, sagt sie, nachdem sie beide Fotos abgeschickt hat. »Aber Caroline steht eher auf Leute wie Taylor Swift – was natürlich total okay ist –, aber nachdem dieses Video von Ihnen sich dermaßen im Internet verbreitet hat, da …« Sie unterbricht sich, blickt von ihrem Handy auf und sieht Greta bestürzt an. »Oh, tut mir leid, ich wollte nicht –«

»Schon gut«, sagt Greta leichthin, obwohl ihre Wangen glühen. Sie sollte sich nicht so aus dem Konzept bringen lassen. Bloß weil sie sich auf einem Schiff am Ende der Welt befindet, heißt das nicht, dass sich irgendetwas geändert hat. Es bedeutet nicht, dass die Leute aufgehört haben, darüber zu reden. Aber es ist das erste Mal, dass jemand, den sie nicht kennt – jemand, der nicht zu ihrem Team gehört –, *sie* darauf anspricht. Und ganz plötzlich steht das Thema einfach so im Raum.

Preeti sieht sie immer noch mit großen Augen an. »Ich wollte nicht –«

»Ich weiß«, sagt Greta, darauf bedacht, keinen der beiden anzusehen – Preeti, der die Situation furchtbar peinlich ist, und Ben, der überhaupt nichts mehr versteht. »Es ist in Ordnung. Mach dir keine Gedanken.«

»Okay«, sagt Preeti schließlich. Sie scheint noch etwas sagen zu wollen, doch dann hebt sie nur verlegen ihr Handy. »Vielen Dank für das Selfie.«

»Keine Ursache«, sagt Greta übertrieben gut gelaunt. »Man sieht sich, okay?«

Als sie weg ist, geht Greta einfach weiter. Ben holt sie ein. »Was war das denn?«

»Nichts«, antwortet sie kopfschüttelnd. »Welche Bar schlagen Sie vor?«

Er sieht sie immer noch von der Seite an. »Sie sind also eine Berühmtheit.«

»Immer langsam. Ich bin mir ziemlich sicher, dass sie die Einzige auf dem Schiff ist, die mich kennt.«

»Ja, aber Sie haben *Fans*.«

»Sie doch auch«, sagt Greta, während sie auf die erste Bar zugeht, die sie entdeckt und die seltsamerweise dekoriert ist wie eine Strandbar auf einer Tropeninsel. Drinnen läuft gerade ein Song von Jimmy Buffett, und neben dem Eingang stehen künstliche Palmen. Sie drückt die Tür auf, doch dann merkt sie, dass Ben stehen geblieben ist. »Was ist?«

»Wer sind Sie? Echt jetzt?«

»Hab ich doch gesagt. Ich bin Musikerin.«

»Also ein Popstar oder so was?«

Sie runzelt die Stirn. »Sehe ich etwa aus wie ein Popstar?«

»Eigentlich nicht.«

»Wie gesagt, ich spiele Gitarre«, sagt sie achselzuckend, aber etwas an der Begegnung mit Preeti hat sie verunsichert. Sie denkt an das Festival am kommenden Wochenende, und ihre Hand umschließt das Handy in ihrer Jackentasche. Plötzlich hat sie das Bedürfnis, ihren Manager Howie anzurufen und ihm zu sagen, er soll alles abblasen. Ihm zu erklären, dass sie noch nicht wieder so weit ist. Dass es zu riskant ist, vorher auf die Bühne zu gehen.

Aber sie hat Howie nicht mal von dieser Kreuzfahrt erzählt. Sie hat niemandem davon erzählt, weder ihrer Pressesprecherin noch ihrer Plattenfirma noch ihrem Agenten, nicht einmal Yara, ihrer besten Freundin und Keyboarderin, die gerade mit Bruce Springsteen auf Tour ist und am besten verstehen würde, warum sie sich von allen zurückgezogen hat.

Seit einigen Tagen trudelt eine Flut von E-Mails und Textnachrichten ein, in denen es um das Festival und um die Veröffentlichung ihrer neuen Single geht. In den Betreffzeilen stehen Anfragen von Lokalsendern für Radioauftritte und von Musikjournalisten für Interviews, Strategievorschläge für die öffentliche Darstellung dessen, was im März passiert ist, um ihr Image wieder geradezurücken, Vorschläge für Gesprächsthemen und Termine.

Greta hat nichts davon gelesen.

Was gar nicht zu ihr passt. Sie ist eigentlich nicht der typische Rockstar, für den ihr Vater sie zu halten scheint: nur mit sich selbst beschäftigt, während sie anderen das Geschäftliche überlässt. Darum kümmert sie sich lieber selbst. Sie schreibt ihre Texte selbst und bestimmt die Lizenzvergaben, sie kommt pünktlich zum Soundcheck und verbringt endlose Stunden im Tonstudio. Auf der Bühne soll alles mühelos wirken. Und zwar nicht nur die Art, wie sie spielt – die wuchtigen Gitarrenriffs und die packenden Crescendi –, sondern auch ihr Auftreten: kraftvoll, rebellisch, faszinierend. Und all das ist sie tatsächlich auch, aber es ist harter Arbeit und dem Bestreben geschuldet, immer bessere Musik zu machen, die Leute immer mehr von ihrer Kunst zu überzeugen, damit sie zu ihren Konzerten kommen und ihre Alben kaufen.

Im Moment ist natürlich alles zum Teufel. Das Image und auch die Arbeitsmoral.

Jetzt will sie nur einen Drink und die Welt um sich herum vergessen.

Sie betreten die Bar und setzen sich an den Tresen. Der ganze Laden ist voller bunter Blumen, und die Barkeeper tragen Hawaiihemden. An einer Wand lehnt ein blaues Surfbrett.

»Typisch Alaska«, bemerkt Ben, nachdem sie bestellt haben – für ihn eine Margarita und für sie einen Erdbeer-Daiquiri, was sonst soll man in so einer Bar trinken?

»Ja«, sagt Greta und sieht sich um, »hier komm ich so richtig in Stimmung für einen Ausflug in die vereiste Tundra.«

Ben grinst. »Na ja, eine Tundra ist das nicht. Aber wir werden die interessantesten Landschaften Alaskas zu sehen bekommen, also der ganzen Welt eigentlich.«

Ihre Getränke kommen. Greta nimmt das Papierschirmchen aus ihrem Glas. »Sie haben Ihre Hausaufgaben ja wirklich gründlich gemacht.«

»Sie nicht?«

»Bei mir war es eine Entscheidung in letzter Minute.«

»Eine Last-Minute-Kreuzfahrt nach Alaska?«

Greta zögert kurz, überlegt, ob sie ihm ehrlich antworten soll. Dann sagt sie: »Ursprünglich sollte meine Mutter meinen Vater und ihre gemeinsamen Freunde auf dieser Reise begleiten, nicht ich.« Sie trinkt einen Schluck von ihrem Daiquiri, der viel zu süß ist. Als sie den Blick wieder hebt, ist Bens Lächeln verschwunden. »Ist schon gut«, sagt sie, obwohl es das nicht ist. Ganz und gar nicht. »Ist schon ein paar Monate her.«

»Das ist aber nicht lange.«

»Nein«, stimmt sie ihm zu. »Ist es nicht.«

Er klopft mit dem Finger gegen sein Glas. Sie bemerkt den etwas blasseren Streifen Haut, den sein Ehering hinterlassen hat.»Nett von Ihnen, Ihren Vater zu begleiten«, sagt er, und sie nickt.

»Die beiden hatten diese Reise jahrelang geplant, und er wollte sie nicht absagen. Also hat mein Bruder mich gebeten, unseren Vater zu begleiten.«

»Warum Sie?«

Sie hebt die Schultern. »Weil er drei Kinder und einen Vierzig-Stunden-Job hat.«

»Und Sie …?«

»Ich habe wenige tägliche Verpflichtungen und eine Million Vielfliegermeilen.« Sie trinkt einen großen Schluck. »Ist in Ordnung. Die Reise selbst fände ich gar nicht so übel, wenn ich nicht meinen Vater eine ganze Woche lang aushalten müsste.«

»Verstehen Sie beide sich nicht?«

»Nicht besonders.«

»Warum nicht?«

»Weil ich keine drei Kinder und keinen Vierzig-Stunden-Job habe.«

Er sieht sie ungläubig an. »Im Ernst?«

»Das ist zumindest ein Teil des Problems.«

»Und was ist der andere Teil?«

»Sagen wir einfach, ich bin nicht sein Liebling.«

Ben öffnet den Mund, um etwas zu sagen, schließt ihn jedoch wieder.

»Was denn?«

»Nichts«, sagt er. »Es ist nur … Ich möchte Sie so vieles fragen, dass ich gar nicht weiß, wo ich anfangen soll. Ich will Ihnen nicht auf die Nerven gehen.«

Greta lächelt. »So leicht geht man mir nicht auf die Nerven.«

»Okay. Ihr Vater –«

»Moment«, sagt sie und hebt ihr Glas, das inzwischen leer ist. »Zuerst bestelle ich mir noch einen Drink. Kann gut sein, dass ich noch mehrere brauche.«

»Na dann.«

Sie dreht ihren Barhocker so, dass sie Ben ansehen kann. Ihre Knie berühren sich fast, aber nicht ganz. »Haben Sie heute noch einen Vortrag?«, fragt sie.

Er schüttelt den Kopf.

»Sie haben also nichts mehr vor?«

»Nein«, sagt er. »Warum?«

»Dann schlage ich vor, dass wir uns jetzt volllaufen lassen.«

Ben lacht. »Keine gute Idee.«

»Warum nicht?«

»Ich bin dienstlich hier.« Er blickt sich um, als fürchtete er, jemand könnte ihn hören. »Ich vertrete die Columbia University.«

»Und das heißt? Haben Sie Angst, jemand könnte mit einer Frage zu *Der Ruf der Wildnis* an sie herantreten, und Sie wären zu betrunken, um zu antworten?«

Sein Gesichtsausdruck verändert sich, und er beugt sich mit leuchtenden Augen vor. »Hören Sie. Ich könnte einen ganzen Kasten Bier leertrinken und Ihnen immer noch jedes Detail aus Jack Londons Leben erzählen.«

Greta bedeutet dem Barkeeper, dass sie noch etwas bestellen wollen. »Das will ich sehen«, sagt sie und hebt ihr fast leeres Glas. »Greta.«

Er grinst und hebt ebenfalls sein Glas. »Angenehm. Ben.«

Kapitel 9

Nach dem dritten oder vierten Daiquiri eilt Greta zur Toilette, und als sie zurückkommt, sieht Ben sie merkwürdig an.

»Was ist?«, fragt sie. Er hält sein Handy hoch.

»Ich hab dich grade gegoogelt.«

»Oh-oh«, sagt sie leichthin, obwohl sich ihr ganzer Körper verkrampft. »Das klingt unheilvoll.«

Sie sucht in seinem Gesicht nach Anzeichen von Mitleid, ein Zeichen, dass er das Video gesehen hat, erkennt aber nur Staunen.

»Du bist ’ne richtig große Nummer«, sagt er und hält ihr sein Handy hin, als hätte sie um einen Beweis für seine Worte gebeten. Auf dem Display ist ein Bild aus einer Fotostrecke, die der *Rolling Stone* gemacht hat, nachdem ihr erstes Album herausgekommen war. Sie trägt ein eng anliegendes schwarzes Kleid, ihr dunkles Haar ist kunstvoll hochgesteckt, und irgendetwas an ihrem Make-up oder am Licht lässt sie ziemlich kantig aussehen. Ihre Augen sind riesengroß, grüner als in Wirklichkeit, und irgendwie herausfordernd.

Offenbar ist er mit seiner Googlesuche noch nicht weit gekommen. Dieses Foto ist das am meisten benutzte, das erste, das erscheint, wenn man ihren Namen eingibt. Aber wenn sie es jetzt betrachtet, sieht sie nur ihre Nervosität, wie fürchterlich sie in der Hitze der Scheinwerfer schwitzt, die Gereiztheit um ihre Mundwinkel, ausgelöst von der wiederholten Bitte des Fotografen, ihn anzusehen, ohne ihn anzusehen, was auch immer er sich darunter vorstellte.

»Du bist doch auch 'ne große Nummer«, sagt sie, während sie wieder auf den Barhocker neben ihm klettert.

Ben schüttelt den Kopf. »Das ist nicht dasselbe.«

»Doch. Du bist Bestsellerautor. Und du verdienst dein Geld mit dem, was du am liebsten machst.«

»Nicht am liebsten«, sagt er mit einem Achselzucken. »Nicht so wie du.«

Sie hebt die Brauen. »Woher willst du das wissen? Du hast mich doch grade erst kennengelernt.«

»Ich hab dich spielen sehen«, gesteht er mit einem Nicken in Richtung seines Handys, das er auf dem Tresen abgelegt hat. Trotz Vollbart kann er sein Erröten nicht verbergen.

»Wirklich?«

»Ja. Nur ein paar Sekunden. Aber du bist richtig gut.«

Sie hebt die Hand, um sein Kompliment wegzuwischen, wie sie es meistens tut, so als wäre es nichts. Doch dann überlegt sie es sich anders und nickt. »Danke.«

Der Barkeeper nähert sich, und sie bestellen noch eine Runde. Und etwas zum Knabbern. Es ist kurz vor fünf, und die Bar hat sich gefüllt. Es fällt beinahe beängstigend leicht zu vergessen, dass sie sich auf einem Schiff befinden und an der Küste von Alaska entlangfahren, eine Tatsache, die Greta jedes Mal, wenn sie daran denkt, seltsamer vorkommt.

»Wie bist du zur Musik gekommen?«, fragt Ben und stützt sich mit einem Ellbogen auf dem Tresen ab. »Wolltest du das schon immer? Spielst du noch andere Instrumente?«

»Ben«, sagt sie.

»Ja?«

»Du brauchst mich nicht zu interviewen.«

»Und wenn ich es aber möchte?« Er lächelt schüchtern und sieht ihr in die Augen.

Sie trinkt einen großen Schluck von ihrem Cocktail. »Ist es wirklich nicht das, was du am liebsten machst?«

»Was?«

»Das Schreiben.«

Er schüttelt den Kopf. »Ich gehöre nicht zu den Leuten, die sich schon als Kinder alle möglichen Geschichten ausgedacht haben. Ich bin auf Umwegen zum Schreiben gekommen.«

»Weil du Professor bist?«

»Weil ich ein Nerd bin.«

Sie lacht. »Ist das nicht das Gleiche?«

»Sehr witzig«, sagt er und sieht sie mit schmalen Augen an.

»Aber wirst du weiterschreiben?«

Er hebt die Schultern. »Ich habe einen Vertrag für ein weiteres Buch, aber ich komme irgendwie nicht weiter.«

»Worüber ist das Buch?«

»Herman Melville.«

»Aha«, sagt sie. »Wale.«

»Nicht nur.«

»Und was ist das Thema? Er ist nicht Jack London?«

Sie dachte, er würde wieder lachen, aber das tut er nicht. Stattdessen wirkt er auf einmal ernst. »Ich weiß nicht. Vielleicht. Also, ich habe *Der Ruf der Wildnis* auf einem Garagenflohmarkt entdeckt, als ich zehn war. Meine Eltern wollten sich einen Schaukelstuhl kaufen, das hat eine Weile gedauert, und als der Verkäufer gesehen hat, wie ich in einer Ecke saß und das Buch las, hat er gesagt, ich soll es behalten. Ich hab das Buch bestimmt hundertmal gelesen. Ich war so begeistert davon, dass ich im College eine Hausarbeit geschrieben habe, darüber, wie sehr ich mir wünschte, diesen Abenteuergeist zu besitzen, dass ich mich noch nie weiter als hundert Kilometer vom Hof meiner Eltern entfernt hatte, aber entschlossen war, mein Leben in die Hand zu nehmen. Tja, und auf einmal stand mir die Welt offen.« Er fährt sich durch den Bart, den Blick zum Fenster gerichtet. Draußen liegt eine Nebelschicht auf dem Wasser. »Wenn die Leute darüber reden, wie sehr ein Buch einen beeinflussen kann, muss ich immer lachen. Das stimmt natürlich, aber in meinem Fall ist es nicht bloß eine Metapher. Mein Leben wäre buchstäblich ganz anders verlaufen, wenn ich nicht auf dieses Buch gestoßen wäre. Oder vielmehr, wenn dieses Buch mich nicht gefunden hätte.«

Greta lächelt. »Es geht eben nichts über die erste Liebe.«

»Also, das Buch war viel beständiger als meine erste Liebe«, erwidert er verdrossen, dann lacht er gezwungen. »Sorry, es ist alles immer noch ziemlich frisch. Die Trennung, meine ich. Aber irgendwie hängt beides zusammen. Ich habe kurz nach unserer Hochzeit mit der Arbeit an *Lied der Wildnis* angefangen, und als das Buch vor einem halben Jahr erschienen ist, stand ich vor den Trümmern meiner Ehe.« Er starrt in sein Glas. »Jedenfalls ist die Geschichte beendet, und es ist Zeit, eine neue zu beginnen. Es fällt mir nur schwer, die Seite umzublättern.«

Greta weiß nicht so recht, ob er gerade über sein Buch oder seine Ehe redet. »Manchmal ist es schwer, neu anzufangen«, sagt sie. »Man investiert so viel von sich selbst in etwas, und dann soll man wieder von vorne anfangen, einfach so. Es heißt nicht umsonst, dass über dem zweiten Anlauf ein Fluch liegt.«

Er sieht sie verständnislos an.

»Na ja, es passiert doch immer wieder, dass Künstler mit ihrem Debüt einen Riesenerfolg haben und beim nächsten Anlauf total abstürzen.«

»War das bei dir so?«

Sie trinkt einen Schluck. »Das wird sich zeigen. Mein zweites Album kommt im Juli raus.«

»Wow«, sagt er. »Das wird bestimmt ein Hit.«

Greta nickt und unterdrückt den Impuls, ihm die ganze Geschichte zu erzählen. In den vergangenen drei Monaten hat sie in ihrem Bemühen, das Thema zu vermeiden, beinahe akrobatische Fähigkeiten entwickelt. Aber einem Fremden gegenüber – einem, den sie nach dieser Reise nie wiedersehen wird – überkommt sie beinahe das Bedürfnis, sich zu öffnen. Beinahe.

»Manchmal«, sagt er und fummelt am Rand seines Untersetzers herum, »habe ich das Gefühl, dass ich einfach nicht noch eins schreiben kann.«

Sie zieht die Brauen zusammen. »Könntest du es denn sein lassen? Einfach so?«

»Ich unterrichte gern. Ich bin gern unter Leuten. Aber das Schreiben ist eine einsame Tätigkeit. Es ist nicht dasselbe wie Musik machen.«

»Das kann aber auch ziemlich einsam sein«, entgegnet sie. »Ich bin viel unterwegs.«

»Ja, aber du hast eine Band.«

»Keine feste. Es sind immer andere Musiker, die gerade frei sind.«

»Und du hast Fans.«

»Du auch«, sagt sie. »Und einsam ist es trotzdem.«

Sie sehen sich eine ganze Weile nur an. Der Boden unter ihren Füßen schwankt, aber Greta ist sich nicht sicher, ob es der Alkohol ist oder das Schiff. Als ein neues Stück anfängt, sieht sie sich nach den Lautsprechern um. Als sie sich Ben wieder zuwendet, merkt sie, dass er sie immer noch mustert.

»Darf ich dich was fragen?«, sagt er, dann fährt er fort, ohne auf ihre Antwort zu warten: »Wünschst du dir, was sich dein Vater für dich wünscht?«

Greta verändert ihre Sitzposition. Es ist schon lange her, dass jemand sie das gefragt hat, dass sie überhaupt mit jemandem über ihre Vergangenheit gesprochen hat.

»Ich weiß nicht«, sagt sie schließlich. »Manchmal denke ich … vielleicht. Mir ist klar, dass ich mir das nicht ewig überlegen kann. Aber mir gefällt mein Leben. Meine Freiheit. Und ich bin gern egoistisch. Ich weiß, wie das klingt, aber es gefällt mir einfach, dass ich ein ganzes Wochenende an einem neuen Song arbeiten kann, wenn es mir passt. Es gefällt mir, an zweihundert Tagen im Jahr auf Achse zu sein, dass ich einfach ein paar Sachen packen und losziehen kann, ohne mich irgendjemandem gegenüber rechtfertigen zu müssen. Manchmal ist es schön, keine Verpflichtungen zu haben.« Sie schürzt die Lippen. »Ich weiß, wie das rüberkommt. Und ich weiß, dass es den meisten nicht so geht. Die meisten sehnen sich nach Sicherheit, sie wünschen sich jemanden, der für sie da ist, einen Lebensgefährten.«

»Du nicht?«

»Ich weiß nicht«, sagt sie. »Es ist ja nicht so, als hätte ich noch nie eine Beziehung gehabt. Manche waren sogar richtig gut. Aber es macht mir nichts aus, allein zu sein. Manchmal finde ich es genau richtig.«

Ben nickt. »Warum auch nicht.«

Sie dreht das Papierschirmchen in ihrem Glas hin und her. »Manchmal frage ich mich, ob ich das später vielleicht mal anders sehe. Wenn es zu spät ist. Aber jetzt will ich es nicht.« Sie sieht ihn durchdringend an, als rechnete sie damit, dass er versucht, sie umzustimmen. »Aber ich hab keine Lust, mich mit der Frage zu stressen, ob die zukünftige Greta auf die jetzige Greta sauer sein wird, weil sie es nicht auf die Reihe gekriegt hat, verstehst du?«

Er lacht. »Im Moment bin ich immer noch zu sauer auf den früheren Ben, um mir über den zukünftigen Ben Gedanken zu machen.«

»Fehlt es dir?«

»Was?«

»Verheiratet zu sein, eine Frau zu haben, ein Heim.«

Er fährt mit dem Finger über den Rand seines Glases. »Meine Töchter fehlen mir.«

»Erzähl mir von ihnen.«

Sein Blick ist so aufrichtig, so liebenswürdig ernst, dass Greta das Gefühl hat, sie weiß schon, was für ein Vater er ist, bevor er ein Wort gesagt hat. »Also, Avery ist sechs, und Hannah ist vier.« Er greift nach seinem Handy, vermutlich will er ihr ein paar Fotos zeigen. Doch dann überlegt er es sich anders und lässt das Handy liegen. »Avery ist ganz verrückt nach Einhörnern und Büchern und Ninjas, und Hannah ist verrückt nach allem, was ihre große Schwester interessiert.«

»Klingt, als hätten die beiden einen guten Geschmack.«

»Ja«, sagt er lächelnd. »Sie sind großartig. Also versteh mich nicht falsch, sie können auch anstrengend sein. Aber sie sind beide so lustig, absolut zum Piepen, und sie sind einfach ganz wunderbare kleine Persönchen.« Er zuckt die Achseln. »Das ist echt cool.«

»Und ihre Mutter?«, fragt Greta, um einen neutralen Gesichtsausdruck bemüht, auch wenn sie selbst nicht so recht weiß, warum. Sie hat kein Interesse an Ben, das kann es also nicht sein, denn er ist das genaue Gegenteil von allem, was sie jemals bei einem Mann gesucht hat. Er ist wie das Double des Mannes, bei dem sie gelandet wäre, wenn sie den normalen Weg eingeschlagen hätte: der Mensch, mit dem man sich eine Zukunft aufbaut, eine Zukunft mit Verlobungsring und Bausparvertrag, mit Sommerferien und Schwangerschaftstests, mit Babyparty und Kindergarteneingewöhnung – mit allem, was Greta schon bei der Vorstellung nur Schweißausbrüche beschert.

Aber er versprüht auch einen unglaublichen Charme, und Greta merkt, dass sie gerade etwa genauso viel Energie auf die Frage verwendet, warum sie eigentlich immer noch mit ihm redet, wie sie normalerweise dafür braucht, einen Vorwand für die Beendigung eines solchen Gesprächs zu finden.

»Sie ist …«, setzt Ben an und setzt sich anders hin. Er ist auf einmal total angespannt, von den Schultern bis zum Kiefer. »Wir sind nicht mehr … ich weiß nicht. Offiziell haben wir uns vor einem halben Jahr getrennt. Sie ist mit den Kindern in New Jersey geblieben, und ich bin in die Stadt gezogen. Aber es ist schon viel früher alles schiefgegangen.« Er reibt sich seufzend den Bart. »Wir haben uns in der Highschool kennengelernt.«

»Ach so«, sagt Greta, als würde das alles erklären.

»Also, während des Studiums waren wir ein paar Jahre getrennt, sie ist, na ja, sie war nicht die Einzige –« Er unterbricht sich, schüttelt den Kopf und setzt neu an. »Wenn man sich so lange kennt, ist das Zusammenleben irgendwann festgefahren, wie Farbe, die trocknet, oder Beton, der hart wird. Da bleibt dann kaum noch Raum für Veränderung. Und dann kommen die Kinder, was einerseits das Schönste ist, andererseits aber auch das Schwierigste, denn dadurch treten alle Probleme zutage, die man leichter ignorieren konnte, bevor da zwei Menschlein waren, die total von einem abhängig sind. Aber die Vorstellung, deine Familie zu zerstören, bloß weil du nicht so glücklich bist, wie du es sein solltest, bricht dir das Herz, also bleibst du. Dann stellst du fest, dass man die Familie auch auf andere Weise zerstören kann, subtiler, langsamer und …« Er sieht Greta an. »Tut mir leid. Ich wollte dich nicht als Therapeutin missbrauchen.«

»Alles gut«, sagt Greta.

»Jedenfalls sind wir jetzt getrennt. Seitdem läuft es besser. Aber auch komplizierter.«

»Ist es die Art Trennung, die zu einer Scheidung führt?«, will Greta wissen. »Oder ist es nur eine Pause?«

»Ehrlich gesagt, ich hab keine Ahnung.«

Greta nickt. »Was wünschst du dir denn?«

»Ehrlich gesagt, ich habe keine Ahnung«, sagt Ben noch einmal, diesmal mit einem gequälten Lächeln.

Aus den Lautsprechern verkündet eine Stimme, dass sie sich der Seelöwenkolonie nähern. Sie trinken aus und machen sich auf den Weg zum Deck, beide ein bisschen unsicher auf den Beinen. Als sie am offenen Eingang der Jazz-Bar vorbeikommen, bleibt Ben abrupt stehen.

»Sieh mal einer an«, sagt er, macht ein paar Schritte in den Raum hinein und lässt den Blick über die leeren Stühle und die stille Bühne wandern. Mehrere farbenfrohe E-Gitarren hängen über den Verstärkern, und Greta betrachtet sie sehnsüchtig; es fühlt sich an wie das Wiedersehen mit einem alten Freund in einem Meer unbekannter Gesichter. »Spiel doch mal was.«

Sie schüttelt den Kopf. »Ich kann die nicht einfach so nehmen.«

»Komm schon«, sagt er. »So viel Schüchternheit passt nicht zu einem Rockstar.«

»Im Moment fühl ich mich nicht besonders rockig«, sagt sie mit einem wehmütigen Lächeln.

Sie treten auf das Deck hinaus und blinzeln im hellen Tageslicht. Am frühen Morgen war die Luft noch neblig und grau, silbrig schimmerndes Wasser, so weit das Auge reichte. Doch jetzt bietet sich ihnen ein ganz anderes Panorama: glattes blaues Wasser, flankiert von hohen grauen Bergen. Auf dem Meer treiben kleine Eisschollen, und über allem liegt eine gespenstische Stille, nur der Wind erzeugt ein Dauerrauschen.

Ganz plötzlich fühlt Greta sich vollkommen nüchtern. Sie sieht sich nach ihrem Vater und den anderen um, kann sie jedoch nirgends entdecken zwischen all den Leuten, die sich an der Reling drängeln.

»Wow«, hört sie Ben leise, beinahe ehrfürchtig sagen und folgt seinem Blick.

Vor ihnen türmen sich lauter runde graue Felsen auf, und als das Schiff näher kommt, geht ein Murmeln durch die Menge. Zuerst sind die Seelöwen nur als vage braune Umrisse auszumachen, mehrere Dutzend, vielleicht auch mehr. Aber schon bald können sie einzelne Tiere erkennen, ihre spitzen Schnauzen und die kräftigen Flossen. Die meisten schlafen oder dösen reglos auf dem felsigen Untergrund. Andere heben den Kopf, um zu gähnen oder ein lautes Brüllen auszustoßen, und einige gleiten platschend ins Wasser.

Greta linst zu Ben hinüber, der die Szenerie ehrfürchtig betrachtet. Vermutlich würde er sich das genauso ansehen, wenn er nüchtern wäre, aber für sie hat das Ganze etwas leicht Surreales.

»Letztes Jahr war ich zu einem Vortrag nach San Francisco eingeladen«, sagt er, »und wir haben die Kinder mitgenommen. Ich hatte das ganze Wochenende verplant, Golden Gate Bridge, Lombard Street, Alcatraz, das ganze Programm. Aber das war alles vergessen, als wir zum Pier 39 kamen. Kaum hatten die Kinder die Seelöwen gesehen, wollten sie nicht mehr weg. Sie waren total fasziniert. Wir sind stundenlang dageblieben und haben ihnen dabei zugesehen, wie sie in der Sonne gedöst haben. Es war ein toller Tag.«

Greta lächelt, aber sie muss an die Sommerferien ihrer Kindheit denken, die sie meistens auf einem Zeltplatz in Michigan verbracht haben. Asher hat dauernd über die Mücken geschimpft, und Greta hat über ihren schweren Rucksack gejammert. Helen, die in ihrer Jugend durch Europa gereist war, hat die Nase gerümpft, wenn es mal wieder Bohnen aus der Dose zu essen gab, und Conrad hat vor sich hin geknurrt, während er das Zelt aufgebaut hat. Aber wenn sie abends am

Lagerfeuer saßen, die Hände klebrig von den gerösteten Marshmallows, die Wangen gerötet, war die Stimmung herzerwärmend, und die hat Greta begleitet, wenn sie in das alte, geflickte Zelt gekrochen ist, in dem sie zu viert schliefen, sie und Asher zwischen ihren Eltern. Manchmal nahm Conrad über die Kinder hinweg Helens Hand, und dann schlief Greta unter den verschränkten Händen ihrer Eltern ein, während der Wind am Zelt rüttelte.

Die Seelöwen sind inzwischen kaum noch zu sehen, ihr Gebrüll wird immer leiser. Die Leute gehen nach und nach wieder hinein, aber Greta und Ben bleiben noch an der Reling stehen, unfähig, sich vom Anblick der vorbeigleitenden Berge loszureißen.

»Wir sollten auch reingehen«, sagt Ben nach einer Weile. Greta merkt, dass sie zittert. »Wie wär's mit einem letzten Drink zum Aufwärmen?«

Ehe sie dazu kommt zu antworten, sieht sie ihren Vater auf sich zukommen, die Wollmütze tief in die Stirn gezogen. Als wäre sie wieder ein Teenager, richtet sie sich reflexartig auf in Erwartung einer Rüge, weil sie sich mitten am Tag betrunken hat.

»Hi«, sagt sie ein bisschen übertrieben heiter, woraufhin Conrad sie misstrauisch beäugt. Er sieht erst sie, dann Ben an, und Greta schüttelt den Kopf. »Sorry. Das ist Ben Wilder.«

»Ja, ich weiß«, sagt Conrad. »Ich war mit dir zusammen bei dem Vortrag heute Nachmittag.«

Greta nickt. »Ach ja, stimmt. Na ja, ich hatte noch ein paar Fragen, und …«

»Und da hast du die Gelegenheit beim Schopf ergriffen, deine Jack London-Kenntnisse aufzufrischen«, sagt Conrad, den Blick amüsiert auf Ben gerichtet. »Schätze, es gibt langweiligere Möglichkeiten, den Tag rumzukriegen.«

»Nicht nach Ansicht meiner Studenten«, sagt Ben gut gelaunt.

Conrad wendet sich wieder Greta zu. »Habt ihr die Seelöwen gesehen?«

»Klar«, sagt sie. »Die waren toll.«

»Was habt ihr sonst noch gemacht?«

Sie hebt die Schultern. »Wir waren in einer Bar.«

»Ach nein«, sagt er gespielt überrascht, was so unerwartet kommt, dass Greta lachen muss.

»Rum hebt die Moral auf einem Boot«, erklärt sie ihm, und Ben neben ihr fügt mit einem professoralen Nicken hinzu: »Das habe ich auch schon mal gehört.«

»Da will ich nicht widersprechen«, sagt Conrad. »Aber es ist kein Boot, sondern ein Schiff.«

»Siehst du«, sagt Ben grinsend zu Greta. »Was hab ich dir gesagt?«

Einen Augenblick lang hängen die Worte zwischen ihnen in der Luft, harmlos und banal. Dann verdüstert sich Conrads Miene. *Mist*, denkt Greta. Es geht blitzschnell. Er senkt den Blick und lässt die Schultern hängen. Wenn man es nicht besser wüsste, würde man ihn für launisch halten, als er aufblickt und jede Wärme aus seinem Blick verschwunden ist. Man würde denken, er sei einfach unberechenbar.

Aber Greta kennt ihn.

Ihre Gedanken sind noch zu langsam, aber ihr Herz beginnt schon schneller zu schlagen. »Was hast du denn heute noch vor?«, fragt sie ihn in dem vergeblichen Versuch, lässig zu klingen, die Situation zu überspielen, wie eine Schülerin, die weiß, dass ihre Freundinnen sauer auf sie sind, und sie versucht, es wiedergutzumachen.

»Ich habe dir den Plan gegeben«, antwortet er kühl.

»Ach ja, stimmt«, sagt Greta blinzelnd. »Ich weiß noch nicht, ob ich es zum Abendessen schaffe. Wollen wir uns einfach für morgen zum Frühstück verabreden?«

Conrads Miene ist versteinert. »Wie du willst«, sagt er, und ehe er sich zum Gehen wendet, fügt er hinzu: »Entweder bist du da oder nicht.«

Als er weg ist, pfeift Ben leise durch die Zähne. »Das ist also dein Vater.«

Greta nickt.

»Ich schätze, du brauchst jetzt einen Drink.«

Nein. Sie ist plötzlich völlig erschöpft und will nur noch allein sein. »Ich glaub, ich zieh mich in meine Kabine zurück«, sagt sie, bereits unterwegs zu der hölzernen Eingangstür.

»Alles klar«, sagt er und folgt ihr. »Das sollte ich auch tun. Ich muss noch ein paar Hausarbeiten benoten.« Sie sieht ihn skeptisch an, und er lacht. »Zuerst trinke ich ein paar Tassen Kaffee.«

Drinnen begegnen sie dem älteren Ehepaar aus dem Aufzug. Die Frau schlurft mit Hühnerschrittchen den Gang entlang. »Kein Sonnenbrand«, sagt sie erfreut.

»Kein Sonnenbrand«, ruft Greta ihr im Vorbeigehen zu.

Ben grinst. »Noch ein Fan von dir?«

»So was in der Art«, sagt Greta.

Vor den Aufzügen stehen jede Menge Leute, alle reden aufgeregt über die Seelöwen. Ohne sich abzusprechen, drehen Greta und Ben sich um und nehmen die mit rotem Teppich ausgelegte Treppe.

»Darf ich fragen …«, setzt Ben an und betrachtet sie von der Seite. »Was war das da eben?«

Greta seufzt. »Kennst du das Spiel Tabu, wo man ein bestimmtes Wort oder eine bestimmte Redewendung vermeiden muss?«

»Ja.«

»Tja, du hast das Falsche gesagt.«

»Ich?«, fragt er verblüfft. »Was war es denn?«

»Was hab ich dir gesagt.«

Er runzelt die Stirn. »Hä?«

»Was hab ich dir gesagt, das ist die Redewendung, die du hättest vermeiden müssen.«

»Ich versteh überhaupt nichts.«

»Es ist der Titel eines meiner Songs«, sagt sie keuchend, während sie die nächste Etage hinter sich bringen. »Mein erster großer Hit.«

»Ah.« Endlich begreift er. »Und er handelt von deinem Vater.«

»Ja.«

»Und es ist kein Liebeslied.«

»Nicht direkt.«

Er nickt. »Wie schlimm?«

»Der Song oder die Konsequenzen?«

»Die Konsequenzen«, sagt er. »Ich geh mal davon aus, dass der Song großartig ist.«

»Ist er auch«, sagt sie mit einem Lächeln und beschließt, es dabei zu belassen.

Als sie den siebten Stock erreichen, bleibt sie stehen. Ben ebenfalls.

»Hier wohne ich«, sagt sie und nickt in Richtung des langen Gangs.

Als sie sich einander zuwenden, wird ihr bewusst, wie groß er ist, und unwillkürlich überlegt sie, wie sie es anstellen würde, wenn sie ihn küssen wollte, ob es ausreichen würde, sich auf die Zehenspitzen zu stellen, oder ob er sich zusätzlich zu ihr herunterbeugen müsste. Er ist ihr mit jedem Daiquiri sympathischer geworden – das ungezwungene Lächeln, die Wärme in seinem Blick, die Art, wie er sich vorbeugt, wenn er ihr zuhört, so als würde er jedes Wort aufsaugen, das sie sagt –, aber es ist sinnlos, denn er ist eigentlich immer noch verheiratet, und sie ist eigentlich immer noch ein nervliches Wrack, und dass sie überhaupt darüber nachdenkt, liegt einzig und allein daran, dass sie beide betrunken und allein und am Ende der Welt sind. In der wirklichen Welt, an Land und nüchtern, würden sie überhaupt nicht zusammenpassen.

Während sie seine Lippen betrachtet, muss sie an Jason denken, dann an Luke, dann an Bens Frau mit seinen zwei Kindern. Das Schiff krängt unter ihren Füßen, und es ist schwer zu sagen, wie viel am Alkohol liegt und wie viel am Meer, was wirklich ist und was nicht. Sie stützt sich an einer Wand ab, was Ben verblüfft. Etwas flattert in seinen Augen, sie weiß nicht, was. Dann räuspert er sich.

»Ich glaube«, sagt er, »der zukünftige Ben würde es dem jetzigen Ben sehr übel nehmen, wenn er dich nicht fragte, ob wir uns wiedersehen wollen.«

Als Erstes empfindet Greta eine Welle der Erleichterung, und ehe sie das Gefühl analysieren kann, überkommt sie Freude. Sie nickt benommen. »Gern.«

»Schön«, sagt er und geht ein paar Schritte rückwärts. »Ich werde dich finden.«

»Danke«, sagt sie, bereits auf dem Weg zu ihrer Kabine, und obwohl sie weiß, dass ihre Antwort nicht zu seinen Worten passt, stimmt sie doch. Sie würde sich sehr freuen, gefunden zu werden.

Montag

Kapitel 10

Irgendwann nach Mitternacht klingelt das Kabinentelefon. Gretas benebeltes Gehirn hält es für Weckerklingeln, aber bis sie das verdammte Ding auf den Boden geworfen hat und es in der Kabine stockdunkel ist, weil die roten Ziffern nicht mehr leuchten, ist das Telefon verstummt.

Als es wenige Sekunden wieder klingelt, nimmt sie ab.

»Ich stehe unter Quarantäne«, sagt die Stimme am anderen Ende, und Greta braucht einen Moment, um eine Frage herauszubringen.

»Was?«

»Quarantäne«, wiederholt die Stimme. »In meiner Kabine.«

»Wieso? Was ist passiert? Ist alles in Ordnung?«

Ihr Vater seufzt. »Ich hatte ein flaues Gefühl im Magen, deswegen hab ich angerufen, um mich zu erkundigen, ob ich das Geld für die Besichtigung der Konservenfabrik morgen zurückerstattet bekomme, aber offenbar geraten die hier auf dem Schiff in Panik, wenn jemand sich nicht ganz auf der Höhe fühlt, und –«

»Welche Konservenfabrik?«

»In Juneau«, antwortet ihr Vater ungehalten. »Wir sollen – Ach, egal. Ist nicht wichtig. Ich wollte dir nur erzählen, dass ich unter Quarantäne stehe.«

Das Schiff schaukelt gewaltig. Greta kneift die Augen zu und wünscht, sie hätte nicht so viele Daiquiris getrunken.

»Bist du krank?«, fragt sie und fühlt sich selbst auch ein bisschen flau.

»Quatsch, mir geht's gut«, knurrt Conrad. »Man braucht sich nur ein bisschen zu übergeben, und die behandeln einen wie einen Aussätzigen, auch wenn das Schiff schlingert, als würden wir im Bermudadreieck rumkurven. Ich schwöre dir, ich –«

»Du musst also in der Kabine bleiben?«

»Ja.«

»Und wie lange?«

»Noch mindestens achtzehn Stunden.«

»Auweia.«

»Genau.«

Sie schweigen eine Weile, dann überwindet sich Greta zu der Frage: »Möchtest du, dass ich rüberkomme?«

»Ich darf keinen reinlassen«, sagt er, ohne seinen Frust zu verbergen. »Das ist ja der Sinn und Zweck der Quarantäne.«

Sie gibt sich Mühe, sich die Erleichterung nicht anmerken zu lassen. »Ach so. Brauchst du denn irgendwas?«

»Nein, danke«, sagt er. »Aber kannst du den anderen sagen, dass ich morgen nicht an der Tour teilnehmen kann? Du kannst an meiner Stelle mitgehen, wenn du willst. Zuerst steht die Konservenfabrik auf dem Programm, dann eine Rundfahrt mit der Tram.«

»Oh«, sagt Greta, ihre Stimme klingt beinahe schrill. »Ja gut. Ich könnte –«

»Du musst ja nicht«, knurrt er.

Wieder entsteht ein kurzes Schweigen. Es ist so dunkel in

der Kabine, dass es ihr beinahe vorkommt, als würde sie schweben, und sie umklammert das Telefon ein bisschen fester. Sie muss daran denken, wie sie früher immer nach einem Krach mit ihm in den Garten geflüchtet ist und auf der alten Schaukel gesessen hat, bis es dunkel war. Damals haben sie sich wegen jedem Kinkerlitzchen gestritten: wegen ihrer Schulnoten, weil sie sich mal wieder rausgeschlichen hatte, weil ihr die Gitarre wichtiger war als Mathe oder Bio, wichtiger als alles andere.

Schon damals hat sie den Tagen nachgetrauert, an denen Conrad vor der offenen Garage gestanden und ihr zugehört hat, ein Schattenbild vor der untergehenden Sonne. Aber da war sie kein achtjähriges Kind mit einer viel zu großen Gitarre mehr, das vor lauter Konzentration die Zunge herausstreckte. Sie war zwölf, dann dreizehn, dann vierzehn, trug Jeans und Flanellhemden und abgetragene Converse-Sneaker, war dauernd genervt über die Ungerechtigkeit, am Stadtrand von Columbia aufwachsen zu müssen, wo absolut nichts los war. Inzwischen hatte ihr Vater begriffen, dass er sie an die Musik verlieren würde, dass sie sich für diesen Weg entscheiden würde, und so hatte sich der große Scheinwerfer seiner Aufmerksamkeit auf Asher gerichtet, der im Footballteam der Highschool spielte und ein Ass in Mathe war, der ein Sweatshirt der Ohio University trug und von allem träumte, wovon Conrad einmal geträumt hatte, von allem, was Conrad nicht hatte: von einem Universitätsabschluss, einer Karriere, einem besseren Leben, als seine Eltern es hatten.

In dem Sommer, als sie fünfzehn wurde, entdeckte Greta in dem Plattenladen, wo sie nach ihrem Job im Supermarkt immer noch ein bisschen abhing, einen Zettel am schwarzen

Brett, auf dem ein Gitarrist gesucht wurde. Als sie zum Vorspielen aufkreuzte, waren alle älter als sie, achtzehn, neunzehn, zwanzig. Sie beäugten sie mit einem mitleidigen Grinsen, bis sie anfing zu spielen. Sie wurde genommen. Die Proben fingen jeden Abend um neun an, und da sie unter der Woche nur bis neun Ausgang hatte, wurde sie eine Meisterin darin, sich aus dem Haus und wieder hinein zu schleichen. Aber manchmal wurde sie auch erwischt, und dann gab es jedes Mal Krach, und es gab so oft Krach, dass sie irgendwann dagegen abgehärtet war und sich gar nicht mehr dafür interessierte, was Conrad von ihr dachte.

Als sie im zweiten Highschooljahr war, hatten die anderen Bandmitglieder die Schule abgeschlossen und fingen an zu studieren. Was in Ordnung war. Sie hatten sowieso nie irgendwelche Gigs gehabt, hatten nur im Keller von einem namens Topher geprobt, und Greta war sowieso besser gewesen als die anderen. Trotzdem schlich sie sich weiter abends von zu Hause weg. Sie versteckte Zigaretten in ihrem Zimmer, trampte in die Stadt, wenn eine Band auftrat, die sie interessierte. Also gab es weiter dauernd Krach. Helen versuchte zu vermitteln, die Wogen zwischen den beiden zu glätten, trotzdem flüchtete Greta jedes Mal in die Kühle des Gartens und saß noch lange auf der Schaukel, mal kochend vor Wut, mal weinend, mal einfach nur erschöpft, was meistens damit endete, dass sie sich vorzustellen versuchte, wie es wäre, wenn sie ein anderes Leben hätte, an einem anderen Ort, mit einem anderen Vater.

Hin und wieder kam er nach draußen und gesellte sich zu ihr. Aber er entschuldigte sich nie und versuchte auch nie, sich zu erklären, obwohl Greta den Verdacht hatte, dass ihre Mutter ihn geschickt hatte, damit er genau das tat. Aber dazu war er zu stur. Und sie war nicht weniger stur. Er setzte sich nur auf die Schaukel neben ihr, der Balken, an dem die Schaukeln hingen, quietschte unter seinem Gewicht, und dann saßen sie dort im Dunkeln und betrachteten die Sterne.

Sie konnten schon immer besser gemeinsam schweigen.

»Es tut mir leid«, sagt Greta jetzt, das Telefon fest ans Ohr gedrückt, »dass du den Ausflug nach Juneau verpasst.«

Als Conrad antwortet, klingt seine Stimme weicher. »Mir auch.«

»Ich sehe nach dir, wenn wir zurück sind.«

»Du kannst nicht in meine –«

»Kabine, ich weiß«, sagt sie. »Ich meinte, ich ruf dich an.«

»Ach so«, sagt er. »Okay.«

Sie nickt in der Dunkelheit. »Okay.«

Dann legt er auf.

Sie findet sofort wieder zurück in den Schlaf, es ist ein tiefer, traumloser Schlaf, wie nach einem Auftritt. Als sie aufwacht, nimmt sie ihr Handy vom Tisch und sieht, dass es schon fast neun ist.

Das Büfett ist auf dem Lido Deck, und heute ist es besonders voll. Zwei Kinder, die sich mit Puderzucker bestäubte Donuts wie Ringe auf die Finger gesteckt haben, rennen an ihr vorbei, und ein Pfleger, der einen alten Mann in einem Rollstuhl schiebt, versucht, an der Schlange vorbei an den Kaffeeautomaten zu gelangen. An einem der Fenstertische entdeckt Greta Mary und Eleanor, die sich über ein Handy beugen.

Die beiden so dasitzen zu sehen, haut sie um, eigentlich müsste ihre Mutter auch dabei sein, denkt sie. Diese Frauen waren für Helen genauso Familie wie Conrad, Greta und Asher, die drei haben ewig zusammengehockt, sich über das Gärtnern ausgetauscht, einander Ratschläge gegeben, wie man eine Gehaltserhöhung verlangt, haben, wenn eine krank war, für deren Familie gekocht, gemeinsam Partys organisiert. Im Sommer haben sie einander im Garten besucht, im Winter in der Küche. Sie waren Freundinnen, beste Freundinnen, aber sie waren auch Familie.

Und jetzt sind sie nur noch zu zweit.

Als Greta an den Tisch tritt, strahlt Eleanor sie an. »Mary hat mir grade ein paar Fotos von Jasons Heiratsantrag gezeigt«, sagt sie und dreht das Handy um. Greta bleibt keine Zeit, sich zu wappnen; unverhofft sieht sie ein Foto von Jason vor sich, auf dem Knie vor einer bildschönen Asiatin, die aussieht, als wäre sie einem J. Crew-Katalog entsprungen.

»Er hat es im Central Park gemacht«, sagt Mary stolz. »Sie war schockiert.«

Wer nicht?, würde Greta am liebsten fragen, verkneift es sich aber.

Vor Jahren saßen Jason und sie mal in einer Bar im East Village, wo ein Typ – wie er das geschafft hatte, war ihnen schleierhaft – einen Ring im Spielmarkenschlitz eines Spielautomaten erscheinen ließ. Dann sank er auf dem verdreckten Boden vor ihr auf die Knie, und das Mädchen brach in Tränen aus. Jason hat Greta angesehen und nur die Augen verdreht.

»Wie würdest du's denn machen?«, hat sie ihn gefragt.

»Überhaupt nicht«, lautete seine Antwort.

Diese Aversion gegen eine feste Bindung gehörte zu den Dingen, die sie gemeinsam hatten. Wenn sie schon mal bei ihm übernachtete, räumte er die Zahnpasta immer, wenn sie sie benutzt hatte, wieder dahin, wo sie hingehörte. Wenn sie morgens aufwachten, begann er seinen Tag, als wäre sie nicht da. Und das fand Greta völlig in Ordnung, denn sie machte es nicht anders, wenn er mal bei ihr übernachtete. Sie waren zwei unabhängige Menschen, die alles haben wollten; sie hatten gern abends jemanden im Bett, aber der sollte am nächsten Morgen gefälligst wieder verschwinden.

Aber das hat sich offensichtlich geändert.

»Wow«, sagt Greta, während sie das Foto wie eine FBI-Agentin auf der Suche nach Anzeichen für eine Geiselnahme betrachtet, dass Jason unglücklich ist. Aber sie findet nichts Verdächtiges. Jason wirkt überglücklich, wie er da im Central Park vor der Frau kniet, die er angeblich liebt, und ihr einen Heiratsantrag macht.

»Was macht sie?«, fragt sie.

»Sie ist Tierärztin«, sagt Mary, immer noch lächelnd.

»Oh«, sagt Greta überrascht. »Ist ja ein Ding.«

»So haben sie sich kennengelernt«, sagt Mary. »Sie hat seinen Hund behandelt.«

»Jason hat einen Hund?«, fragt Greta, den makellos weißen Teppichboden in seiner Wohnung vor Augen. »Seit wann?«

Mary runzelt die Stirn. »Seit einem Jahr vielleicht.«

»Seht ihr zwei euch denn eigentlich nie?«, fragt Eleanor. »So groß kann New York doch nicht sein.«

»Es ist größer, als du denkst«, erwidert Greta missmutig.

Davis und Todd kommen an den Tisch, die Teller voll beladen. Sie geben ein seltsames Paar ab: Todd, hager und blass und dermaßen der Typ Schadenssachverständiger, dass es fast schon lächerlich ist, dass er tatsächlich einer ist, und Davis, breitschultrig und muskulös und vor Selbstbewusstsein strotzend.

»Hallo Kleine«, sagt Davis und setzt sich auf einen für ihn viel zu schmalen Stuhl. »Ich hab gehört, dein Vater hat heute Nacht ein bisschen am Badezimmerboden gelauscht.«

»Hast du mit ihm gesprochen?«

Er nickt und gießt Ahornsirup über seine Pancakes. »Es geht ihm ziemlich schlecht.«

»Heute Nacht klang er aber nicht so elend. Nur genervt.«

»Ja, genervt ist er auch«, sagt Davis. »Aber morgen geht's ihm bestimmt wieder gut.«

»Wir glauben nicht, dass es am Essen gelegen hat«, sagt Eleanor, während sie besorgt zusieht, wie Todd sich eine Gabel voll Rührei in den Mund schiebt. »Schließlich haben wir alle nichts.«

»Wahrscheinlich hat er sich irgendwo was gefangen, bevor wir aufs Schiff gegangen sind«, sagt Mary. »Hoffen wir, dass er's bald überstanden hat.«

Unterm Tisch schickt Greta Conrad eine SMS: *Geht's dir gut?*

Conrad antwortet sofort mit einem sarkastischen: *Super!*

»Kommst du heute an seiner Stelle mit?«, fragt Davis, und Greta blickt auf. »Wir kriegen heute vorgeführt, wie Lachs in Dosen verpackt wird.«

»Und dann geht's hoch auf den Mount Roberts«, sagt Todd und schiebt einen Prospekt über den Tisch. Auf dem Deckblatt ist eine rote Pendelbahn abgebildet, die einen steilen, von Bäumen bewachsenen Berg hochfährt. »Ich hoffe, dass wir da oben ein paar Dendragapus fuliginosus zu sehen kriegen.«

»Das klingt wie ein Ausschlag«, bemerkt Eleanor.

»Oder wie ein seltener Whisky«, sagt Davis.

»Unsinn«, sagt Todd. »Es handelt sich um ein Waldhuhn, das hier oben heimisch ist.«

Greta studiert die Fotos der Pendelbahn. Sie ist sich nicht sicher, ob sie die vier einen ganzen Tag lang aushält. Nicht nur, weil Davis den Reiseleiter mit Fragen löchern wird und Mary versuchen wird, sie in alles einzubeziehen, und Eleanor alberne Gruppenfotos machen wird und Todd auf dem Berg rumlaufen und Vogelgeräusche machen wird.

Sondern weil diese Reise eigentlich mit ihrer Mutter geplant war.

Mary scheint ihre Gedanken zu lesen. »Fühl dich nicht unter Druck gesetzt«, sagt sie. »Wir haben fünf Plätze auf dem Boot um zwanzig nach eins gebucht, falls du Lust hast.« Sie schiebt ihr einen anderen Prospekt zu. »Und wenn nicht, wirst du dich in Juneau bestimmt nicht langweilen.«

»Danke«, sagt Greta mit einem erleichterten Lächeln, nimmt den Prospekt und steht auf, um sich etwas zum Frühstücken zu holen.

Während sie am Büfett in der Schlange steht, blättert sie in dem Prospekt. Zur Auswahl stehen Walbeobachtung, Hubschrauberflüge und Schlittenhundfahrten. Als ihr Blick auf ein Foto des Mendenhall-Gletschers fällt, weiß und zerklüftet und bläulich schimmernd, wird ihr bewusst, dass sie dieses Foto schon einmal gesehen hat, und zwar im Kalender ihrer Mutter in Ohio.

Sie blickt von dem Prospekt auf, ihr Herz flattert.

Gegen die Fenster über den Tischen pladdert der Regen, und die Luft draußen ist diesig. Sie betrachtet wieder das Foto in dem Prospekt. Unmöglich, sich die Ausmaße dieses Gletschers vorzustellen, dabei ist ihr bekannt, dass er riesig ist.

Aber auf dem Foto sieht er aus wie ein zwischen zwei Berghängen eingeklemmtes Schneefeld.

Trotzdem weiß sie plötzlich, dass sie diesen Gletscher unbedingt sehen muss.

Kapitel 11

Als sie auf den hölzernen Planken der Uferpromenade steht, meint Greta immer noch das Schwanken des Schiffs unter den Füßen zu spüren. Zum ersten Mal seit zwei Tagen befindet sie sich auf festem Boden. Es riecht nach feuchten Kiefernnadeln, Regen liegt in der Luft und Nebel über der Hafenpromenade von Juneau, einer Ansammlung von Holzhäusern mit bunten Fassaden, lauter Andenkenläden und Restaurants, hinter denen sich ein steiler Berg erhebt, dessen Gipfel in den Wolken verschwindet. Greta zieht den Reißverschluss ihrer wasserdichten Jacke hoch, ebenfalls ein Erbstück von ihrer Mutter. Conrad hat ihr beide Kleidungsstücke in der – korrekten – Annahme, dass sie keine warmen Sachen eingepackt hatte, wortlos in die Hand gedrückt, als sie sich in Vancouver am Flughafen getroffen haben.

Sie dreht sich um die eigene Achse und überlegt, was sie tun soll. Um sie herum marschieren mit Tickets und Tagesplänen bewaffnete Passagiere entschlossen los, begierig, ihr nächstes Abenteuer zu erleben. In einiger Entfernung stehen mehrere hölzerne Buden mit Schildern, auf denen für Aktivitäten geworben wird: Bergwanderungen, Rundflüge mit Hubschrauber oder Wasserflugzeug. Sie entdeckt ein Schild mit der Aufschrift Mendenhall-Gletscher und geht hin. Der Mann hinter dem Fenster – mit blonden Dreadlocks und einem gelangweilten Gesichtsausdruck – blickt von seinem Handy auf. »Mountainbike, Hundeschlitten oder Kayak?«

Sie schüttelt den Kopf. »Ich will nur zum Gletscher.«

»Alles klar«, sagt er. »Per Mountainbike, Hundeschlitten oder Kayak?«

Sie blinzelt. »Kann ich nicht einfach … hinlaufen?«

»Zu weit«, sagt er und widmet sich wieder seinem Handy.

»Nein, ich meinte, wenn ich oben bin.«

Er zeigt mit dem Finger auf eine Bushaltestelle. »Es gibt einen Bus, der Sie bis zum Besucherzentrum bringt. Der nächste müsste gleich abfahren.«

Als sie sich umdreht, steht Ben vor ihr.

»Hi«, sagt er mit einem verlegenen Grinsen.

»Hi«, sagt sie und zeigt mit dem Daumen hinter sich. »Mendenhall-Gletscher?«

»Knapp dreiundzwanzig Kilometer lang. Hat sich seit 1929 knapp drei Kilometer zurückgezogen. Es gibt an seinen Ausläufern einen See, den Mendenhall Lake mit einem eigenen Ökosystem.« Als er ihren Blick gewahrt, unterbricht er sich. »Okay, das ist nicht die Antwort auf deine Frage.«

»Nein«, sagt sie. »Ich wollte nur wissen, ob du auch dahin willst.«

»Ach so«, sagt er und hebt die Brauen. Er schaut zu dem Mann in der Bude hinüber, der sich gerade mit Hilfe einer Kreditkarte die Fingernägel säubert. »Ja.«

»Mit dem Mountainbike, per Hundeschlitten oder per Kajak?«

Er wirkt verdattert. »Wie bitte?«

»Egal. Da drüben gibt's einen Bus.«

An einem uralt wirkenden Automaten ziehen sie sich Fahrkarten und stellen sich im Nieselregen an die Bushaltestelle. Im Bus riecht es modrig, und Greta sieht nach oben, als könnte an der Decke Kaugummi kleben, so wie in dem Schulbus, mit dem sie als Kind gefahren ist. Der Bus ist fast voll, es bleibt ihnen also nichts anderes übrig, als sich nebeneinander auf die einzige freie Bank zu setzen, zuerst Greta, dann Ben, der zusehen muss, wie er seine langen Beine unterbringt.

Auf der Fahrt durch das Zentrum von Juneau und weiter über die holprige Landstraße entlang der Küste werden sie ordentlich durchgeschaukelt und prallen immer wieder gegeneinander. »Sorry«, murmelt Greta nach einer Weile und hält sich an der Rücklehne des Sitzes vor ihr fest, in der nächsten Kurve entschuldigt sich Ben, und nach einer Weile lachen sie nur noch darüber.

Auf dem Schotterparkplatz eines Besucherzentrums steigen sie aus. Es gibt eine Hinweistafel, auf der die verschiedenen Wege zum Gletscher abgebildet sind. Inzwischen hat der Regen zugenommen. Sie tragen beide wasserfeste Jacken, aber keiner von beiden hat einen Schirm dabei. Regen tropft von Gretas Wimpern und von ihrer Nasenspitze, und in ihren ziemlich abgetragenen Schuhen bekommt sie schon nasse Füße.

Ben – der natürlich richtige Wanderschuhe trägt – hat einen Wanderführer aus seiner Jackentasche gezogen, den er gerade studiert. Die aufgeschlagenen Seiten sind auch bereits nass.

»Da drüben im Besucherzentrum gibt's einen Aussichtspunkt, man kann aber auch zum Fluss runter wandern, wenn man es sich aus der Nähe ansehen will …« Er blickt von seinem Buch auf, und einen verlegenen Moment lang sehen sie einander an, unsicher, ob das hier eine gemeinsame Unternehmung ist oder nicht. Der Wind nimmt zu und bläst den Regen seitwärts, und Greta blickt zu der Stelle hinüber, wo der Wanderweg anfängt.

»Gehen wir«, sagt sie und marschiert los. Ben, bemüht, seine Überraschung zu verbergen, steckt den Wanderführer wieder ein und läuft hinter ihr her.

Schon bald ist der Gletscher zu sehen, und sie bleiben beide stehen. Aus der Ferne könnte man den Gletscher für eine dicke Schneeschicht zwischen zwei Bergen halten, oder für einen zugefrorenen Fluss. Aber jetzt sehen sie die Zacken, wo Eisbrocken abgebrochen sind, und das märchenhafte Blau, das die Kanten umspielt. Greta spürt, wie sie bei dem Anblick eine tiefe innere Ruhe überkommt. Es sieht alles genauso aus wie auf dem Foto im Wandkalender ihrer Mutter.

Lange stehen sie da und schauen, während es unablässig regnet, während Wolken vorüberziehen und Menschen kommen und gehen, die Landschaft fotografieren und Selfies machen. Irgendwann langt Greta in ihre Tasche, um ihr Handy herauszunehmen, überlegt es sich aber wieder anders. Unmöglich, das hier auf ein Foto zu bannen.

»Wow«, sagt Ben schließlich und wendet sich ihr zu. Die Haare kleben ihm am Kopf, und er zittert vor Kälte, aber seine Augen leuchten. »Wir sind in Alaska.«

Greta muss über das Staunen in seiner Stimme lächeln. »Wir sind in Alaska.«

Sie folgen dem Wanderweg abwärts zu dem See, der sie von dem Gletscher trennt, Regen perlt von ihren Jacken ab. In der Ferne schimmert das Orange eines Kajaks durch den Nebel, und über ihnen ziehen zwei Bussarde ihre Kreise.

Als sie sich auf einem steilen Stück vorsehen müssen, um auf dem schlammigen Weg nicht auszurutschen, sagt Ben: »Deine Begleiter hatten wohl keine Lust auf eine Wanderung, was?«

»Mein Vater fühlt sich heute nicht gut«, sagt sie. »Und die anderen besichtigen die Konservenfabrik.«

»Das stell ich mir ...« Er sucht nach dem passenden Wort. »... ziemlich ekelhaft vor.«

Greta hebt einen Fuß, ihr Schuh ist voller Schlamm. »Im Gegensatz hierzu?«

»Sind das gute Freunde? Also, die anderen?«

»Ja, die kenne ich schon, seit ich klein bin. Meine Eltern haben Eleanor und Todd kennengelernt, nachdem ihre Tochter meinen Bruder im Kindergarten gebissen hat, und Mary und Davis sind seit Ewigkeiten unsere Nachbarn.« Sie schiebt einen Zweig aus dem Weg, was eine regelrechte Dusche auslöst, aber inzwischen sind sie so nass, dass ihnen das auch nichts mehr ausmacht. »Meine Mutter hat diese Leute sehr gern gehabt. Diese Kreuzfahrt war ihre Idee. Sie hat dauernd irgendwelche gemeinsamen Aktivitäten geplant: Bowling spielen, Äpfel ernten, Super Bowl gucken, solche Sachen. Jedes Jahr an Weihnachten sind wir alle zusammen in unserem Viertel von Haus zu Haus gezogen und haben Weihnachtslieder gesungen.«

»Sogar dein Vater?«

»Sogar mein Vater«, sagt Greta lächelnd. »Er hat zwar immer gemeckert, aber ich glaube, insgeheim hat es ihm Spaß gemacht. Oder er hat einfach mitgemacht, weil er meine Mutter geliebt hat.« Plötzlich hat sie einen Kloß im Hals, und die letzten Worte kommen eher wie ein Krächzen heraus, aber

Ben scheint es nicht zu bemerken. »Wenn sie nicht wäre, hätte er die ganze Zeit im Haus gehockt und Baseball geguckt.«

Ben dreht sich kurz zu ihr um, und da wird ihr bewusst, was sie gerade gesagt hat.

Wenn sie nicht wäre.

Wieder kommt der Gletscher in Sicht, ein schmaler Streifen zwischen den Bäumen. Ben lässt sich zurückfallen, bis er neben ihr geht, wenn ihre Schultern sich auf dem schmalen Weg berühren, macht der Jackenstoff ein pfeifendes Geräusch.

»Wie kommt er eigentlich zurecht?«, fragt Ben.

»Ich glaube, ganz okay.« Sie tritt zur Seite, um ein paar Wanderer vorbeizulassen. Als sie außer Hörweite sind, sagt sie: »Wir haben uns seit der Beerdigung nicht gesehen. Bis zu dieser Reise.«

Ben sieht sie an. »Du hast ihn drei Monate lang nicht gesehen?«

»Ich hab dir doch gesagt, dass wir uns nicht besonders nahestehen.«

»Ja, aber ... Er trauert doch bestimmt sehr.«

»Ich auch«, antwortet sie schroffer als gewollt.

»Und er ist bestimmt sehr einsam.«

»Er hat ja meinen Bruder.«

»Hast du mal versucht, mit ihm über all das zu reden?«, fragt Ben, dem es offenbar schwerfällt zu verstehen, wovon sie redet.

»So ein Vater ist er nicht.«

»Woher willst du das wissen, wenn du es nicht mal versuchst?«

»Also wirklich«, sagt sie mit einem wehmütigen Lächeln.

»Ich hatte als junges Mädchen ein Notizheft voller grauenhafter Songtexte, glaubst du nicht, dass ich meinen Eltern bei jeder sich bietenden Gelegenheit mein Herz ausgeschüttet habe?«

Er lacht. »Na gut.«

»Nach jedem Krach hab ich auf einem Blatt Papier lang und breit meine Gefühle beschrieben – es waren viele, glaub's mir – und es ihnen unter der Schlafzimmertür durchgeschoben. Erst wenn du die handschriftliche Reaktion einer Zwölfjährigen auf das elterliche Verbot gelesen hast, zu Casey Huangs erster Party mit Jungs zu gehen, weißt du, was melodramatisch bedeutet.«

»Gott, da kommt ja was auf mich zu«, antwortet er grinsend.

»Bei meiner Mutter hat es immer funktioniert. Sie ist jedes Mal am späten Abend zu mir ins Zimmer gekommen und hat sich zu mir ins Bett gekuschelt, und dann haben wir über alles geredet. Aber mein Vater hat meine Zettel nicht mal gelesen.«

Ben sieht sie entgeistert an. »Wirklich nicht?«

Greta schüttelt den Kopf. »Einmal hat er die Tür aufgemacht, als ich gerade dabei war, meinen Zettel durchzuschieben. Meine Mutter war noch unten, wir waren also allein, und er war immer noch wütend auf mich. Ich hatte mir die Kreditkarte meiner Eltern ausgeliehen, um mir eine CD zu kaufen.«

»Welche denn?«

»Die neue von Sleater-Kinney. Was sonst?«

Er lacht. »Was sonst.«

»Jedenfalls hat er mich gefragt, ob ich gekommen war, um mich zu entschuldigen, und ich hab geantwortet, alles, was ich zu sagen hätte, könne er in meinem Brief nachlesen, wo natürlich drinstand, dass ich mir meine CDs selbst kaufen könnte, wenn ich mehr Taschengeld bekäme. Aber er hat den Zettel nur vom Boden aufgehoben und in kleine Stücke gerissen.«

»Schlimm«, sagt Ben voller Mitgefühl. »Kein Wunder, dass du dicsen Song geschrieben hast.«

»Wie meinst du das?«

Er zuckt die Achseln. »Du musstest eben eine andere Möglichkeit finden, ihn dazu zu bringen, dass er dir zuhörte.«

Greta bleibt stehen und schaut ihn an, verblüfft darüber, wie gut er sie versteht. Über ihnen zwitschern die Vögel, und ein einzelner Streifen Sonnenlicht schafft es zwischen den Bäumen hindurch. Von hier aus wirkt der Gletscher riesig, regelrecht majestätisch im Nebel. Eine Weile betrachten sie ihn schweigend, dann gehen sie weiter.

»Weißt du«, sagt Ben. Greta hört hinter sich die schmatzenden Geräusche, die seine Schuhe im Matsch machen, »als Emily zum ersten Mal schwanger wurde, hab ich's richtig mit der Angst zu tun gekriegt. Ich hatte gerade meinen Doktor gemacht, hatte eine volle Stelle an der Uni und arbeitete gleichzeitig an meinem Buch, und meinetwegen hätte das immer so weitergehen können. Ich neige einfach dazu, mich in meiner Arbeit zu verlieren und darüber alles andere zu vergessen – das versteht bestimmt niemand besser als du.«

Greta neigt den Kopf zur Seite, um ihm zu zeigen, dass sie ihm zuhört.

»Und wir haben uns nur verlobt, weil wir in dem Jahr auf neun Hochzeiten eingeladen waren und uns auf der Heimfahrt von der letzten in die Wolle gekriegt haben, weil wir schon länger zusammen waren als all diese anderen Paare, und ich immer noch nicht um ihre Hand angehalten hatte.«

»Und warum hast du das nicht gemacht?«, fragt Greta und bleibt stehen, bis er sie eingeholt hat.

»Ehrlich gesagt – es ist mir überhaupt nicht in den Sinn gekommen.«

Greta lächelt. »Und wie lange hat es dann gedauert, bis du's gemacht hast?«

»Ich hab ihr auf der Stelle einen Antrag gemacht«, sagt er lachend. »Wir waren verkatert und standen auf dem Rückweg von dem Hamptons in die Stadt im Stau. Sie hat auf dem Seitenstreifen gehalten und darauf bestanden, dass ich wenigstens vor ihr niederkniete.«

»Und hat sie Ja gesagt?«

»Sie hat Ja gesagt«, antwortet er. »Aber das mit der Schwangerschaft, das war etwas anderes. Es war größer, beängstigender. Wir hatten es nicht mal darauf angelegt, ich war also überhaupt nicht darauf vorbereitet. An dem Tag, als wir es erfahren haben, habe ich aufgeschrieben, wie ich als Vater sein wollte: ehrlich, unterstützend, liebevoll. Und dann kam Avery auf die Welt, und auf einmal bestand mein Leben nur noch aus Babygeschrei, Windeln wechseln und schlaflosen Nächten, da blieb keine Zeit mehr, in all diesen schönen Adjektiven zu denken.« Er wirft ihr von der Seite einen Blick zu. »In Wirklichkeit kann man als Eltern die meiste Zeit nur reagieren. Manches macht man richtig, manches nicht. Man tut, was man kann. Und letztlich kommt es vor allem darauf an, einfach da zu sein.«

Greta öffnet den Mund, um etwas zu sagen, doch ehe sie dazu kommt, fährt er fort: »Hör zu, ich weiß, wir haben uns grade erst kennengelernt, und ich weiß nicht viel über deinen Vater. Kann gut sein, dass er ein Riesenarschloch ist. Aber es kann auch sein, dass er sein Leben lang immer nur reagiert hat und dabei versucht hat, sein Bestes zu geben, was ihm natürlich nicht immer gelungen ist. Ich finde, das Wichtigste ist, dass er anscheinend jetzt versucht, für dich da zu sein. Und offenbar wünscht er sich auch, dass du für ihn da bist.«

»Außer dass es die Idee meines Bruders war, dass ich ihn auf dieser Reise begleite«, wendet sie ein.

Ben lächelt wie ein Anwalt, der gerade sein Plädoyer abschließt. »Aber wenn dein Vater nicht gewollt hätte, dass du auf diesem Schiff mitfährst, dann wärst du garantiert jetzt nicht hier.«

Auf den Gedanken ist sie noch gar nicht gekommen. Als sie Conrad angerufen hat – wenige Tage, nachdem sie es Asher versprochen hatte –, um ihm den Vorschlag zu machen, hat er zuerst abgewinkt. »Ich brauch doch keine Babysitterin«, hat er zu ihrer Erleichterung geknurrt, und ihr halbherziger Versuch, ihn umzustimmen, hat erst einmal nichts bewirkt.

Aber am nächsten Morgen hat sie ihr Gewissen geplagt. Es war irgendetwas an seinem Ton, als er ans Telefon ging, weniger ruppig als sonst, in seiner Stimme lag fast etwas Flehendes. Sie rief die Webseite der Reederei auf, um nachzusehen, ob es noch freie Kabinen gab, und stellte seufzend fest, dass dem so war. Sie rief ihren Vater wieder an, und diesmal fragte sie ihn gar nicht erst. »Ich hab gebucht«, hat sie einfach gesagt. Es hat einen Moment gedauert, aber dann hat er geantwortet: »Okay.«

Sie gehen schweigend weiter, Greta ist tief in Gedanken versunken. Auf dem Rückweg zum Besucherzentrum geht es ziemlich steil aufwärts. Dann fängt es wieder an zu regnen, diesmal fallen dicke, fette Tropfen. Ben sieht sie ein bisschen zerknirscht an.

»Wir hätten früher umkehren sollen«, sagt er und sieht blinzelnd in den Himmel. »Tut mir leid.«

»Kein Problem«, antwortet sie. »Ich laufe gern.«

»Ich auch. Das ist meine Lieblingsbeschäftigung, seit ich wieder in New York bin. Manchmal laufe ich stundenlang einfach nur so durch die Straßen.«

»Ich auch. Vor allem, wenn ich an einem Text arbeite. Es hilft mir beim Nachdenken.«

»Geht mir genauso. Wo wohnst du denn eigentlich?«

»Im East Village.«

Er nickt, als hätte er nichts anderes erwartet. »Ich wette, du gehörst zu den Leuten, für die Manhattan an der 14th Street aufhört.«

»Kommt drauf an, was es hinter der 14th Street zu sehen gibt«, entgegnet sie mit einem Lächeln. »Erinnerst du dich noch an den Schneesturm im Februar? Als der U-Bahnverkehr eingestellt wurde? In dem Sturm bin ich bis zum Central Park gegangen. Ich hab eine Ewigkeit gebraucht. Als ich ankam, lag der Schnee einen halben Meter hoch, und ich musste mit dem Taxi zurückfahren, weil ich meine Zehen nicht mehr gespürt hab. Aber an dem Tag hab ich einen kompletten Song geschrieben.«

Ben sieht sie mit einem merkwürdigen Ausdruck an. »Genau wie ich.«

Sie runzelt die Stirn. »Du hast auch einen Song geschrieben?«

»Nein«, sagt er. »Ich bin auch in dem Schneesturm bis zum Central Park gelaufen.«

»Echt jetzt?«

Er nickt. »Ich gehe gern im Schnee spazieren.«

»Ich auch«, sagt sie. »Dann ist es so still in den Straßen.«

»Und es fühlt sich an, als würde einem die ganze Stadt gehören.«

Sie schüttelt den Kopf. »Ich fass es nicht, dass du auch da warst.«

»Es war ziemlich unwirklich«, sagt er, den Blick in die Ferne gerichtet, und sie weiß genau, wovon er spricht: wie das Schneetreiben aufhörte, als es dunkel wurde, wie es einem nach stundenlangem Sturm und Lärm vorkam, als hätte jemand die ganze Welt ausgeschaltet. Die Straßenlaternen hatten weiße Kappen und verbreiteten ein außerirdisches Leuchten, und alle Leute, denen sie begegnete, schienen wie im Traum langsam durch die tiefen Schneewehen zu stapfen. Seltsam, dass einer davon Ben gewesen sein könnte.

»Stell dir mal vor, wir wären uns an dem Tag begegnet«, sagt er, als hätte er ihre Gedanken gelesen.

»Ich weiß nicht. Der Park ist ziemlich groß.«

»Ja, aber das ist ja das Seltsame an New York. Man begegnet Leuten in den unmöglichsten Situationen. Das gehört zur Magie dieser Stadt. Ich bin mal mitten auf dem Great Lawn meinem besten Freund aus der Grundschule über den Weg gelaufen.«

Sie lächelt. »Also, ich war ganz unten am südlichsten Zipfel des Parks.«

»Und ich war ganz oben im Norden«, sagt er achselzuckend. »Hat wohl nicht sollen sein.«

»Zwei Schiffe in der Nacht.«

Kapitel 12

Sie nehmen den Bus zurück nach Juneau. Nass, wie sie sind, sehen sie von der Hafenpromenade aus noch eine Weile zu, wie die Wasserflugzeuge abheben und landen. Es ist erst fünf Uhr, ihnen bleiben also noch vier Stunden, bis ihr Schiff ablegt. Ben versucht noch einmal, in seinem Wanderführer zu blättern, aber die Seiten sind viel zu aufgeweicht. Es regnet immer heftiger, und schließlich geben sie auf.

»Komm, wir suchen uns eine Kneipe«, sagt Ben, und sie machen sich auf den Weg.

An den ersten beiden Kneipen gehen sie vorbei, weil sie mit Touristen überfüllt sind. Die Dritte ist nicht so voll, und sie ist eingerichtet wie ein Saloon aus einem alten Western, komplett mit offenem Kamin in einer Ecke, holzvertäfelten Wänden, alten Spiegeln mit blinden Flecken und einem Barmann mit gezwirbeltem Schnurrbart.

Sie bestellen am Tresen Bier und setzen sich an einen Tisch in einer Ecke. Der Tisch ist klein und ein bisschen wackelig, aber nah genug am Feuer, und schon bald spürt Greta, wie zuerst ihre Finger- und Zehenspitzen und dann ihre Arme und Beine auftauen.

»Was würdest du an einem normalen Montagnachmittag machen?«, fragt Ben. Im selben Augenblick geht die Tür auf, mehrere Männer in Anglerkleidung kommen herein und erfüllen den Raum mit ihrem Lachen und dem Geruch nach Regen.

»So was gibt's in meinem Leben nicht«, antwortet sie lächelnd. »Und das ist das Beste daran.«

»Also gut, aber … Was würdest du machen, wenn du jetzt in New York wärst?«

Greta überlegt. »Um fünf Uhr nachmittags in New York?«

»Na klar«, sagt Ben und unterstreicht seine Worte mit einer Handbewegung.

»Ich schätze, ich würde zu Hause sitzen und schreiben«, sagt sie. »Oder ich würde irgendwo was essen, falls ein Konzert ansteht. Ich könnte auch im Studio sein, je nachdem, wie weit ein Stück gerade gediehen ist.«

»Du hast ein eigenes Studio?«

»Ich miete eins. Wenn ich nicht auf Tour bin.« Sie trinkt einen Schluck Bier, legt den Kopf schief und sieht ihn an. »Und was würdest du an einem Montagnachmittag um fünf in New York machen?«

Sein Blick wandert hoch zur mit Blechplatten verkleideten Decke und den rostigen Lampen, die aussehen, als hingen sie seit dem neunzehnten Jahrhundert dort. »Also«, sagt er, »vor einem halben Jahr hätte ich hastig mein Seminar über europäische Geschichte beendet, um den Zug um 17:32 Uhr zu bekommen und rechtzeitig zum Abendessen mit den Kindern zu Hause zu sein.«

»Und jetzt?«

»Jetzt«, sagt er mit einem wehmütigen Lächeln, »würde ich mal wieder meinen Studenten den letzten Nerv rauben, indem ich eine Viertelstunde überziehe, dann würde ich in meine deprimierend leere Wohnung gehen, mir einen Whisky genehmigen und versuchen, etwas zu schreiben, das halbwegs so gut ist wie mein letztes Buch.«

»Hilft der Whisky?«

»Beim Schreiben?«, fragt er lachend. »Oder ganz allgemein?«

Sie sieht ihn lange an. »Na ja, wenn ich bei einem Song nicht weiterkomme, hat das meistens mehr mit meinem Leben zu tun als mit meiner Kreativität.«

»Also mein Leben ist im Moment ein totales Chaos, ich sollte demnach wohl aufhören, Herman Melville die Schuld zu geben.«

»Er ist bestimmt ein bisschen schuld. Immerhin hat er Wale gejagt, oder?«

»Wir alle haben unsere Fehler«, sagt Ben mit einem schiefen Grinsen. »Mich eingeschlossen.«

Greta mustert ihn über den Rand ihres Glases hinweg. »Auf mich wirkst du ziemlich in Ordnung.«

»Dann solltest du dich mal mit meiner Frau unterhalten.«

»Das fehlte mir noch«, sagt Greta, aber er lächelt nicht. Sie schaut ihm dabei zu, wie er mit seinem Glas kleine Kreise auf dem verschrammten Holztisch zieht. »Wie findet sie es denn, dass du jetzt hier in Alaska bist?«

Er hebt die Schultern. »Sie hat sich dran gewöhnt, dass ich viel reise. Als das Buch rauskam, war eigentlich nur eine viertägige Lesereise geplant. Aber ist es zum Bestseller geworden, und ich bekam immer mehr Einladungen zu Lesungen und Vorträgen.«

»Und das hat ihr nichts ausgemacht?«

»Doch«, sagt er, und seine Schultern verspannen sich. »Anfangs war sie der Meinung, meine Reisen seien die Ursache unserer Probleme, dabei hatten die schon viel früher angefangen. Wir hatten uns schon seit einigen Jahren immer mehr auseinandergelebt, eigentlich, seit die Kinder da waren. Aber solche Dinge erkennt man nicht so gut, solange man mittendrin steckt.«

»Dafür von Weitem umso besser.«

Er nickt. »Es ist so ein Gefühl, wie nach einem langen Flug aus dem Flieger zu steigen und wieder frische Luft zu atmen. Im Flugzeug war es okay. Man hat genug Luft bekommen, und wenn es sein müsste, könnte man unter den Bedingungen lange überleben. Aber sobald man an der frischen Luft ist, merkt man, dass man so nicht leben möchte. Jedenfalls nicht freiwillig. Ich glaube, durch das Reisen ist mir klar geworden, dass ich schon lange nicht mehr richtig geatmet hatte.«

»Das verstehe ich«, sagt Greta. »Das hab ich auch hinter mir.«

»Wirklich?«

»Also, ich war nicht verheiratet«, sagt sie. »Aber einige Männer, mit denen ich zusammen war, fanden es anfangs cool, dass ich oft auf Tour war. Einer hat in der Werbung gearbeitet, einer war Ingenieur, und was die anderen gemacht haben, weiß ich schon gar nicht mehr, irgendwas Langweiliges. Auf jeden Fall hatten die alle normale Arbeitstage, ein normales Leben. Und nach einer Weile hat es sie gestört, dass ich ständig auf Achse war. Bei dieser Art Leben verpasst man eine Menge. Hochzeiten, Geburtstage, Jahrestage. Das ist für eine Beziehung eine ziemliche Belastung. Auch für Freundschaften. Ich hab im Lauf der Jahre zu den meisten meiner Freunde den Kontakt verloren. Meine Freundin Yara ist auch

Musikerin, die ist mir erhalten geblieben. Ansonsten …« Sie trinkt einen Schluck Bier. »Deswegen ist mir eine Beziehung lieber mit jemandem, der ebenfalls in der Branche ist.«

Ben hebt die Brauen. »Ach, du bist …?«

»Nein«, sagt sie, »im Moment nicht.«

»Okay«, sagt er und versucht vergeblich, seine Freude zu verbergen. »Okay.«

Plötzlich hat Greta das Gefühl, dass ihr Gesicht von dem Feuer glüht. Sie nimmt ihr Glas, doch es ist leer. Ben springt hastig auf.

»Noch eins?«, fragt er und geht los, ohne auf ihre Antwort zu warten.

Sie sieht ihm zu, wie er sich über den Tresen beugt, dann den riesigen Bärenkopf an der Wand entdeckt, sein Handy herausnimmt und ein Selfie mit dem Bären macht. Als Greta gerade denkt, dass sie noch nie so etwas Bescheuertes gesehen hat, streckt er den Zeigefinger aus und macht noch ein Selfie, auf dem er so tut, als würde er dem Bären in der Nase bohren.

Sie schließt die Augen, reibt sich das Gesicht und fragt sich, ob er wohl inzwischen das Video gesehen hat. Denn das macht man doch, wenn man zufällig jemanden kennenlernt, oder? Man sucht im Internet nach Informationen. Am frühen Morgen kannte Greta bereits nach einer Viertelstunde Bens zweiten Vornamen (Robert), seinen Geburtsort (McCall, Idaho) und seine Alma Mater (Colgate). Sie hat ein Foto von ihm gefunden, von einem Fakultätsdinner, da ist er mit seiner Frau zu sehen, die groß und blond und hübsch ist, wenn auch ein bisschen durchschnittlich, und sie hat mehrere Interviews gelesen, die er kurz nach Erscheinen seines Buchs gegeben hat und in denen er hauptsächlich über Jack London spricht, aber auch gesteht, dass er ein Fan von Dave Matthews ist (wusste sie's doch!), beim Schreiben genau acht Mandeln isst (kann sie sich gut vorstellen bei ihm), und dass er als Junge davon geträumt hat, Forscher zu werden. Das Skandalöseste, was sie über ihn finden konnte, war ein Studentenstreich in einem Swimmingpool – irgendwas mit zwei Schwänen.

Wenn man Gretas Namen im Internet eingibt, stößt man in kürzester Zeit auf Beweise für ihren Zusammenbruch – nicht nur das Video, sondern auch Dutzende Artikel darüber –, und sie überlegt gerade, ob Ben vielleicht moralische Bedenken hat, jemanden einfach so zu googeln, als eine Textnachricht von Howie eingeht.

Wo zum Teufel steckst du?

Einen Moment lang starrt sie ihr Handy an. Dann schreibt sie: *Alaska.*

Sehr witzig.

Nein, im Ernst.

Du bist in Alaska?

Sie macht ein Selfie von sich in der Kneipe mit dem Bärenkopf und den Anglern in karierten Hemden im Hintergrund und schickt es ihm.

Sieht aus wie Brooklyn.

Glaub mir, es ist Juneau.

Bitte, sag mir, dass du morgen wieder in New York bist.

Sie verzieht das Gesicht, dann schreibt sie: *Samstag.*

Du machst mich fertig.

Tut mir leid. Das Boot ist langsam.

Du bist auf einem Boot?

Eigentlich ist es ein Schiff, schreibt sie. *Ist 'ne lange Geschichte. Ich bin mit meinem Vater unterwegs.*

Ach so. Wow.

Ja.

Okay, na gut, hier sind alle am Durchdrehen, nur dass du Bescheid weißt.

Greta beißt sich auf die Lippe. *Du kriegst das schon hin.*

Ich versuch's. Aber du musst mir versprechen, dass du am Sonntag hier bist.

Klar.

Ich meine, nicht nur anwesend. Du musst den Park rocken.

Ihr Magen zieht sich kurz zusammen, aber ehe sie antworten kann, kommt seine nächste Nachricht.

Und sorg auf jeden Fall für gutes WLAN, denn wir müssen vielleicht ein paar Interviews machen.

Danke, Howie, schreibt sie, aber das Herz schlägt ihr bis zum Hals.

Plötzlich ist der Sonntag viel zu nah.

Eine Bierflasche kommt über den Tisch geschlittert. Als sie aufblickt, sitzt Ben wieder ihr gegenüber. »Alles in Ordnung?«, fragt er stirnrunzelnd, und sie nickt, während sie ihr Handy in ihre Jackentasche gleiten lässt.

»Alles gut.« Hinter ihr unterhalten sich ein paar Männer über ihre heutige Kajaktour, sie lachen sich kaputt bei der Erinnerung daran, dass einer von ihnen es geschafft hat, dreimal zu kentern. »Versteh das nicht falsch«, sagt sie zu Ben, »aber bei dir würde ich annehmen, dass du heute noch was vorhast.«

»Was sollte ich daran falsch verstehen?«

»Ich weiß nicht. Du wirkst so …«

»Langweilig?«, schlägt er vor. »Normal?«

Greta schüttelt den Kopf. »Das hab ich nicht gesagt.«

»Das war auch nicht nötig«, sagt er. »Hör zu, ich spiele vielleicht nicht in ner Band oder hänge auf coolen Partys rum oder rauche von morgens bis abends Marihuana.« Letzteres spricht er so nachdrücklich aus, dass Greta sich ein Grinsen verkneifen muss. »Ich bin Vater, okay? Und Professor. Ich lese gern. Ich steh auf alles, was mit Geschichte zu tun hat, und ich sammle interessante Fakten, wie andere Leute, was weiß ich, Bierdeckel sammeln oder Fanartikel. Keine Ahnung, was andere Leute sammeln. Und es macht mir tatsächlich Spaß, Wäsche zu waschen. Ich organisiere meinen Kalender mit einem speziellen Farbcode, und ich stelle mir auch dann den Wecker, wenn ich gar nicht zur Arbeit muss …« Er runzelt die Stirn. »Und eigentlich weiß ich gar nicht, warum ich dir das alles erzähle, außer dass du mich verunsicherst.«

»Wieso?«, fragt sie.

»Weil ich glaube, dass ich so ein normaler Typ mit einem normalen Leben bin, wie du es eben beschrieben hast, und manchmal wünsche ich, dass das nicht so wäre. Und weil du so viel cooler bist als ich. Gott, ich rede, als wäre ich noch auf der Highschool, aber irgendwie fühle ich mich im Moment auch so. Ich bin der Redakteur des Jahrbuchs, und du bist die Gitarristin der coolen Band, die auf allen Partys spielt, zu denen ich nie eingeladen werde.«

Greta lacht. »Soll ich dir was sagen?«

»Ja.«

»Ich stell mir auch den Wecker.«

Er hebt die Brauen. »Echt?«

»Sonst würde ich nichts auf die Reihe kriegen.«

Er trinkt einen großen Schluck Bier, trotzdem sieht sie sein Grinsen. »Ich hatte übrigens heute tatsächlich was vor. Einen

Angelausflug. Ich hab mich schon vor Monaten dafür angemeldet.«

»Im Ernst?«

Er nickt. »Gleich als ich die Kreuzfahrt gebucht hab. Um diese Jahreszeit fangen die Lachse ihre Wanderung an, das wollte ich mir nicht entgehen lassen.«

Greta sieht ihn entgeistert an. »Warum hast du denn nichts gesagt?«

»Weil«, antwortet er achselzuckend, »ich auf einmal mehr Lust hatte, mit dir zu einem Gletscher zu wandern.«

Sie lächelt ihn an, und er erwidert das Lächeln, und auf einmal fühlt sie sich ein bisschen verloren hier in dieser Kneipe am Ende der Welt, Millionen Kilometer entfernt von dem, was sie normalerweise an einem Montagnachmittag um fünf in New York machen würde. In der Ecke ihnen gegenüber haben ein paar alte Männer in Flanellhemden ihre Banjos und ein Tambourin ausgepackt und angefangen zu spielen, und Greta fühlt sich berauscht von dem hellen Klang der Instrumente, dem flackernden Licht des Kaminfeuers, dem Geruch nach Schlamm und Hopfen und dem Lachen und Schwatzen um sie herum. Sie lehnt sich zurück und schließt die Augen, und als sie sie wieder öffnet, mustert Ben sie mit so ernster Miene, dass ihr ein bisschen mulmig wird.

Als sie, nachdem sie mehrere Bierflaschen geleert und sich eine Riesenportion Fish and Chips geteilt haben, die Kneipe endlich verlassen, ist die kühle Luft draußen wie Balsam. Alles, was vorher verschwommen war, ist plötzlich glasklar, und sie stehen unter dem alten hölzernen Kneipenschild wie zwei Taucher, die gerade wieder die Wasseroberfläche durchbrochen haben.

Es ist schon nach acht, aber die Abenddämmerung hat noch kaum eingesetzt. Die Straßen sind noch sehr belebt, Touristen eilen mit Plastiktüten voller Souvenirs zu ihren Schiffen. Auf einer Bank sitzen ein paar einheimische Jugendliche und rauchen, und ein Mann verriegelt gerade seinen Stand für Meeresfrüchte.

Ein bisschen wackelig auf den Beinen machen Greta und Ben sich auf den Weg zum Pier.

Er sieht sie von der Seite an. »Das war schön.«

»Ja«, sagt sie.

»Wirklich. Richtig schön« Er bleibt stehen und kratzt sich am Kinn. Er sieht verdammt gut aus, denkt Greta, selbst mit seinen lächerlich praktischen Wanderschuhen und dem aufgeweichten Wanderführer, der aus seiner Jackentasche ragt. »So gut hab ich mich schon lange nicht mehr amüsiert. Was auch wieder erbärmlich ist.«

Sie lächelt. »Ich fand es auch schön.«

Er wirft einen Blick auf seine Uhr. »Es ist erst Viertel nach acht«, sagt er. »Der Abend ist noch jung.«

Sie deutet mit dem Kopf in Richtung Promenade. »Wir müssen das letzte Boot kriegen.«

Ben legt den Kopf in den Nacken und blickt zum Himmel hoch. »*Steig in das Traumboot der Liebe …*«, grölt er ein bisschen zu laut und reichlich angeschickert.

Ein älteres Paar wirft ihnen im Vorbeigehen böse Blicke zu, was Ben gar nicht mitbekommt. Er singt unbeirrt weiter, egal wie schief, und dreht sich schwankend um die eigene Achse, und als er innehält, steht er ziemlich dicht vor Greta. Einerseits möchte sie nur die Augen verdrehen, aber andererseits – um das jetzt im Moment genauer zu analysieren, ist sie zu betrunken – würde sie ihn am liebsten küssen.

Er blinzelt, braucht einen Moment, um seinen Blick scharfzustellen.

»Hi«, sagt er grinsend.

Sie lacht. »Hi.«

Es riecht nach Salz und Meer, und irgendwas an seinem Blick macht ihr weiche Knie. Er runzelt die Stirn und kommt noch ein bisschen näher.

»Hi«, sagt er noch einmal, diesmal mit ernstem Gesicht.

»Hi«, sagt sie. Ihr Herz schlägt ein bisschen zu schnell.

Ein Blütenblatt steckt in seinen Haaren, klein und rosa und wer weiß, wo es herkommt, aber gerade als sie danach greift, gerade als er sich vorbeugt, erschreckt sie das laute Quaken einer Ente. Sie sehen sich verdattert um, bis Ben offenbar begreift und anfängt zu lachen.

»Ist das etwa dein Klingelton?«, fragt Greta ungläubig, während er sein Handy aus der Jackentasche holt.

»Was hast du gegen Enten?«, fragt er grinsend. Das Quaken hat aufgehört, aber als sein Blick auf das Display fällt, verfinstert sich seine Miene.

»Mist«, sagt er und klingt plötzlich stocknüchtern.

»Was ist?«

»Es ist meine Frau … meine Ex-Frau … meine …« Er wirkt vollkommen verwirrt. »Vielleicht sollte ich … Also, ich …«

»Ja, natürlich«, sagt Greta, während er den Anruf bereits annimmt. Aber auf dem Display erscheint nicht das Gesicht der blonden Frau, deren Bild sie im Internet gefunden hat, sondern das eines kleinen Mädchens. Obwohl sie nur einen flüchtigen Blick auf das Bild erhascht, sieht Greta, dass das

Kind genauso aussieht wie Ben: die gleichen neugierigen Augen, die gleiche Stupsnase. Die Kleine sitzt anscheinend auf ihrem Bett, die Haare ganz zerzaust vom Schlaf.

»Hallo Daddy«, sagt sie mit einem strahlenden Lächeln, das eine Zahnlücke entblößt, wo ihre Schneidezähne einmal waren. »Rate mal, was grade passiert ist.«

Ben lacht. »Ich glaub's nicht«, sagt er und wendet sich leicht von Greta ab. »Du hältst die Zahnfee ja ganz schön auf Trab.«

Greta geht ein Stück die Promenade hinunter, um ihm ein bisschen Privatsphäre zu geben. Sie nimmt ihr Handy heraus und sieht, dass sie eine Nachricht von Asher hat.

Habt ihr euch schon gegenseitig den Hals umgedreht?

Nein, antwortet sie, *aber nur, weil er in seiner Kabine eingesperrt ist.* Dann fügt sie hinzu: *(Ich war's nicht, ich schwör's.)*

Schon klar, antwortet Asher, *er hat mich um 4 rausgeklingelt, um es mir zu erzählen. Nachdem die Zwillinge mich die halbe Nacht wachgehalten hatten.*

Es ist hart, der Liebling zu sein, schreibt sie, und er antwortet mit einem Emoji, das die Augen verdreht.

Sie hat außerdem eine Nachricht von Mary, die ihr schon vor ein paar Stunden geschrieben hat, wie üblich ohne Punkt und Komma: *zurück an bord 7 h speisesaal komm dazu wenn du lust hast hoffe du hattest einen schönen tag!!!*

Als Greta wieder aufblickt, sieht sie Ben allein mit hängenden Armen auf der Promenade stehen. Das Handy immer noch in der Hand, blickt er mit einem undurchschaubaren Gesichtsausdruck aufs Meer hinaus.

»Alles in Ordnung?«, fragt sie im Näherkommen.

Er nickt, wirkt jedoch abwesend. »Avery hat letzte Nacht einen Zahn verloren, das wollte sie mir unbedingt erzählen.«

»Wie süß«, sagt Greta, und Ben sieht sie an, als hätte er vergessen, dass sie da ist.

»Es macht mich traurig, solche Momente zu verpassen«, sagt er leise. »Das passiert so oft. Meine Reisen, die Trennung. Manchmal weiß ich nicht, ob es ...« Er schüttelt den Kopf. »Tut mir leid. Ich will dich nicht damit langweilen.«

»Das tust du nicht«, sagt Greta, und er deutet ein Lächeln an. Aber sie spürt, dass die Stimmung gekippt ist.

Eine ganze Weile schweigen sie und schauen zum Schiff hinüber, das in der Bucht liegt. Eben haben seine Lichter noch im Abenddunst gefunkelt, inzwischen ist aber dichter Nebel aufgezogen, der alles schemenhaft erscheinen lässt.

»Wir sollten uns auf den Weg machen«, sagt Greta schließlich, und Ben nickt.

Diesmal gehen sie nicht so eng nebeneinander, das verlegene Schweigen begleitet sie auf das Motorboot, über die dunkle Bucht, über die Gangway und in den Aufzug des Schiffs bis hinauf ins sechste Deck, wo Ben vor ihr aus dem Aufzug steigt und sich mit einem leisen, enttäuschend formellen »Gute Nacht« auf den Weg zu seiner Kabine macht.

Kapitel 13

Es dauert eine Weile, bis die Tür aufgeht, und als es endlich so weit ist, steht ihr Vater da, wie sie ihn noch nie gesehen hat.

»Alles okay?«, fragt sie entgeistert.

»Seh ich so aus?«, fragt er mürrisch zurück.

Tut er nicht. Sein Gesicht ist bleich, die Haare sind fettig, und er trägt einen zerknitterten Schlafanzug. Aus der Kabine dringt feuchte, abgestandene Luft, die säuerlich riecht.

Hinter ihm sind die Vorhänge zugezogen. »Könntest du nicht mal die Balkontür aufmachen und ein bisschen frische Luft reinlassen?«

Conrad sieht sie müde an. »Ich hab nicht genug Energie, um dir zu erklären, warum ich nicht genug Energie hab, um irgendwas zu machen, außer aufs Klo zu gehen.«

»Dann mach ich das«, sagt sie. Sie geht an ihm vorbei, wobei sie möglichst unauffällig die Luft anhält, zieht die beigefarbenen Vorhänge zurück und reißt die Balkontür auf. Angenehm kühle Nachtluft strömt herein. Immer noch ein bisschen beschwipst, bleibt sie einen Moment lang an der Tür stehen und atmet tief ein und aus. Dann dreht sie sich zu ihrem Vater um, der gerade wieder ins Bett klettert.

»Viel besser«, sagt sie und fängt an, in der Kabine aufzuräumen. Überall liegen Handtücher herum, auf dem kleinen Couchtisch stehen drei leere Ginger Ale-Dosen.

»Du darfst hier gar nicht rein«, sagt Conrad mit geschlossenen Augen. »Fass bloß nichts an.«

»Ist irgendjemand hier gewesen, um nach dir zu sehen?«

»Eine Putzkolonne«, murmelt er. »Und eine Krankenschwester.«

»Und?«

»Sonst ist keiner krank«, sagt er. »Es liegt also nicht am Essen.«

»Gut«, sagt sie, und als er ein Auge öffnet, zuckt sie die Achseln. »Also, für alle anderen jedenfalls.«

Er stöhnt und zieht sich die Decke bis unters Kinn. »Du musst wieder gehen. Ich steh immer noch unter Quarantäne.«

»Wie lange noch?«, fragt sie, zieht sich einen Stuhl heran und setzt sich neben das Bett.

»Bis vierundzwanzig Stunden, nachdem ich das letzte Mal …« Er spricht den Satz nicht zu Ende. »Du weißt schon.«

»Okay«, sagt sie. »Und wie lange ist das jetzt her?«

Mühsam zieht er den Arm unter der Decke hervor und sieht auf seine Uhr. »Zwei.«

»Also noch zweiundzwanzig Stunden?«

»Gut, dass ich dir so viele Nachhilfestunden in Mathe bezahlt hab«, knurrt er, dann dreht er sich seufzend auf die Seite. »Gott, ist das furchtbar.«

»Wenigstens geht's morgen weiter, dann sind wir wieder auf See.«

»Glaub mir, das Einzige, was schlimmer ist als eine Magen-Darm-Grippe, ist eine Magen-Darm-Grippe auf See.«

»Ich meinte nur, dass du wenigstens nicht noch einen Landgang verpasst.«

»Die nächste Station ist der Glacier-Bay-Nationalpark«, sagt er gequält. »Hast du eine Ahnung, wie lange wir uns –« Er unterbricht sich. »Hast du eine Ahnung, wie lange ich mich schon darauf freue?«

»Ganz schöner Mist«, erwidert Greta und zeigt auf die Balkontür. »Wenigstens hast du von hier eine gute Aussicht.«

Er macht die Augen wieder zu. »Das ist nicht dasselbe. Ich wollte in den Mastkorb klettern, um die Aussicht von da oben zu genießen. Ich wollte mir Vorträge von Geologen und Naturkundlern anhören. Ich wollte Fotos von Davis und Mary und Todd und Eleanor machen.«

»Dad«, sagt Greta sanft. »Du kriegst die Gletscher schon noch zu sehen.«

»Du weißt ja noch nicht mal, welche wir besichtigen wollen. Ich wette, du hast überhaupt nichts über die Gletscher gelesen.«

»Ich lass mich halt gern überraschen«, sagt Greta, während sie den Reißverschluss ihrer Regenjacke öffnet. Conrad scheint die Vorstellung zu beunruhigen, dass sie es sich in seiner Kabine gemütlich macht. Er öffnet den Mund, aber ehe er das Wort *Quarantäne* aussprechen kann, schüttelt sie den Kopf. »Keine Sorge, ich habe eine robuste Natur.«

Er schnaubt. »Du bist ungefähr so robust wie ein Waisenkind aus einem Roman von Dickens.«

»Na hör mal«, erwidert sie lachend. »Ich hab auch deine Gene.«

»Schieb's nicht mir in die Schuhe. Ich bin normalerweise nicht so blass. Du kommst ganz nach deiner Mutter.«

Greta sieht, dass er zittert, und steht auf, um die Balkontür zu schließen. Inzwischen ist es nach neun, und die Schiffsmotoren sind wieder zum Leben erwacht. Schon bald sind nur noch die Silhouetten der Berge zu sehen. Sie lässt die Tür einen Spalt offen, weil sie nicht ganz auf Frischluft verzichten will.

»Brauchst du irgendwas?«, fragt sie. »Hat die Schwester dir Medikamente gegeben? Oder irgendwas Leichtes, das du essen kannst?«

»Nein, kein Essen«, murmelt er in sein Kopfkissen. »Nicht mal das Wort will ich hören.«

Greta setzt sich wieder. »Möchtest du ein Buch? Oder einen Film?«

»Nein, nein«, sagt er. Dann: »Es ist nur ... deine Mutter fehlt mir so sehr.«

»Ich weiß«, sagt sie leise.

Das Schiff krängt merklich. Greta lehnt sich auf ihrem Stuhl zurück und lässt den Blick durch die von gelbem Licht erfüllte Kabine wandern. An der Wand hängt ein Gemälde von einer Blockhütte im Schnee. Conrads Atem geht regelmäßig, so regelmäßig, dass es schwer zu sagen ist, ob er noch wach ist.

»Was würde sie jetzt tun?«, fragt Greta nach einer Weile und weiß selbst nicht, ob das eine Frage an Conrad ist, oder ob sie sich das selbst fragt. Sie erwartet keine Antwort, doch dann dreht er sich um, und sein Kopf kommt wieder zum Vorschein.

»Sie hätte dich weggeschickt«, sagt er, »damit du nicht auch noch krank wirst.«

»Nein, ich meinte –«

»Ich weiß, was du gemeint hast«, sagt er ein bisschen ungehalten. »Aber sie ist nicht hier, was nützt es also, uns den Kopf zu zerbrechen?«

Seine Worte versetzen ihr einen Stich. Sie schließt die Augen, versucht, sich ihre Mutter vorzustellen, und das Bild vor ihrem geistigen Auge zeigt Helen, wie sie bei einem ihrer Konzerte in der ersten Reihe sitzt, entspannt, mit leuchtenden Augen und einem strahlenden Lächeln. Conrad hat Greta in den letzten zehn Jahren nur einmal spielen sehen, das war auf der Album-Release-Party, zu der er auch nur unter Protest erschienen ist, total genervt, weil er einen wichtigen Termin im Job hatte. Als sie hinterher wissen wollte, ob es ihm gefallen hatte, hat er achselzuckend geantwortet: »Nicht schlecht. Jedenfalls für ein Rockkonzert.«

Aber Helen machte es nicht nur stolz, ihre Tochter auf der Bühne zu erleben, sie war auch begeistert von dem Spektakel. Das war schon immer so, auch als Greta als Schülerin bei Talentshows aufgetreten ist oder in örtlichen Restaurants gespielt hat. Der erste richtige Auftritt, den Helen gesehen hat, ist schon Jahre her, das war noch vor der EP und vor ihrem ersten Album, vor ihren ersten Erfolgen; da hat Greta ihr einen Flug nach Seattle spendiert, wo sie einen kurzen Gig hatte, in einem kleinen Saal, aber vor begeistertem Publikum. Damals arbeitete Helen noch als Krankenschwester in einer Highschool und erzählte jedem – dem Taxifahrer, der Kellnerin, den Hotelangestellten, den Bandmitgliedern –, sie hätte Osterferien. Greta hat sie am Flughafen abgeholt und ihr vorgeschlagen, ihr etwas anderes zum Anziehen zu kaufen, etwas, womit sie unter den Zuhörern nicht so auffallen würde. Aber Helen hat natürlich abgelehnt und ist in ihrem üblichen

Aufzug – Khakihose, Strickjacke, Halbschuhe – zum Konzert erschienen.

»Es schadet doch nichts, wenn ich auffalle, Liebes«, hat sie gesagt. »So kannst du mich von der Bühne aus besser sehen.«

An dem Abend war kein großes Publikum da, vielleicht zweihundert Leute. Aber als Greta auf die Bühne trat, sah sie sofort, dass ihre Mutter recht gehabt hatte. Sie saß in der ersten Reihe mit ihrer schmalen Brille, den kurzen grauen Haaren, der Khakihose und den praktischen Schuhen, um sie herum Studenten und Hipster, die fast alle ganz in Schwarz gekleidet waren. Als ihre Blicke sich begegneten, strahlte Helen übers ganze Gesicht und hob ein kleines weißes Schild in die Höhe. Greta war gerade mitten in einem komplizierten Riff, aber als das Stück zu Ende war, ist sie an den Bühnenrand gegangen, um zu lesen, was auf dem Schild stand.

GRETAS MOM, stand da in schwarzen Blockbuchstaben.

Sie musste laut lachen, ist ans Mikrofon getreten und hat gesagt: »Ladys und Gentlemen, meine Mutter ist heute hier. Sie ist nicht zu übersehen, sie sitzt in der ersten Reihe und hält ein Schild hoch!«

Helen saß da und strahlte, und die Fans waren begeistert und haben geklatscht und Fotos gemacht, wovon eins am nächsten Morgen auf Twitter die Runde gemacht hat: eine kleine Frau in beige mitten in einem vollen Club, ihr Schild in der Hand, den Blick stolz auf die Bühne gerichtet, wo ihre Tochter Gitarre spielte. Das Foto war ein voller Erfolg, und eine Woche lang gingen bei Howie Anfragen von Journalisten ein, die die »Rockstar-Mom« interviewen wollten. Als Helen alle Interviewanfragen ablehnte, weil sie das Buch für ihre Lesegruppe noch auslesen musste, hat Howie Greta einen

Screenshot von ihrer Antwort geschickt mit dem Kommentar: *Deine Mutter ist zum Piepen.*

Das mit dem Schild wurde zu einer Tradition. Immer wenn Helen sich in der Schule freinehmen konnte und keine Omapflichten hatte, sorgte Greta dafür, dass sie zu einem Konzert kommen konnte, und dann saß Helen wieder mit ihrem Schild im Publikum, egal, ob in Minneapolis oder Orlando, Denver oder Los Angeles, Houston oder Nashville. Als in Cleveland jemand das Schild mit Bier bekleckerte, bastelte Helen sofort ein neues und ließ es sicherheitshalber laminieren. Die Fans waren restlos begeistert.

Als Greta im März in Columbus landete und erfahren musste, dass sie zu spät kam – ihre Mutter war gestorben, als sie noch in der Luft war –, ist sie auf direktem Weg nach Hause gefahren. Conrad und Asher waren noch im Krankenhaus, wo sie den ganzen Papierkram erledigen mussten – die triste Logistik des Todes –, und so war das Haus leer. Sie ist nach oben in Helens begehbaren Kleiderschrank gegangen, hat das Licht eingeschaltet und die Tür zugemacht. Dann hat sie sich auf dem Boden zusammengerollt, wie sie es als Kind immer getan hatte, wenn sie die Welt nur noch ungerecht fand.

Sie hat nicht geweint, sie fühlte sich wie betäubt von Kopf bis Fuß. Das Gesicht fest an den Holzboden gedrückt, hörte sie ihren Herzschlag in den Ohren dröhnen. Ihre Mutter war überall – in den säuberlich gefalteten Pullovern und Halstüchern, die ihr Vater ihr jedes Weihnachten schenkte. Der Schrank war erfüllt vom Duft ihres Parfüms, und Greta hat sich auf den Rücken gerollt und tief ein- und ausgeatmet, ein und aus, ein und aus, während ihr Blick umherwanderte, bis er an einem Buch hängen blieb, das sie noch nie gesehen hatte.

Sie raffte sich mühsam auf und nahm es vom Regal. Es war eine Kladde voll mit Fotos und Zeitungsausschnitten. Sie schlug es irgendwo auf, und da war der *Rolling-Stone*-Artikel, in dem sie zum ersten Mal erwähnt wurde, weiter vorne entdeckte sie ein Foto von sich bei einer Talentshow in der achten Klasse, die Haare auf Sturm, die Arme in Bewegung.

Sie hat sich auf den Boden gesetzt, das Notizheft auf dem Schoß. Es war alles da: ein Absatz aus der *Village Voice* über ihren ersten Gig in New York, ein Foto von ihr und Helen backstage vor einem Auftritt in Chicago, sogar ihr erstes Plektron, säuberlich mit zwei Klebestreifen auf einer Seite befestigt, darunter ein kleines, handbeschriftetes Schild wie auf einem Bilderrahmen in einem Museum. Das Heft enthielt Zeitungsausschnitte, entwertete Eintrittskarten, Fotos und allen möglichen Krimskrams aus Gretas Leben, die Helen über die Jahre gesammelt und aufgehoben hatte. Und ganz hinten, gut geschützt zwischen den Seiten und griffbereit für das nächste Konzert, das kleine Schild mit der Aufschrift

GRETAS MOM.

Eine ganze Weile hat sie dort gesessen und konnte es nicht fassen, dass ein kleines Blatt laminiertes Papier sie so erschüttern konnte. Als sie irgendwann gehört hat, wie unten die Haustür aufging und Conrad und Asher nach Hause kamen, ist sie aufgestanden und hat das Schild wieder in die Kladde geschoben.

Jetzt ächzt und schwankt das Schiff unter ihnen. Greta steht auf und geht zur Balkontür, ihr ist plötzlich zu warm. Sie öffnet die Tür ein bisschen weiter und atmet tief ein. Zum ersten Mal seit Langem wünscht sie, sie hätte eine Zigarette.

»Ich wünschte, sie wäre hier«, sagt sie, während sie das blauschwarze Wasser betrachtet. »Sie hat sich immer um alle und alles gekümmert. Darin bin ich überhaupt nicht gut.«

Conrad hebt den Kopf und sieht sie mit fiebrigen Augen an. »Ich auch nicht.«

»Ich weiß«, sagt sie amüsiert. »Weißt du noch, wie Asher sich beim Hockey das Handgelenk gebrochen hat und du ihm nicht geglaubt hast?«

»So würde ich es nicht unbedingt ausdrücken.«

»Du hast ihm gesagt, das würde schon wieder werden«, entgegnet sie und setzt sich wieder an sein Bett. »Du bist nur mit ihm zum Arzt gefahren, weil Mom darauf bestanden hat.«

»Es war nur ein Stressbruch.«

»Er sagt, es tut immer noch weh, wenn es regnet.«

»Gut, dass dir das nicht passiert ist.«

»Wieso?«

Er sieht sie an, als wäre das eine dumme Frage. »Weil du mit einem schmerzenden Handgelenk nicht so spielen könntest, wie du es tust.«

Greta blinzelt. So kennt sie ihren Dad nicht.

»Was ist?«, fragt er mit zusammengezogenen Brauen.

»Nichts. Aber das eben … klang fast wie ein Kompliment.«

Er stößt ein leises Grunzen aus. »Du weißt doch selbst, wie gut du bist.«

»Ja«, antwortet sie lächelnd. »Aber aus deinem Mund hab ich das noch nie gehört.«

»Das stimmt nicht. Erinnerst du dich noch an die Talentshow, als du in der Achten warst?«

»Seitdem bin ich sogar noch besser geworden, was sagst du dazu?«

Er dreht sich auf den Rücken und schaut zur Decke hoch. »Ich habe noch nie verstanden, wie du es schaffst, die Finger so schnell zu bewegen. Von mir hast du das jedenfalls nicht.«

»Also, ich habe dich schon sehr schnell Zwiebeln schneiden sehen«, scherzt sie. Aber er wirkt nachdenklich.

»Früher konnte ich mal Kartentricks, wusstest du das?«

Das kommt so unverhofft, dass Greta lachen muss. Als sich daraufhin seine Miene verfinstert, presst sie die Lippen zusammen.

»Im Ernst«, sagt er. »Als ich jung war, kannte ich eine Menge Tricks. Aber irgendwie war ich nie geschickt genug.« Er hält seine Hände hoch und betrachtet die Runzeln und Venen. »Im Mischen war ich gut. Aber mir hat es immer an Fingerfertigkeit gemangelt.«

»Vielleicht hättest du dir ein Karnickel und einen Hut kaufen sollen.«

»Hätte ich wahrscheinlich sogar gemacht, wenn ich das Geld dafür gehabt hätte. Mich hat das Zaubern wirklich fasziniert.«

Sie schüttelt den Kopf. »Dass du mir noch nie davon erzählt hast …«

»Es war ein Jugendhobby«, sagt er mit einem seltsamen Blick. »Irgendwann bin ich erwachsen geworden. Wie die meisten Menschen.«

Seine letzten Worte treffen sie genau da, wo sie treffen sollten, und Greta kann nur staunen, wie zielsicher er trotz Krankheit schießt. Ehe sie etwas entgegnen kann, beugt er sich aus dem Bett, übergibt sich in den Mülleimer und wischt sich den Mund mit einem Handtuch ab. Als er sich wieder aufs Kopfkissen sinken lässt, ist sein Gesicht bleich und verschwitzt. Greta nimmt eine Flasche Wasser vom Schreibtisch und reicht sie ihm. Er braucht ewig, um die Plastikkappe abzuschrauben.

»Dad«, setzt sie an, während sie zusieht, wie sich sein Adamsapfel beim Schlucken auf und ab bewegt. Etwas Wasser tropft auf seinen Schlafanzug. »Vielleicht solltest du lieber –«

»Hab ich dir mal erzählt, wie ich deine Mutter kennengelernt hab?«

Klar, möchte sie am liebsten antworten, *ungefähr tausendmal.*

Aber auf einmal tut er ihr leid. Sie muss an den Mann denken, der sich geweigert hat, ihre Zettel zu lesen, der später gezwungen war, sich ihren Song anzuhören – der ihn seitdem verfolgt –, und dieser Mann kommt ihr jetzt vor, als wäre er ein vollkommen anderer Mensch als der, der seine Frau vermisst, der zu Tode betrübt und einsam und krank im Bett liegt, auf einem Schiff, auf dem sie eine gemeinsame Reise geplant hatten.

Und deswegen sagt sie: »Erzähl's mir noch mal.«

»Ich hab bei ihren Eltern immer den Rasen gemäht«, sagt er mit einem wehmütigen Lächeln. »Die Familie wohnte in einem großen Haus mit einem riesigen Garten. Ich habe jedes Mal Stunden gebraucht. Ich hatte die Tochter natürlich schon öfter gesehen, sie war ein paar Jahre jünger als ich, vielleicht sechzehn, und sie war hübsch, das hübscheste Mädchen, das ich je gesehen hatte. Total unerreichbar für mich.«

Was offenbar nicht stimmte, lautete Helens Kommentar jedes Mal, wenn er an diesem Punkt der Geschichte ankam, und die Lücke, die jetzt entsteht, ist so krass – wie eine fehlende

Zeile in einem Theaterstück, eine ausgelassene Note in einem Lied –, dass Greta kurz versucht ist, es selbst zu sagen.

»In meinen Tagträumen habe ich mir immer vorzustellen versucht, was ihre Eltern wohl sagen würden, wenn ich mich traute, sie anzusprechen«, fährt Conrad schließlich fort. »Ich, der arme Junge mit dem fürchterlichen Haarschnitt aus dem falschen Stadtviertel, verschwitzt und von oben bis unten mit Grasschnipseln bedeckt. Dann, eines Tages, ist es tatsächlich passiert, und weißt du, was ich zu ihr gesagt hab, als ich endlich die Gelegenheit dazu hatte?«

Greta lächelt. »Du hast geniest.«

»Genau«, sagt er lachend. »Und dann hab ich gesagt: ›Pollen.‹ Mehr nicht. Einfach nur ›Pollen.‹«

»Offenbar war es genau das Richtige«, sagt Greta.

Doch sein Lächeln verschwindet, plötzlich wirkt er sorgenvoll, dann dreht er sich zur Seite und übergibt sich wieder in den Mülleimer. Ein paar Sekunden lang hält er sich den Eimer noch vors Gesicht. Dann stellt er ihn erleichtert wieder ab und lässt sich auf sein Kissen sinken.

»Vielleicht solltest du dich ein bisschen ausruhen«, sagt Greta, aber er reagiert gar nicht darauf.

»Danach hab ich sie jahrelang nicht mehr gesehen«, fährt er unbeirrt fort. »Sie ist zum Studieren nach Tennessee gegangen, und ich bin in den Krieg gezogen, und nach meiner Rückkehr habe ich als Barkeeper angefangen, und zwar in einer Kneipe namens –«

»The Fat Owl«, sagt Greta.

Conrad nickt. »Jedenfalls kommt sie eines Abends mit ihrem Freund in die Kneipe, so ein feiner Pinkel, den sie an der Uni kennengelernt hatte. Sie haben ihre Drinks bestellt, dann haben sie am Tresen gesessen, und er hat ihr die Baseballregeln erklärt, und zwar so richtig von oben herab, während sie auf einer Serviette Männchen gemalt hat, und ich hab die ganze Zeit gedacht: *In den hat sie sich verliebt? Kann das wahr sein?*«

»Und dann ist er aufs Klo gegangen …«, souffliert Greta.

»Ich hab den Tresen poliert, und sie hat immer noch Männchen gemalt, und auf einmal sagt sie, ohne mich anzusehen: ›*Welche Pollen fliegen denn heute?*‹ Ich bin fast in Ohnmacht gefallen. Da war's um mich geschehen. Wir haben uns angesehen, und ich hab sie gefragt, was sie da zeichnet, und sie hat mir eine Zeichnung von einem Pinguin gezeigt, und ich hab gesagt: ›Das kann ich besser.‹« Er kneift die Augen zu und lacht heiser. »Keine Ahnung, was da über mich gekommen ist, aber ich hab ihr meine Telefonnummer aufgeschrieben.«

»Ziemlich mutig.«

»Kann man wohl sagen«, brummt er zufrieden, und als sich ihre Blicke begegnen, ist die Zuneigung echt.

Greta fühlt sich daran erinnert, dass sie zumindest etwas gemeinsam haben: Sie beide haben Helen über alles geliebt.

Er kratzt sich schmunzelnd das Kinn. »Und es hat funktioniert. Ein paar Monate später ist sie wieder in die Kneipe gekommen, diesmal allein.«

»Und der Rest ist Geschichte«, sagt Greta, um ihn zum Lächeln zu bringen, aber leider hat es den gegenteiligen Effekt.

»Eigentlich wollten wir unseren Lebensabend gemeinsam verbringen.«

»Also wirklich, Dad, du bist grade mal siebzig.«

Er macht ein Gesicht, als würde das alles noch schlimmer machen. Greta vermutet, dass er all die einsamen Jahre vor sich sieht, die ihm noch bleiben könnten.

Er wischt sich unwirsch mit dem Unterarm übers Gesicht, dann schüttelt er mit großem Gewese sein Kopfkissen auf. »Du solltest jetzt lieber gehen.«

»Dad.«

»Es geht mir gut.«

Sie beißt sich auf die Lippe. »Bist du dir wirklich sicher, dass du –«

»Du dürftest eigentlich gar nicht hier sein«, sagt er so nachdrücklich, dass Greta nichts anderes übrig bleibt, als aufzustehen. Einen Moment lang bleibt sie noch am Bett stehen. Er sieht alt aus, aber irgendwie auch wieder sehr jung in seinem zu großen Schlafanzug und den in alle Richtungen abstehenden Haaren. Früher, als sie noch in der Garage Gitarre geübt hat, kam er häufig, um ihr Bescheid zu sagen, dass das Abendessen fertig war. Manchmal hat sie ihn nicht gehört wegen der lauten Musik, und wenn sie dann aufgeblickt hat, stand er da wie ein Hüne, groß und breit, und füllte den ganzen Türrahmen aus.

Sie zieht ihre Jacke an und geht zur Tür. »Licht aus oder an?«, fragt sie, eine Hand am Schalter, und er murmelt irgendetwas, das sie nicht versteht. Sie schaltet das Licht aus und lauscht noch einen Moment lang seinem Atem. Als sie die Tür öffnet, fällt vom Flur aus ein Streifen fluoreszierendes Licht in die Kabine.

Als sie gerade hinausgehen will, hört sie ihn sagen: »Gute Nacht.«

»Gute Nacht«, sagt sie und zieht die Tür hinter sich zu.

Dienstag

Kapitel 14

Am nächsten Morgen ist der Himmel so blau, und es ist so sonnig, dass die Leute beim Frühstück über kaum etwas anderes reden.

»Perfektes Gletscherwetter«, verkündet der Cruise Manager über Lautsprecher.

»Keine einzige Wolke«, bemerkt Todd und lugt mit zusammengekniffenen Augen aus dem Fenster.

»Wie schade, dass dein Vater diesen Tag nicht genießen kann«, sagt Mary, während sie eine Banane für ihn abzweigt.

»Nicht die Sonnenmilch vergessen!«, ruft die alte Dame, als sie beim Kaffeeautomaten an Greta vorbeigeht.

»Auf keinen Fall«, ruft Greta zurück.

Es wird noch Stunden dauern, bis sie Glacier Bay erreichen, aber die Vorfreude ist auf dem ganzen Schiff zu spüren. Beim Frühstück unterhalten sich Davis und Todd über die Konservenindustrie, ein Thema, das sie neuerdings fasziniert, und tauschen Statistiken aus, als redeten sie über Baseball. Eleanor schiebt derweil einen Reklameprospekt für das Varietékonzert in Gretas Richtung.

»Nur für den Fall, dass du's dir noch anders überlegst«, sagt sie augenzwinkernd. »Todd und ich gehen auf einen Ball. Wir machen schon seit Jahren Kurse im Standardtanzen.«

»Wow«, sagt Greta und fragt sich im Stillen, ob die Fosters es eigentlich nie leid werden, sich dauernd unter Weißen zu bewegen. Sie wendet sich Mary zu und fragt mit einem leichten Grinsen: »Und ihr? Macht ihr auch Tanzkurse?«

»Das würden meine Füße nicht überleben«, sagt Mary, während sie mit dem Kinn in Davis' Richtung zeigt. »Aber wir unternehmen sicher auch was.«

»Wir würden dich liebend gern auf der Bühne sehen«, sagt Eleanor hoffnungsvoll. »Und vielleicht wäre es auch eine gute Gelegenheit –«

»Nein, danke«, sagt Greta, um einen lässigen Ton bemüht, obwohl ihr Eleanors Hartnäckigkeit auf die Nerven geht. Sie schiebt den Prospekt zu ihr zurück. »Aber ich komme zum Ball und applaudiere euch.«

Am Nachbartisch wird »Happy Birthday« angestimmt, und sie sehen alle hinüber. Das Geburtstagskind, ein kleiner, altersgebeugter Latino, umringt von seiner Großfamilie, holt grade tief Luft, um die Kerze auszupusten, die in seinen Pancakes steckt. An seinem Stuhl ist ein riesengroßer Strauß Heliumballons festgebunden. Mary dreht sich lächelnd zu Greta um.

»Das hat dein Vater auch immer für deine Mutter gemacht«, sagt sie, und während Greta versucht, sich zu erinnern, wann es bei ihnen mal Luftballons gegeben hat, fügt Mary hinzu: »In der Schule.«

Vor Jahren hat Mary an derselben Schule unterrichtet, an der Helen als Krankenschwester arbeitete. Dann ist Mary noch mal an die Uni gegangen, hat ihren Master gemacht und ist an einer anderen Schule Direktorin geworden. Aber eine kurze Zeit lang haben die beiden im selben kleinen Schulgebäude gearbeitet, haben sich mit dem Fahren abgewechselt und zusammen zu Mittag gegessen.

»Wusstest du das nicht?«, fragt Mary. »Zu jedem Geburtstag ist er mit einem Riesenstrauß Ballons in ihr Büro gekommen. Die Kinder waren hellauf begeistert.«

»Nein, das habe ich nicht gewusst«, sagt Greta, aber es wundert sie nicht. Sie hat ihre Eltern an ihrem fünfzehnten Hochzeitstag tanzen sehen, eng aneinandergeschmiegt unter den Lampions im Garten. »Ekelhaft«, hat Asher gemurmelt, als sie sich geküsst haben. Er war elf, und diese öffentliche Zurschaustellung von Zuneigung war ihm peinlich.

Aber Greta konnte sich gar nicht losreißen von dem Anblick, sie war völlig fasziniert davon, wie die beiden sich anschauten und ihr Glück nicht fassen konnten.

»Und jeden Freitag ist er in die Schule gegangen und hat mit ihr zu Mittag gegessen«, sagt Mary. »Sie haben sich in der Cafeteria getroffen, und die Kinder haben sie aufgezogen und gerufen ›Guckt mal, Mrs. James hat einen *Freund!*‹ Und dein Vater hat nur gegrinst und gesagt: ›Darauf könnt ihr Gift nehmen!‹«

Greta schüttelt ungläubig den Kopf. »Jeden Freitag?«

»Jeden Freitag. Bis er es quer durch die Stadt geschafft hatte, blieben ihm nur fünfzehn oder zwanzig Minuten, aber er hat in all den Jahren keinen einzigen Freitag ausfallen lassen.«

»Davon haben sie mir nie etwas erzählt.«

»Sie haben es ihr Rendezvous genannt«, sagt Davis grinsend. »Ich hab immer zu ihm gesagt, er könnte sich eigentlich mal was Besseres einfallen lassen als immer nur Pizza in einer Cafeteria voller Schulkinder, aber es hat deine Mutter einfach glücklich gemacht.«

Einen Moment lang herrscht Schweigen am Tisch. Mary nimmt Davis' Hand und drückt sie liebevoll. Todd legt einen Arm um Eleanor, die sich an ihn schmiegt. Und am anderen Ende des Tisches sitzt Greta allein da und lässt sich die Geschichten und Erinnerungen, die kleinen Freuden und Rituale eines gemeinsamen Lebens durch den Kopf gehen.

Plötzlich schiebt Davis seinen Stuhl zurück. »Wir müssen los«, sagt er. »Gleich ist wieder Quiz-Stunde, und wir müssen unseren Titel von gestern verteidigen.«

»Komm doch mit«, sagt Eleanor zu Greta. »Es wird bestimmt lustig.«

»Die haben tolle Preise«, sagt Todd und zeigt Greta einen Kugelschreiber mit einem kleinen Kreuzfahrtschiff drauf.

Greta lächelt. »Vielleicht ein andermal.«

»Willst du wirklich nicht mitkommen?«, fragt Davis. »Wir könnten bei den Musikfragen ein bisschen Unterstützung gebrauchen.«

Das stimmt gar nicht. Davis ist in Sachen Musik extrem beschlagen. Greta ist klar, dass sie ihr einfach das Gefühl geben wollen dazuzugehören, was sie rührend findet.

»Falls ihr mal unsicher seid«, sagt sie, »einfach auf die Rolling Stones tippen, da habt ihr gute Chancen.«

Auf dem Weg aus dem Speisesaal entdeckt sie Ben am anderen Ende des Büfetts, er balanciert ein Tablett mit einer absurd großen Menge Tassen und kleiner Schüsseln. Als er sie sieht, bleibt er mitten in dem Frühstücksgedränge wie angewurzelt stehen. Mit verlegener Miene dreht er sich um und eilt davon.

Greta blinzelt. Einerseits versetzt ihr seine Reaktion einen kleinen Stich, andererseits macht sie sie ein bisschen nachdenklich. Denn es war von Anfang an eine verrückte Idee, oder? Was würde sie mit einem Bücherwurm und Literaturprofessor anfangen? Mit einem Mann, der Dad Jeans trägt und die letzten Jahre in irgendeinem Kaff in New Jersey verbracht hat?

Einen flüchtigen Moment lang malt sie sich aus, wie es wäre, wenn er mitten in ihr Leben geriete und damit zurechtkommen müsste, dass sie oft bis in die frühen Morgenstunden an ihren Songs arbeitet, monatelang auf Achse ist, in allen möglichen Cafés von wissbegierigen Journalisten interviewt wird und sich regelmäßig auf der Bühne auspowert. Sie kann sich ihn noch nicht einmal bei einem ihrer Konzerte vorstellen, inmitten einer unter Stroboskopblitzen und bei treibenden Bässen schwitzenden, wogenden und kreischenden Menge. Das wäre, als würde man einen Hundewelpen in einen Moshpit werfen.

Dass es zwischen ihnen ein bisschen gefunkt hat, kann nur der Langeweile geschuldet sein, der Tatsache, dass sie zusammen mit Tausenden grauhaariger Touristen und plärrender Kinder auf diesem Schiff festhängt. Ihr Vater hat sich in seiner Kabine verkrochen und antwortet auf ihre Textnachrichten mit einzelnen Wörtern – *Wie geht es dir? Gut. Brauchst du irgendwas? Nein.* –, und der Empfang auf dem Schiff ist so schlecht, dass es zwecklos wäre, irgendjemanden anzurufen, selbst wenn der einzige Mensch, mit dem sie jetzt gern reden würde, nicht tot wäre.

Zusammen mit so vielen Leuten auf einem Schiff eingesperrt zu sein und sich einsam zu fühlen, ist furchtbar. Greta bewegt sich um die Leute herum wie ein Lachs, der stromaufwärts schwimmt – vorbei am Shuffleboard-Spielfeld, an der leeren Taco-Bar, an einer Menschentraube, die vor dem Veranstaltungssaal auf einen Vortrag über die Natur Alaskas wartet –, getrieben von einer nagenden Unrast.

Aber es gibt kein Entrinnen – jedenfalls nicht heute –, also holt sie sich ein Notizheft und einen Stift aus ihrer Kabine und macht es sich damit auf dem Promenadendeck in einem Liegestuhl bequem. Eine Weile betrachtet sie einfach nur Berge, die langsam vorbeigleiten, einer höher als der andere, einer mit mehr Schnee bedeckt als der andere.

Schließlich zieht sie die Kappe von ihrem Kugelschreiber und betrachtet die leere Seite.

Sie schnappt sich eine der kratzigen karierten Decken und legt sie sich über die Beine.

Sie blinzelt ins grelle Licht der tief stehenden Sonne, die die kristallklare Luft erwärmt.

Zwei Frauen in dicken Daunenwesten powerwalken an ihr vorbei, ein paar Minuten später noch einmal und wieder einige Minuten später noch einmal. Jedes Mal unterbrechen sie ihr Gespräch, um ihr ein Lächeln zuzuwerfen, und Greta nickt jedes Mal zum Gruß.

Die leere Seite starrt sie an.

Der Anfang ist noch nie leicht gewesen. Aber sie hat noch nie so sehr an sich gezweifelt wie in den vergangenen Monaten.

Sie versucht sich zu erinnern, wann sie das letzte Mal beim Schreiben einen guten Tag hatte. Das war im Februar, fällt ihr ein, ein paar Wochen vor ihrem Flug nach Deutschland. Luke und sie hatten für ein verlängertes Wochenende im Norden von New York State ein altes Bauernhaus gemietet. Sie sind in den kleinen Städten am Hudson durch die Straßen gebummelt, haben in Gebrauchtwarenläden gestöbert, sind zu fünf oder sechs Wasserfällen gewandert. Am letzten Abend haben sie ein Hühnchen, frisches Gemüse und in der lokalen Brauerei einen großen Krug Bier gekauft und in der ziemlich dürftig eingerichteten Küche ein Festessen gekocht. Hinterher haben sie es sich vor dem offenen Kamin gemütlich gemacht und sich einen Film angesehen, aber Greta konnte sich nicht konzentrieren.

»Los, mach schon«, hat Luke gesagt, als er sah, wie sie mit den Fingern auf der Fernbedienung herumklopfte und mit dem Fuß wippte.

»Was denn?«, hat sie lachend gefragt.

»Ich merk dir doch an, dass du einen Song loswerden willst.«

Sie hat es nicht abgestritten, ihm einen Kuss auf die Wange gedrückt und ist nach oben gegangen. Es lag an dem gemütlichen Haus, dem Frost auf den Wiesen, der Wohltat, ein Wochenende frei zu haben. All das hätte sie eigentlich in Tiefenentspannung versetzen müssen, stattdessen inspirierte es sie zu einem Song.

Als Luke später nach oben kam, kroch er neben ihr ins Bett – das laut quietschte –, legte das Kinn auf ihre Schulter und las, was sie geschrieben hatte.

»Schön«, murmelte er und sah ihr in die Augen, und sie wusste nicht, ob er sie oder ihren Songtext meinte, aber es war auch egal, denn er küsste sie, und sie ließen sich auf die Kissen sinken, und ihr Laptop landete mit einem Rumms auf dem Boden.

Ihr Handy bimmelt, und sie legt ihren Stift weg, dankbar für die Ablenkung. Es ist eine Nachricht von Howie: *Ich hab dir für diese Woche den Rücken freigehalten. Aber dafür musst du dich nach deinem Auftritt mit einem von der Times zusammensetzen. Und die werden wissen wollen, was passiert ist. Es wird Zeit, dass du das hinter dich bringst. Okay?*

Greta zögert, doch dann schreibt sie: *Okay.*

Außerdem sagt Cleo, die wollen eine Bestätigung der Setliste.

Stirnrunzelnd betrachtet sie ihr Handy. Cleo ist ihre betreuende Managerin bei der Plattenfirma, eine kleine, zierliche, aber beeindruckende Schwarze aus Quebec, die immer ins Französische fällt, wenn sie sich aufregt. Auch wenn sie nicht diejenige wäre, die Greta an einem verschneiten Abend in Red Hook bei einem Auftritt in einer Bar entdeckt hat, wäre sie die coolste Frau, der Greta je begegnet ist. Aber so etwas hat sie in all den Jahren, die sie nun schon zusammenarbeiten, noch nie von Greta verlangt.

Howie beantwortet ihre Frage, ehe sie dazu kommt, sie zu stellen: *Es gibt einen Livestream von deinem Konzert, hast du das noch auf dem Schirm?*

Ja, aber warum auf einmal?, fragt sie.

Wegen allem, schreibt er, womit er natürlich meint: Wegen der vielen Wochen, die sie mit dem Album im Verzug ist, wegen all der Wochen, in denen sie keine Publicity machen konnten. Und das war die Lösung. Eine Live-Aufnahme ihrer Rückkehr auf die Bühne. Eine Möglichkeit, die neue Single bekannt zu machen. Eine Möglichkeit, ihr den Weg zurück zu ebnen, vorausgesetzt, sie setzt das Konzert nicht in den Sand.

Nein, schreibt sie. *Warum wollen die noch mal eine schriftliche Bestätigung?*

Ich glaub, die haben Angst, du könntest noch mal »Astronomy« spielen.

Sie wartet.

Nach einem Moment fügt er hinzu: *Ich bin nur der Überbringer der Botschaft.*

Greta schließt kurz die Augen. Sie wäre nie auf die Idee gekommen, das Stück noch mal zu versuchen. Es steht zu viel auf dem Spiel. Sie weiß das, und das wissen auch Cleo und alle anderen bei der Plattenfirma. Sie wollen, dass sie nach vorne schaut. Sie wollen, dass sie sich an ein Drehbuch hält. Dagegen hat Greta nichts einzuwenden. Sie brennt mindestens ebenso sehr wie alle anderen darauf, das alles hinter sich zu lassen.

Alles klar, schreibt sie Howie.

Du bist doch bereit, schreibt er. *Oder?*

Sie blickt aufs Meer hinaus, auf dem zahllose Eisbrocken schwimmen, die sich im stillen Wasser spiegeln. Als sie wieder ihr Handy anschaut, weiß sie nicht, was sie schreiben soll.

Sie hat immer das Gefühl, bereit zu sein. Jedes Mal, wenn sie die Bühne betritt. Jedes Mal, wenn sie eine Gitarre in den Händen hält und die Augen schließt und den ersten Ton anschlägt. Das ist die Belohnung für all die tausend Stunden, die sie bis zum Umfallen geübt hat, und auch für alles andere, die kleinen Demütigungen und all die Abweisungen, die sie im Lauf der Jahre hinnehmen musste; für die Auftritte in fast leeren Sälen und das Warten auf Anrufe, die nie kamen, für die zahllosen Male, die irgendwelche Agenten, Manager oder Leute aus den Führungsetagen sie abgelehnt haben, für all die Male, die man ihr gesagt hat, ihr Traum sei zu verrückt, zu abwegig, so als wären Träume jemals vernünftig.

All das hat nie eine Rolle gespielt. Eigentlich nicht. Denn tief in ihrem Innern hat sie immer fest an sich selbst und – vielleicht noch mehr – an ihre Musik geglaubt.

Doch dann, an einem ungewöhnlich kalten Abend im März – genau eine Woche nach dem Tod ihrer Mutter und einen Tag, nachdem sie sich von Luke getrennt hat –, kam der Absturz.

Sechs Minuten. So lange hat sie in der Brooklyn Adacemy of Music auf der Bühne gestanden.

Offenbar lässt sich eine Karriere viel schneller ruinieren als aufbauen.

Der Auftritt war lange geplant, lange bevor ihre Welt zusammengebrochen ist, ein einziges Stück als Teil eines Wohltätigkeitskonzerts, um Geld für künstlerische Bildung aufzutreiben. Wenn sie an dem Tag handlungsfähig gewesen wäre, hätte sie vielleicht versucht, aus der Nummer auszusteigen. Aber das war sie nicht. Also ist sie nicht ausgestiegen.

Es war riskant, einen so neuen Song wie »Astronomy« zu spielen. Noten und Text standen auf drei zerknitterten Seiten ihres Notizhefts, sie hatte alles wie benebelt auf dem langen Flug geschrieben und das Stück seitdem nur ein paarmal geübt.

Sie wusste, dass es noch nicht richtig saß. Nicht nur, weil sie es in aller Hast geschrieben hatte, sondern auch, weil es ein Song war, der von Liebe und Hoffnung und Erinnerung handelte, von einem Wunsch. Nichts in dem Song hatte etwas mit der Trauer zu tun, die sich wie ein schwarzes Loch aufgetan hatte, nachdem das Flugzeug gelandet war, und deswegen fühlte er sich irgendwie an wie eine Lüge. Aber eine Lüge, an der sie so lange wie möglich festhalten wollte.

Sie musste den Song noch zu Ende schreiben. Aber das würde bedeuten, Abschied zu nehmen.

Und dazu war sie noch nicht bereit.

Aber was sonst hätte sie an dem Abend spielen sollen? Was sonst hätte ihr auch nur halb so viel bedeuten können?

Anfangs lief es gut. Sie hatte einen Kloß im Hals, während der ersten Takte, ihre Stimme krächzte, als sie zu singen begann. Aber Musik war schon immer ihre Zuflucht gewesen. Sie half ihr, wenn die Welt in Finsternis versank, sie war ein Schutz, wenn es stürmte. Sie würde den Hochseilakt hinter sich bringen, und dann würde sie nach Hause fahren, ins Bett kriechen und die Augen schließen.

Aber als sie am Ende des Refrains ankam, entdeckte sie das Schild. Ein ernst dreinblickender Mann im Publikum hielt es hoch und wiegte sich im Takt, neben ihm seine ebenso ernst dreinblickende Freundin.

Auf dem Schild stand: *Leb wohl, Gretas Mom.*

Bis dahin hatte sie nicht geweint. Nicht während der Totenwache, nicht bei der Beerdigung, nicht auf dem Fußboden im begehbaren Kleiderschrank ihrer Mutter. Sie hatte nicht auf dem Flug zurück nach New York geweint, obwohl sie sich gefühlt hatte, als würde ihr Körper sich auflösen, sie hatte nicht geweint, als sie am nächsten Morgen mit Luke Schluss gemacht hatte. Dabei hatte sie die ganze Zeit gewusst, dass sie nicht ewig davor würde davonlaufen können, dass der Damm irgendwann brechen würde. Sie hatte nur nicht damit gerechnet, dass es auf einer Bühne in Brooklyn passieren würde, vor dreitausend Fans, die ihre Handys hochhielten und alles filmten.

Aber als sie das Schild erblickte, fühlte sie sich, als würde alle Luft aus ihr entweichen wie aus einem kaputten Luftballon. Das Merkwürdigste war, dass ihr das alles bewusst war, dass ihr Gehirn genau registrierte, was ihr Körper tat. *Meine Beine geben nach,* dachte sie, als ihr Fuß vom Effektpedal glitt. *Meine Finger sind erfroren,* dachte sie, als ihr Plektrum auf die Bühne fiel.

Einfach. Mechanisch. Unausweichlich.

Ihre beiden Begleitmusiker – Atsuko am Schlagzeug und Nate am Keyboard – spielten einfach weiter, selbst nachdem Greta längst aufgehört hatte, als sie vornübergebeugt dastand wie jemand, der einen Schlag in die Magengrube bekommen hatte und während Tausende Augen zusahen, wie sie nach Atem rang. Zuerst wusste sie gar nicht, dass sie weinte. Erst als ihr eine Träne von der Nase tropfte, bekam sie es mit, inzwischen hatten Atsuko und Nate auch aufgehört zu spielen, und im Saal herrschte eine Stille, wie sie sonst in keinem Konzertsaal vorkam, eine Stille, die sich vollkommen falsch anfühlte. Als allgemeines Gemurmel einsetzte, wusste sie, dass das Publikum immer noch da war, dass die Fans voller Mitgefühl und voller Sorge waren und vielleicht sogar ein bisschen gerührt, vielleicht auch ein bisschen aufgeregt, weil da auf der Bühne jemand so echt war, so authentisch.

Doch dann verschob sich etwas, sie weinte immer noch, aber sie spürte, dass die Stille zu groß wurde, dass es zu lange dauerte, dass es sich schmerzlich in die Länge zog, also zwang sie sich zurück ans Mikrofon, in der Hoffnung, irgendwo in ihrem Innern die Kraft zu finden, die doch da sein musste – war das nicht immer so in solchen Momenten, wenn man tief genug grub? –, und sie fing noch einmal von vorne an, diesmal ohne Plektrum, begann atemlos zu singen, aber was herauskam, war nur heiseres Krächzen und so falsch, dass sie wieder abbrechen musste. Erneut trat Stille ein, diesmal weniger gnädig, und sie öffnete den Mund, wollte sich entschuldigen, aber nicht einmal das brachte sie mehr fertig.

Die Leute starrten sie an, und sie starrte zurück.

Dann drehte sie sich um und verließ wortlos die Bühne, verfolgt von tausend Kameras.

Howie behauptet, so schlimm, wie sie glaubt, war es gar nicht.

Aber es war so schlimm. Sie weiß es, denn sie hat das Video gesehen. Es ist allgegenwärtig.

Das Schlimmste war nicht einmal, dass sie vor versammeltem Publikum zusammengebrochen ist, und auch nicht, dass das Video die Runde gemacht hat. Unter den Umständen war das alles akzeptabel, eine Frau von Trauer überwältigt; in den meisten Artikeln stand genau das.

Was sie umgehauen hat, war das Mitleid, das ihr entgegengebracht wurde. Mitleid für ihren Zusammenbruch, für ihren Moment der Schwäche, für ihre Verletzlichkeit.

Und Mitleid für den Song, und das war das Allerschlimmste.

Der *Rolling Stone* bezeichnete ihn als »rührselig und sentimental – zumindest, soweit cr zu Gehör gebracht wurde«. *Pitchfork* schrieb, der Song hätte sich angehört wie »ein Kinderlied, eine süßliche Ballade, weit entfernt von James' üblicher Power.« Das New York Magazine war unverblümter und tat das Ganze ab als »eine einzige Katastrophe von vorne bis hinten«.

Greta hatte die Bühne stets voller Energie betreten. Nirgendwo sonst hatte sie sich so selbstbewusst und kompetent gefühlt. In ihrer Branche braucht man ein dickes Fell, vor allem als Frau – vor allem als Gitarristin –, und sie hatte längst gelernt, mit Kritik umzugehen. Zwischenrufe brachten sie nicht aus dem Konzept. Beleidigungen und Missbilligung und abfällige Bemerkungen perlten an ihr ab.

Aber die Flutwelle des Mitleids – nicht nur für ihre Situation oder den vermasselten Auftritt, sondern für den Song selbst – war zu viel.

Bei ihrem Label waren sie außer sich. Sie waren mitten in den Vorbereitungen für ein zweites Album, das noch explosiver und aufregender werden sollte als ihr erstes. Und dann stand sie auf der Bühne und heulte sich durch eine sentimentale Schnulze, die jetzt als Erstes auftauchte, wenn man Greta James googelte.

Sie verlangten sofort einen weiteren Auftritt von ihr, um den anderen vergessen zu machen und wieder durchzustarten. Aber Howie – der mit dem Nachtflug von L. A. nach New York gekommen war und am nächsten Morgen mit Kaffee und Bagels bei Greta vor der Tür stand – überzeugte sie, dass es besser wäre, eine Pause einzulegen, wenigstens eine Woche. Aus der Woche war dann allerdings ein Monat geworden. Dann zwei. Und dann musste alles aufgeschoben werden: die Single, das neue Album, die Tournee, die Werbung. Und Greta brauchte eine Ewigkeit, um sich überhaupt wieder um ihre Karriere zu kümmern – nicht, weil der Schmerz über den Tod ihrer Mutter nachgelassen hätte, sondern weil sie wusste, wenn sie ihre Musik auch noch verlor, würde sie sich nie wieder davon erholen.

Jetzt betrachtet sie ihr Handy, versucht sich vorzustellen, wie es wäre, wieder auf der Bühne zu stehen, einen ganz neuen Song zu bringen, während alle Manager auf einen Neustart hoffen, während alle ihre Fans etwas erleben wollen, wovon sie später erzählen können, all das im Zusammenspiel mit ihrer Beschämung und ihren Zweifeln, die wie eine Doppelbassdrum ihre Trauer unterlegen, die wie eine Faust ihr Herz umklammert.

Sie weiß, dass es höchste Zeit ist. Allerhöchste Zeit. Dass es vielleicht auch schon zu spät ist.

Und trotzdem weiß sie nicht, ob sie bereit ist.

Das Merkwürdigste am Tod ist, dass man nicht aufhört, die Stimme des Verstorbenen im Kopf zu hören, und gerade jetzt weiß Greta genau, was ihre Mutter sagen würde.

Du schaffst das. Du bist bereit. Das ist dein Ding.

Aber ihre Mutter ist nicht hier.

Also versucht Greta, es sich selbst zu sagen.

Ich schaffe das, schreibt sie Howie. *Ich bin bereit. Das ist mein Ding.*

Sie weiß bloß nicht, ob sie es selbst glaubt.

Kapitel 15

Greta betrachtet fasziniert die auf dem spiegelglatten Wasser vorbeitreibenden winzigen Eisberge, als Mary sich neben sie an die Reling stellt. Sie trägt eine rote Jacke und eine Strickmütze über ihrem kurzen schwarzen Haar.

»Die schlechte Nachricht ist«, sagt sie, »dass wir im Quiz verloren haben. Die gute Nachricht ist, dass wir die Frage nach den Rolling Stones richtig beantwortet haben.«

Greta lacht. »Immer gern zu Diensten.«

»Ich hab mal nach deinem Vater gesehen.« Mary reibt sich die Hände. »Es geht ihm schon viel besser.«

»Hat er dich auch angeblafft?«

»Ja«, sagt Mary. »Aber ehrlich gesagt würde ich mir mehr Sorgen um ihn machen, wenn er das nicht getan hätte.«

»Es tut mir so leid, dass er in seiner Kabine festhängt«, sagt Greta. »Ausnahmsweise versteh ich sogar, dass er schlecht gelaunt ist.«

»Sei nicht zu streng mit ihm. Er leidet.«

»Das tun wir alle.«

Mary mustert sie. »Ich bin froh, dass du dir eine Woche Auszeit genommen hast.«

»Meine Auszeit dauert jetzt schon ziemlich lange.«

»Ich weiß. Ich hab das Video gesehen.«

»Ja, das haben inzwischen mindestens zwei Millionen Menschen«, sagt Greta und versucht zu lächeln. Aber als sie die Warmherzigkeit in Marys Blick sieht, ist ihr eher nach Weinen zumute.

»Auch wenn es dir nicht hilft, aber ich fand den Song sehr schön.«

»Das liegt nur daran, dass sie dir auch fehlt.«

»Vielleicht«, sagt sie nachdenklich. »Wirst du ihn noch mal spielen?«

»Man hat es mir ausdrücklich verboten«, antwortet Greta achselzuckend. »Er ist sowieso noch nicht fertig. Ich hab ihn im Flugzeug geschrieben. Bevor ich wusste, dass …« Ihr versagt die Stimme. »Aber selbst wenn der Song nicht meine Karriere ruiniert hätte – er ist nichts, was auf die Bühne gehört.«

»Wie meinst du das?«

»So was ist einfach nicht mein Stil.«

Mary verdreht die Augen. »Hast du nicht früher immer deine Gefühle in deinen Songs zum Ausdruck gebracht?«

»Du hast doch gesehen, was passiert ist«, sagt Greta reumütig. »Ich glaube, es ist besser, wenn ich dieses Kapitel erst mal hinter mir lasse.«

»Dieses Kapitel«, sagt Mary sanft, »wird dich noch eine ganze Weile begleiten, ob du willst oder nicht. Manchmal kommt man nur aus etwas heraus, indem man hindurchgeht.«

»Das hätte meine Mutter auch sagen können.«

Mary lächelt. »Das nehme ich als Kompliment.«

Der erste Gletscher kommt in Sicht, er hebt sich strahlend weiß vom grünlichen Wasser ab, und eine Weile betrachten sie ihn schweigend.

»Sie hätte diese Reise so sehr genossen«, sagt Mary, dann schüttelt sie den Kopf. »Ich kann mich nicht daran gewöhnen, dass sie nicht mehr da ist.«

»Ich auch nicht.«

»Manchmal, beim Geschirrspülen, schaue ich aus dem Fenster, um zu sehen, ob sie im Garten ist. Oder ich greife nach meinem Telefon, um sie anzurufen, wenn irgendwas Lustiges passiert. Es ist, als wüsste mein Gehirn Bescheid, aber mein Körper nicht.«

»Mein Körper weiß es«, sagt Greta mit zitternder Stimme. »Ich spüre es überall. In meinem Herzen. In der Lunge. In den Knochen.«

Mary legt ihr einen Arm um die Schultern und drückt sie.

»Ich weiß, dass sie nicht perfekt war«, sagt Greta. »Sie konnte auch nerven und stur sein, und sie war eine ganz schlechte Verliererin, wenn wir Brettspiele gespielt haben. Und sie hat sich nie wirklich für mich eingesetzt, wenn mein Vater mal wieder gemein zu mir war. Sie hätte es tun können, aber sie hat es nicht getan, weil sie ihn auch geliebt hat, und ich glaube, sie fühlte sich verpflichtet, neutral zu bleiben. Aber so funktioniert das nicht, vor allem, wenn einer so eindeutig im Unrecht ist. Es hat mir immer wehgetan, dass sie sich aus allem rausgehalten hat, auch wenn ich ihr das nie gesagt hab.« Sie schweigt eine Weile, wiegt sich, an die Reling gelehnt, vor und zurück, dann schüttelt sie den Kopf. »Und sie hat den schlechtesten Kaffee gekocht. Die Brühe war ungenießbar. Und sie war sträflich naiv. Wenn sie in New York war, hat sie sich benommen, als wäre sie in einem Musical, als würde die ganze Welt mit ihr im Chor singen. Und … sie hat mich verlassen. Sie hat uns alle verlassen, aber es fühlt sich so an, als hätte sie vor allem mich verlassen, und ich weiß, dass es total ichbezogen ist, so was zu sagen, aber das ist mein Gefühl. Ich finde es furchtbar, dass sie weg ist. Ich finde es wirklich ganz, ganz schrecklich.«

Das Schiff fährt so langsam, dass es das Wasser kaum aufwühlt. Alles um sie herum ist still, als wären sie in ein Gemälde hineingeglitten.

»Und das hier«, sagt Greta und blinzelt ein paar Tränen fort, »dass ich hier auf dem Schiff bin, macht es auch nicht besser. Ich müsste jetzt eigentlich in New York sein, Werbung für das Festival machen und versuchen, meine Karriere zu retten.«

Mary lehnt sich neben ihr an die Reling. »Du bist deinem Vater zuliebe hier.«

»Dem ist es egal, ob ich hier bin oder nicht.«

»Das stimmt nicht. Er weiß nur nicht, wie er dir zeigen soll, dass er sich freut.«

Greta sieht Mary skeptisch an.

»Ich weiß, ihr beide habt es nicht leicht miteinander gehabt«, sagt Mary, »aber du weißt doch, was deine Mutter immer gesagt hat, oder? Dass ihr beide euch total ähnlich seid?«

»Das hat sie nicht gesagt.«

»Doch, hat sie. Jedes Mal, wenn ihr beide euch in der Wolle hattet, hat sie darüber gestöhnt, wie stur ihr beide sein konntet, dass keiner von euch bereit war, auch nur einen Millimeter nachzugeben. Und sie hat immer wieder betont, wie ähnlich ihr euch seid.«

»Nein«, widerspricht Greta, »Asher ist ihm viel –«

»Asher hat ähnliche Entscheidungen getroffen, und er scheint sein Leben genauso zu gestalten, wie dein Vater es getan hat«, sagt Mary lächelnd. »Aber ich glaube, deine Mutter hatte recht. Tief im Innern seid Conrad und du euch sehr ähnlich.«

Greta schnaubt und sieht mit finsterem Blick aufs Wasser hinaus.

Sie denkt an das Gespräch mit Conrad am Vorabend und versucht, sich ihren Vater als hoffnungsvollen jungen Mann hinter einem Kneipentresen vorzustellen, als irgendjemand anderen als der, der er jetzt ist –, ein halsstarriger Anzeigenverkäufer, konventionell bis auf die Knochen – aber dazu reicht ihre Fantasie nicht aus.

»Ich behaupte ja nicht, dass er nicht manchmal schwierig sein kann«, sagt Mary. »Aber im Grunde möchte er nur das Beste für dich.«

»Er wünscht sich für mich, was *er* für das Beste für mich hält. Das ist ein Unterschied.«

»Da gebe ich dir recht.« Mary nickt. »Aber so funktioniert das nun mal. Du hast Jason bestimmt auch nicht gewünscht, dass er heiratet, oder?«

Mary versucht, sie zum Lachen zu bringen, das weiß Greta, aber ihr ist nicht nach Lachen zumute.

»Ehrlich gesagt, hätte ich auch nicht damit gerechnet«, fährt Mary fort. »Ich habe deiner Mutter deswegen die Ohren vollgejammert. Du glaubst gar nicht, was wir uns bei unseren Morgenspaziergängen alles ausgedacht haben, um euch beide zusammenzubringen.«

»Im Ernst?«, fragt Greta sie ungläubig.

»Unsere beiden weltläufigen, arbeitssüchtigen, bindungsscheuen New Yorker«, sagt Mary grinsend. »Wir dachten, wenn ihr es schon mit niemand anderem aushaltet, könnten wir vielleicht dafür sorgen, dass wenigstens ihr beide zusammenfindet.« Sie lacht über Gretas Gesichtsausdruck. »Nimm's uns nicht übel, das war nur Ausdruck unserer Liebe.«

»Ich wusste gar nicht, dass ihr das so wichtig war.«

»Sie wollte nur, dass du glücklich bist. Aber sie wusste auch, dass es andere Möglichkeiten gibt, glücklich zu sein.« Mary legt eine Hand auf Gretas. »Und sie war unglaublich stolz auf dich. Das weißt du doch, oder?«

Greta nickt. Aber im Grunde ist sie sich da nicht mehr so sicher. Ihre Mutter hat sie immer ermahnt, egal, für welchen Lebensweg sie sich entscheidet, es mit Überzeugung zu tun. Sie solle immer alles geben, sich große Ziele setzen und leidenschaftlich lieben. Doch jetzt hat sie zum ersten Mal im Leben das Gefühl, auf dem Rückzug zu sein.

Mary zieht sich die Mütze über die Ohren. »Ich muss rein. Die anderen warten bestimmt schon auf mich. Komm doch heute Abend mit uns zu dem Musical. Es soll ganz toll sein. Fast so gut wie ein Broadway-Musical.«

Greta hebt die Brauen.

»Na ja, vielleicht nicht ganz so gut«, sagt Mary. Sie schauen beide in die Ferne. »Aber du solltest mitkommen. Wir gehen in die frühe Vorstellung.«

»Okay«, sagt Greta. Besser als in ihrer fensterlosen Kabine rumzuhocken, wo sie noch nicht mal Gitarre spielen kann, denkt sie. »Hauptsache, es gibt keine Revuetänzerinnen.«

Mary lacht. »Also, das kann ich dir leider nicht versprechen.«

Bald darauf erhebt sich der Gletscher direkt vor ihnen, und das Deck füllt sich zusehends. Die Stimme eines Geologen krächzt aus den Lautsprechern, aber alle anderen unterhalten sich mit gedämpften Stimmen. Greta denkt an ihren Vater, der irgendwo weiter oben auf seinem Balkon steht und das Naturschauspiel allein bewundert.

»Wow«, sagt ein Junge neben ihr, und sie folgt seinem Blick. Aus dieser Nähe sieht sie, wie ungeheuer groß der Gletscher ist, ein massiver Block, der den ganzen Raum zwischen den Bergen ausfüllt. Vorne ist er gezackt und zerfurcht und unwirklich blau, so als hätte ihn jemand mit blauer Farbe besprüht. Nichts regt sich, bis auf ein paar Möwen, die über dem Schiff kreisen, und obwohl die Sonne scheint, riecht die Welt nach Winter.

Greta atmet tief ein und denkt: *Das kann man niemandem beschreiben.*

Und dann: *Sie wäre begeistert gewesen.*

Plötzlich ein Geräusch wie ein Schuss, der in der stillen Bucht widerhallt, und ein paar Leute zeigen aufgeregt auf die linke Seite des Gletschers. Als Greta die Stelle entdeckt, sieht sie aufspritzendes Wasser und sich ausbreitende Wellen. Doch dann bricht ein weiterer Teil des Gletschers ab und stürzt ins Meer, und ein paar Sekunden später ist das Krachen zu hören.

»Das Geräusch, das Sie hören«, erklärt der Geologe, »entsteht beim Kalben des Eises. Man nennt es weißer Donner.«

»Weißer Donner«, wiederholt der Junge beinahe ehrfürchtig.

Greta betrachtet die Stelle, wo das Eis im Meer verschwunden ist. Wie schön es ist, denkt sie, wie schön alles hier ist – die traumhaften Berge, strahlend blauer Himmel, die Wolken, die sich in der Bucht spiegeln – und wie traurig, mit ansehen zu müssen, wie etwas so Wunderbares sich einfach so auflöst.

Sie stößt sich von der Reling ab und geht nach drinnen.

Kapitel 16

Als Greta am Abend auf dem Weg zum Veranstaltungssaal ist, kommt eine Textnachricht von Asher.

Ich hab gehört, du warst gestern Abend bei Dad. Hat sich wohl gefreut. Pech, dass er als Erstes krank wird.

Sie bleibt auf der mit einem roten Läufer ausgelegten Treppe stehen und denkt an Conrads Gesicht, das ganz hohlwangig und blass war. Ja, schreibt sie. Tut mir echt leid.

So hat er sich das nicht vorgestellt.

Tja, schreibt sie zurück, *kann man wohl sagen.*

Ein paar Sekunden vergehen, bis Asher antwortet: *Wenn Leute mich fragen, wie es ist, der Bruder eines Rockstars zu sein, muss ich mich immer zusammenreißen, um ihnen nicht zu sagen, wie blöd du bist.*

Kannst du mal sehen, schreibt sie zurück. *Wenn Leute mich fragen, wie es ist, die Schwester eines Bankers zu sein, sag ich das als Erstes.*

Er schickt ihr ein Emoji mit herausgestreckter Zunge.

Vor dem Saal hat sich eine Menschentraube angesammelt, alle sind begierig, eingelassen zu werden und sich gute Plätze zu sichern. Greta überlegt kurz, ob sie kehrtmachen und in ihre Kabine zurückgehen soll. Oder sich auf eins der Außendecks flüchten und wieder unter einer kratzigen Decke verkriechen. Hauptsache, sie muss nicht neunzig Minuten lang Unterhaltungsprogramm über sich ergehen lassen. Doch dann entdeckt Davis Foster sie – er überragt alle anderen um Haupteslänge – und winkt ihr zu.

»Ihr seht großartig aus«, sagt sie, als sie das merkwürdige Grüppchen erreicht. Sie haben sich alle für den Abend in Schale geworfen. »Gibt's was zu feiern?«

»Nein«, sagt Davis und zupft an seinem Jackett. »Man tyrannisiert uns nur mit der Kleiderordnung.«

»Im Restaurant ist Abendkleidung erwünscht«, sagt Eleanor mit leuchtenden Augen. Sie trägt ein glitzerndes schwarzes Kleid und hat sich die Haare aufgedreht. »Todd ist sofort nach dem Essen los, er konnte es nicht erwarten, aus seinem Anzug rauszukommen.«

Davis wirft seiner Frau – die ein elegantes smaragdgrünes Kleid trägt – einen mürrischen Blick zu. »Der Glückspilz.«

Mary schüttelt den Kopf. »Die paar Stunden mehr bringen dich schon nicht um.«

»Nein, aber zwei Stunden Musical vielleicht schon«, entgegnet Davis grinsend.

Das Schiff, das den ganzen Nachmittag, den sie in der Bucht verbracht haben, ruhig gelegen hat, fängt wieder an zu schwanken. Selbst nach mehreren Tagen an Bord spürt Greta es wie ein Metronom in ihrem Innern; unwillkürlich verlagert sie ihr Gewicht von einem Bein aufs andere.

Eleanor stolpert einen Schritt nach vorne. »Wie in aller Welt soll ein Mensch bei so einem Geschaukel tanzen?«

»Das sind Profis«, sagt Mary. »Die sind darauf trainiert, für die ist das kein –«

Das Schiff krängt stark nach links, jemand stolpert von hinten gegen Greta und schubst sie gegen Davis, der sie lachend wieder aufrichtet.

»Jetzt können wir uns ja vorstellen, wie *du* dich hier auf der Bühne machen würdest«, scherzt er.

Aber Greta hört ihm gar nicht zu. Als sie sich umdreht, um zu sehen, wer sie beinahe umgeworfen hätte, steht Ben vor ihr. Er wirkt ebenso verblüfft wie sie, und vor Verlegenheit bringt keiner von beiden ein Wort heraus.

»Jack London!«, ruft Eleanor aus.

Ben sieht sie an. Er trägt dasselbe Tweedjackett mit den Lederpatches, das er bei seinem Vortrag anhatte, die Haare hat er sich sorgfältig gekämmt. Seine rote Krawatte ist mit winzigen Dinosauriern bestickt.

»Meine Freunde nennen mich Ben.« Ein Versuch, lustig zu sein, der jedoch misslingt, als er sich Greta mit ernstem Gesicht zuwendet: »Tut mir leid. Ich bin immer noch nicht seefest.«

»Nach dem Abendessen ist es noch schlimmer«, sagt Davis und tut so, als würde er Ben zuprosten. Als Mary ihm einen tadelnden Blick zuwirft, zuckt er die Achseln und sagt: »Ich spreche ja nur für mich.«

Ben sieht Greta an, als wollte er etwas sagen, doch sie kommt ihm zuvor. »Alles gut gegangen mit der Zahnfee?«

Er verdreht die Augen. »Ja, zum Glück.«

Die Türen gehen auf, und die Leute drängeln in den Saal.

»Sehen Sie sich auch das Musical an?«, fragt Davis Ben, der zu Gretas Überraschung nickt.

»Was?«, entfährt es ihr. »Wieso?«

Eleanor und Mary schnalzen mit der Zunge, zwei Ersatzmütter, die ihre Manieren tadeln, aber Greta ignoriert sie.

»Ich mag Musicals«, antwortet er etwas steif.

»Ja, aber … auf einem Boot?«

»Es ist ein Schiff«, sagt er, und sie verdreht die Augen.

»Ich wette fünf Dollar, dass eine der Tänzerinnen den Auftritt nicht überlebt.«

»Greta!«, sagt Mary schockiert.

Aber Davis lacht. »Ich würde einschlagen«, sagt er zu Ben, der ihn jedoch nicht zu hören scheint. Sein Blick ist auf Greta fixiert. Er sieht aus, als müsste er sich das Lachen verkneifen.

Dann räuspert er sich. »Ich geh dann mal rein …«

»Ja«, sagt Greta. »Viel Spaß.«

»Euch auch«, sagt Ben, nickt auch den anderen zu und verschwindet im Saal.

»Meine Güte«, sagt Eleanor, als er weg ist. »Was hast du dem denn getan?«

Sie finden fünf freie Plätze in einer der hinteren Reihen. Greta geht vor, dann Eleanor, dann Mary, dann Davis, der sich an den Gang setzt, damit er seine langen Beine ausstrecken kann. Kurz darauf erscheint Todd, seinen Naturführer unter den Arm geklemmt.

»Das darf doch nicht wahr sein«, sagt Eleanor, als Greta einen Sitz aufrückt, um für ihn Platz zu machen. »Du hast dir ein Buch mitgebracht?«

Er hebt die Schultern. »Für alle Fälle.«

»Was soll das heißen? Für den Fall, dass während der Vorstellung ein mysteriöser Vogel auftaucht?«

»Man kann nie wissen«, antwortet er grinsend.

Um sie herum wird aufgeregt geplaudert. Es gibt eine zweite Vorstellung um zehn, die Leute, die jetzt die Reihen füllen, sind also diejenigen, die früh zu Bett gehen. Im hinteren Teil des Saals steht eine Armada aus Rollatoren und Rollstühlen, und der Mann, der gerade erst vor Greta Platz genommen hat, springt schon wieder auf und erklärt seiner Frau, er müsse noch mal schnell zur Toilette. Was drei weitere ältere Besucher in seiner Nähe auf dieselbe Idee bringt.

Kurz bevor das Licht ausgeht, entdeckt Greta Ben. Er sitzt ein paar Reihen weiter vorne, aber ziemlich am Rand, und als er sich umsieht, begegnen sich ihre Blicke. Er wendet sich sofort ab, doch ihr ist nicht entgangen, dass ihm das schwergefallen ist, und das hebt ihre Stimmung ein wenig.

»Es geht los«, flüstert Eleanor, als die Musik einsetzt, und Greta muss plötzlich daran denken, wie ihre Mutter, Mary und Eleanor sie einmal, als sie zwölf war, mit ins Theater genommen haben, um sich den *Nussknacker* anzusehen. Brigid, die Tochter der Blooms, die schon etwas älter war, hatte unter einem Vorwand abgelehnt mitzukommen, und die Jungs – Asher, Jason und Jasons ältere Brüder – hatten für so etwas wie Ballett sowieso nur Verachtung übrig. Und so hatte nur Greta am Ende der Reihe gesessen und am Kragen ihres Kleids gezupft, das sie widerwillig angezogen hatte.

Als das Licht ausging, hatte ihre Mutter sich zu ihr herübergebeugt: »Wart's nur ab«, hatte sie geflüstert, »es wird zauberhaft.«

Doch das wurde es nicht. Jedenfalls nicht für Greta. Die Musik war ganz nett, und die Tänzer und Tänzerinnen waren nicht schlecht, aber am Ende des zweiten Akts wippte Greta ungeduldig mit dem Knie und wünschte sich nur weit weg.

Als das Licht wieder anging, der Applaus aufbrandete und Greta ihre Mutter anschaute, sah sie zu ihrer Überraschung, dass Helen weinte. Und nicht nur ein paar Tränen. Ihre Wangen waren nass, und ihre Augen waren gerötet; sie wirkte völlig aufgelöst.

»Was ist los?«, fragte Greta, halb peinlich berührt, halb fassungslos.

Ihre Mutter lächelte, während sie in ihrer Handtasche nach einem Taschentuch kramte. »Ich bin einfach nur glücklich«, sagte sie so ergriffen, dass Greta sich fragte, was sie verpasst hatte. Sie hatte nicht daran gezweifelt, dass ihre Mutter Gefühle hatte. Es kam oft genug vor, dass etwas sie zu Tränen rührte: eine Reisewerbung, Katastrophen in den Nachrichten, sogar die Vögel im Vogelhäuschen, das sie im Garten aufgestellt hatte. Aber etwas an dem Ballett hatte sie auf eine Weise aus der Fassung gebracht, wie bestimmte Songs es mit Greta machten. Die Musik war eine andere – »Tanz der Zuckerpflaumenfee« statt »Smells Like Teen Spirit« –, aber die Wirkung war dieselbe, und es war verblüffend und zugleich lehrreich für Greta, dass sie und Helen so unterschiedlich und zugleich so ähnlich sein konnten.

Jetzt kommen die ersten Tänzer wie aus einer Kanone abgeschossen auf die Bühne, ein Wirbel aus Pailletten, Steppschuhen und übertrieben lächelnden Gesichtern. Schon jetzt hat das Ganze etwas Lächerliches. Die Kostüme sind total kitschig, und mindestens zwei der sechs Künstler singen falsch. Aber das Publikum ist begeistert, und weil Greta weiß, wie schwer es ist, ein Publikum dermaßen vom Hocker zu reißen, entschließt sie sich, gnädig zu sein.

Bis einer der Tänzer stürzt.

Es ist nicht allein seine Schuld. Das Schiff krängt so heftig, dass das gesamte Publikum seitwärts kippt, und da die Tänzer gerade eine komplizierte Nummer mit viel Beinarbeit aufführen, trifft es sie besonders schlimm. Der erste Tänzer – ein kräftiger Mann in einer Art Smoking aus Satin – torkelt in den zweiten, der sich nur mit Mühe auf den Beinen halten kann, aber der dritte, so wackelig auf den Beinen wie ein Hirschkalb, stürzt auf die Bühne.

Ein Keuchen geht durch die Menge, während die anderen Tänzer unbeirrt weiter über die Bühne steppen. Als der Unglücksrabe im Smoking sich aufrappelt und wieder mitmacht, tobt die Menge.

In dem Moment merkt Greta, dass Ben sie beobachtet.

Und diesmal wendet er sich nicht ab, als sie in seine Richtung blickt.

Sie wartet darauf, dass er grinst oder nickt oder mit hochgezogenen Brauen die Achseln zuckt, oder sonst wie zu verstehen gibt, dass sie die Wette gewonnen hat, aber nichts passiert.

Selbst im Dunkeln hat sein Blick etwas Magnetisches. Plötzlich sind die unfähigen Tänzer, das Spektakel auf der Bühne und das tobende Publikum vergessen, und es gibt nur noch sie beide.

Es ist die Magie, die Helen damals im Theater erlebt hat, die Magie, von der Conrad am Abend zuvor gesprochen hat. Es gibt nur noch zwei Menschen, die sich im Dunkeln ansehen, als würde eine unsichtbare Kraft sie zueinanderziehen.

Sie wundert sich nicht, als er aufsteht und den Saal verlässt, denn sie ist gleichzeitig aufgestanden und schon auf dem Weg nach draußen.

Sie muss sich an Eleanor und Todd und Mary und Davis vorbeischieben. Die beiden Frauen sehen sie fragend an, aber in Davis' Blick liegt blanker Neid.

Ben wartet bereits im leeren Vorraum auf sie. Als er sich ihr nähert, hat sie keine Ahnung, was auf sie zukommt, aber sie ist so aufgeregt, dass ihr das Herz bis zum Hals schlägt. Später wird sie vergeblich versuchen sich zu erinnern, wer wen zuerst geküsst hat. Eben war noch ein Abstand zwischen ihnen, dann nicht mehr. Plötzlich liegen sie sich in den Armen, schmiegen ihre Körper aneinander. Sein Bart kratzt sie im Gesicht, aber seine Lippen sind weich, er schmeckt nach Whisky, und was auch immer es ist, das zwischen ihnen geschieht – dieses elektrische Knistern –, es lässt sie vergessen, wo sie sind, auf diesem seltsamen, überbevölkerten Kreuzfahrtschiff, in einer kalten Nacht in Alaska.

Als sie sich voneinander lösen, ist ihr ganz schwindlig. Sie schaut Ben an, der sie mit seinen braunen Augen voller Staunen und Herzenswärme ansieht.

»Seit gestern Abend wünsche ich mir genau das«, sagt sie, und er lächelt.

»Ich wünsche es mir seit dem Moment, als ich dich zum ersten Mal gesehen habe«, sagt er.

Dann nimmt er ihre Hand, und gemeinsam eilen sie den Korridor hinunter.

Mittwoch

Kapitel 17

Als gegen drei Uhr fahles Licht durch die Ritzen der Vorhänge dringt, sind sie immer noch wach.

»Ich finde, das ist Betrug«, sagt Ben und dreht sich auf die Seite, sodass ihre Gesichter nur wenige Zentimeter voneinander entfernt sind. »Wenn man endlich mit einer Frau wie dir die ganze Nacht durchquatschen kann, sollte sie nicht so schnell zu Ende sein.«

»Sieh's doch mal so«, entgegnet Greta. »Umso eher können wir Morgensex haben.«

»Stimmt auch wieder«, sagt er, sieht sie an, wie er sie schon die ganze Nacht ansieht – ernst, mit intensivem Blick –, und schiebt ihr so zärtlich eine Haarsträhne aus der Stirn, dass sie erschauert.

»Ist dir kalt?«, fragt er, während er die Decke zurückschlägt und aus dem Bett steigt. Seine Boxershorts sind mit winzigen Pinguinen mit roten Schals bedruckt, und im fahlen Licht sieht sie seine Rückenmuskeln, während er in einer Schublade kramt. Dann wirft er ihr ein graues Sweatshirt mit der Aufschrift COLUMBIA zu. Es ist an den Ärmeln ausgefranst und unglaublich weich und riecht herrlich nach ihm.

»Darf ich dich was fragen?«, sagt sie und zieht sich das Sweatshirt über. Als sie den Kopf durch die Halsöffnung steckt, hat er ein T-Shirt an, auf dem der Name des Kreuzfahrtschiffs prangt.

»Wo ich das gekauft hab?«, fragt er, während er zurück ins Bett steigt und sie an sich zieht.

»Nein – äh, ja. Also, ich wollte dich was zu den Pinguinen fragen, aber jetzt möchte ich eigentlich wissen, wie oft du schon im Souvenirladen warst.«

»Nur zweimal«, sagt er, und als sie ihn mit hochgezogenen Brauen ansieht, gesteht er achselzuckend: »Okay, viermal. Aber einmal nur deswegen, weil ich eine Zahnbürste brauchte. Und was die Pinguine angeht – die fand ich einfach thematisch, wenn nicht sogar wissenschaftlich passend.«

Sie deutet mit dem Kinn auf seine Krawatte, die sie ihm als Erstes vom Hals gerissen hat, als sie am Abend zuvor in die Kabine gestürzt sind, und die jetzt über seiner Schreibmaschine hängt. »Und was ist die Erklärung für die Dinosaurier?«

»Wer steht denn nicht auf Dinos?«

»Asteroiden vielleicht?«

Er lacht, dann küsst er sie, und der Kuss lässt sie bis in die Zehenspitzen erschaudern.

»Wusste ich's doch«, sagt er, als sie sich wieder voneinander lösen.

»Was?«

»Dass du im Grunde deines Herzens eine Streberin bist.«

Später ziehen sie die Vorhänge auf, um zuzusehen, wie die Sonne über den schneebedeckten Bergen aufgeht. Buttergelbes Licht erfüllt die ganze Kabine. Ben hält sie in den Armen, sein Bart kitzelt sie im Nacken, ihre Beine sind ineinander verschlungen. Es fühlt sich seltsam an, im Bett zu liegen, während die Landschaft draußen vorübergleitet, und reglos die Welt auf sich zukommen zu lassen.

»Hast du ein Glück, dass deine Kabine ein Fenster hat«, sagt Greta. Als er sie verwundert ansieht, fährt sie mit einem Finger über seine Stirnfalten. Dann, von Gefühlen überwältigt, nimmt sie sein Gesicht in beide Hände und küsst ihn.

»Moment«, sagt er und löst sich von ihr. »Hat deine etwa keins?«

»Nein. Meine hat vier beigefarbene Wände, eine mit einem Bild von einem Bären, eine mit einem Bild von einem Berg, eine mit einer Tür zum Bad und eine mit einem verdächtigen roten Fleck.«

»Gott ...«

»Keine Sorge, ich glaub, es ist nur Rotwein.«

»Nein, ich meine – kriegst du da keine Platzangst?«

»Ideal ist es jedenfalls nicht.«

»Warum hast du keine –«

»Weil«, antwortet sie etwas gereizter als beabsichtigt, »es keine Kabine mit Fenster mehr gab, als ich gebucht hab.«

Ben wirkt bestürzt. »Ach so. Deine Mutter. Tut mir leid ...«

»Kein Problem«, sagt Greta, trotzdem nimmt er unter der Decke ihre Hand. Die Geste schnürt ihr die Kehle zu. »Lass uns über was anderes reden, ja?«

»Wie wär's mit Pinguinen?«

»Kennst du dich denn mit Pinguinen aus?«, fragt sie und ringt sich ein Lächeln ab. »Ich nämlich nicht.«

»Dann vielleicht Dinosaurier? Hannah hatte letztes Jahr eine intensive Dinophase, da hab ich einiges über Saurier gelernt. Ich kenne sogar ein paar Saurierwitze.« Er räuspert sich. »Womit bezahlen Dinosaurier? Antwort: Mit Tyrannosaurusschecks.«

»Ich weigere mich, den mit einem Lachen zu würdigen.«

»Ha, aber am liebsten würdest du es tun«, sagt er und lässt sich mit einem zufriedenen Grinsen aufs Kopfkissen sinken. »Ich seh's dir an.«

Einen Moment lang betrachtet sie sein Gesicht, die winzigen Fältchen um die Augenwinkel, die vereinzelten grauen Haare in seinem Bart, die im Morgenlicht silbrig schimmern. »Du bist bestimmt ein richtig guter Vater«, sagt sie.

»Ich gebe mir Mühe«, erwidert er verwundert. »Es ist jetzt natürlich nicht mehr so einfach. Aber sie sind großartig, und sie haben einen guten Vater verdient.« Er zögert kurz. »Und du? Stehst du auf Kinder?«

Greta denkt an ihre Nichten, an das Gewusel, die unbändige Energie, die Tränen, das Lachen, die bedingungslose Liebe. Manchmal, wenn sie bei Asher zu Besuch ist, versucht sie sich vorzustellen, wie es wäre, wenn die drei ihre Töchter wären, wenn sie nicht nur für den alltäglichen Kleinkram verantwortlich wäre – Windeln wechseln, das Verhandeln über die richtige Ernährung, Fahrdienst, Zähneputzen, Gutenachtgeschichten –, sondern auch für die große Aufgabe, kleine Menschen zu erziehen, sie zu lehren, Werte zu schätzen wie Empathie und Güte und Gleichberechtigung, und gleichzeitig eine eigene Meinung zu haben, so gut es geht, dafür zu sorgen, dass sie sich nicht zu unausstehlichen Zeitgenossen entwickeln.

Kinder großzuziehen scheint ihr eine unmögliche Aufgabe zu sein, und eine traurige obendrein, ist man doch dazu verdammt zuzusehen, wie sie sich immer weiter von einem entfernen und in die Welt hinausgehen, wie sie immer komplexer und komplizierter werden, wie ein Lied, das simpel anfängt und sich dann zu etwas ganz anderem entwickelt – etwas, das weder besser noch schlechter ist, aber eben ganz anders. Und auf das man nicht den geringsten Einfluss hat.

»Ich finde Kinder in Ordnung«, sagt sie zu Ben.

»Ja, das sagen alle, aber es ist etwas ganz anderes, eigene zu haben.«

Greta nickt vorsichtig. »Ja, das sagen auch alle.«

»Weil es stimmt. Ehrlich. Die Kinder von anderen sind absolute Monster. Sie haben klebrige Hände und Rotznasen und sind furchtbar laut.«

»Deine nicht?«

Er zuckt die Achseln. »Doch. Aber es ist eben was anderes, wenn es *deine* rotznäsigen, lauten Monster sind. Die kannst du nur liebhaben.«

»Alles klar«, sagt Greta. »Ich hab drei Nichten, ich habe also durchaus ab und zu mit Kindern zu tun.«

»Wie alt sind die?«

»Die Zwillinge sind fünf, und die Kleine ist drei.«

»Wow.«

»Genau. Mein Bruder und meine Schwägerin haben alle Hände voll zu tun.«

»Wie heißen sie?«

»Asher und Zoe.«

»Nein, die Kinder.«

Greta zögert. »Aber nicht lachen.«

»Warum sollte ich?«

»Violet, Posey und Marigold.«

Ben hebt die Brauen. »Oh.«

»Zoe hat einen Blumenladen«, sagt Greta, als wäre das eine Erklärung. »Aber die Mädchen sind echt süß. Total ausgelassen und selbstvergessen und verschmust. Und sie fragen mich immer, ob sie später in meiner Band spielen können.«

»Was spielen sie denn?«

»Im Moment? Sie trommeln auf allem, was in Reichweite ist.«

»Klingt vielversprechend.«

»Stimmt.« Sie zwirbelt gedankenverloren einen Zipfel des Lakens und lässt ihn wieder los. »Ich hab sie echt lieb. Trotzdem hab ich nicht das Gefühl, dass mir in der Beziehung was fehlt. Zumindest derzeit nicht.« Sie hebt die Schultern. »Dafür gefällt mir mein Leben zu gut.«

»Könntest du dir denn vorstellen, mal zu heiraten?«, will Ben wissen.

Das machen sie alle: das Terrain sondieren, rausfinden, wo ihre Grenzen bei dem Thema sind. Aber das stört sie nicht, sie hat noch nie versucht zu verbergen, wer sie ist. Einmal hat sie sich in einer Kneipe mit einem Mann getroffen, von dem sie sich ein Jahr zuvor getrennt hatte, und während sie am Tresen saßen, hat er die ganze Zeit nach ihrem Ringfinger geschielt.

»Was ist?«, hat sie schließlich entnervt gefragt, und er hat verlegen gegrinst.

»Mich interessiert nur, ob du einen Verlobungsring trägst.«

Da war sie achtundzwanzig. Eine ganze Reihe ihrer Freundinnen hatten sich inzwischen verlobt – auf zum Teil extrem peinliche Heiratsanträge hin –, während Greta nichts ferner lag. Als sie darüber laut lachen musste, schien der Typ erst verblüfft, dann vielleicht ein bisschen erleichtert, als wäre er gerade einer Gefahr entgangen.

Nicht dass Greta mit all dem nichts zu tun haben will – Ehe, Kinder, und so weiter –, aber sie *braucht* es einfach nicht. Jedenfalls nicht so, wie manche es zu brauchen scheinen. Falls sie einem Mann begegnen würde, der perfekt zu ihr passte, und wenn sie dann feststellen würde, dass ihr das Zusammensein mit ihm wichtiger wäre als ihre Freiheit, wichtiger als ihr Leben auf Achse – dann wäre das schön. Klar wäre das schön. Und wenn das nie passiert? Auch schön. Aber diese Einstellung macht die Leute nervös. »Vielleicht«, beantwortet sie Bens Frage. »Wenn alles stimmen würde.«

Er schmunzelt. »Ist das nicht grundsätzlich die Voraussetzung dafür, dass man heiratet?«

»Ich würde eine Menge Bedingungen stellen«, sagt sie grinsend. Sie rechnet damit, dass er lacht, doch er wirkt beinahe bestürzt. Er zieht seine Hand aus ihrer und setzt sich auf.

»Hör zu, das mit gestern tut mir wirklich leid«, sagt er. »Als meine Tochter angerufen hat … Ich wollte mich nicht so komisch benehmen.«

Greta setzt sich ebenfalls auf. »Ich weiß doch, dass du eine Familie hast.«

»Ja. Aber – ich hatte das einen Moment lang fast vergessen. Dann hat Avery angerufen, und plötzlich war die Wirklichkeit wieder da. Da hatte ich ein schlechtes Gewissen.«

»Weil du nicht bei ihnen warst?«

»Weil ich mit dir zusammen war«, sagt er und reibt sich die Augen unter der Brille. »Das ist alles noch so ungewohnt für mich, ich fühle mich, als hätte ich eine Identitätskrise. Ich werde natürlich immer ein verantwortlicher Vater sein, und das bin ich sehr gern. Wirklich. Aber ich versuche gerade rauszufinden, ob es auch andere Möglichkeiten gibt, glücklich zu werden, und kaum traue ich mich ein bisschen vor und flirte mit dir, sagt das Universum: *Hey, nicht so schnell!*«

Greta hebt die Brauen. »Das war für dich Flirten?«

»Ich sag ja nicht, dass ich gut darin bin«, antwortet er mit einem verlegenen Lächeln.

»Du wirkst eigentlich viel zu praktisch veranlagt, um an Karma zu glauben.«

»Dann sind es vielleicht einfach Schuldgefühle. Aber es ist frustrierend, weil es überhaupt keinen Grund gibt, Schuldgefühle zu haben. Wir dürfen uns mit anderen treffen. Das ist abgemacht. Und dass ich dich kennengelernt habe ...« Auf einmal wirkt er nervös. »Lies nicht zu viel da rein, denn es klingt viel intensiver, als es ist ...«

Sie legt ihr Kinn auf die Knie. »Okay.«

»Das ist das Beste, was mir seit Langem passiert ist«, sagt er und sieht sie dabei an, dass ihr ganz warm ums Herz wird.

Sie wartet darauf, dass ihre vertrauten inneren Alarmlampen zu blinken anfangen.

Doch zu ihrer Überraschung geschieht nichts.

»Und nicht nur, weil du so viel cooler bist als ich«, fährt er ernst fort. »Oder weil mein siebzehnjähriges Ich ausflippt, weil ich mit einem Rockstar im Bett gelandet bin. Auch wenn es das natürlich tut. Nein, es liegt daran, dass du genau weißt, wer du bist. Und du hast keine Ahnung, wie erfrischend das ist.«

»Ich fürchte, das ist zu viel des Lobs«, sagt Greta. »Ich habe keine Ahnung, wer ich bin. Gerade jetzt nicht. Ich bin vollkommen durch den Wind.«

»Jeder ist durch den Wind«, entgegnet Ben mit einem Achselzucken. »Aber bei dir hat es Stil.«

Sie lacht. »Danke.«

»Hör zu, ich weiß genau, wie das alles klingt«, sagt er und beugt sich vor. »Also, bitte jetzt nicht in Panik geraten oder irgendwas. Mir ist klar, was das mit uns ist.«

»Ich gerate nicht in Panik«, sagt Greta. »Oder seh ich so aus?«

»Nein«, sagt er. »Du siehst großartig aus.«

Sie schüttelt lächelnd den Kopf. »Okay, Wilder, das wird mir jetzt ein bisschen viel. Mach mal halblang.«

Er lacht und hebt die Hände. »Sorry. Ich wollte nur sagen: Ich weiß, dass das nicht das wirkliche Leben ist. Nicht dass du denkst, ich würde mich in was reinsteigern.«

Greta blickt aus dem Fenster. Am Fuß eines der Berge steht eine kleine Hütte, die erste seit Langem, und sie wirkt so einsam, so verloren da draußen, dass es Greta ein bisschen gruselt. Sie steigt aus dem Bett, tritt vorsichtig zwischen die Kleider, die sie vor ein paar Stunden einfach auf den Boden geworfen haben, und zieht die Vorhänge zu. Das Viereck aus gelbem Sonnenlicht auf dem Bett erlischt, und die Kabine liegt wieder im Halbdunkel.

Als sie sich umdreht, mustert Ben sie mit einem Gesichtsausdruck, den sie nicht deuten kann. Einen Moment lang sehen sie einander schweigend an, dann hebt er die Decke an.

Das wirkliche Leben, denkt sie. Die Worte spuken in ihrem Kopf herum, während sie sich wieder unter die Decke kuschelt. Ihr Vater glaubt, dass ihr Leben, seit sie erwachsen ist, eine einzige Vermeidungsübung ist, dass sie vor allem wegläuft, was zu sehr auf Dauer angelegt ist und sie irgendwie binden könnte. Aber für sie ist das wirkliche Leben genau das Gegenteil: Sie will ihren Traum leben. Und vielleicht geht ja beides, vielleicht kann man es hinbekommen, beides miteinander in Einklang zu bringen. Oder vielleicht auch nicht. Vielleicht muss man irgendwann das eine für das andere opfern. Vielleicht ist das auch eine Art Erwachsenwerden.

»Es gibt ein Zitat von Jack London«, sagt Ben nachdenklich. »Also, es ist umstritten, ob das Zitat tatsächlich London zugeschrieben werden kann, weil es ursprünglich –«

»Ben?«

»Ja?«

»Wie lautet das Zitat?«

»Okay«, sagt er. »›Der Mensch ist nicht auf der Welt, um zu existieren, sondern um zu leben.‹«

Sie schweigen eine Weile und lassen die Worte sacken.

»Ich hatte lange Zeit das Gefühl, nur zu existieren«, sagt Ben schließlich. »Und jetzt – ich weiß nicht. Vielleicht liegt es an Alaska. Oder daran, dass ich mich von meinem normalen Leben ein Stück weit entfernt habe. Irgendwas ist jedenfalls anders.« Die Kanten der Vorhänge hinter ihm schimmern golden, während die unsichtbare Sonne immer höher steigt. Er legt sich eine Hand auf die Brust und sagt feierlich: »Ich spüre mein Herz schlagen.«

Unwillkürlich legt Greta ihre Hand auf seine, und einen

Moment lang meint sie, das regelmäßige Klopfen seines Herzens ebenfalls zu spüren. Aber in Wirklichkeit spürt sie ihren eigenen Puls.

»Ich weiß, was du meinst«, sagt sie.

Kapitel 18

Greta erinnert sich nicht, eingeschlafen zu sein, als sie vom Summen ihres Handys geweckt wird. Neben ihr schnarcht Ben so laut, dass es beinahe wirkt wie gespielt, als würde er nur so tun, als schnarche er. Aber das Schnarchen geht auch noch weiter, als sie sich aus seiner Umarmung befreit, um das Handy vom Nachttisch zu nehmen.

Sie hat mehrere Nachrichten von ihrem Vater, eine ungehaltener als die andere:

Bist du fertig?
Wo bist du?
Wieso machst du nicht auf?
Wehe, du schläfst noch!
Okay, wir sehen uns dort.
Um 10 am Treffpunkt für den Landgang.
Zieh dir was Warmes an.
Was Regendichtes.
Ich hoffe, du hast es nicht vergessen.
Wo zum Teufel steckst du?
Hallo???

Sie sieht auf die Uhr. 10:07. Inzwischen ist er garantiert fuchsteufelswild, trotzdem kann sie sich beim besten Willen nicht erinnern, was sie für heute geplant hatten. Hastig schickt sie ihm eine Nachricht: Bin unterwegs! Schaff ich's noch?

Er antwortet sofort: Hab gelogen. Wir gehen um 10:30h an Land. Beeil dich!

Greta schlüpft aus dem Bett und sieht sich nach Zettel und Papier um, während sie sich ihre Jeans anzieht. Sie kritzelt hastig eine Nachricht für Ben hin: *Bin nicht in Panik, nur mit meinem Vater verabredet. Bis später!* Dann sammelt sie ihre restlichen Sachen ein und eilt los, immer noch barfuß und in Bens übergroßem T-Shirt.

Die Erste, der sie über den Weg läuft, ist natürlich die alte Dame, die sie jedoch diesmal nicht ermahnt, an die Sonnenmilch zu denken. Stattdessen hebt sie die Brauen und mustert Greta von oben bis unten.

»Ich hoffe, er war nett«, sagt sie im Vorbeigehen. Dann dreht sie sich um und fügt hinzu: »Oder sie!«

Greta lacht und läuft in Richtung Treppe, ehe sie noch jemandem aus ihrer Gruppe begegnet. In ihrer Kabine zieht sie sich die wasserdichten Wanderschuhe an, die sie sich auf Drängen ihres Vaters gekauft hat – sie wünscht, sie könnte sich erinnern, warum er darauf bestanden hat –, schnappt sich die Baseballmütze mit dem Logo der Dodgers, die mal irgendeinem Ex-Freund gehört hat. Am liebsten würde sie Bens T-Shirt anlassen, tauscht es jedoch gegen eins von ihren eigenen aus. Zum Schluss schnappt sie sich noch die Regenjacke ihrer Mutter und rennt los.

»Wo ist der Treffpunkt für den Landgang?«, fragt sie das erste Besatzungsmitglied, das sie sieht, einen rothaarigen jungen Burschen von achtzehn Jahren. So wie er sie anstiert, vermutet sie, dass er sie erkannt hat. Während er ihr den Weg erklärt, zieht sie sich die Baseballmütze noch etwas tiefer in die Stirn.

Als sie endlich ankommt, ist es 10:32 Uhr, und Conrad ist stinksauer. Am Treffpunkt haben sich vielleicht zwanzig Leute eingefunden, an deren Kleidung – Winterjacken, Daunenwesten, Fleecepullover – sich nicht ablesen lässt, wohin der Ausflug geht.

»Du kommst zu spät«, begrüßt sie Conrad grimmig. Er trägt eine Kappe mit dem Logo irgendeines Golfclubs.

»Zwei Minuten.«

»Genau genommen zweiunddreißig«, entgegnet er.

»Wir sind im Urlaub«, sagt sie. »Da nehmen wir es nicht so genau.«

»Du warst nicht in deiner Kabine.«

»Stimmt, ich bin heute ganz früh aufgestanden«, sagt sie in der Hoffnung, dass sie keine Schlafabdrücke im Gesicht hat, »und war schon frühstücken.«

Ihr Magen knurrt. Einen Moment lang starren sie einander wortlos an.

»Wie geht es dir denn überhaupt?«, fragt Greta dann, begierig, das Thema zu wechseln.

»Gut«, antwortet er knapp, als wäre das eine lächerliche Frage. Er ist immer noch ein bisschen blass, aber er sieht schon wesentlich besser aus als am Abend zuvor. Trotz seiner schlechten Laune ist nicht zu übersehen, dass er sich freut, vom Schiff runterzukommen. »War wohl nur 'ne Eintagsgrippe.«

»Wo sind die anderen?«

»Angeln.«

Greta mustert die Wartenden. »Und wir?«

»Wir –« Er unterbricht sich und stöhnt genervt. »Hast du dir den Reiseplan denn nicht angesehen, den ich dir geschickt hab?«

»Äh, ich bin ein bisschen im Rückstand mit meinen E-Mails«, antwortet sie.

»Für heute steht …« Er unterbricht sich erneut, betastet seine Manteltasche, wirkt etwas verwirrt. Schließlich sagt er: »Für heute steht eine Wildnis-Safari auf dem Programm.«

»Was, bitte, ist denn eine Wildnis-Safari?«

Er macht eine ausladende Handbewegung, die alles einzuschließen scheint. »Na ja, ein Ausflug eben. Wir fahren mit einem Boot zu dieser Insel und sehen uns die Tierwelt an, dann fahren wir mit einem Kanu einen Fluss runter und wandern zu einem Gletscher.«

»Und warum kommen die anderen nicht mit?«

»Hab ich dir doch grade gesagt, die sind zum Angeln gegangen.«

»Ja, aber –«

»Weil«, sagt er so laut, dass ein Paar in identischen Jacken sich umdreht, woraufhin Conrad die Stimme senkt: »Weil deine Mutter diesen Ausflug gebucht hat. Nur für uns beide.«

Die Erinnerung trifft sie wie ein Schlag: Helen am Küchentisch in Ohio, Weihnachtslieder vor sich hin summend, während sie den Prospekt studiert. »Meinst du, dein Vater hätte Spaß daran, eine Zugfahrt durch die Natur zu machen?«, hat sie Greta gefragt, die ihr gegenübersaß und die E-Mails abarbeitete, die sich während ihrer Tournee angesammelt hatten. Draußen rieselte der Schnee, und in der Küche duftete es herrlich nach Plätzchen, die Helen am Nachmittag mit den Zwillingen gebacken hatte.

Greta blickte von ihrem Laptop auf. »Ich glaube nicht«, sagte sie.

»Und eine Seilrutsche?«

»Dad? Echt jetzt?«

Helen stieß einen Seufzer aus. »Ich suche nach etwas nur für uns beide. Ich freue mich, dass die Fosters mitkommen, und die Blooms kann ich bestimmt auch noch überreden, aber ich finde es nicht besonders romantisch, dauernd als Gruppe unterwegs zu sein. Was hältst du denn von einer Wildnis-Safari?«

Sie hielt einen Prospekt hoch, auf dem ein orangefarbenes Kanu abgebildet war, daneben ein gut aussehender Führer, der gut gelaunt ein Paddel hochhielt, und sie wirkte so erwartungsvoll, dass Greta versucht war zu sagen: *Aber du weißt schon, dass du den Ausflug mit Dad machen würdest, oder? Und nicht mit dem Mann da?* Es gelang ihr jedoch, sich zu beherrschen, und so hat sie nur gesagt: »Ja, ich glaub, das ist das Richtige.«

»Ja, das glaube ich auch«, sagte Helen beglückt. »Es gibt eine Wanderung zu einem Gletscher und eine Kanufahrt. Und sogar ein Picknick in einem Erdbeerfeld. Du weißt doch, wie verrückt dein Vater nach wilden Erdbeeren ist.«

»Ja, das weiß ich«, sagte Greta. »Es klingt wirklich sehr romantisch.«

Helen lachte. »Du würdest dich wundern, wie romantisch er sein kann.«

»Sprichst du von dem Mann, der dir jedes Jahr ein Paar Fäustlinge zu Weihnachten schenkt?«

»Ganz genau«, sagte Helen grinsend. »Und ich finde Fäustlinge superromantisch.«

Jetzt sieht Greta Conrad an, und ihr wird ganz schwer ums Herz. Denn heute sollte ein ganz besonderer Tag für ihre Eltern sein. Stattdessen ist sie an Helens Stelle hier, und irgendwie – irgendwie müssen sie diesen Tag ohne Helen überleben. »Dad«, setzt sie an, doch ehe sie dazu kommt, noch mehr zu sagen, tritt ein rotwangiger Mann in kniehohen Anglerstiefeln und mit einer Pudelmütze auf dem Kopf aus der Tür und breitet die Arme aus.

»Hallo, alle zusammen, ich bin Captain Martinez!«, ruft er. »Wenn Sie an der Wildnis-Safari teilnehmen wollen, sind Sie hier genau richtig. Aber bevor wir in das Boot da draußen steigen, möchte ich noch schnell überprüfen, ob alle da sind.«

Während er die Namen aufruft, spürt Greta, wie Conrad sich neben ihr immer mehr anspannt. Es kommt selten vor, dass sie in derselben Situation das Gleiche empfinden, aber jetzt hoffen beide inständig, dass der Captain nicht Helens Namen aufruft.

Als der Captain sagt: »James, zwei Personen«, entspannt sich Greta ein bisschen. Aber Conrad steht immer noch mit versteinerter Miene da. Greta würde gern denken, dass es die Trauer ist, dass ihn der Gedanke bedrückt, wie der Tag eigentlich hätte laufen sollen. Doch sie fürchtet, dass ihm gerade derselbe Gedanke durch den Kopf geht wie ihr: dass sie den ganzen Tag miteinander verbringen werden. Nur sie beide.

»Okay, Leute«, sagt Captain Martinez, nachdem er alle Namen aufgerufen hat, und betrachtet den bunt zusammengewürfelten Haufen, der vor ihm steht. »Auf geht's.«

Ohne Greta anzusehen, setzt sich Conrad in Bewegung zum Ausgang, durch den man auf eine metallene Rampe gelangt. Greta folgt der Gruppe zögerlich, sie ist schon erschöpft von dem Tag, obwohl er noch gar nicht richtig begonnen hat. Aber als sie ins Freie tritt, fühlt sie sich gleich besser. Die Kleinstadt Haines liegt vor ihnen wie ein Postkartenmotiv, lauter niedrige Gebäude in Rot und Weiß unter einem strahlend blauen Himmel, überragt von einer zerklüfteten Bergkette. So muss es im neunzehnten Jahrhundert gewesen sein, hier mit dem Schiff anzukommen und in diesem ärmlichen Ort mit seinen im Wind geduckten Häusern von Bord zu gehen. Mitten im Goldrausch. Es ist wie in *Der Ruf der Wildnis*, denkt Greta, und sie weiß, dass Ben sich freuen wird wie ein kleiner Junge, und wünscht sich, sie wäre bei ihm, wenn er aufwacht und aus dem Fenster sieht.

Diesmal fahren sie nicht mit Booten ans Ufer, das Schiff hat direkt an einem Holzsteg angelegt, und die metallene Rampe scheppert, als sie hintereinander nach unten gehen. Im Schatten des riesigen Schiffs – auf dem sich mindestens so viele Menschen befinden, wie in dieser Kleinstadt leben – liegen mehrere Ausflugsboote. Greta und Conrad folgen dem Captain zu einem davon und suchen sich einen Platz auf einer Bank. Das Boot ächzt und schwankt unter ihnen.

Alle scheinen besser vorbereitet zu sein als Greta – das grauhaarige Paar mit Schlapphüten und Wasserflaschen, die Frau mit einer modernen Kamera und einem wasserdichten Case für ihr Handy um den Hals, und das Paar etwa in Gretas Alter, beide von Kopf bis Fuß in Khaki gekleidet, als wollten sie zu einer Wüstensafari aufbrechen.

Als alle an Bord sind, gibt der Captain ein paar Sicherheitshinweise, zeigt ihnen, wo sich die Rettungsringe und die Erste-Hilfe-Kästen befinden, dann leiert er die Programmpunkte herunter. Greta, hypnotisiert vom Rhythmus des Wassers, das gegen die Holzpfähle des Stegs plätschert, hört nur mit halbem Ohr zu. Aber als das Wort *Picknick* bis zu ihr durchdringt, richtet sie sich auf.

»Erdbeeren«, flüstert sie, als der Captain sagt: »Am anderen Ende der Insel gibt es ein Erdbeerfeld, und Sie dürfen so viele davon pflücken, wie Sie wollen. Aber hüten Sie sich vor den Füchsen, die stehen nämlich auch auf die süßen Früchtchen.«

Conrad wirft ihr einen Blick zu. »Ich dachte, du hättest das Programm nicht gelesen.«

»Hab ich auch nicht.«

»Und woher weißt du von den Erdbeeren?«

Sie würde es ihm gern erzählen. Sie ist schon drauf und dran. Aber dann bleibt ihr das Wort Mom im Hals stecken.

Stattdessen sagt sie: »Hab ich wohl irgendwo gehört.«

Das Boot legt ab und zieht eine schäumende Kielwelle hinter sich her. Um sie herum die sattesten Farben – tiefblauer Himmel, schillernd grünes Wasser, grellweißer Schnee –, als hätte jemand an einem Knopf gedreht. Greta schließt die Augen, spürt die Gischt im Gesicht, während das Boot Fahrt aufnimmt. Conrad seufzt neben ihr, und dann sagt er so leise, dass sie es fast nicht gehört hätte: »Ich liebe Erdbeeren.«

Kapitel 19

Das Boot legt nicht an einem Steg an, sondern läuft auf den Schotterstrand einer abgelegenen Nehrung. Der Captain hilft allen nacheinander beim Aussteigen. Greta dreht sich um die eigene Achse, der Kies knirscht unter ihren Füßen, während sie alles in sich aufnimmt: die Berge mit ihren Puderzuckerspitzen, die hohen Fichten, dazwischen der glänzend weiße Gletscher, der sich wie Wasser in die Landschaft schmiegt, sodass es von Weitem aussieht, als würde er auf sie zufließen. Aber natürlich ist das Gegenteil der Fall. In Wirklichkeit zieht er sich Zentimeter um Zentimeter zurück, bis er irgendwann ganz verschwunden sein wird.

Ein rostiger Schulbus steht bereit, grün und beige gestrichen wie zur Tarnung. Drei schratige junge Männer in Gummistiefeln und Baseballmützen – zwei von ihnen mit langem Bart – erwarten sie.

»Ich bin seit fünfzig Jahren nicht mehr in einem Schulbus gefahren«, sagt Conrad, während er den Bus argwöhnisch beäugt. »Mir tut jetzt schon der Rücken weh.«

»Na komm«, sagt Greta gut gelaunt, und sie stapfen durch Matsch zum Bus.

Die Fahrt ist so holprig wie befürchtet, alle lächeln nervös, als sie in ihren Sitzen durchgerüttelt werden. Einer der bärtigen

Führer, der vorne sitzt und sich als Tank vorstellt, erklärt ihnen das Tagesprogramm: Sie werden zunächst zu einem Fluss wandern, dann mit dem Kanu einen Meeresarm entlangfahren und schließlich zum Fuß des Gletschers hochsteigen.

Die Räder drehen immer wieder durch auf dem schlammigen Weg, und der Bus schlingert, wenn der Fahrer den Gang wechselt. Fichtenzweige schaben an den Fenstern, und Conrad stöhnt bei jedem Rumpeln.

Greta legt den Kopf zurück. »Das erinnert mich an den Sommer, als ihr uns ins Ferienlager geschickt habt.«

»Ich weiß, du fandest es schrecklich.«

»Ich fand es nicht *schrecklich*«, sagt sie, »ich hatte eine Existenzkrise.«

»Mit zehn?« Conrad schüttelt den Kopf. »Asher war begeistert.«

»Na ja, ich bin halt nicht Asher.«

»Stimmt«, sagt er nachdenklich, als würde ihm das jetzt erst bewusst. »Du konntest schon immer besser mit einer Gitarre umgehen als mit einer Angel.«

»Aber in dem Sommer hab ich ein paar Fische gefangen«, sagt sie.

Conrad sieht sie skeptisch an.

»Einmal hatte ich Timmy Milikin an der Angel.« Bei der Erinnerung muss sie lächeln. »Im Ernst, ich hab ihn am T-Shirt erwischt.«

»Mit Absicht?«

Greta lacht. »Was denkst du von mir?«

»Das weiß ich manchmal selbst nicht«, sagt er, und es klingt beinahe liebevoll. »Wirklich.«

An einer Blockhütte mitten im Wald steigen sie aus. In der Hütte gibt es jede Menge Schwimmwesten, Gummistiefel und Paddel, die die Führer an die Leute verteilen.

»Sieh mal her«, sagt Conrad und hebt sein Handy, nachdem Greta die Schwimmweste angelegt – die ihr zu eng ist – und die Gummistiefel angezogen hat – die ihr zu groß sind. Sie hebt den Kopf und hält das Paddel wie eine Gitarre vor sich, und Conrad betätigt den Auslöser. »Was würden die beim *Rolling Stone* mir wohl für das Foto geben?«

Sie streckt ihm die Zunge heraus.

Nachdem alle komplett ausstaffiert sind, marschieren sie los. Tank führt sie einen mit Kiefernnadeln bedeckten Waldweg hinunter. Während Greta Conrad folgt, denkt sie an den Sommer im Zeltlager. Alle anderen Jugendlichen hatten auf sie gewirkt wie Karikaturen beherzter Naturfreunde, die nichts lieber taten, als Kajak zu fahren und Holz zu hacken. Sie tauschten Freundschaftsbändchen aus, sangen Lieder und spielten Kettenbrechen bis zum Abwinken, während Greta, dünn und blass und fast übernatürlich selbstzufrieden, eine Krankheit nach der anderen vortäuschte, damit sie mit Kopfhörern im kühlen Krankenzimmer liegen und »Wonderwall« hören konnte. Sie war zehn und unglücklich, und auch wenn ihr damals noch nicht klar war, warum das so war, und auch wenn sie sich noch nicht vorstellen konnte, wer sie einmal werden würde, wusste sie doch mit Sicherheit, dass sie niemals Spaß daran haben würde, mit Pfeilen auf Zielscheiben zu schießen.

Vor ihr stolpert Conrad über eine Wurzel und wäre um ein Haar hingefallen.

»Alles gut?«, fragt Greta.

Er nickt und geht weiter, ohne sich umzudrehen, in der einen Hand das Paddel, die andere in der Jackentasche. Aber sie sieht, dass er schon schnauft.

Sie weiß, dass ihn das hier begeistert. Er ist in einem Vorort von Columbus aufgewachsen, in einem Haus, das viel zu klein war für die achtköpfige Familie. Seine Eltern hatten kaum genug Geld, um ihre Kinder zu ernähren, ganz zu schweigen davon, mit ihnen zum Zelten zu fahren. Aber in einem Sommer luden die Eltern seines besten Freunds ihn zu einem Campingtrip in den Mohican State Park ein, und in dieser einen herrlichen Woche lernte Conrad, wie man ein Zelt aufbaut und Knoten knüpft und zwei Stöcke gegeneinanderreibt, um Feuer zu machen. Er fühlte sich wie auf einem anderen Planeten, und die Leute luden ihn im nächsten Jahr wieder ein, mit ihnen zu campen, und im Jahr darauf wieder, und so wurde es zu einer Tradition, und für Conrad war es immer der Höhepunkt des Jahres.

Sobald Asher und Greta laufen konnten, nahm er sie sonntagsmorgens mit in die feuchten Schluchten in der Nähe von Columbus. Jahrelang betreute er Ashers Pfadfindertruppe, und jedes Kind bekam zum zehnten Geburtstag ein Schweizer Taschenmesser. Es blieb ihm immer ein Rätsel, wie Greta an sonnigen Tagen in der staubigen Garage mit Verstärkern und Effektpedalen hantieren konnte, statt in der freien Natur zu wandern oder in klaren Teichen zu angeln.

»Du bist ein Stubentiger«, hatte Asher einmal zu ihr gesagt, als würde das alles erklären. »Und ich bin ein Golden Retriever.«

»Und was ist Dad dann?«, hatte sie ihn gefragt.

Er musste lachen. »Ein Puma?«

Über ihnen kreist ein Falke und stößt einen scharfen Schrei aus, und Greta sieht ihren Vater wieder stolpern. Sie macht sich Sorgen um ihn, ein ungewohntes Gefühl. Körperlich sieht er aus wie immer: breite Schultern, kantiges Gesicht, kurz geschnittenes Haar, harte Augen. Aber seit Helens Tod ist etwas an ihm geschrumpft. Wahrscheinlich werden sogar Pumas alt, denkt Greta.

Einer der Führer – glatt rasiert, unglaublich jung – geht ein Stück weit neben Greta her. »Vorsicht vor dem Zeug da«, sagt er und zeigt auf einen großblättrigen, stacheligen Strauch. »Das heißt Igelkraftwurz.«

»Was macht es denn?«, fragt Greta.

»Wenn Sie damit in Berührung kommen und einer von den Stacheln sich in Ihre Haut bohrt«, sagt er, »kriegen Sie den nicht mehr raus, nicht mal mit ner Pinzette.«

»Und dann?«, fragt sie. »Lebt man dann als halber Igel weiter?«

»Man wartet, bis es anfängt zu eitern, dann kann man das Ding rauspopeln.« Er grinst. »Klingt gemein, und das ist es auch. Glauben Sie mir, ich spreche aus Erfahrung.«

»Ich schätze mal, den Fehler, das Zeug anzufassen, macht man nur einmal«, sagt sie, doch er antwortet nicht, sondern sieht sie mit zusammengekniffenen Augen an, den Kopf zur Seite gelegt.

»Waren Sie schon mal hier?«

»Hier in Alaska? Nein.«

»Ich meinte, ob Sie schon mal an dieser Führung teilgenommen haben. Letzten Sommer vielleicht?«

Sie schüttelt den Kopf, aber sie weiß natürlich genau, worauf dieses Gespräch hinausläuft. Und daran, wie Conrad ihr über die Schulter einen Blick zuwirft, erkennt sie, dass er es auch weiß.

»Hm«, sagt der Führer. »Also, ich bin Bear. Ist ein Spitzname. Eigentlich heiß ich Preston, aber hier draußen klingt das nicht so eindrucksvoll.«

Greta nickt. Der Weg führt jetzt steil nach unten. »Freut mich, Sie kennenzulernen, Bear.«

Er beäugt sie immer noch neugierig, und er bleibt kurz stehen, offenbar in der Hoffnung, dass sie sich auch mit Namen vorstellt und damit seiner Erinnerung auf die Sprünge hilft. Aber den Gefallen tut sie ihm nicht. Ihr Vater glaubt vermutlich, dass sie sich wegen der orangefarbenen Rettungsweste und den Gummistiefeln bedeckt hält, und wegen dem Paddel, das sie wie einen Wanderstab benutzt. Aber das Problem ist nicht, dass sie im Moment nicht aussieht wie Greta, es ist eher so, dass sie sich nicht fühlt wie Greta. Nicht jetzt. Vorerst nicht.

Nach einer Weile kommt am Ende des Wegs ein Fluss in Sicht, der bräunlich-grünes Wasser führt. Auf der anderen Seite des Flusses sehen sie den Gletscher, der sich vor ihnen wie ein weißes Band zwischen die grauen Berge schmiegt. Drei orangefarbene Kanus liegen am Ufer für die Wanderer bereit.

Während Tank ihnen erklärt, wie es weitergeht, wanzt Bear sich wieder an sie heran.

»Sie sind nicht aus Texas, oder?«, sagt er.

»Nein«, antwortet Greta. Conrad, der neben ihr steht, verschränkt die Arme vor der Brust und sieht auf den Fluss hinaus. Sie kann seine Gereiztheit regelrecht spüren.

Als ihre Eltern sie einmal in New York besucht haben, sind

sie in ein altmodisches Steakhouse in Brooklyn gegangen, und die Kellnerin bekam Kulleraugen, als sie Greta entdeckte. Das war ganz am Anfang ihrer Karriere, ihr erstes Album war noch gar nicht erschienen, und die Leute, die sie erkannten, waren echte Fans, die ihre EP kannten oder sie mit anderen Bands auf der Bühne gesehen hatten.

»Meine Fresse«, stieß die Kellnerin hervor und ließ beinahe ein Glas mit Wasser fallen. Sie war Anfang zwanzig, hatte ein Nasenpiercing und mindestens ein Dutzend Tattoos und wirkte nicht gerade wie eine junge Frau, die leicht aus dem Häuschen geriet. »Sie sind Greta James!«

Helen lachte überrascht auf und sah Greta an, während Conrad, der eben zum Nachbartisch hinübergeschielt hatte, wo jemandem ein Steak serviert wurde, intensiv die Speisekarte studierte.

»Ich hab Sie letzten Sommer auf dem Indie-Festival in der Knitting Factory gesehen«, sagte die Kellnerin. »Sie sind echt 'ne Wucht an der Gitarre.«

Greta lächelte. »Danke. Spielst du auch?«

»Ein bisschen. Meistens singe ich.«

»Super.«

Da die New Yorker im Allgemeinen zu cool sind, um sich anzubiedern, oder zumindest so tun, als wären sie es, war das Gespräch damit beendet. Aber Greta war den ganzen Abend erfüllt von großem Glücksgefühl.

Als sie das Restaurant verließen, hakte Helen sich bei ihr unter und sagte mit einem strahlenden Lächeln: »Meine Tochter, der Star.«

»Mom«, sagte Greta und verdrehte die Augen, aber sie grinsten beide von einem Ohr bis zum anderen.

»War das nicht ein Ding, Con?«, fragte Helen Gretas Vater, und einen Moment lang wurde sein Gesicht weich. So war das bei ihm; hin und wieder kam der Stolz auf seine Tochter doch durch.

»Es tut immer gut, für seine Arbeit Anerkennung zu bekommen«, sagte er steif, konnte sich jedoch nicht verkneifen hinzuzufügen: »Aber es sollte nicht um Applaus gehen.«

»Tja«, entgegnete Greta, »in meiner Branche geht es nun mal genau darum.«

Helen musste herzhaft lachen, wie sie es manchmal ganz unerwartet tat. »Da hat sie's dir aber gegeben«, sagte sie zu Conrad, löste sich von Greta und gab ihm einen Kuss. »Falls du mal stehende Ovationen brauchst, Liebster«, sagte sie, »gib uns Bescheid.«

Inzwischen hat Tank seine Instruktionen in Bezug auf die Kanus beendet, aber Bear grübelt immer noch. »Sind Sie Schauspielerin?«, fragt er Greta.

»Nein.«

Er wirkt enttäuscht. »Vielleicht Model?«

Greta lacht. »Überhaupt nicht!«

»Kommen Sie schon. Ich weiß genau, dass ich Sie irgendwoher kenne.«

Sie schüttelt den Kopf. Im selben Moment klatscht Tank in seine riesigen Hände. »Okay, ihr sechs kommt zu mir«, sagt er und zeigt auf eine Familie, die etwas abseits steht, »ihr sechs fahrt mit McKee und ihr sechs mit Bear.«

Bear grinst Greta an, als er merkt, dass sie zu seiner Gruppe gehört. Conrad brummt sich etwas in den Bart und geht zum ersten der drei Kanus. Nachdem alle in das schmale Kanu gestiegen sind, das beängstigend heftig schwankt, zeigt ihnen

Bear, wie sie das Paddel halten müssen, dann gibt Tank ihnen einen Schubs. Das Kanu schrammt über die Steine, dann dreht es sich auf dem ruhigen Fluss im Kreis, bis Bear den Befehl zum Paddeln gibt.

Da Greta die Kleinste ist, hat Bear ihr den Platz ganz vorne im Bug zugewiesen. Hinter ihr sitzt Conrad, und auf den Bänken hinter ihm sitzen ein schwules Paar – zwei athletische Männer um die fünfzig – und ein heterosexuelles Paar – beide Ende sechzig und ausstaffiert wie für eine Südpolexpedition, einschließlich eines golfballgroßen Kompasses, den die Frau an einem Band um den Hals trägt.

Es ist ein perfekter Tag mit blauem Himmel und klarer Luft, und je weiter sie sich vom Ufer wegbewegen, desto leiser werden die Stimmen der anderen. Nach einer Weile hört man nur noch das Plätschern des Wassers, das durch das Eintauchen der Paddel entsteht. Langsam nähern sie sich dem riesigen Gletscher. Über ihnen zieht ein Vogel seine Kreise, und Greta legt den Kopf in den Nacken, um sich der friedlichen Stimmung hinzugeben.

»Jetzt hab ich's!«, ruft Bear plötzlich vom Heck aus, und Greta richtet sich auf. »Ich *wusste* es! Ich wusste, dass Sie jemand Berühmtes sind.«

Hinter sich hört Greta Conrad einen Seufzer ausstoßen und die Anoraks der anderen rascheln, als sie sich verwundert umsehen.

»Sie«, ruft Bear triumphierend über den stillen Fluss hinweg, »sind Greta James!«

Einen Augenblick lang herrscht Schweigen.

Dann fragt die Frau mit dem Kompass: »Wer?«

Kapitel 20

Ihr Kanu erreicht als Erstes das andere Ufer, einen matschigen Streifen windumtosten Ödlands, der sich bis zum Fuß des Gletschers erstreckt. Kaum knirscht der Sand unter dem Rumpf des Kanus, springt Conrad auch schon hinaus.

»Hey, warte«, ruft Greta, aber er marschiert bereits über den Strand, unbeholfen in seiner Rettungsweste und den steifen Gummistiefeln, den Kopf gegen den scharfen Wind eingezogen.

»Lassen Sie ihn«, sagt Bear, der das Kanu festhält, damit die anderen bequem aussteigen können. »Er will bestimmt nur als Erster ankommen. Das hat schon was, mit dem Gletscher allein zu sein.«

Greta hat eher den Verdacht, dass Conrad weniger zum Gletscher hin-, als von ihr wegkommen will, aber das behält sie für sich. Bear sieht sie immer noch ein bisschen kulleräugig an.

»Treten Sie auf einem der Kreuzfahrtschiffe auf?«, fragt er, während er das Kanu an Land zieht. »Ich hätte nie gedacht –«

»Nein, ich … nehme einfach an einer Kreuzfahrt teil«, sagt sie und zeigt auf Conrad. »Zusammen mit meinem Vater.«

Bear richtet sich auf und wischt sich die Hände an seiner wasserdichten Hose ab. »Ach.«

»Tja.«

»Ein Freund von mir ist ein großer Fan von Ihnen«, sagt er und nimmt grinsend sein Handy heraus. »Könnten wir vielleicht …?«

Seufzend sieht sie hinter ihrem Vater her, dann hält sie ihr Gesicht neben seins und setzt ein routiniertes Lächeln auf. Mit ihrer Baseballmütze sieht sie nicht gerade aus wie ein Rockstar, eher wie jemandes kleine Schwester, aber das scheint Bear nicht zu stören.

»Und?«, fragt er und lässt das Handy wieder in einer seiner vielen Taschen verschwinden. »Haben Sie, äh, einen Freund?«

»Ja«, antwortet sie tonlos, den Blick wieder in Richtung ihres Vaters gerichtet, der vor der Wand aus bläulichem Eis kaum noch zu erkennen ist.

Bear macht ein enttäuschtes Gesicht. »Dieser Produzent?«, fragt er.

Greta wundert sich, dass er davon weiß. Allerdings sind Luke, der vor ihr mit einem eher für ihren Instagram-Account als für sonst etwas berühmten Reality-TV-Sternchen liiert war, und Greta genau zu der Zeit zusammengekommen, als sie ihren kometenhaften Aufstieg erlebte, sodass sie häufig zur Zielscheibe von Partyfotografen und dem einen oder anderen Paparazzo wurden.

Sie ist drauf und dran, Bear zu sagen, dass ihn das nichts angeht, doch dann wird sie gewahr, dass die Frau mit dem Kompass sich mit ihrem Handy nähert.

»Entschuldigen Sie, aber könnte ich vielleicht auch eins bekommen? Ehrlich gesagt weiß ich gar nicht, wer Sie sind, aber meine Tochter kennt Sie bestimmt. Sie ist ganz begeistert von …« Sie macht eine vage Handbewegung. »Popkultur.«

Greta muss unwillkürlich lächeln. »Ich bin Musikerin.«

»Sie ist ein Rockstar«, sagt Bear.

Die Frau macht ein Foto und sieht es sich interessiert an. »Cool«, sagt sie schließlich mit einem Achselzucken und geht zu ihrem Mann zurück, der mit einem riesigen Fernglas den Gletscher betrachtet.

Die beiden anderen Kanus sind immer noch weit entfernte orangefarbene Kleckse auf dem Wasser, und so machen sie sich mit ihrem Führer auf den Weg über den harten, mit Steinen übersäten Sand. Der Gletscher kommt ihnen immer mehr vor wie eine Fata Morgana, als könnten sie ihn niemals erreichen, egal, wie weit sie paddeln oder wandern. Aber nach einer Weile wirkt er weniger kompakt, eher verschachtelt, fast wie eine Süßigkeit, zart und zerbrechlich wie Baiser.

Conrad ist schon da, ein winziger Schatten vor der riesigen Eismasse. Alle anderen biegen ab und folgen Bear zum anderen Ende des breiten Gletscherfußes, wo sich im Eis eine kleine Höhle gebildet hat. Aber Greta geht weiter geradeaus, den Blick auf Conrad geheftet, der wie gebannt vor der Eismasse steht. Er hat immer noch seine Rettungsweste an, so als rechnete er jeden Moment damit, zum Kanu zurückeilen zu müssen. Er hat die Hände in die Hüften gestützt und wirkt zugleich hoffnungslos verloren und doch ganz zu Hause.

Als sie nahe genug ist, räuspert sie sich und sagt: »Dad.« Aber ihre Stimme wird vom Wind verschluckt. Sie geht noch näher und versucht es noch einmal. »Hey.«

Diesmal dreht er sich zu ihr um, aber sein Gesichtsausdruck ist unergründlich.

»Schön, oder?«, fragt sie, während ihr Blick über das Eis wandert. Von Weitem hatte es ganz makellos weiß ausgesehen, aber aus der Nähe sieht sie, dass es mit Schmutz und Sand überzogen ist. Darunter ist der bläuliche Schimmer noch intensiver, es ist, als würde der ganze Gletscher von innen leuchten. Und seine Größe ist atemberaubend; an der Stelle, wo sie stehen, ist er mindestens so hoch wie ein zweistöckiges Haus.

Es dauert einen Moment, bis Conrad antwortet. »Ich weiß nicht«, sagt er schließlich, den Kopf in den Nacken gelegt, um an dem Gletscher hochzuschauen, »ob er das Außergewöhnlichste ist, was ich je gesehen habe, oder das Banalste.« Er wendet sich Greta zu. »Natürlich ist er ein Naturwunder. Aber andererseits ist er auch einfach nur ein Rieseneisklotz.«

Sie lächelt über seine Worte. Das zweite Kanu legt gerade am Ufer an. Der Wind trägt aufgeregte Stimmen zu ihnen herüber. Am anderen Ende des Gletschers haben die beiden Paare sich für Gruppenfotos aufgestellt, Bear hockt mit den Handys vor ihnen und versucht, den besten Winkel zu erwischen.

Greta deutet mit dem Kinn in die Richtung. »Sollen wir …?«

Aber Conrad antwortet nicht. Er geht noch näher an den Gletscher heran und legt die flachen Hände auf das Eis. Es sieht aus wie eine moderne Skulptur, deren Kurven und Linien von keiner Logik bestimmt werden, sondern nur von dem Wasser, das in feinen Rinnsalen daran herunterläuft und an ihrem Fuß Pfützen bildet.

»Hör mal«, sagt sie, »es tut mir leid …«

»Was?«, fragt er und dreht sich zu ihr um, die Augen im Schatten des Visiers seiner Kappe.

»Ich weiß, dass es dich nervt, wenn die Leute mich erkennen«, sagt sie mit einem Achselzucken.

Er blinzelt wieder zum Gletscher hoch. »Es geht nicht immer um dich, weißt du.«

»Ja, das weiß ich«, sagt sie. Einen Augenblick später fügt sie hinzu: »Aber ich muss gestehen, dass es sich meistens so anfühlt. Jedenfalls wenn ich mit dir zusammen bin.«

Er wendet sich ihr wieder zu. »Was soll das denn jetzt heißen?«

»Na ja, wir haben halt unsere Differenzen.«

»Und?«

»Und du reitest gern darauf rum.«

Er reagiert nicht gleich, doch dann umspielt ein seltsames Lächeln seine Lippen. »Ich glaube, als verbockter Teenager hast du mir besser gefallen.«

Darüber muss Greta lachen. »Das liegt daran, dass ich als Teenager noch nie was von Therapie gehört hatte«, sagt sie. »Da habe ich einfach alle meine Gefühle in schreckliche, überladene Songs gepackt.«

»Die du Tag und Nacht bei voller Lautstärke gespielt hast.«

»Komm schon«, erwidert sie mit einem Grinsen. »Du musst doch zugeben, dass ›Life Sucks Hard‹ eine Art Klassiker war.«

Conrad schüttelt den Kopf. »Für ein Mädchen, das ein behütetes Leben in einem Vorort von Columbus führte, war dein Unbehagen an der Welt enorm.«

»Tja, die gute Nachricht ist, dass ich eine Möglichkeit gefunden hab, damit Geld zu verdienen«, entgegnet sie.

Sofort ändert sich sein Gesichtsausdruck, und genauso schnell geht Greta in die Defensive.

»Dass ich nicht den ganzen Tag hinter einem Schreibtisch sitze«, sagt sie gereizt, »heißt noch lange nicht, dass das, was ich tue, keine harte Arbeit ist.«

»Harte Arbeit?«, wiederholt er verächtlich.

»Ganz genau.«

»Du spielst Gitarre.«

Greta ballt die Hände zu Fäusten. »Ja, Dad, ich spiele Gitarre. Jeden Tag. Stundenlang. Ich schreibe außerdem meine Songs selbst. Und ich produziere sie. Ich arbeite im Aufnahmestudio, ich kümmere mich um die geschäftlichen Dinge, das Marketing und die Werbung, ganz zu schweigen davon, dass ich an zweihundert Tagen im Jahr auf Tour bin und –«

»Das war einmal.«

Ihre Augen werden schmal. Von der Kälte und dem Wind läuft ihr die Nase, und sie wischt sich den Rotz mit dem Handrücken ab. »Was willst du damit sagen?«

Er hebt die Schultern. »Du bist nicht mehr auf Tour.«

Der Knoten in ihrem Magen zieht sich fester zu. Sie hätte nicht gedacht, dass ihm das aufgefallen wäre. Sie hätte nicht gedacht, dass er auf so etwas achtet.

»Ich weiß, dass du deine Auftritte der letzten Monate abgesagt hast«, fährt er fort. Er muss laut sprechen, um den Wind zu übertönen. »Und dass du deine Tour verschoben hast.«

Greta schluckt. »Und?«

»Und«, sagt er mit nervtötender Geduld, »wenn Gitarrespielen dein Traumjob ist, du aber seit Monaten nicht mehr auftrittst, was machst du dann stattdessen?«

»Das ist nicht …«, setzt sie an, weiß jedoch nicht, wie sie den Satz beenden soll. »Damit ist es jetzt vorbei. Ich spiele am Sonntag beim Governors Ball.« Ehe er dazu kommt zu fragen, was das ist, fügt sie hinzu: »Das ist ein Festival. In New York. Ein großes.«

Er mustert sie einen Moment lang. »Und was passiert«, fragt er dann, »wenn das auch wieder schiefgeht?«

An ihren letzten Auftritt zu denken ist schon schlimm genug. Von ihrem Vater daran erinnert zu werden ist noch viel schlimmer.

Bisher ist sie davon ausgegangen, dass ihm zu Ohren gekommen ist, was passiert ist, das war schließlich kaum zu vermeiden. Aber bisher hatte sie keine Ahnung, ob er das Video gesehen hat.

Jetzt weiß sie es.

»Das letzte Konzert ist *nicht gut gelaufen*«, sagt sie und wählt ihre Worte mit Bedacht, »weil es eine Woche nach Moms Tod war. Und weil sie an dem Abend nicht im Publikum saß, was mich fast umgebracht hat. Und weil ich diesen Song für sie geschrieben hatte und mir in dem Moment klar wurde, dass sie ihn nie hören würde.« Greta schüttelt den Kopf und versucht, ihren Frust zu unterdrücken. »Ich weiß, dass du das nicht verstehst. Wie auch? Du warst ja noch nie auf einem meiner Konzerte.«

Ihre Worte scheinen ihn zu treffen. »Das stimmt nicht. Ich war bei der Release-Party.«

»Als das Album rausgekommen ist? Ja. Aber nur, weil Mom darauf bestanden hat.«

»Wir wissen beide, dass das nicht gerade meine Musik ist«, sagt er achselzuckend.

»Glaubst du etwa, es war Moms Musik? Sie ist zu meinen Konzerten gekommen, um mir zu zeigen, dass sie zu mir steht, nicht, weil sie insgeheim auf Indie-Musik abfuhr.«

Seine Miene wird ein bisschen weicher. »Ja, und sie war jedes Mal begeistert.«

»Genau, weil sie mich *geliebt* hat«, sagt Greta, sie muss fast gegen den Wind anschreien. »Wieso kapierst du das nicht?«

»Ich kapiere es«, sagt er und wirkt überraschenderweise ziemlich zerknirscht. »Deswegen bin ich ja auch mitgegangen.«

»Davon war aber nicht viel zu merken. Du hast den ganzen Abend in der Ecke der Bar gestanden und ausgesehen, als wärst du lieber woanders.«

Er sieht ihr direkt in die Augen. »Kann man mir das verübeln?«

Greta macht den Mund auf und wieder zu. Um sie herum tost der Wind. Sie ist versucht, so zu tun, als würde sie nicht verstehen, was er meint, aber das wäre nicht fair. Sie weiß, dass dieses Gespräch unvermeidlich war. Aber sie hat das Gefühl, dass sie noch nicht so weit ist.

Sie erinnert sich daran, wie sie ihrer Mutter »Told You So« zum ersten Mal vorgespielt hat, wie sich Helens Mund verhärtet hat, als die Musik aus Gretas Handy plärrte. Die ersten Takte waren hart und treibend, ebenso wie der Text: *Here's to all the haters/the ones who didn't think I'd get here* – An all die Miesmacher, die mir nicht zugetraut haben, dass ich es schaffen würde. Bis der Refrain einsetzte, waren Gretas Hände feucht, und sie traute sich nicht aufzublicken. Aber das war auch nicht nötig. Helen starrte nur stirnrunzelnd auf das Handy und hörte sich den Song an, der blechern und wütend die Küche erfüllte, ein musikalischer Stinkefinger.

Als der Song zu Ende war, herrschte dröhnende Stille. Greta war schon drauf und dran, alle möglichen Argumente zu ihrer Verteidigung vorzubringen, sie war auf diesen Moment vorbereitet, seit sie die ersten Zeilen des Songs geschrieben hatte, in einem Londoner Café, wo sie einen Vater beobachtet hatte, der seiner kleinen Tochter geduldig half, auf der Rückseite einer Speisekarte eine Raupe zu zeichnen, und gedacht hatte: *So sollte es sein.*

Der Gedanke hatte sie nicht mehr losgelassen, und schließlich war ein Song daraus geworden. Ein Song, den zu spielen ihr gutes Recht war.

Aber als Helen sie enttäuscht und traurig ansah, verflog Gretas ganzer Trotz auf der Stelle, und ihre Wangen begannen zu glühen.

»Ich würde dir nie sagen, was du fühlen sollst«, sagte ihre Mutter langsam, wobei sie jedes Wort deutlich aussprach, »und ich würde mir erst recht nie anmaßen, dir Ratschläge in Bezug auf deine Musik zu geben.«

Greta grub die Fingernägel in ihre Handflächen und wartete auf die Fortsetzung, auf die Worte, von denen sie wusste, dass sie kommen würden, seit sie den Song geschrieben hatte.

»Aber eins sage ich dir«, fuhr Helen fort. »Das wird ihm sehr wehtun. Das sollst du wissen, bevor du diesen Weg weiterverfolgst.«

Greta nickte einmal kurz, ohne ihre Mutter anzusehen. »Ich weiß«, sagte sie nur, und dann haben sie nie wieder darüber geredet. Nicht, als der Song als erste Single ihres Debütalbums herauskam und gleich in den Indie-Charts landete. Nicht, als das Video abstürzte, der Song aber weiter in den Charts stieg. Nicht, als das Album schließlich herauskam und ihre Eltern zur Release-Party nach New York flogen und Greta sah, wie fehl am Platz ihr Vater in der Bar wirkte, wie er dastand, in seinen Jeans und dem karierten Hemd und sich umsah, als wüsste er, was alle dachten, nämlich dass der Song, der dort gefeiert wurde, von ihm handelte.

Womit er natürlich recht hatte.

Sie hatte damit gerechnet, dass sie die Situation als Triumph empfinden würde. *Siehst du?*, hatte sie an dem Abend zu ihm sagen wollen. *Ich hab's geschafft. Auch wenn du es mir nicht zugetraut hättest.*

Told you so.

Zu ihrer eigenen Überraschung war sie stattdessen traurig.

Alle Anwesenden kannten Helen als die Frau mit dem Schild. Ihre Mutter.

Alle Anwesenden wussten, dass Conrad der Mann war, von dem das Stück handelte. Ihr Vater.

An jenem Abend hatte sie versucht, alle Gefühle heraufzubeschwören, die in den Song geflossen waren, die Erinnerungen, die sie wie Zunder in das Stück geworfen hatte. Wie er nach einem Streit ihre Gitarre in die Mülltonne geworfen hatte. Wie er sie einmal angeschrien hatte, er würde sie mit keinem Cent unterstützen, wenn sie Musik studierte. Wie er einmal nicht zu ihrem Auftritt bei der Talentshow der sechsten Klasse erschienen war. Wie er ihr einmal, als sie noch auf die Highschool ging, Bewerbungsunterlagen für ein Wirtschafts-Studium aufs Kopfkissen gelegt hatte. Wie stolz er auf Asher war, der es zum Filialleiter einer Bank gebracht hatte. Wie gleichgültig er sich jedes Mal gab, wenn Greta ihm von ihren Erfolgen berichtete.

Ihm missfiel, was sie machte, das wusste sie. Und in gewisser Weise erfüllte sie das sogar mit Stolz, so als wäre seine Ablehnung ein Gütesiegel. Sein Genörgel war sein Versuch, sie von ihrem Weg abzubringen, hatte jedoch nur dazu geführt, dass sie sich all die Jahre noch mehr angestrengt hatte, ihr Ziel zu erreichen. Sie hatte sich nur noch mehr ins Zeug gelegt, ihren Traum noch wichtiger genommen, noch mehr geübt. Sein Genörgel lieferte ihr etwas, gegen das sie anrennen konnte. Und bis zu jenem Abend war ihr nie in den Sinn gekommen, dass sie ohne all diese Widerstände nie dort angekommen wäre, wo sie jetzt stand. Dass sie vielleicht nie die geworden wäre, die sie jetzt war.

Aber da war es für sie und Conrad schon zu spät.

Ihre Mutter hatte mit ihr angestoßen. »Auf Träume, die in Erfüllung gehen«, sagte sie mit einem strahlenden Lächeln und hob ihr Glas. »Ich habe immer gewusst, dass du es schaffen würdest.«

Sie wandten sich Conrad zu, der unbeholfen sein Bier hob. »Glückwunsch«, sagte er, und das klang ausnahmsweise sogar ernst gemeint. Aber später, kurz vor ihrem Auftritt, sah sie ihn steif am Tresen stehen, und als sie die ersten Takte von »Told You So« spielte und der Saal zu toben begann, sah sie, wie er Helen etwas zuflüsterte und die Bar verließ.

Die Sonne verschwindet hinter den Wolken, und das Gesicht ihres Vaters wird vom Schirm seiner Kappe verschattet. Hinter ihm sieht sie die gezackten Furchen im Gletscher. Die anderen sind immer noch dabei, die Höhle zu erkunden, ihre Stimmen werden vom Wind herübergeweht.

»Du hattest diesen Song über mich geschrieben und mich dann zu der Party eingeladen«, sagt er. »Hast du etwa geglaubt, ich würde darüber lächeln? Was hast du denn gedacht, wie ich mich fühlen würde?«

»*Stolz*«, antwortet sie. »Ich dachte, du würdest stolz auf

mich sein. Der Abend war extrem wichtig für mich. Da ging es nicht um dich.«

Er lacht, aber es ist ein humorloses Lachen. »In deinem Song ging es sehr wohl um mich.«

Greta strafft sich. »In der Kunst geht es um Wahrheit. Darum, seine Gefühle zum Ausdruck zu bringen. Und genau das habe ich getan. Es war nichts Persönliches.«

Er sieht sie an, als wollte er sagen, komm schon, wir wissen doch beide, dass das nicht stimmt. »Für deine Mutter schreibst du ein Liebeslied«, sagt er, »und das kann ich gut verstehen, glaub's mir. Wenn ich könnte, würde ich auch eins für sie schreiben. Aber was du für mich geschrieben hast … das war eher so was wie ein Schlachtruf. Und ich weiß einfach nicht, was ich damit anfangen soll.«

»Dad, du redest so, als wärst du daran völlig unschuldig«, faucht sie ihn an. »Als wäre mir dieser Song aus heiterem Himmel eingefallen. Wenn du mich ein bisschen mehr unterstützt hättest –«

»Ich hab dir deine erste Gitarre gekauft!«

»Das weiß ich!«, schreit sie zurück. »Deswegen tut es ja auch so weh. Weil sie mich glücklich gemacht hat, und weil dir am Anfang gefallen hat, was ich gespielt habe. Aber irgendwann fandest du meinen Traum nicht mehr vernünftig, und da hast du aufgehört, mich anzuspornen. Da war ich zwölf, und ich war richtig gut, aber statt dich auf meine Seite zu stellen, wie jeder normale Vater es getan hätte, hast du versucht, mir die Musik auszureden. Und als das nichts gefruchtet hat, hast du dich einfach abgewendet. Kannst du dir vorstellen, wie das für mich war?«

»Nein«, sagt er, und einen Moment lang sieht es so aus, als

hätte er dem nichts mehr hinzuzufügen. Er kratzt sich das Kinn, die Lippen zusammengepresst, den Blick gen Himmel gerichtet. Aber dann sieht er sie so gequält an, dass es ihr den Magen umdreht. »Aber ich weiß, wie es ist, Geldsorgen zu haben. Ich wollte nur, dass du realistisch bleibst.«

»Du meinst, du wolltest, dass ich meinen Traum aufgebe.«

»Ich wollte, dass du dir einen vernünftigen Beruf suchst.«

»Dass ich erwachsen werde.«

Er seufzt. »Ich hab mir einfach gewünscht, dass du dir was Stabileres suchst. Und dafür werde ich mich nicht entschuldigen.«

»Weißt du, was das Schlimmste ist?«, fragt sie kühl. »Dass du nie auf die Idee gekommen bist, dass ich mit meiner Musik Erfolg haben könnte.«

Conrad bohrt seine Fußspitze in den grauen Sand. »Was willst du von mir hören? Die Kinder anderer Leute ergreifen richtige Berufe. Mit bezahlten Urlaubstagen und Krankenversicherung. Berufe, unter denen ich mir was vorstellen kann. Asher kann ich Ratschläge geben, wie man ein Team leitet oder was eine gute Altersvorsorge ist. Ich freue mich für dich, dass du es in diesem harten Gewerbe so weit gebracht hast. Wirklich. Aber dein Leben hat nichts mit dem zu tun, wie ich mir deine Zukunft vorgestellt habe, als du noch klein warst.«

»Genau«, sagt Greta. »Es ist nämlich *viel besser.* Warum bist du der Einzige, der das nicht schnallt?«

»Weil ich, egal, wie genau ich hinsehe, immer wieder zu dem Schluss komme, dass das alles auf tönernen Füßen steht. Als könnte es jeden Augenblick in sich zusammenstürzen. Vielleicht tut es das ja schon. Und ich würde lügen, wenn ich behauptete, es macht mir keine Angst, dass meine Tochter einen *Job* hat« – er malt Gänsefüßchen in die Luft – »ohne Plan B, ohne Sicherheiten und Garantien.«

»Dad«, sagt Greta, und zu ihrer Verwunderung schnürt sich ihr die Kehle zu. Dieses Gespräch scheint sich nicht von der Stelle zu bewegen. Sie haben es schon so oft geführt, dass sie sich vorkommt wie in einem Theaterstück, das sie zum hundertsten Mal aufführen mit immer demselben Text. Aber irgendwie können sie auch nicht damit aufhören. »Was denn für Sicherheiten, Herrgott noch mal. Ich hab den Vogel abgeschossen. Es ist, als hätte ich im Lotto gewonnen, und du würdest mir raten, den Lottoschein zurückzugeben und mich stattdessen an einen Schreibtisch zu setzen, weil es da sicherer ist.« Sie schüttelt den Kopf. »Es ist einfach unmöglich, mit dir darüber zu reden. Wir leben auf zwei verschiedenen Planeten.«

»Genau«, knurrt er. »Auf meinem Planeten gab es keine tollen Sommerlager oder Gitarrenstunden. Hast du eine Ahnung, wie viele Jobs ich schon gemacht hab, als ich in deinem Alter war? Ich hab Zeitungen ausgetragen und Rasen gemäht und im Supermarkt Regale eingeräumt. Nach der Marine hab ich in einer Kneipe gekellnert und auf dem Bau geschuftet und –«

»Dad«, sagt sie. »Das weiß ich alles.«

»Als ich bei den Yellow Pages angefangen hab, war ich anfangs der Laufbursche, aber ich war der Erste in der Familie, der in einem Büro gearbeitet hat. Ich war der Erste, der jeden Tag in Anzug und Krawatte zur Arbeit gegangen ist. Das war vielleicht alles nichts Besonderes, aber ich hatte ein regelmäßiges Einkommen, und darauf kommt es an. Ich habe alles darangesetzt, sicheren Boden unter den Füßen zu bekommen, und ich dachte, ich hätte dir beigebracht, das auch zu tun.«

»Das hast du«, sagt sie verblüfft. »Genau deswegen gebe ich in meinem Beruf alles. Jeden Tag. Weil ich erfolgreich sein will. Unbedingt. Ich möchte immer weiter Musik machen, ich möchte immer bessere Platten aufnehmen und immer bessere Shows auf die Bühne bringen.«

»Ja, aber was, wenn dir das nicht gelingt? Du hast überhaupt keinen Plan B.«

»Dad«, sagt sie und muss beinahe lachen. »Klar hab ich einen Plan B. Ich bin deine Tochter, hast du das vergessen? Ich hab sogar einen Plan C und einen Plan D.«

Er gestattet sich den Anflug eines Lächelns – ein Aufflackern von Vaterstolz –, dann presst er die Lippen wieder zusammen.

»Weißt du, wie oft ich von anderen Musikern gebeten werde, etwas für sie zu schreiben?«, fragt Greta. »Oder wie viele Leute mich schon gebeten haben, sie zu produzieren? Die University von New York hat mich eingeladen, Kurse zu geben, verdammt noch mal. Ich weiß, dass es in meiner Branche auf und ab gehen kann. Und dass es keine Sicherheit gibt. Ich weiß auch, dass ich im Moment nicht gerade auf der Höhe bin. Aber die Chancen, dahin zu kommen, wo ich bin, stehen eins zu Millionen. Und ich hab's geschafft.«

»Vorerst«, entgegnet er mürrisch.

Greta sieht ihn fassungslos an. »Warum fällt es dir eigentlich so schwer, an mich zu glauben?«, fragt sie. »Hast du noch nie einen Traum gehabt?«

»Doch«, sagt er. »Deine Mutter war mein Traum.«

Seine Antwort kommt so unerwartet, sie ist so herzzerreißend klar, dass es sie einen Moment lang aus dem Konzept bringt. Sie holt tief Luft, um ihre Fassung wiederzugewinnen. »Also, ich lebe jedenfalls *meinen* Traum. Und letztlich spielt es keine Rolle, was du davon hältst. Denn es geht mir gut. Sehr gut sogar. Und es wird mir auch weiterhin gut gehen.«

Sie wiederholt es dreimal, wie eine Beschwörung. Als versuchte sie, etwas herbeizuzaubern.

Als versuchte sie, *jemanden* herbeizuzaubern.

Aber vor ihr steht nur ihr Vater, der sie mit versteinerter Miene mustert, während die Strippen seiner Rettungsweste im Wind flattern. Aber es ist zwecklos, sich von ihrem Vater zu erhoffen, dass er ihr den Rücken stärkt. Das hat noch nie funktioniert. Es ärgert sie, dass sie das braucht, obwohl sie sich schon tausendmal gesagt hat, dass es keine Rolle spielt, was er denkt. Aber sie sind mal wieder am selben Punkt angelangt.

»Bist du noch nie ein Risiko eingegangen?«, fragt sie mit bebender Stimme. »Was ist aus dem jungen Mann geworden, der sich für die Zauberei begeistert hat?«

»Das Leben ist dazwischengekommen.« Er sieht sie ungläubig an. »Ich bin erwachsen geworden. Habe geheiratet und Kinder bekommen. Musste meine Familie ernähren.« Er zuckt die Achseln. »Ich hatte schon immer meine Prioritäten. Aber das kannst du offenbar nicht verstehen.«

Greta blinzelt. »Was soll das denn heißen?«

Er geht ein Stück weit am Gletscher entlang, macht einen großen Schritt über ein Rinnsal hinweg, das sich durch das Schmelzwasser gebildet hat. Dann fährt er herum und kommt zurück, mit hartem Blick, das Kinn vorgeschoben. »Du hast dich für deine Musik entschieden«, sagt er, was Greta einen

Moment lang verwirrt. Aber die nächsten Worte knurrt er förmlich, und ihr rutscht das Herz in die Hose. »Und als es drauf ankam, war dir deine Musik wichtiger.«

Darauf kann sie nichts erwidern. Denn er hat recht.

Natürlich hat sie es bisher nicht so gesehen. Als es passiert ist, hat sie eigentlich überhaupt nichts gedacht. Sie war gerade in Berlin eingetroffen, das Festival hatte noch gar nicht angefangen. Sie wollte mit Luke die Stadt erkunden, Museen besuchen, jede Menge Bier trinken. Der Anruf ihres Vaters fühlte sich vage an und schien von ganz weit weg zu kommen: Ihre Mutter habe Kopfschmerzen, sagte er, und er mache sich Sorgen. Es kam selten vor, dass er sie anrief; allein das hätte sie warnen müssen. Aber noch etwas anderes klang in seiner Stimme mit, subtil und schwer zu deuten.

»Mir gegenüber hat sie nichts erwähnt«, hat Greta geantwortet. Sie stand in der Eingangshalle der Berlinischen Galerie, um sie herum Stimmen und Fußgescharre. »War sie beim Arzt?«

»Noch nicht, aber wir haben am Freitag einen Termin«, sagte er. »Asher kommt mit. Vielleicht solltest du auch da sein.«

Luke hatte inzwischen die Eintrittskarten besorgt, er stand in der Nähe des Eingangs und wedelte damit in der Luft. Als sie zu ihm hinübersah, formte er mit den Lippen die Worte »Was ist?« Sie schüttelte den Kopf und wandte sich wieder ab.

»Dad«, sagte sie und hielt sich das andere Ohr zu, als eine Gruppe lärmender Schulkinder an ihr vorbeischlurfte. »Ich bin in Berlin. Ich spiele am Wochenende auf einem Festival.«

»Ach so«, hat er gesagt. »Stimmt ja. Hatte ich ganz vergessen.«

»Machst du dir denn große Sorgen? Also, meinst du, ich sollte meinen Auftritt absagen?« Sie bereute die Worte, kaum dass sie sie ausgesprochen hatte. Am Samstag würde sie vor vierzigtausend Leuten auf der Bühne stehen. Nicht dass es unmöglich gewesen wäre, das Konzert abzusagen. Es wäre teuer geworden, und sie hätte eine Menge erklären müssen, aber es wäre möglich gewesen. Wenn es wichtig gewesen wäre.

Aber sie wollte es nicht absagen.

»Es ist bestimmt nichts«, sagte Conrad knapp. »Sie würde mir wahrscheinlich den Hals umdrehen, wenn sie wüsste, dass ich dich angerufen habe.«

»Hör zu«, sagte Greta. »Ich fliege am Montag zurück nach New York, aber ich kann umbuchen und direkt nach Columbus fliegen.«

»Lass nur«, sagte Conrad, aber seine Stimme war angespannt. »Wir kommen schon zurecht.«

»Na ja, falls sich was ändert, komme ich«, sagte ich. »Versprochen.«

»Klar.«

Aber irgendwie war sie verunsichert. »Rufst du mich an und sagst mir, was bei der Untersuchung rausgekommen ist?«

»Sicher«, sagte er. »Viel Glück beim Festival.«

»Danke«, wollte sie sagen, aber da hatte er schon aufgelegt.

Jetzt sieht er sie leicht verwundert an, als wüsste er nicht so recht, wie sie bei dem Thema gelandet sind. Sie haben noch nie darüber gesprochen, jedenfalls nicht direkt, aber plötzlich ist es da, als hätte es jemand wie etwas Schweres, Lebloses zwischen sie auf den Sand geworfen.

»Dad«, setzt sie an, doch ihre Gedanken rasen, und sie

weiß nicht, was sie sagen soll. Sie kann nichts zu ihrer Entschuldigung vorbringen. Seit Monaten rechnet sie mit diesem Gespräch, es ist wie ein winziges Blinklicht in ihrer Brust, das einfach nicht ausgeht. Erst jetzt dämmert ihr, dass sie die ganze Zeit gar nicht an ihren Vater gedacht hat. Sie hat Schuldgefühle, weil sie nicht da war, als ihre Mutter sie brauchte, und noch viel schlimmer ist die Trauer darüber, dass sie keine Gelegenheit hatte, sich von ihrer Mutter zu verabschieden. Aber zum ersten Mal wird ihr bewusst, dass sie vor lauter Mitleid mit ihrer Mutter und vor lauter Selbstmitleid ihren Vater total vergessen hat.

Conrad steht mit hochgezogenen Schultern da, und seine Wangen sind vom Wind gerötet. »Es spielt jetzt keine Rolle mehr«, sagt er, was natürlich nicht stimmt. Es ist wichtiger als alles andere. Dieser Anruf, diese verpasste Gelegenheit – das ist für ihr Leben so elementar wie der Gletscher für diesen Strand, ein riesiger, imposanter Eisklotz, der sich so langsam zurückbildet, so unmerklich, dass man meinen könnte, er würde ewig bleiben.

»Dad«, sagt Greta noch einmal, und diesmal wirkt er enttäuscht, als sie wieder nicht weiß, was sie sagen soll. Sie fühlt sich vollkommen leer.

Dann sieht sie Bear von Weitem auf sie beide zukommen. Er strahlt übers ganze Gesicht, und sein Lächeln ist so unpassend, dass Greta beinahe lachen muss. Beinahe.

Conrad folgt ihrem Blick, dann stößt er einen tiefen Seufzer aus.

»Es ist alles so schnell gegangen«, sagt er, während er zusieht, wie Bear den Strand überquert. Greta ist sich nicht sicher, wovon er redet, aber als er sich ihr wieder zuwendet, wirken seine Augen – die dieselbe Farbe haben wie ihre – sehr müde. »Und ich werde auch nicht ewig leben.«

»Dad«, sagt sie zum dritten Mal. Das Gespräch macht sie völlig hilflos. »Du musst aufhören –«

»Ich habe ihr gesagt, ich würde auf dich aufpassen. Ich hab's ihr versprochen.«

Bear kommt immer näher, und Greta sieht, dass er einen kleinen Eisklumpen in der Hand hält. Sie sieht Conrad an, seltsamerweise fühlt sie sich ein bisschen panisch.

»Es geht mir gut«, sagt sie, aber es kommt so heraus, dass es wie das Gegenteil klingt. »Wir haben nur unterschiedliche Vorstellungen davon, was das bedeutet.«

Er schürzt die Lippen, sagt jedoch nichts.

Als Bear in Hörweite ist, ruft er ihnen zu: »Ich wollte Ihnen das nicht vorenthalten!« Er wedelt mit dem Eisklumpen. »Das müssen Sie probieren. Der Geschmack von Gletschereis ist unvergleichlich.«

Greta schüttelt den Kopf, sie ist zu aufgewühlt, um zu lächeln. Auch Conrad sieht Bear mit versteinerter Miene entgegen. »Nein, danke«, sagt er, was Bear nicht davon abhält, die letzten paar Meter auf sie zuzulaufen wie ein aufgeregter Welpe.

»Vertrauen Sie mir«, sagt er und drückt Conrad den Eisklumpen in die Hände.

Einen Augenblick lang rührt sich niemand. Sie stehen zu dritt an diesem öden Ort, die Wangen gerötet, die Stiefel in den Sand eingesunken, und betrachten den Klumpen blaugraues Eis, als wäre es ein Orakel.

Und dann hebt Conrad ihn zu Gretas Überraschung an den Mund und leckt daran.

»Sehen Sie?«, sagt Bear grinsend. »Den heutigen Tag werden Sie immer im Gedächtnis behalten als den Tag, an dem Sie Gletschereis probiert haben.«

Etwas blitzt in Conrads Miene auf. »Das bezweifle ich«, sagt er.

Aber Bear lässt nicht locker. »Was könnte denn heute wichtiger sein?«

»Mein Hochzeitstag.«

Greta begreift nicht sofort, was Conrad da gesagt hat, das Wort kreist in ihrem Kopf wie Musik: *Hochzeitstag, Hochzeitstag, Hochzeitstag.*

Und dann bricht es ihr das Herz.

Heute ist der Tag.

Diese ganze Reise hatte eine Feier sein sollen. Aber heute ist der Tag. Heute vor vierzig Jahren sind sie in einer kleinen Kirche in Ohio vor den Altar getreten, vor vierzig Jahren haben sie sich das Ja-Wort gegeben und sich lachend gegenseitig ein Stück Hochzeitstorte ins Gesicht geworfen.

Vierzig Jahre waren sie verheiratet, und diesen Tag wollten sie gemeinsam verbringen.

Vierzig Jahre, und Greta hat es komplett vergessen.

Sie wendet sich ihrem Vater zu, mit offenem Mund, sprachlos. Aber ehe sie ihre Sprache wiederfindet, klopft Bear Conrad so heftig auf die Schulter, dass er vorwärts stolpert.

»Alles Gute zum Hochzeitstag, Mann!«, sagt Bear. »Der wievielte?«

Conrad sieht Greta an, dann sagt er mit belegter Stimme: »Der vierzigste.«

Was er nicht ausspricht, aber spürbar denkt, ist: *Zumindest wäre es der vierzigste gewesen.*

»Wow!«, sagt Bear und schüttelt beeindruckt den Kopf. Der Eisklumpen in seiner Hand hat angefangen zu schmelzen, einzelne Tropfen fallen in den Sand. »Vierzig Jahre. Was ist das Geheimnis?«

Wieder sieht Conrad Greta an.

»Wir haben immer unsere Versprechen gehalten«, sagt er dann.

Kapitel 21

Als Bear losgeht, um die anderen einzusammeln, macht sich Greta auch wieder auf den Weg zur Gruppe. Nach ein paar Schritten merkt sie, dass Conrad sich nicht von der Stelle gerührt hat. Sie dreht sich zu ihm um. Aller Zorn zwischen ihnen ist verflogen, übrig geblieben ist etwas Schwereres, etwas wie Beklemmung.

Ihr Gesicht ist taub vom Wind, ihre Hände sind so kalt, dass sie sich heiß anfühlen. Ein Bild von ihrem unbequemen Bett in ihrer fensterlosen Kabine taucht vor ihr auf, aber der Weg von hier nach dort – zum Kanu wandern, paddeln, mit dem Bus fahren, mit dem Boot zum Schiff übersetzen – scheint ihr unüberwindlich, so als befände sie sich auf dem Mond.

Conrad klopft auf seine Jackentasche, dann zieht er sehr vorsichtig eine kleine Plastiktüte heraus. Zu Gretas Entsetzen macht er ein Gesicht, als würde er gleich anfangen zu weinen.

Sie braucht einen Moment, bis sie begreift, was er da in der Hand hat.

Als es ihr dämmert, geht sie zu ihm und betrachtet den Inhalt des Beutels, der so ähnlich aussieht wie der graue Sand, auf dem sie stehen.

Sie öffnet den Mund.

»Es ist nicht alles«, sagt er leise. »Der Rest ist noch zu

Hause in der Urne. Aber ich konnte nicht anders, als etwas davon mitzubringen.«

Gretas Herz rast unter ihren dicken Wintersachen. Sie sieht zu den anderen hinüber, dann betrachtet sie wieder das bisschen Asche ihrer Mutter, das Conrad aus Ohio mitgebracht hat und das er offenbar die ganze Zeit in seiner Jackentasche mit sich herumgetragen hat. Die Asche einfach so in seiner Hand zu sehen, raubt ihr fast den Atem.

»Ich dachte, du würdest mir vielleicht gern helfen«, sagt er, und sie nickt, obwohl sie sich nicht ganz sicher ist. Ihr Gehirn arbeitet verlangsamt, ebenso wie ihre Füße, die sich bleischwer anfühlen, als sie auf den Gletscher zugeht, den Kopf gegen den Wind eingezogen.

Conrad sieht sich um. »Was meinst du?«

Vor ihnen erhebt sich der mächtige, glänzende Gletscher, im Sand davor schimmern Pfützen. Greta zittert, aber sie weiß nicht, ob das an der Kälte liegt oder an etwas anderem. Conrad hat recht: Das hätte ihre Mutter sich gewünscht. Trotzdem widerstrebt Greta der Gedanke, einen Teil von ihr, und sei er noch so winzig, hier an diesem windgepeitschten Ort zurückzulassen.

Die Vorstellung, sich überhaupt von ihr zu verabschieden, fällt ihr schwer.

»Vielleicht da drüben«, sagt Greta und zeigt auf eine kleine Vertiefung im Eis, etwa auf Augenhöhe, die stabil und eben und ein wenig vor den Elementen geschützt wirkt.

Conrad nickt feierlich. »Möchtest du zuerst?«

Sie nimmt die Plastiktüte von ihm entgegen, spürt ihr geringes Gewicht. Dann geht sie durch die Pfützen zum Gletscher, ihre Gummistiefel sinken bei jedem Schritt ein bisschen ein.

Sie weiß nicht, ob sie die Asche aus der Tüte schütten oder ob sie sie mit der Hand ausstreuen soll. Aus Angst, der Wind könnte die Asche fortwehen, greift sie in die Tüte, nimmt etwas Asche in die Handfläche und lässt sie vorsichtig aufs Eis rieseln. Ein bisschen wird trotzdem vom Wind fortgeweht, wirbelt wie feiner Schnee durch die Luft und ist verschwunden. Aber zu ihrer Überraschung wird ihr leicht ums Herz, als sie die Asche davonfliegen sieht, und als sie sich zu ihrem Vater umdreht, sieht sie, dass auch er weint.

Dann ist er an der Reihe. Lange steht er einfach nur da, den Kopf gesenkt wie im Gebet. Hinter ihm flüstert Greta ihr eigenes Gebet: »Ich liebe dich, ich liebe dich, ich liebe dich.«

Auch das Gebet wird vom Wind davongetragen.

Hinterher stopft Conrad die leere Tüte wieder in seine Jackentasche und wischt sich mit dem Ärmel übers Gesicht. Am Flussufer steht Bear und ruft nach ihnen, seine Stimme ist kaum zu hören. Sie lassen sich Zeit. Auf halbem Weg zu den Kanus hakt Greta sich einem spontanen Impuls folgend bei Conrad ein. Im ersten Moment macht er sich ganz steif, doch dann entspannt er sich, und so gehen sie Arm in Arm bis zum Fluss.

Nachdem sie eine Weile gepaddelt sind und der Gletscher langsam kleiner wird, spürt Greta, wie ihr Kanu langsamer wird. Als sie sich umdreht, sieht sie, dass Bear sein Paddel ins Wasser hält, den Blick auf die Fichten geheftet, die das Ufer säumen. »Schsch«, macht er, obwohl niemand ein Wort sagt. Er richtet sich ein wenig auf, das Kanu neigt sich unter ihm. Alle ziehen ihre triefenden Paddel aus dem Wasser und folgen seinem Blick. Einer der Männer reicht ihm ein Fernglas, und Bear lacht leise auf, nachdem er es scharf gestellt hat.

»Ich werd verrückt«, sagt er. »Ich hatte schon gehört, dass

letzte Woche in Juneau ein Riesenseeadler gesichtet wurde. Anscheinend hat er es inzwischen bis hier oben geschafft.«

»Ein Seeadler?«, fragt die Frau mit dem Kompass.

Bear gibt ihr das Fernglas. »Ein *Riesen*seeadler. Die sind extrem selten. Vor allem in der Gegend hier. Das muss ein Vagabund sein.«

»Ein Vagabund?«, fragt der Mann der Frau mit dem Kompass. »Was bedeutet das?«

Das Fernglas kommt bei Conrad an, und Greta sieht ihm zu, wie er es an die Augen hebt und die Bäume absucht. Plötzlich hält er inne, offenbar hat er den Vogel entdeckt.

»Das bedeutet, dass er verdammt weit vom Kurs abgekommen ist«, erklärt Bear. »Normalerweise leben diese Adler in Asien.«

»Wow«, sagt einer der anderen Männer. »Und was macht der dann hier oben?«

Conrad gibt das Fernglas an Greta weiter. Es ist viel schwerer, als es aussieht. Als sie hindurchschaut, gerät die Welt einen Moment lang aus den Fugen, dann fängt sie sich wieder. Greta sucht die fedrigen Wipfel der Fichten ab, bis sie etwas Orangefarbenes aufleuchten sieht, den großen, gebogenen Schnabel des Adlers, der auf eine Weise gigantisch wirkt, die nichts mit der Vergrößerung durch das Fernglas zu tun hat. Der Adler ist riesig und schwarz mit weißen Schwanz- und Flügelspitzen, und er hockt seelenruhig auf einem Ast, doch seine glänzenden Augen sind wachsam, und sein Kopf bewegt sich ruckartig vor und zurück.

»Tja«, sagt Bear, »das weiß man eben nicht. Aber der Legende nach sind diese Adler Botschafter aus dem Totenreich, die auf die Erde zurückkehren, um ihre Lieben zu besuchen.«

Greta lässt das Fernglas sinken und dreht sich mit pochendem Herzen zu Conrad um. Er sieht sie ungläubig an, sein Gesicht ist ganz blass. Das Kanu dreht sich langsam im Wasser, und die Stille scheint regelrecht zu dröhnen. Und dann fängt Bear an zu lachen.

»Nein, das war ein Scherz«, sagt er grinsend. »Der Kerl da drüben hat sich wahrscheinlich einfach verflogen. Oder ein Sturm hat ihn vom Kurs abgebracht.«

Alle Spannung weicht aus Gretas Körper. Sie möchte mit den anderen lachen, doch sie kann nicht. Als sie ihren Vater ansieht, lächelt er sie verlegen an, und sie fühlt sich weniger allein. Anscheinend hat er die Geschichte auch geglaubt, obwohl sie beide nicht abergläubisch sind, obwohl sie beide wissen, dass es viel einfacher ist, sich zu verirren, als aus dem Totenreich die Lebenden zu besuchen.

Als sie später am Kreuzfahrtschiff anlegen, folgt Greta Conrad schweigend die lange Rampe hoch. Sie schweigen jetzt schon seit Stunden, auf dem Kanu, auf der Wanderung zum Picknickplatz – wo sie wortlos ihre Erdbeeren gegessen und an Helen gedacht haben –, auf dem Weg zum Bus, der auf halber Strecke den Berg hinunter im Schlamm stecken geblieben ist, sodass sie alle aussteigen, Zweige unter die Räder schieben und zusehen mussten, wie die Räder durchdrehten, bis sie endlich griffen und der Bus sich mit einem Ruck in Bewegung setzte und ein paar Meter weit den Weg hinunterschlingerte, ehe sie alle wieder einsteigen konnten.

Es ist ein kompliziertes Schweigen. Aber kein unangenehmes.

Wieder auf dem Schiff bleiben sie vor den Aufzügen stehen und sehen einander an. Greta fällt nichts zu sagen ein, nicht nach allem, was heute passiert ist. Und Conrad offenbar auch nicht. Als der Aufzug kommt, steigt er wortlos ein und hält die Tür für Greta auf. Doch sie zeigt den Flur hinunter.

»Ich glaub, ich geh lieber zu Fuß«, sagt sie.

Er nickt. »Dann bis morgen.«

»Was ist mit Abendessen?«

»Ich bin mir sicher, dass du für heute genug von mir hast.«

Greta lacht. »Heißt das, du hast für heute genug von mir?«

»Es heißt, dass wir die Wildnis-Safari überlebt haben«, sagt er mit einem amüsierten Unterton. »Was nicht selbstverständlich war.«

Damit lässt er seine Hand sinken, und die Türen schließen sich.

Greta bleibt noch eine ganze Weile mit ihren schlammverdreckten Schuhen dort stehen, sie hat einen Sonnenbrand im Gesicht, ist hundemüde und unruhig. Das Spiegelbild in den chromglänzenden Aufzugtüren – unscharf und verzerrt wie in einem Spiegelkabinett – sieht dem, wie sie sich gerade fühlt, zum Fürchten ähnlich.

Sie hat sich immer noch nicht von der Stelle gerührt, als ein Pling ertönt und die Aufzugtüren sich wieder öffnen. Vor ihr steht Todd Bloom in einer blauen Regenjacke, seine grauen Locken sind vom Wind zerzaust.

»Oh«, sagt er verwundert. »Ich wusste gar nicht, dass ihr schon zurück seid.«

Greta tritt zur Seite, damit er aussteigen kann. »Gerade eben.«

»War es gut?«

»Ja«, sagt sie. Eine bessere Antwort könnte sie ihm nicht geben, selbst wenn sie es versuchte. »Und wie war das Angeln?«

»Ich bin nicht mitgegangen«, sagt er ein bisschen verlegen. »In Chilkat gibt es ein Adlerreservat, da wollte ich lieber –«

»Ach«, sagt Greta. »Wir haben auch einen gesehen.«

»Einen Weißkopfadler?«

»Nein, einen ganz seltenen. Einen Riesenseeadler.«

Todds Augen weiten sich. »Ihr habt einen Riesenseeadler gesehen?«

»Ja. Er war fast ganz schwarz, aber an den Flügeln hatte er was Weißes und –«

»Ihr habt allen Ernstes *einen Riesenseeadler* gesehen?«, fragt er noch einmal, während eine große Familie aus dem Aufzug steigt, die sich lauthals darüber streitet, wer von ihnen für heute einen Rundflug in einem Wasserflugzeug hätte buchen sollen. Es dauert einen Moment, bis sie sich alle um Greta und Todd vorbeigeschoben haben, aber selbst als sie schon weg sind, steht er immer noch wie versteinert da, so als hätte die Information einen Kurzschluss in seinem Gehirn verursacht.

»Der Führer hat gesagt, die leben eigentlich in Asien«, sagt Greta, um ihn aus seiner Starre zu erlösen.

»*Ihr habt einen Riesenseeadler gesehen*?«, fragt er zum dritten Mal. »Ist dir klar, wie unwahrscheinlich das ist? Von denen sind vielleicht zwei oder drei hier in der Gegend überhaupt jemals gesehen worden. Selbst in ihrer natürlichen Umgebung sind sie kaum zu finden. Aber zufällig einen auf einem ganz anderen Kontinent zu sehen, wenn man noch nicht mal danach sucht?« Er schüttelt den Kopf. »Da muss man schon verdammt viel Glück haben. Das ist … das ist wie ein Sechser im Lotto. Du glaubst ja gar nicht, wie sehr ich euch darum beneide.«

»Also, wenn es dich tröstet, er war ziemlich weit weg.«

»Nein, ich freue mich, dass ihr ihn gesehen habt«, entgegnet er aufrichtig. »Das ist was ganz, ganz Besonderes. Nicht nur der Vogel selbst, das ist … Ich meine, wenn man am nördlichen Polarkreis einen Gerfalken sichtet, ist das schon großartig, okay? Aber wenn man einen in Ohio entdeckt, ist das was ganz anderes. Dann bedeutet das, dass der Falke sehr, sehr lange geflogen sein muss, um es an einen so weit entfernten Ort zu schaffen. Das Besondere daran ist, so einen Vogel an einem Ort zu sehen, wo er gar nicht hingehört. Das ist echt der Hammer.«

Plötzlich sieht Greta ihre Mutter vor sich, wie sie bei einem ihrer Konzerte in der Menge tanzt, total fehl am Platz und total glücklich. Sie schluckt. »Eigentlich hättest du den Adler sehen sollen«, sagt sie leise, aber Todd lächelt sie nur an.

»Nein«, antwortet er. »Ich habe das Gefühl, dass das für dich bestimmt war.«

Kapitel 22

Danach läuft Greta ziellos durch das Schiff. Irgendwann durchquert sie die Schwimmhalle, es ist voll, die Luft ist stickig, die Fenster sind beschlagen, und es riecht intensiv nach Chlor. Bis das Schiff wieder ablegt, bleiben noch mehrere Stunden Zeit, um die Stadt zu erkunden, aber viele Passagiere sind an Bord geblieben, haben es sich mit der Zeitung in Liegestühlen bequem gemacht oder dümpeln im Jacuzzi herum, ohne die hohen Berge hinter sich überhaupt wahrzunehmen. Sie könnten irgendwo sein, in einem billigen Hotel in Las Vegas oder in einem Freibad bei ihnen um die Ecke, oder auch in ihrem eigenen Swimmingpool, und Greta überkommt ganz plötzlich der untypische Drang, sie alle anzuschreien, weil sie überhaupt nichts mitbekommen von dieser Reise, für die andere alles geben würden.

Hier drinnen wird ihr alles zu eng, und sie bahnt sich einen Weg zwischen den Liegestühlen hindurch zu der Tür auf der gegenüberliegenden Seite. Wieder an der frischen Luft, tritt sie an die Reling und blickt auf die Bucht hinaus und lauscht dem Kreischen der Möwen.

»Hey«, sagt jemand hinter ihr. Als sie sich umdreht, steht Ben vor ihr, und es geht ihr gleich besser. Er trägt eine orangefarbene Anglerhose und Gummistiefel und eine Mütze der

Boston Red Sox, die von der Sonne ganz ausgebleicht ist. Er mustert sie mit einem verwunderten Ausdruck.

»Na, was gefangen?«, fragt sie und lehnt sich wieder an die Reling.

Er nickt. Sie wartet darauf, dass er noch etwas hinzufügt, einen Scherz macht oder sie küsst. Doch er sieht sie nur stirnrunzelnd an, als wäre irgendetwas nicht in Ordnung.

»Was ist?«, fragt sie ungehalten. Ihre Freude, ihn zu sehen, ist verflogen, denn dieser endlose Tag war schon anstrengend genug, und was auch immer das jetzt zu bedeuten hat, braucht sie nicht auch noch.

»Ich …« Er bricht ab, dann holt er sein Handy aus seiner Jackentasche. »Du bist doch nicht … ich meine … du hättest es mir doch gesagt, wenn du …«

»Ben«, sagt sie und seufzt. »Spuck's einfach aus.«

Etwas wie Gereiztheit blitzt in seinen Augen auf, oder vielleicht sogar mehr als das. Schließlich fragt er: »Bist du verlobt?«

Sie starrt ihn ungläubig an. »Was?«

Diesmal ist es keine Frage: »Du bist verlobt.«

»Ich bin – was?«, fragt sie, während sie zu begreifen versucht. »Nein, bin ich nicht.«

»Aber es steht hier.« Er hält sein Handy hoch. Auf dem Display ist ein Foto von Greta und Luke zu sehen, die sich an einer Straßenecke küssen. Es wurde vor zwei Jahren aufgenommen, als sie frisch zusammen waren. Greta hatte ein paar Wochen vor dem Erscheinen ihres Albums in einem kleinen Club in Brooklyn einen Überraschungsgig gespielt, um ein paar von ihren neuen Stücken zu testen. Sie und Luke hatten sich den ganzen Tag wegen einer ganz bestimmten Überleitung in einem Song gestritten, und obwohl sie sich zum Schluss auf seine

Version geeinigt hatten, hatte sie es auf der Bühne so gespielt, wie es ihr gefiel. So etwas machte sie häufig bei Auftritten; jeder, der schon mal mit ihr gespielt hatte, wusste, dass sie dazu neigte, auf der Bühne spontan zu sein. Manchmal kamen die Änderungen gut an, manchmal auch nicht. Aber sie machten ihre Auftritte interessant. An dem Abend war ihre Version ein Erfolg gewesen, aber als sie nach dem frenetischen Applaus überglücklich in ihre Garderobe stürmte, war niemand da. Luke wartete draußen auf der Straße auf sie, die Hände tief in die Jackentaschen geschoben, ging er in der eisigen Kälte auf dem Gehweg auf und ab. Greta rechnete damit, dass er sie anschreien würde, stattdessen zog er sie an sich und küsste sie.

»Du warst großartig«, flüsterte er.

Am nächsten Tag war das Foto im Internet aufgetaucht. Die Fotografen waren eigentlich wegen der Band da gewesen, die nach ihr spielte und viel berühmter war als Greta zu der Zeit, deswegen hatte das Foto nicht viel Beachtung gefunden. Aber als ihr Album herauskam und publik wurde, dass sie mit diesem gut aussehenden australischen Produzenten liiert war, tauchte das Foto wieder auf.

Und jetzt ist es wieder da, noch dazu unter einer Schlagzeile, die unerklärlicherweise ihre Verlobung mit Luke Watts verkündet.

Sie nimmt Ben das Handy aus der Hand und betrachtet das Foto. »Das ist nicht …«, sagt sie. Dann setzt sie noch einmal an: »Ich bin nicht …«

»Und wieso schreiben die es dann?«

»Keine Ahnung«, antwortet sie und gibt ihm das Handy zurück. Sie geht an der Reling entlang, unsicher, wohin sie will. »Weil sie einen ärgern wollen.«

Er folgt ihr. »Aber irgendwas Wahres muss doch da dran sein. Warum sollten die sonst –«

»Ben«, sagt sie und fährt zu ihm herum. »Ich bin offensichtlich nicht verlobt.«

Sein Gesichtsausdruck ist hart. »Das ist vielleicht nicht so offensichtlich, wie du glaubst.«

»Was soll das denn heißen?«

Er zuckt die Achseln. »Wir haben uns grade erst kennengelernt. Woher soll ich wissen, ob du wirklich nicht –«

»Du hast gut reden«, sagt sie, plötzlich wütend. Sie drückt die Tür auf, um wieder nach drinnen zu gehen, ihre Ohren rauschen noch vom Wind, als die Tür hinter ihr zugeht. »Du bist schließlich verheiratet.«

»Das ist was anderes.«

»Ach ja?«, entgegnet Greta. »Es ist schlimmer.«

»Wir sind getrennt«, zischt Ben, als sie auf dem Weg zum Büfett an einer Familie vorbeigehen.

Greta ignoriert ihn und geht weiter den mit rotem Teppich ausgelegten Flur hinunter zu den Aufzügen.

»Aber darum geht es auch nicht. Es ist doch nachvollziehbar, dass ich mir, wenn ich eine solche Schlagzeile lese, die Frage stelle, ob meine –«

»Deine was?«, fragt sie, ohne sich umzudrehen. Bei den Aufzügen angekommen, haut sie mit der Faust auf den Knopf. Ben schiebt sich zwischen sie und die Aufzugtüren.

»Bist du wirklich so unreif, dass wir nicht mal darüber reden können?«

»Sieht so aus«, sagt sie, und als das Signal ertönt und die Aufzugtüren sich hinter ihm öffnen, hebt sie die Brauen. »Bist du wirklich so unreif, dass du mich nicht vorbeilässt?«

Mit einem Ausdruck tiefer Enttäuschung tritt er zur Seite, und Greta steigt in den Aufzug. Hastig drückt sie den Knopf für den siebten Stock. Ihr Herz pocht viel zu heftig, sie versteht selbst nicht, warum. Ben steht vor der offenen Aufzugtür und sieht sie verblüfft und ratlos an.

»Noch mal fürs Protokoll: Ich bin mit niemandem verlobt«, sagt sie, und bevor die Türen sich schließen, fügt sie noch schnell hinzu: »Es gibt nur mich.«

Auf dem ganzen Weg nach oben gehen ihr diese letzten Worte nicht mehr aus dem Kopf. Sie weiß nicht mal genau, warum sie das gesagt hat, aber es ist das, was sie empfindet, tief in ihrem Innern ist das ihre Wahrheit.

Es gibt nur sie.

In ihrer Kabine nimmt sie ihr Handy vom Nachttisch; sie hatte es ausgeschaltet, um die Batterie zu schonen. Als es hochfährt, gehen jede Menge Nachrichten ein, von Howie und Cleo, von ihrer Agentin und ihrer Publicity-Managerin, sogar von Atsuko und Nate. Asher schreibt: *Sag mir, dass das nicht stimmt!* Und Yara schreibt: *Ich kann nur hoffen, dass es sich um Fake News handelt.*

Es ist keine Nachricht von Luke dabei.

Mit klopfendem Herzen schaltet sie das Handy wieder aus, zieht ihre Wanderklamotten aus und dasselbe schwarze Kleid an, das sie am ersten Tag getragen hat. Dann schnappt sie sich ihre Jeansjacke, schlüpft in ein Paar Vans und geht so entschlossen den Flur hinunter, als wüsste sie genau, wohin sie will – als wüsste sie das jemals.

Um das Schiff zu verlassen, muss sie sich bei einer Angestellten mit ihrer Chipkarte ausweisen. Die Frau zieht die Karte durch einen Scanner und gibt sie ihr mit einem Nicken zurück. »Um sechs müssen Sie wieder an Bord sein«, sagt sie. Greta geht hinaus ins Sonnenlicht, macht jedoch nach wenigen Schritten kehrt.

»Was passiert, wenn ich nicht um sechs zurück bin?«

Die Frau sieht sie überrascht an. »Dann legt das Schiff ohne Sie ab.«

»Und dann?«

»Dann schaffen Sie es entweder zur nächsten Anlegestelle, oder Sie fahren nach Hause«, sagt die Frau und fügt mit einem Lächeln hinzu: »Oder vielleicht wohnen Sie ja auch inzwischen hier.«

Es ist kurz vor vier, und das Wasser glitzert in der Nachmittagssonne, während Greta den Hafen entlangschlendert. Am Ende des Piers hocken zwei Kinder in Gummistiefeln und verkaufen Angelköder aus einem Eimer. Ein Fischkutter gleitet in die Bucht, er wirkt neben dem Kreuzfahrtschiff ganz winzig. Alles wirkt gedämpft durch die imposante Landschaft ringsum, und Greta versucht sich vorzustellen, wie es wäre, an solch einem Ort zu leben, jeden Morgen in einem kleinen roten Haus aufzuwachen, das sich unter diesem endlosen Himmel an den Fuß dieser gigantischen Berge schmiegt.

Manchmal findet Greta es regelrecht bedrückend, darüber nachzudenken, welche verschiedenen Arten von Leben sie führen könnte, zu wissen, dass jede ihrer Entscheidungen sie um zahllose andere Möglichkeiten gebracht hat. Jeden Tag schließen sich weitere Türen. Ohne es zu wollen, nur indem man immer weitermacht, intensiviert man das Leben, für das man sich entschieden hat. Man überlebt nur, indem man sich voll darauf einlässt und sich sagt, dass man die richtige Entscheidung getroffen hat. Aber was, wenn das ein Irrtum ist?

Auf dem Weg in die Stadt hat ein kleines Mädchen einen Stand für Zitronenlimonade aufgebaut mit einem Teller Oreos und einem Marmeladenglas für Trinkgeld. Zu ihren Füßen kaut ein Huskywelpe an einem Stück Geweih, und das Ganze sieht aus wie etwas aus einem Werbeprospekt für Alaska.

Greta bleibt am Tisch stehen und zeigt auf den blauen Plastikkrug. »Wie viel?«

»Sie sind vom Schiff, oder?«, fragt das Mädchen und blinzelt unter seinem dichten braunen Pony zu ihr hoch. Sie ist neun oder zehn Jahre alt, mit blasser Haut und dunklen Augen, und sie trägt ein gelbes T-Shirt mit einem Marienkäfer drauf.

»Seh ich aus, als käme ich vom Schiff?«

Das Mädchen überlegt. »Nein, aber Sie sind auch nicht von hier.«

»Woher weißt du das?«

»Weil ich alle kenne, die hier wohnen. Echt alle.«

Greta lächelt. »Dann wirst du mir also den Touristenpreis berechnen?«

»Das sind nun mal die Regeln«, antwortet das Mädchen ernst.

»Also gut.« Greta gibt ihr einen Zwanzigdollarschein. »Um den Rabatt zu bekommen, müsste ich dann schon hierherziehen.«

»Das würden Sie nie machen«, sagt das Mädchen trocken. Sie steht auf, hebt den Krug und füllt einen Pappbecher, der beängstigend wackelt. »Das macht keiner. Jedenfalls keine Leute wie Sie.«

»Was meinst du damit?«

»Coole Leute«, sagt das Mädchen ein bisschen schüchtern. »Die irgendwo herkommen, wo es cool ist.«

»Ich bin aus Ohio«, sagt Greta, und das Mädchen wirkt enttäuscht. »Aber ich wohne in New York.«

»Wusste ich's doch.« Sie reicht Greta den Becher.

Greta trinkt einen Schluck; das Zeug ist so sauer, dass sie Mühe hat, nicht das Gesicht zu verziehen.

Aber das Mädchen beobachtet sie genau. »Ich weiß, dass sie nicht besonders gut ist«, sagt die Kleine achselzuckend. »Aber es vertreibt mir die Langeweile.«

»Sie schmeckt lecker«, sagt Greta und winkt ab, als das Mädchen ihr das Wechselgeld geben will. »Behalt es. Betrachte es als Anzahlung fürs nächste Mal.«

Ein Lächeln huscht über das Gesicht des Mädchens, doch dann fängt sie an, ihre Pappbecher ordentlich zu stapeln. »Sie kommen sowieso nicht wieder.«

»Aber vielleicht kommst du ja mal nach New York«, sagt Greta, woraufhin das Mädchen freudig überrascht aufblickt.

Erst nachdem sie mehrere Blocks weit gegangen ist, wirft Greta den noch fast vollen Becher in einen Mülleimer. Dann bleibt sie stehen und sieht sich um. In der Hauptstraße reihen sich schummrige Kneipen und Souvenirläden aneinander. Vor einer Kneipe steht ein riesiger Bär aus Holz, im Fenster einer anderen blinkt ein Neonschild mit der Aufschrift WILDLACHS AUS ALASKA. Ein großer schwarzer Hund beobachtet sie von der Ladefläche eines blauen, schlammverdreckten Pick-ups aus, und auf der anderen Straßenseite befindet sich das Hammer-Museum, von dem Greta annimmt, dass es dem Leben eines berühmten Entdeckers namens Hammer gewidmet ist, bis ihr die drei Meter hohe Skulptur eines Hammers und eines Nagels vor dem Haus auffällt.

Ein Stück weit die Straße hinunter entdeckt sie eine in einem

Blockhaus untergebrachte Brauerei und macht sich auf den Weg dorthin. Drinnen riecht es penetrant nach Hopfen und Malz, und es wimmelt nur so von Touristen vom Kreuzfahrtschiff. Greta stellt sich in die Schlange, bestellt ein Glas Lager und geht damit nach hinten in den Garten, wo es längst nicht so voll ist.

Eine ganze Weile bleibt sie einfach dort sitzen und lässt die Ereignisse des Tages Revue passieren. Das Bier ist kühl und erfrischend, und die Sonne wärmt ihr das Gesicht. Sie lauscht den Stimmen der Leute und beobachtet eine Biene, die ein leeres Glas umkreist. Irgendwann nimmt sie ihr Handy heraus und tut etwas, von dem sie sich geschworen hatte, dass sie es nie wieder tun würde.

Sie ruft Luke an.

Kapitel 23

»Ich war das nicht«, sagt er, als er abnimmt. Im selben Moment erwischt Greta den Blick eines gestressten Kellners und zeigt auf ihr leeres Glas. Der Mann nickt und will wieder in der Brauerei verschwinden, dreht sich jedoch noch einmal um, als er merkt, dass Greta heftig mit den Armen wedelt.

Zwei sagt sie lautlos und hält zwei Finger hoch.

»Greta?«, fragt Luke.

Sie ärgert sich darüber, wie nah es ihr geht zu hören, wie er ihren Namen ausspricht, das E geschlossen und gedehnt, sodass es fast wie *Grieta* klingt. Es ist so typisch für ihn und so vertraut, dass es ihr den Magen umdreht. »Bist du noch dran?«

»Ja. Hör zu –«

Aber Zuhören war noch nie eine seiner Stärken. »Ich schwör dir, ich war das nicht«, sagt er. »Ich wusste nicht mal was davon, bis ich in Sydney aus dem Flugzeug gestiegen bin und eine Million Textnachrichten auf dem Handy hatte. Es macht überall die Runde. Sogar auf Twitter, sagt mein Bruder.«

»Großartig«, sagt Greta trocken.

»Hör zu, ich weiß, dass du nicht begeistert bist, aber es stimmt ja offensichtlich nicht, also kann's dir doch egal sein, oder?«

»Ist es aber nicht«, sagt sie zähneknirschend.

»Also, mir ist es schnuppe.«

»Typisch.«

»Deine Bemerkung auch«, sagt er, doch er klingt eher amüsiert als sonst was. »Du musst zugeben, dass es ein guter Trick gewesen wäre, dich dazu zu bringen, dass du mich anrufst.« Ein paar Sekunden vergehen, aber er hält es nicht aus. »Wie geht es dir eigentlich?«

»Es geht mir gut, Luke«, antwortet sie seufzend. »Aber deswegen habe ich dich nicht –«

»Ich hab gesehen, dass du auf dem Gov-Ball-Festival auftrittst. Das ist der Hammer. Ich wünschte, ich könnte hinkommen.«

Greta umklammert das Handy. »Klar.«

»Fühlst du dich fit?«

Sie will nicht mit ihm darüber reden.

Jedenfalls will sie nicht mit ihm darüber reden *wollen.*

Andererseits wird niemand sie jemals so gut verstehen wie Luke, zumindest wenn es um ihre Musik geht. In den Jahren, als sie zusammen waren, konnte er in vielerlei Hinsicht ein Mistkerl sein – zum Beispiel hat er sich nie Mühe gegeben mit Yara, bei Gesprächen über Politik musste er immer des Teufels Advokat spielen, und bei jedem Streit musste er das letzte Wort haben –, aber in Bezug auf ihre Musik waren sie fast immer auf einer Wellenlänge.

Kennengelernt hatten sie sich in L. A., wo Greta im Wiltern als Vorgruppe für eine größere Band auftrat. Das war ein paar Monate, nachdem ihre EP herausgekommen war, und sie steckte gerade mitten in den Aufnahmen für ihr erstes Album. Cleo hatte sie mit einem Produzenten in New York zusammengebracht, einem weißen Mittsechziger mit haarigen Ohren, der in den vergangenen zehn Jahren drei Platin-Rockalben herausgebracht hatte. Aber bei jedem Titel kam derselbe Kommentar: »Ein bisschen weniger.«

Damals wusste Greta das noch nicht, aber was sie eigentlich gebraucht hätte, war jemand, der ihr sagte: »Ein bisschen mehr.«

Luke war an dem Abend zusammen mit zwei Musikerfreunden in dem Konzert gewesen. Als sie nachher hinter die Bühne kamen, war Luke der Einzige, der keinen Porkpie-Hut auf dem Kopf hatte. Später gingen die anderen beiden, aber Luke blieb noch. Er saß auf dem abgewetzten Sofa in ihrer Garderobe. Als sie ihn fragte, ob seine Freunde ihre Monokel vergessen hätten, hatte er laut gelacht.

»Die sind Sänger, was erwartest du?«

»Ich bin auch Sängerin«, hatte sie mit hochgezogenen Brauen geantwortet, nicht ganz sicher, ob sie da mit ihm flirtete. Er war von Kopf bis Fuß in Schwarz gekleidet gewesen – T-Shirt, Jeans, Schuhe – und hatte eine Frisur von der Art, die sich den Gesetzen der Schwerkraft widersetzte. Eigentlich kannte man die nur von Schauspielern.

»Du singst«, hatte er geantwortet. »Aber du bist keine Sängerin. Jedenfalls nicht in erster Linie.«

Sie sah ihn direkt an. »Ich weiß nicht, ob ich das als Beleidigung auffassen soll.«

»Das solltest du nicht«, erwiderte er. »Du hast eine interessante Stimme. Sie kommt gut rüber. Aber letztlich bist du Gitarristin. Und zwar eine verdammt gute.«

Wenn er ihr gesagt hätte, sie sei klug oder cool oder hübsch, wenn er gesagt hätte, ihm gefielen ihre Augen oder ihre Haare oder Klamotten, hätte sie sich vielleicht geschmeichelt gefühlt.

Aber kein Kompliment hätte größere Wirkung erzielen können als das:

Eine verdammt gute.

Die Worte hatten sie monatelang begleitet.

Nach dem Gespräch waren sie in einen Diner um die Ecke gegangen und hatten Burger gegessen, anschließend noch auf ein paar Drinks in eine Kneipe. Dann ab ins Hotel, angeblich, um den Schampus zu trinken, den man Greta ins Zimmer gestellt hatte. Mehrere Stunden später – sie lagen immer noch im Bett, die Schampusflasche war ungeöffnet – sagte Luke, er wolle das dritte Stück aus ihrem Gig noch mal hören. »Das wird bestimmt die Single, oder?«, fragte er, während er mit dem Finger über ihr Schlüsselbein fuhr. »›Told You So‹? Ich glaub, ich hab die Lösung für das Problem.«

Sie sah ihn stirnrunzelnd an. »Wer sagt denn, dass es mit dem Stück ein Problem gibt?«

»Du spielst es zu zurückhaltend«, fuhr er unbeirrt fort. »Das Stück ist keine Ballade. Nicht mal 'ne Powerballade. Das ist eine Hymne. Du hast ein großartiges Stück geschrieben, ein wütendes Stück, aber du traust dich nicht, es so zu spielen. Was 'ne Schande ist, denn es ist ein verdammt geiler Song. Das heißt, es könnte einer sein, wenn du dich nicht darum scheren würdest, was die Leute denken, und du dir einfach die Seele aus dem Leib spielen würdest.«

Jeden anderen, der es gewagt hätte, ihr so etwas zu sagen, hätte sie einfach aus dem Bett geworfen. Aber seine Sicherheit in den Worten hatte etwas Hypnotisierendes. Ihr war sofort klar, dass er recht hatte. Dass sie es vielleicht selbst die ganze Zeit gewusst und vielleicht sogar darauf gewartet hatte, dass jemand anders es aussprach. Also war sie aufgestanden, hatte ein Laken um sich gewickelt und ihren Gitarrenkoffer geöffnet.

»Du siehst aus wie ’ne geile Freiheitsstatue«, sagte Luke mit einem trägen Grinsen, während er sich auf seinen tätowierten Arm stützte, um ihr zuzusehen.

»Die Freiheitsstatue ist eben ’ne geile Mieze«, sagte Greta, schloss die Augen – obwohl es im Zimmer sowieso fast dunkel war – und begann zu spielen. Anfangs fiel es ihr schwer, das richtige Tempo zu finden. Zweimal musste sie von vorne anfangen, aber beim dritten Versuch passten Musik und Text wieder zusammen. Einen so vertrauten Song an einem so unvertrauten Ort zu spielen, hatte etwas Befreiendes, und das schnellere Tempo verlieh ihm eine ganz neue Intensität, eine elektrische Energie, die zu dem Gefühl hinter dem Stück passte.

Mitten im Stück öffnete sie die Augen, und ihr Herz begann schneller zu schlagen, wie ein Trommelrhythmus. Sie wusste nicht, ob es an dem Song lag oder daran, dass Luke sie beobachtete, an seinem Blick, der irgendwas zwischen Arroganz und Bewunderung auszudrücken schien, der zu sagen schien: Wusste ich doch, dass es so besser klingt. Aber dass es so gut klingen würde, damit hatte er offenbar nicht gerechnet.

Der Kellner bringt zwei Bier, und Greta trinkt gierig einen großen Schluck. Auf Lukes Frage, ob sie sich für den Auftritt beim Gov Ball fit fühlt, weiß sie nicht so recht, was sie antworten soll. Jeden anderen würde sie einfach anlügen und sagen »Na klar!«, aber zu Luke sagt sie: »Ehrlich gesagt – ich weiß es nicht.«

Sie ist froh, dass er nicht antwortet, sie werde natürlich einen tollen Auftritt hinlegen, so wie es jeder andere tun würde. Sie haben seit Monaten nicht miteinander gesprochen, aber er kennt sie einfach.

»Du bist keine Anfängerin«, sagt er. »Du weißt, worauf es ankommt.«

»Ja, aber ich bin ein bisschen raus.«

»Ich weiß«, sagt er, seine Stimme klingt weich. »Geht's dir gut?«

Greta legt den Kopf in den Nacken, hält ihr Gesicht in den blauen Himmel von Alaska. Ihr ist nach Lachen zumute. Seine Frage kommt ihr in dem Moment unmöglich vor.

Luke räuspert sich. »Spielst du denn wenigstens hin und wieder für dich allein?«

»Ein bisschen.«

»Gut so. Das meine ich ernst. Du musst am Wochenende auf die Bühne rausgehen und den Laden zum Kochen bringen.«

Sie überlegt, was sie darauf erwidern soll, aber ihr Herz pocht so heftig, dass es in ihren Ohren dröhnt. Ihr wird klar, dass das nicht einfach ein paar aufmunternde Worte sind, dass er nicht nur versucht, nett zu sein.

Er versucht, sie zu retten.

Er versucht ihr zu sagen, dass sie gerettet werden muss.

»Ich hab oft genug erlebt, dass du das kannst«, sagt er. »Wie du da rausgehst und spielst, als würdest du dich um nichts scheren. Als wärst du ganz allein da oben.«

Greta schweigt einen Moment. »Aber eigentlich sollte ich das, oder?«

»Was?«

»Mich scheren. Alles wichtig nehmen. Diesen Auftritt. Meine Karriere.« Sie wartet darauf, dass er etwas dazu sagt, doch das tut er nicht. »Und wenn ich's nicht hinkriege? Was dann?«

»Menschenskind, Greta«, erwidert er, und er klingt ehrlich besorgt. »Du klingst nicht wie du selbst!«

»Ich fühl mich auch nicht wie ich selbst.«

»Die Greta, die ich kenne, ist viel zu stur, um auf das zu hören, was andere Leute denken.«

»Dir höre ich grade zu«, sagt sie, während sie das bernsteinfarbene Bier in ihrem Glas kreisen lässt.

»Du hast es nicht nötig, dir von mir Ratschläge anzuhören. Du weißt selbst, was du tun musst.«

»Schneller spielen?«, scherzt sie, und er lacht.

»Diesen Song nicht«, sagt er. Dann fügt er ernst hinzu: »Den hast du für deine Mutter geschrieben, stimmt's?«

Sie nickt, obwohl er sie gar nicht sehen kann. »Ich hätte ihn nicht spielen sollen.«

»Du hast dich was getraut.«

»Es war leichtsinnig.«

»Es war emotional«, sagt er. »Und dagegen ist nichts einzuwenden.«

Sie trinkt einen Schluck Bier, dann stellt sie das Glas auf dem Tisch ab. »Die wollen die Setliste haben. Die wollen, dass ich mit Prologue anfange.«

»Aber du willst das nicht«, sagt er.

»Ich bringe eine Sache gern zu Ende«, sagt sie, und sie wissen beide, dass sie nicht mehr von »Prologue« redet. Sie stützt die Stirn in eine Hand. »Irgendwie möchte ich es noch mal versuchen, aber gleichzeitig hab ich das Gefühl, es ist unmöglich.«

»Ich weiß, dass es nur ein Gerüst war«, sagt er. »Aber was ich davon gehört hab, hatte eine gute Substanz. Du müsstest einfach bereit sein, es wirklich ganz zu Ende zu bringen.«

»Ich musste denen versprechen, es nicht zu spielen.«

»Scheiß drauf!«, sagt er so schnell, dass sie lachen muss. »Das mein ich ernst. Dieses Video hat nicht deswegen die Runde gemacht, weil die Leute sich über dich lustig gemacht hätten. Du hast die Leute berührt, wenn auch nicht so, wie du es dir vorgestellt hattest. Aber du hattest da auf der Bühne eine ganz starke Anziehungskraft. Die hast du ja sowieso immer.«

Greta spürt, wie sich ihr die Kehle zusammenschnürt. »Und wenn es wieder passiert?«

»Das wird es nicht«, sagt er. »Und wenn doch … tja, das gehört dann eben dazu.«

»Wozu?«

»Zur Kunst. Das weißt du besser als jeder andere. Und das Schlimmste, was du jetzt tun kannst, ist, dich zurückzuhalten. Scheiß auf die Manager. Nimm einen neuen Anlauf. Häng dich rein. Bring das Stück zu Ende. Und dann gehst du raus auf die Bühne und gibst alles.«

»Gleich rätst du mir noch, ich soll mir die Seele aus dem Leib schreien«, scherzt sie, aber er lacht nicht.

»So in etwa«, sagt er. »Hör zu, wenn du am Sonntag noch nicht so weit bist, dann bist du eben noch nicht so weit. Aber die Entscheidung muss von dir kommen, nicht von denen. Und egal, wie du dich entscheidest, du wirst verdammt noch mal wieder Gitarre spielen, okay? Und zwar so bald wie möglich. Einfach spielen.«

»Okay«, sagt sie, und dann wird ihr bewusst, dass er ihr fehlt. Richtig fehlt. Sie muss daran denken, wie sie in New York gelandet waren, noch ganz benebelt von der Beerdigung und dem Durcheinander, das darauf folgte. Am Flughafen hatte Luke automatisch in dasselbe Taxi steigen wollen wie sie, aber Greta hatte den Kopf geschüttelt. »Ich glaub, ich muss erst mal allein sein«, hatte sie gesagt, und er hatte genickt und sich ins Taxi gebeugt, um ihr einen Kuss zu geben. Dann hatte er die Tür zugeschlagen.

In der Nacht konnte sie nicht schlafen, und gegen vier Uhr hatte sie es schließlich aufgegeben und war aufgestanden, um einen Spaziergang zu machen. Sie spazierte durch das Stadtviertel Nolita und weiter durch Chinatown, durch leere Straßen, vorbei an vergitterten Schaufenstern. Irgendwann gelangte sie an den Hudson und blieb eine Weile dort stehen, betrachtete die Brooklyn Bridge und die Scheinwerfer der Autos, die auf dem Weg in die Stadt waren.

Sie überquerte die Brücke und blieb nur einmal stehen, um die hohen Granittürme und dicken Tragkabel zu betrachten. Vor ihr ging die Sonne zwischen den Gebäuden von Brooklyn auf, zuerst gelb, dann orangefarben und schließlich pink, und als sie endlich vor dem Haus in Dumbo stand, in dem Luke wohnte, war es taghell. Seine Stimme in der Gegensprechanlage klang verschlafen, und als sie oben ankam, stand er barfuß und mit verquollenen Augen im Flur.

Als sie ihn sah, wusste sie es. Sie wussten es beide.

»Man sollte keine überstürzten Entscheidungen treffen«, sagte er. Aber so kam es ihr gar nicht vor. Vielmehr erschien es ihr wie etwas, das sich schon lange angebahnt hatte. Sie und Luke waren wie eine Welle, die zu schnell den Scheitelpunkt erreicht hatte. Ihre erste Verliebtheit war wie ein Rausch gewesen, der jedoch zu schnell abebbte, und dann hatten sie immer noch ihre Musik gehabt, was genug zu sein schien. Aber inzwischen war Greta seit sechs Tagen ohne ihre Mutter, und sie wusste, dass sie mehr brauchte.

»Danke, Luke«, sagt sie jetzt ins Telefon. Und das gilt nicht nur für das Telefongespräch, sondern für alles.

»Siehst du«, antwortet er, und an seiner Stimme hört sie, dass er grinst. »Ich bin nicht der Schlechteste, mit dem man angeblich verlobt sein kann.«

»Nein, nicht der Schlechteste«, sagt sie.

»Viel Glück am Wochenende«, sagt er. »Bring den Saal zum Kochen, okay?«

»Ich versuch's«, antwortet sie, dann legt sie auf.

Es wird schon spät, sie trinkt ihr Bier aus, bezahlt und geht zurück zur Hauptstraße der kleinen Stadt. Sie fühlt sich ganz benebelt, ihre Gedanken sind zu verworren, um sie zu analysieren. Sie weiß nur, dass sie zum ersten Mal seit Langem den Drang verspürt, wieder zu spielen, und das ist immerhin etwas.

Als sie zurück aufs Schiff kommt, steht dieselbe Angestellte am Eingang.

»Freut mich, dass Sie dabei bleiben«, begrüßt sie Greta, so als wüsste sie etwas, das Greta nicht weiß, so als könnte sie in ihren Kopf sehen.

»Dabei bleiben?«, fragt Greta, als sie ihre Bordkarte abgibt.

»Na, dass sie weiter mit uns fahren«, sagt die Frau. »Anstatt hierherzuziehen.«

Greta dreht sich noch einmal zu der kleinen Stadt und der eindrucksvollen Bergkulisse um, und nachdem sie ihre Karte eingelesen hat, steckt sie sie ein und eilt zum Aufzug. Automatisch will sie die 7 drücken, doch dann muss sie an ihre winzige fensterlose Kabine denken und drückt stattdessen die 2.

Als sie aus dem Aufzug steigt, blickt sie sich um und versucht sich zu erinnern, wo der Jazz Club war, an dem sie an ihrem ersten Tag auf See vorbeigegangen sind. Sie geht an der

Piano Bar und am Casino vorbei und findet den Jazz Club schließlich ganz am Ende des Korridors, versteckt neben dem Nachtclub. Es gibt weder eine Tür noch ein Absperrseil, nur eine Stelltafel, die die Vorstellungen des Abends ankündigt, eine um acht, eine um zehn. Jetzt sind die Tische leer, und das Licht ist gedämpft.

Auf der Bühne stehen ein Keyboard und ein Schlagzeug inmitten von Lautsprecherboxen, Mikrofonen und Kabeln. Darüber hängen, wie beim letzten Mal, sechs E-Gitarren nebeneinander. Ohne nachzudenken, geht Greta den Mittelgang hinunter, steigt auf die Bühne und begutachtet die erste Gitarre, eine rot-weiße Yamaha. Sie sieht sich kurz um, dann nimmt sie sie vorsichtig vom Haken neben der Bühnenbeleuchtung. Hinter ihr befinden sich mehrere Verstärker, aber sie stöpselt die Gitarre nicht ein, sondern zupft mit klopfendem Herzen leise einen Akkord.

Als der Akkord verklingt, lässt sie den Blick durch den Raum wandern.

Es gibt kein Publikum. Nur Dutzende leerer Stühle.

Sie betrachtet die Gitarre.

Dann holt sie tief Luft.

Und beginnt zu spielen.

Der Text interessiert sie im Moment nicht, der kommt später. Jetzt geht es nur um die Musik, und die ist diesmal anders, irgendwie kraftvoller. Sie schließt die Augen und spielt, und als das Stück zu Ende ist und die letzten Noten verklingen, ist es, als würde sie aus einem Traum auftauchen, ganz langsam. Und dann sieht sie Preeti verlegen in der Tür stehen. Sie legt die Hände auf die immer noch vibrierenden Saiten, und Stille kehrt ein.

Greta hat schon mit zwölf angefangen, vor Publikum zu spielen. Sie ist auf Festivals vor Zehntausenden Fans aufgetreten, sie hat in einigen der berühmtesten Studios der Welt aufgenommen, mit Helden aus Kindertagen zusammen gejammt und mehr stehende Ovationen bekommen, als sie zählen kann.

Aber noch nie – wirklich noch nie – hat sie solche Ehrfurcht gesehen wie jetzt im Blick dieses Mädchens.

»Wow«, sagt Preeti leise.

Greta lächelt, denn die Gitarre müsste mal gestimmt werden, für die Überleitung zum Refrain hätte sie eigentlich eine Keyboardbegleitung gebraucht, und sie muss auch noch den passenden Text schreiben. Aber was sie da gerade gespielt hat, war gut. Das hat sie gespürt.

Preeti macht ein paar Schritte in den Raum hinein. »Das Stück ist …« Sie schüttelt den Kopf, ihr fehlen die Worte. »Werden Sie das noch mal spielen? Also, ich meine auf der Bühne?«

»Ich weiß es nicht«, sagt Greta und nimmt die Gitarre von der Schulter. »Beim letzten Mal hat es nicht besonders gut geklappt.«

»Ja, aber es könnte mein Lieblingsstück werden«, sagt Preeti so ernst, dass Greta schlucken muss, bevor sie antworten kann.

»Danke«, sagt sie.

»Diese Akkordwechsel in der Mitte, wie haben Sie die gegriffen?«

»Komm«, sagt Greta und hält Preeti die Gitarre hin. »Ich zeig's dir.«

Einen Moment lang steht Preeti sprachlos da, dann läuft sie die Stufen zur Bühne hinauf, hängt sich die Gitarre um und legt die Finger behutsam auf die Saiten. Sie trägt ein Blondie-

T-Shirt und an den Knien aufgerissene Jeans, und ihre dunklen Haare hat sie lässig zu einem Dutt zusammengesteckt, und Greta bleibt fast die Luft weg, so sehr erinnert Preeti sie an sich selbst als Mädchen, einschließlich der herausgestreckten Zunge, wenn sie sich konzentriert.

Preeti sieht Greta an. »Ich meine die Stelle zwischen der zweiten Strophe und der Überleitung«, sagt sie schüchtern. »Da sind Ihre Finger nur so geflogen.«

»Nimm den Mittelfinger«, sagt Greta, und Preeti muss lachen, doch sie platziert ihre Finger zwischen den Bünden. »So. Jetzt versuch's mal. Fang mit dem E an.«

Die erste Note klingt ziemlich selbstbewusst, die zweite kommt eher zögerlich.

Aber so ist das manchmal.

»Einfach ist es nicht«, bemerkt Greta, und Preeti blickt auf.

»Leider.«

»Aber es macht Spaß«, sagt Greta so wenig überzeugend, dass sie beide lachen müssen. »Ja, Spaß. Es macht echt Spaß.« Sie betrachtet die Gitarre, die Preeti in den Händen hält. »Hier«, sagt sie und zeigt ihr eine Fingerstellung auf einem imaginären Griffbrett. »Versuch's mal so.«

Preeti blickt zwischen Gretas Händen und der Gitarre hin und her. Dann fängt sie noch einmal von vorne an. Diesmal erklingen die Töne so kraftvoll, dass beide lächeln.

»Gut«, sagt Greta und hüpft von der Bühne. »Jetzt musst du nur noch üben.«

Auf dem Weg zum Ausgang ist sie ganz beschwingt, ihr Herz pocht aufgeregt, als hätte es den Song noch nicht ganz aufgegeben.

»Wo gehen Sie hin?«, ruft Preeti ihr nach.

»Ich habe noch etwas vor«, sagt Greta, und bevor sie den Raum verlässt, dreht sie sich noch einmal um und sieht Preeti an, deren ganzer Körper wilde Entschlossenheit ausdrückt. Greta lächelt.

»Mach dein Ding!«

Kapitel 24

»Also, ich hab's rausgefunden«, sagt Greta, als Ben die Tür öffnet, und falls er Fragen dazu hat, stellt er sie nicht. Er sieht sie einfach nur an, die Luft zwischen ihnen knistert, und dann macht er einen Schritt, und sie macht einen Schritt, und sie küssen sich, zuerst zärtlich, dann immer gieriger, bis sie in seine Kabine stolpern und sich aufs Bett sinken lassen, während die Tür hinter ihnen ins Schloss fällt.

Einen Augenblick später löst er sich von ihr. »Was hast du rausgefunden?«

Sie lächelt. »Wie ich wieder mit dem Spielen anfangen kann.«

»Hattest du aufgehört?«

»Das ist 'ne lange Geschichte.«

»Ich würde sie trotzdem gern hören.«

Sie malt mit der Fingerspitze Kreise um einen seiner Hemdknöpfe. »Hör mal«, sagt sie. »Du weißt doch, dass ich in Wirklichkeit gar nicht verlobt bin, oder?«

Er nickt. »Und du weißt, dass ich in Wirklichkeit gar nicht verheiratet bin.«

»Na jaaa ... aber ich bin mehr nicht-verlobt, als du nicht-verheiratet bist.«

»Also gut«, antwortet er. Dann fügt er hinzu: »Aber ich fühle mich nicht verheiratet.«

Greta lacht. »Das tut bestimmt niemand, wenn er mit einer anderen schläft.«

»Nein, das ist es nicht«, sagt er und schiebt ihr so zärtlich eine Strähne hinters Ohr, dass sie nach Luft schnappt. Sie riechen beide immer noch nach Sonnenmilch und Salzwasser und Erde.

»Ich weiß«, sagt sie und küsst ihn auf die Schulter. Er zieht sie an sich, und sie schmiegt ihren Kopf an seine Brust und spürt seinen Atem. Ihr Blick wandert zu dem Tisch in der Ecke, auf dem die Schreibmaschine steht, ein Objekt, das neben seinem Handy und seinem Laptop und ein paar anderen moderneren Gerätschaften völlig fehl am Platz wirkt. »Ich fass es immer noch nicht, dass du eine Schreibmaschine benutzt.«

»Ich weiß, dass das ziemlich angeberisch aussieht«, sagt er ein bisschen verlegen, »aber anders kann ich einfach nicht schreiben. Da lenkt mich nichts ab. Es sind nur Wörter auf Papier. Du solltest es mal ausprobieren.«

»Ich schreibe Rocksongs, ich versuche nicht, den Watergate-Skandal zu überbieten«, antwortet sie grinsend. »Ich benutze die Voice-Memo-Funktion an meinem Handy, wenn ich mir eine Melodie merken will. Und für meine Texte hab ich meinen Laptop.«

»Ich benutze Notizhefte«, sagt er. »Es geht nichts über Stift und Papier. Wobei, kommt natürlich auf den Stift an.«

Sie nickt. »Ich steh auf Kulis.«

»Nicht dein Ernst«, sagt er und richtet sich etwas auf, damit er sie ansehen kann. »Hast du keinen Füller? Es gibt nichts Besseres.«

»Doch, gibt es. Einen Pilot V5 mit feiner Spitze.«

Er lacht. »Hast du etwa einen Werbevertrag mit der Firma?«

»Nein, aber ich könnte Howie sagen, er soll –«

Ehe sie den Satz beenden kann, küsst er sie, und als er sich wieder von ihr löst, strahlt er sie so beglückt an, dass Gretas Herz einen kleinen Satz macht.

»Kann ich dich heute Abend ausführen?«, fragt er.

»Wir sind auf einem Boot.«

»Es ist ein Schiff«, sagt er. »Und das weiß ich auch. Ich meinte ein Date.«

»Ein Date?«, fragt sie skeptisch.

»Wieso?«, fragt er. »Ist das zu formell? Zu spießig?«

Sie lächelt. »Nein. Ein Date wäre nett.«

Als sie in ihre Kabine kommt, um sich zu duschen und umzuziehen, wirft sie einen Blick auf ihr Handy. Praktisch jeder, der beruflich mit ihr zu tun hat, hat versucht, sie zu erreichen. Sie ruft Howie an, der sich sofort meldet.

»Herrgott noch mal«, sagt er. »Wo bist du die ganze Zeit?«

»Auf einem Boot«, erinnert sie ihn.

»Das weiß ich. Ich meinte – egal.« Er seufzt, und sie sieht ihn vor sich, wie er sich in die Nasenwurzel kneift, wie immer, wenn er gestresst ist. Es kommt oft vor. Howie hat nur wenige Musiker unter Vertrag, aber die meisten sind viel berühmter als Greta, und er ist irgendwie immer auf dem Sprung. »Sag mir nur eins. Stimmt es?«

»Was?«, fragt sie kühl. »Dass ich mich mit Luke verlobt hab?«

»Nein, hast du das –«

»In die Welt gesetzt? Gott, Howie. Natürlich nicht. Warum hätte ich das tun sollen?«

»Um vor deinem Auftritt am Wochenende noch ein bisschen an der Publicity zu schrauben«, antwortet er trocken.

So ist Howie. Er ist nicht wie andere Manager und Agenten. Er ist kein aalglatter Typ, und er versucht auch nicht, einem Honig um den Bart zu schmieren. Er ist immer ganz direkt. Deswegen mag sie ihn. Meistens. »Diese Art Publicity will ich nicht«, sagt sie. »Und nur fürs Protokoll: Wir sind nicht mal mehr zusammen. Ich hab Luke schon seit Monaten nicht mehr gesehen. Und selbst wenn es stimmte, würde ich so was nicht an die Presse durchsickern lassen.«

»Okay. Ich wollte nur sichergehen«, antwortet Howie nüchtern. »Nächste Frage: Jetzt, wo es die Runde macht, soll ich es dementieren, oder soll ich damit bis nach dem Wochenende warten?«

Gretas Magen zieht sich zusammen, denn sie weiß genau, was er meint.

Dass sie von dem Gerücht profitieren könnte.

Dass sie es vielleicht sogar braucht.

Es ist noch keine Stunde vergangen, aber die Freude darüber, wieder zu spielen – die Saiten unter den Fingern, das Gewicht der Gitarre auf der Schulter zu spüren –, beginnt schon wieder zu verfliegen.

Sie schweigt eine ganze Weile. Howie räuspert sich am anderen Ende der Leitung. »Okay«, sagt er. »Verstanden.«

»Ich hab doch gar nichts gesagt.«

»Das brauchst du auch nicht.«

Greta seufzt. »Lass mich noch ein bisschen drüber nachdenken. Ich ruf dich später noch mal an.«

»Okay«, sagt er und legt auf.

Da es für den Abend einen Dress Code gibt, zieht Greta die besten Sachen an, die sie eingepackt hat: ihr kurzes schwarzes Kleid und High Heels. Auf dem Weg nach unten sieht sie

Davis und Mary auf einem kleinen Sofa in der Nähe der Panoramafenster sitzen, die strahlenden Gesichter dicht aneinandergeschmiegt, vor sich ein Smartphone. Beim Näherkommen hört sie Jasons Stimme. Als sie gerade kehrtmachen will, blickt Davis auf.

»Greta«, sagt er so laut, dass sie zusammenzuckt. »Wir chatten grade mit Jase! Komm rüber und sag ihm was!«

Am liebsten würde sie ablehnen, aber das wäre ziemlich peinlich, also geht sie zähneknirschend hinter das Sofa und beugt sich vor. Auf dem Display ist Jasons Gesicht zu sehen.

»Wow, du siehst großartig aus!«, sagt er mit seinem typischen breiten Lächeln, und seine Augen funkeln. »Wie gefällt dir das Leben auf hoher See?«

Davis gibt Greta das Handy und steht schnaufend auf. Auch Mary steht auf. »Ihr zwei habt euch bestimmt einiges zu erzählen«, sagt sie. »Wir müssen uns fürs Abendessen fertig machen.«

»Und dein Handy?«, fragt Greta und hält es Davis hin, aber der winkt ab.

»Später«, sagt er. Dann fügt er hinzu: »Bis später, Jase« und geht den Flur hinunter.

Als sie weg sind, hält Greta das Handy wieder hoch, und plötzlich ist sie mit Jason allein. Jason lacht. »Typisch«, sagt er. »Der ist immer froh, wenn er mich los ist.«

»Glückwunsch zur Verlobung«, sagt Greta.

»Dito«, sagt er, und auf dem Display sieht sie, wie sie errötet.

»Also, das … äh –«

»Was?«

»Das stimmt nicht. Wir haben uns getrennt. Schon vor Monaten.«

Er wirkt überrascht. »Ach so? Man kann echt nicht alles glauben, was man im Internet liest.«

»Ja, es ist furchtbar.«

»Also, ich bin wirklich und wahrhaftig verlobt«, sagt er sanft. »Du hörst es aus sicherer Quelle.«

»Das freut mich für dich.«

Er nickt. »Tut mir leid, dass ich's dir nicht eher gesagt hab. Ich wusste einfach nicht, wie ich's rüberbringen sollte.«

Sie betrachtet sein Gesicht auf dem Display und denkt, wie seltsam das doch alles ist. Sie haben bisher noch nie miteinander telefoniert. »Du schuldest mir nichts«, sagt sie, aber nicht unfreundlich.

Er neigt den Kopf und fährt sich mit der Hand über sein kurzes Haar. Als er wieder aufblickt, ist sein Gesichtsausdruck für sie nicht zu deuten.

»Doch«, sagt er ernst. »An dem Abend in Columbus bin ich nicht fremdgegangen. Ich möchte, dass du das weißt. Olivia und ich hatten uns eine Auszeit genommen. Womit ich nicht sagen will, dass es nicht trotzdem beschissen war, es zu tun. Aber wir hatten grade eine echt schwierige Phase, und ich war mir nicht sicher, ob wir es schaffen würden, und ich musste ganz viel an dich denken. Dann ist deine Mutter gestorben, und ich bin sofort nach Columbus gefahren. Ich glaub, ich wollte einfach wissen, ob wir vielleicht … du weißt schon.«

»Was?«, fragt sie, um einen neutralen Gesichtsausdruck bemüht.

»Na ja, ob wir eine Chance hätten«, sagt er. »Ob wir ein Paar sein könnten.«

Greta widersteht dem Impuls, das Handy wegzulegen. Sie kann ihm jetzt nicht in die Augen sehen. Sie muss an den Tag damals denken, wie er da in ihrem ehemaligen Kinderzimmer stand und mit einer Hand über ihre alte Gitarre fuhr. »Und dann hast du rausgefunden, dass ich mit Luke zusammen war.«

»Nein. Also … ja. Aber es war nicht nur das«, sagt er, offenbar möchte er verstanden werden. »Es war eher so, dass ich mich erinnert habe, wie es zwischen uns ist.«

»Und wie ist das?«

»Ich weiß nicht.« Er zuckt die Achseln. »Irgendwie hast du mich immer auf Distanz gehalten.«

»Jason«, sagt sie etwas ungehalten. »Meine Mutter war grade gestorben.«

Er hebt eine Hand. »Ich weiß. Aber so war es immer. Seit wir uns kennen. Du lässt dich nicht richtig ein.«

»Du auch nicht.«

»Vielleicht früher«, sagt er. »Aber manche Dinge ändern sich.«

Greta spürt, wie ihr Gesicht ganz heiß wird, als sie sich an all die Jahre erinnert, in denen er sich aus dem Bett geschlichen hat, bevor es hell wurde, in denen er immer peinlich darauf geachtet hat, nichts in ihrem Zimmer liegen zu lassen. Sie erinnert sich, wie sie einmal in einer eiskalten Nacht die Bowery halb betrunken runtergegangen sind und sich angeschrien haben, weil sie dahintergekommen war, dass er sie nicht zu seiner Weihnachtsparty eingeladen hatte, und wie bei dem Streit rauskam, dass sie ihn ja auch nicht zu ihrer Geburtstagsparty eingeladen hatte, und wie sie sich immer weiter gestritten haben, bis sie schließlich in entgegengesetzte Richtungen abgedampft sind und wie danach tagelang Funkstille herrschte, bis Jason schließlich mit einer Flasche Wein vor ihrer Tür stand, ein verlegenes Grinsen im Gesicht, Haare und Jacke voll Schnee, wie sie im Bett gelandet sind und das Wochenende miteinander verbracht haben, nur um sich am Montag wieder zu verabschieden, geschäftsmäßig wie zwei Leute, die eigentlich nichts miteinander zu tun haben.

Sie ist immer davon ausgegangen, dass es für sie beide okay war, aber vielleicht hat sie sich ja die ganze Zeit geirrt. Vielleicht hat nur sie das so gesehen.

Dinge ändern sich. Menschen auch.

Er beobachtet sie immer noch auf seinem Display, die Brauen leicht hochgezogen, und plötzlich wird sie sich der Panik bewusst, die sie überkommen hat – nicht, weil sie Jason verlieren könnte, der ihr genauso wenig gehört wie sie ihm. Was sie jedoch verloren hat, ist ihr engster Verbündeter, jemand, der genauso unabhängig ist wie sie, genauso begeistert von seiner Arbeit, jemand, der sich – noch vor Kurzem – geschüttelt hätte bei der Vorstellung, teures Porzellan und Fondue-Sets auf eine Hochzeitsliste zu setzen.

Es ist kein wahnsinnig großer Verlust. Aber nichtsdestoweniger ein Verlust.

»Tut mir leid«, sagt er. Sein Gesicht ist auf einmal ein bisschen verpixelt. Draußen vor dem Fenster pfeift der Wind, und ein paar Leute in Abendrobe gehen vorbei, eine Parfümwolke hinter sich herziehend.

»Du brauchst dich nicht zu entschuldigen«, sagt sie, obwohl sie eigentlich nicht recht weiß, wofür er sich eigentlich entschuldigt. »Alles gut.«

»Schön«, sagt er lächelnd. »Meld dich, wenn du wieder in der Stadt bist. Vielleicht können wir ja mal alle zusammen brunchen.«

»Ja, das würde mich freuen«, sagt Greta, während sie sich vorzustellen versucht, wie sie mit der Verlobten ihres Ex-Irgendwas in irgendeinem angesagten Laden in Tribeca bei einem Avocado-Toast Konversation macht.

Jason lacht. »Du lügst.«

»Stimmt«, sagt sie. »Aber wir machen es trotzdem.«

Er antwortet etwas, aber plötzlich ist das Bild eingefroren, sein schönes Gesicht ist im Profil zu sehen.

»Jason?«, fragt sie und bewegt das Handy hin und her, aber es hilft nichts. Sie wartet eine Weile, dann sagt sie: »Jason, ich glaub, ich hab dich verloren«, und zu ihrer Überraschung kommen ihr die Tränen. Aber nachdem sie es ausgesprochen hat, fallen ihr die nächsten Worte leichter. »Leb wohl, Jason«, sagt sie und legt auf.

Kapitel 25

Am Eingang des Speisesaals erwartet Ben sie in einem legeren Jackett. Er hat sich den Bart getrimmt und die Haare sorgfältig gekämmt, und plötzlich und unerwartet ist das Ganze tatsächlich wie ein Date.

Irgendetwas scheint ihn zu amüsieren, während sie auf ihn zugeht.

»Was ist?«, fragt sie und sieht an sich hinunter. Sie trägt eine Bomberjacke über ihrem Kleinen Schwarzen, aber die meisten Leute sind förmlicher gekleidet – bodenlange Kleider, teure Anzüge –, und sie überlegt, ob sie die Jacke lieber ausziehen soll.

Ben schüttelt den Kopf. »Ich habe mich gerade gefragt, was wohl passiert wäre, wenn ich dich in New York kennengelernt hätte«, sagt er, während er ihr Outfit bewundert. »Und ich dachte, vermutlich hättest du mich keines Blickes gewürdigt.«

Greta lächelt. »Man kann nie wissen.«

»Stimmt«, sagt er und küsst sie auf die Wange, dann wandert er mit den Lippen bis zu ihrem Ohr und flüstert: »Ich werde das jetzt nicht vertiefen.«

Sie bekommen einen Tisch am Fenster. Es ist eigentlich ein Vierertisch, aber Ben konnte den Oberkellner beschwatzen, ihnen den Tisch zu geben, und so haben sie einen schönen Blick auf das Wasser und die graue Küstenlinie.

Nachdem sie bestellt haben, gähnt Greta herzhaft, worüber Ben lachen muss. »Du bist ja noch schlimmer als meine Studenten.«

»Tut mir leid«, sagt Greta und reibt sich die Augen. »War ein langer Tag.«

»Wie ist es denn eigentlich mit deinem Vater gelaufen?«

»Ich weiß gar nicht so richtig, was ich darauf antworten soll«, sagt sie. »Es war … intensiv. Wir haben uns heftig gestritten. Es war insgesamt sehr emotional. Und wir haben vielleicht sogar ein paar Fortschritte gemacht. Aber es war auch unglaublich anstrengend. Irgendwie sind wir nicht dafür gemacht, so viel Zeit miteinander zu verbringen. Jedenfalls nicht ohne meine Mutter.«

Er nickt. »Sie war eure Dolmetscherin.«

»Genau«, sagt Greta. »Jetzt kommt es mir vor, als würden wir uns in zwei völlig unterschiedlichen Sprachen anschreien.« Sie dreht ihre Serviette, als wollte sie sie auswringen. »Ich hab mich mein Leben lang mit ihm gefetzt. Das ist einfach die Dynamik zwischen uns, sogar als ich noch viel jünger war und wir uns besser verstanden haben. Mein Vater und mein Bruder sehen sich zusammen Baseballspiele an. Mein Vater und ich – wir streiten uns. Aber auf einmal ist es irgendwie anders.«

»Inwiefern?«

Sie zuckt die Achseln. »Er ist alt. Und traurig. Und ich bin auch traurig. Ehrlich gesagt hatte ich heute überhaupt keine Lust, mich mit ihm anzulegen. Ich hab's nicht übers Herz gebracht. Also versteh mich nicht falsch – ich bin immer noch der Meinung, dass das meiste seine Schuld ist. Er ist der Vater. Aber ich bin auch nicht unschuldig. Und heute Morgen, das war … ich weiß auch nicht. Ich glaub, ich hab mir zum ersten Mal in meinem Leben gewünscht, wir hätten es einfacher miteinander.«

»Das solltest du ihm sagen.«

»Das kann ich nicht.« Sie schüttelt den Kopf. »Dafür ist zu viel passiert. Und wir sind beide viel zu stur.«

»Menschen ändern sich.«

Greta sieht ihn an. Genau das Gleiche hat Jason ihr vor nicht mal einer Stunde gesagt. Sie fragt sich, ob sie die Einzige ist, die sich nicht geändert hat, ob sie die Einzige ist, die das nicht kann.

Ihr Handy vibriert auf dem Tisch, und als sie es umdreht, sieht sie Howies Namen. Sie lässt es liegen und trinkt einen Schluck Wein. »Wie war denn überhaupt dein Angelausflug?«, fragt sie Ben. »Hast du was gefangen?«

»Ja, einen Rotlachs«, antwortet er stolz. »Einen ziemlich großen sogar. Ich war der Einzige, der was gefangen hat.«

»Wow«, sagt sie. Im selben Moment fängt ihr Handy wieder an zu vibrieren. Diesmal ist es eine Nachricht von Charles, Howies Ehemann, es ist ein Trick, den Howie gern anwendet, wenn man seine Nachrichten ignoriert. Aber im nächsten Moment schickt er ihr einen Link zu einem Artikel in der Zeitschrift *People*. Die Schlagzeile lautet: GRETA JAMES MIT MUSIKPRODUZENT VERLOBT. Darunter schreibt Howie: *Es wirbelt eine Menge Staub auf. Alle wollen einen Kommentar von dir. Ich bin grade in ner Telko mit Cleo und Anna und Miguel. Sie sagen, bis spätestens morgen brauchen sie was von dir.*

Anna und Miguel sind für die Publicity zuständig, sie ist bei der Plattenfirma, er ist als Freiberufler angeheuert. Dass die vier gerade eine Telekonferenz führen, bedeutet, dass die Lage ernst ist.

Ein Kommentar, denkt sie. Was könnte sie denn sagen? *Luke und ich freuen uns, das nächste Kapitel unseres gemeinsamen Lebens zu beginnen?*

Die Meldung nicht zu dementieren war eine Sache. Aber jetzt Lügen zu verbreiten wäre etwas ganz anderes.

Als sie wieder aufblickt, merkt sie, dass Ben sie beobachtet. Sie legt ihr Handy hin. »Mein Manager«, erklärt sie. »Die Geschichte macht überall Schlagzeilen.«

»Und er stellt die Sache jetzt richtig?«

»Mehr oder weniger«, antwortet sie, und Ben hebt die Brauen. »Es geht ums richtige Timing.«

»Was heißt das denn?«

Sie nimmt ihre Gabel, legt sie wieder ab, meidet seinen Blick. In ihrem Magen rumort es. »Ich glaube, er will noch ein paar Tage warten.«

»Worauf?«

»Es ist was Strategisches.«

»Du meinst, wegen der Publicity?«

»Nein«, sagt sie, dann zuckt sie die Achseln. »Ich weiß nicht. Kann sein.«

Wieder geht eine Textnachricht von Howie ein. *Entweder wir bieten ihnen was an, oder wir dementieren die Geschichte. Was willst du machen?*

Ben sieht sie ungläubig an. »Bitte sag mir, dass du das nicht ernst meinst.«

Genervt hebt sie den Blick. »Bitte sag mir, dass du mir jetzt nicht wegen diesem Quatsch die Hölle heiß machst, bloß weil du derzeit mit mir ins Bett gehst.«

»Das hat nichts damit zu –« Er unterbricht sich kopfschüttelnd. »Ich finde einfach, dass du das nicht nötig hast. So zu tun, als wärst du mit irgendjemand verlobt, bloß um – in den Medien präsent zu sein? Um ein paar mehr Likes zu kriegen? Das passt doch nicht zu dir.«

»Woher willst du das wissen? Du kennst mich doch erst seit ein paar Tagen.«

»Zumindest hab ich nicht das Gefühl, dass es zu dir passt.« Er trinkt einen Schluck Wein. »Außerdem ist Zeit nur ein Konstrukt.«

Greta muss unwillkürlich lachen. Aber Ben ist immer noch ernst.

»Also, bestimmt ist es komplizierter, als es den Anschein hat«, sagt er und beugt sich vor. »Und du bist mir keine Erklärung schuldig. Aber ich werde das Gefühl nicht los, dass du es nicht dementieren willst, weil du den Typen immer noch liebst.«

»Ich liebe ihn nicht«, antwortet Greta ausdruckslos.

»Was ist es dann?«

»Hast du nicht grade gesagt, dass ich dir keine Erklärung schulde?«

Er öffnet den Mund, schließt ihn wieder, macht ein Gesicht, als fühlte er sich ertappt. »Also gut, war gelogen. Aber kannst du mir wenigstens ein bisschen mehr über Luke erzählen? Warum hast du mit ihm Schluss gemacht?«

Sie seufzt. »Warum willst du das wissen?«

»Einfach so.«

»Wir führen keine Beziehung. Wir brauchen uns nicht über

unsere Ex-Partner zu unterhalten. Vor allem, wo deine nicht mal richtig ex ist.«

»Auch gut. Was willst du über sie wissen?«, fragt er wie jemand, der sich einem Drogentest unterziehen muss. Er leert sein Weinglas und schenkt sich nach. »Ich sag dir alles, was du wissen willst.«

Greta verdreht die Augen. »Ich hab gerade gesagt, wir müssen uns nicht über unsere Ex-Partner unterhalten.«

»Komm schon«, sagt er und klatscht tatsächlich in die Hände. »Hab dich nicht so.«

»Was hat ihr am wenigsten daran gefallen, mit dir verheiratet zu sein?«

Er wirkt überrascht, dann lacht er. »Okay, du hast recht. War eine bescheuerte Idee.«

»Sag ich doch.« Sie lächelt. Seine Augen leuchten im Licht, und ohne Jackett sieht er jünger aus und sehr attraktiv, aber zugleich so unaufdringlich, dass man es fast übersehen könnte.

Greta muss an das denken, dass er vor einer Weile überlegt hat, was passiert wäre, wenn sie sich in New York begegnet wären. Bei einem ihrer Konzerte wäre er ihr sofort aufgefallen, irgendwie fehl am Platz. Aber jetzt entsteht ein neues Bild vor ihrem geistigen Auge: Ben, wie er an ihrem Herd steht und Teewasser aufsetzt, wie sie und er nebeneinander im Bett liegen und lesen, wie sie an einem dieser herrlichen New Yorker Sommertage Eis essend durch den Tompkins Square Park spazieren.

Dabei kommt es ihr gar nicht merkwürdig vor, dass sie so etwas noch nie getan und sich bisher auch nie gewünscht hat. Mit den Männern, mit denen sie bisher zusammen war, wäre das sowieso nicht vorstellbar gewesen. Mit Jason nicht, weil er permanent gearbeitet hat. Und mit Luke nicht, weil er fand, dass er für so etwas zu cool war. Wesley, mit dem sie während des Studiums zusammen war, hat fast die ganze Zeit in seinem Zimmer im Studentenheim gehockt, gekifft und Videospiele gespielt. Und die Beziehungen, die sie dazwischen hatte – Ryan, der Werbefritze, Pablo, der Programmierer, und Ian, der Hedge-Fonds-Manager –, waren zu kurz, um die Phase zu erreichen, in der selbst alltägliche Kleinigkeiten etwas Besonderes sind, wenn man sie mit dem Richtigen teilt.

Aber mit Ben kann sie sich das alles vorstellen. Natürlich ist ihr klar, dass es sich dabei nicht so sehr um ihren persönlichen Wunschtraum handelt, sondern eher um einen Mischmasch aus sämtlichen Liebeskomödien, die sie je gesehen, und allen Liebesgeschichten, die man ihr je erzählt hat, aber das bedeutet nicht, dass es kein echtes Gefühl ist, dass es nicht einer tiefen Sehnsucht entspringt.

Unterm Tisch stupst sie sein Knie leicht mit ihrem an, eine versöhnliche Geste. »Es hat nichts mit Luke zu tun«, sagt sie. »Diese ganze Sache hat nur mit mir zu tun.«

»Wie meinst du das?«

»Ich bin im Moment in einer merkwürdigen Situation. Es ist schwierig zu erklären. Oder vielleicht auch nicht. Vielleicht ist es mir auch einfach nur peinlich.« Sie seufzt. »Ich finde das echt furchtbar.«

»Was?«, fragt Ben. »Dass dir was peinlich ist? Also, falls es dich tröstet: Auf dem Weg hierher hab ich kurz vor der Tür gemerkt, dass mir ein Stück Klopapier am Schuh klebte.«

Greta schüttelt den Kopf. »Nein, sich einem fremden Menschen gegenüber zu öffnen, finde ich furchtbar. Wünschst du dir nicht auch manchmal, du könntest einfach, wie bei einer Schallplatte, das erste Stück überspringen und alles wissen, ohne dir den ganzen Stress mit dem Kennenlernen anzutun?«

»Wie? Nein!«, antwortet er. »Ich finde diese Phase großartig. Das ist wie das Recherchieren, bevor man mit dem Schreiben anfängt. Man entdeckt lauter interessante Dinge und Ideen, ohne zu wissen, was sich schließlich aus all dem ergibt. Alles ist möglich.«

Ohne nachzudenken küsst Greta ihn, eine Hand auf seinem Knie, die andere auf dem Tisch, um sie herum ein Sternenhimmel aus winzigen Lichtern. Als sie sich wieder auf ihrem Stuhl zurücklehnt, holt sie tief Luft und sagt: »Meine Mutter ist ganz plötzlich gestorben, dann hab ich mich von Luke getrennt, auch ziemlich plötzlich, dann hab ich versucht, einen Song zu spielen, den ich grade erst geschrieben hatte, und dann bin ich auf der Bühne zusammengebrochen – also, so richtig –, und das Video davon hat sofort die Runde gemacht, die Kritiker haben den Song in der Luft zerrissen, mein neues Album wurde verschoben, und ich habe seitdem kein einziges Konzert mehr gegeben, obwohl das für mich immer schon das Beste an meinem Job gewesen ist, und eigentlich wollte ich nur vorübergehend pausieren, aber jetzt geht das schon drei Monate so, und ich muss am Wochenende auf dem Gov Ball auftreten, und jetzt fürchten meine Manager, dass ich's wieder vergeige, deswegen bestehen sie darauf, dass ich mich auf das Programm festlege und nur das neue Album vorstelle und einfach ein paar Hits spiele, Hauptsache, es läuft nicht so wie beim letzten Mal, weil das Konzert nämlich als Livestream im Internet übertragen wird und mich wieder auf Kurs bringen soll, aber allmählich frag ich mich, ob das die richtige Lösung ist, ob nicht vielleicht Mary recht hat, wenn sie sagt, dass man manchmal nur aus einer Sache rauskommt, indem man durch sie durchgeht, und dass ich es mir selbst schuldig bin, es noch mal zu versuchen, nur fürchte ich im Moment, dass ich sowieso wieder zusammenbreche, egal, was ich spiele, weil ich immer noch total durch den Wind bin, aber wenn ich das jetzt wieder in den Sand setze, ist nicht nur meine Karriere zum Teufel, sondern alles andere auch, weil meine ganze Identität daran hängt, und ehrlich gesagt fände ich es zum Kotzen, wenn mein Vater am Ende recht behalten würde, und nicht nur er, sondern auch alle anderen, die nie an mich geglaubt haben, vor allem Mitchell Kelly, der dauernd dazwischengerufen hat, als ich bei einer Talentshow in der achten Klasse ›Lithium‹ gespielt hab, auch wenn er vermutlich inzwischen irgendeinen todlangweiligen Schreibtischjob hat und sich sowieso nie so coole Musik anhört wie meine, und bevor du jetzt irgendwas sagst: Mir ist klar, dass das alles psycho ist, aber im Moment fühlt es sich verdammt real an, vor allem die Angst, die ich früher überhaupt nicht kannte, und vielleicht hab ich verdammt viel Glück gehabt, dass ich mit viel Arbeit und Mut und blindem Glauben so weit gekommen bin, aber das bedeutet noch lange nicht, dass ich nicht noch mehr will, denn ich will noch richtig viel mehr, und ich denke die ganze Zeit an das Porträt, das der *Rolling Stone* mal von mir gebracht hat, ist schon 'ne Weile her, mit dem Titel GRETA JAMES WILL HOCH HINAUS, und darunter ein Bild von mir, wie ich in den Wolken schwebe, aber in letzter Zeit ist es, als würde das Gegenteil passieren, als würde ich immer tiefer sinken, und wenn ich nicht bald was unternehme, komm ich da vielleicht nie wieder raus, aber ich muss, ich muss unbedingt da rauskommen, weil ich mit Sicherheit weiß, dass ich noch nicht bereit bin aufzugeben. Noch lange nicht.«

Sie holt zitternd Luft, und Ben sieht sie lange an.

Schließlich fragt er: »Was ist der Gov Ball?«

Kapitel 26

Bis sie beim Dessert ankommen, hat Greta Ben mindestens ein Dutzend Ausschnitte aus Live-Auftritten ihrer Lieblingsmusiker vorgespielt, eine inoffizielle Hitliste, von der sie gar nicht wusste, dass sie sie hatte: Greenday beim Woodstock-Festival 1994, Prince beim Coachella-Festival, Radiohead beim Bonnaroo-Festival, die Stones beim Glastonbury-Festival. Etwas in ihr hat sich wieder gelöst, während sie ein Video nach dem anderen abgespielt hat, ganz leise, sie und Ben so dicht über ihr Handy gebeugt, dass sie seinen warmen Atem an der Wange spürt.

Als die letzten Takte von »Wild Horses« in der Nacht verklingen, Mick Jagger die Arme hochreißt und das Publikum tobt, lehnt sich Ben auf seinem Stuhl zurück und sagt mit einem verträumten Lächeln: »Das war echt nett.«

Greta lacht. »Echt nett?«

»Ja, wirklich«, antwortet er achselzuckend.

Als nach Arcade Fire beim Lollapalooza-Festival der Algorithmus, der den Betrachter von einem Video zum nächsten schickt, Greta James beim Outside-Lands-Festival vorschlägt, richtet Ben sich so plötzlich auf, dass er um ein Haar die Weinflasche vom Tisch stößt.

»Spiel das ab«, sagt er, offenbar ein bisschen beschwipst inzwischen.

Ehe sie protestieren kann, hat er schon auf die Taste gedrückt, und da ist sie in ihrer schwarzen Lederhose und dem weißen Tank Top, ihr Lippenstift ist schon verschmiert vom Mikro, Schweißperlen glänzen auf ihrer Stirn, während sie die ersten Akkorde von »Done and Done« spielt, das erste Stück, das sie veröffentlicht hat, das erste Stück, das sie bekannt gemacht hat. Wie sie da auf der Bühne steht, knochig und schlaksig, wie ihre Hände über die Saiten fliegen, dass es aussieht wie ein Zaubertrick, in ihren Augen ein herausforderndes Leuchten, woraufhin ein Aufschrei durch die Menge geht, würde man nie auf die Idee kommen, dass sie angefangen hat, das Stück zu schreiben, nachdem sie und Jason ihre Beziehung zum x-tenmal beendet hatten, allein in ihrer Wohnung, mitten im Sommer bei einer Gluthitze (die Klimaanlage war kaputt), die alles drückend und hoffnungslos erscheinen ließ. Das Stück war anfangs eher elegisch gewesen, hatte sich dann aber zu einem Song entwickelt, der kraftvoll und aufbauend war, und als sie ihn dort auf der Bühne zum ersten Mal gespielt hat – was sich anfühlt, als wäre es eine Ewigkeit her und zugleich, als wäre es gestern gewesen –, ist er mit einer treibenden Energie über die Menge gefegt, die sich schon fast magnetisch angefühlt hatte.

Selbst jetzt, auf einem Display von der Größe einer Spielkarte, spürt sie die Kraft, und es nicht nur der Song, sondern auch ihre Darbietung. Sie hält sich das Handy dichter vor die Augen und studiert das Video, als wäre das jemand ganz anderes da auf der Bühne, versucht, das Selbstvertrauen hinter ihren Gesichtszügen zu entdecken, als würde sie den Strand mit einem Metalldetektor absuchen.

Sie sieht sich kaum je einen ihrer Auftritte auf Video an,

auch jetzt ist es seltsam. Es erfüllt sie mit großem Stolz, und zugleich kommt es ihr vor, als hätte es gar nichts mit ihr zu tun. Als wäre das nicht sie. Eine andere turnt da über die Bühne und bringt den Saal zum Kochen. Eine andere verbeugt sich am Ende, winkt zum Abschied und geht – während das Publikum tobt – von der Bühne.

Eine andere. Es muss eine andere gewesen sein.

»Wow«, sagt Ben, als Greta das Handy wieder ablegt. Der Kellner bringt das Dessert, ein Stück Cheesecake für Ben und ein Erdbeertörtchen für Greta. Greta macht sich über ihr Törtchen her, aber Ben sieht sie immer noch an. »Das war … also, das war …«

»Echt nett?«, fragt sie, und er lacht.

»Ja, und noch besser.«

Sie klaut sich einen Happen von seinem Cheesecake. »Ist das nicht irre?«, fragt sie, nachdem sie zu Ende gekaut hat. »Seinen Traum zu leben?«

»Inwiefern?«

»Also, wenn ich dieses Video der zwölfjährigen Greta gezeigt hätte, wäre sie durchgedreht«, sagt sie. »Vor so vielen Leuten aufzutreten?« Sie schüttelt den Kopf. »Das wäre ihr absoluter Traum gewesen. Und wenn es nur dieser eine Song gewesen wäre. Hast du das auch so empfunden, als dein Buch rausgekommen ist?«

»Ich glaub ja«, sagt er nachdenklich. »Aber im Vergleich dazu …«, er zeigt auf das Handy, »war es stiller.«

Greta lacht. »Aber was würde der zwölfjährige Ben sagen, wenn er dich jetzt sehen könnte?«

»Er würde ziemlich ausflippen, wenn er sehen könnte, dass ich in Alaska bin«, sagt er grinsend. »Und er würde das

Buch cool finden. Aber der Kleine war auch ein ziemlicher Nerd.«

»Es ist einfach total unwahrscheinlich, oder?«, sagt Greta. »Dass man seinen Traum verwirklicht. Dass man es unter die Besten schafft. Und zwar egal, ob man Gitarre spielt oder Bücher schreibt oder Fußball spielt. Es ist in jedem Fall unwahrscheinlich.«

»Bis man es geschafft hat«, bemerkt Ben.

Sie lächelt ihn an.

»Ein paar Jahre, nachdem ich mit dem Studium fertig war, ist mal ein gefragter Musikmanager zu einem Auftritt gekommen, den ich in einer Bar in der Lower East Side hatte. Yara, meine beste Freundin, hat bei mir am Keyboard gespielt, und ich hab zu ihr gesagt, ich würde mir nichts mehr wünschen, als dass dieser Typ mich unter Vertrag nimmt. Was danach passieren würde, war mir egal. Ich hab mir damals meinen Lebensunterhalt mit Kellnern verdient, und ich wollte endlich eine Art Wertschätzung, etwas, das mir zeigt, dass ich auf dem richtigen Dampfer war. Das hätte mir gereicht, weißt du?« Sie sieht aus dem Fenster in die nicht enden wollende Abenddämmerung. »Yara hat nur gelacht. Sie hat gesagt: ›Wenn der dich unter Vertrag nimmt, willst du als Nächstes ein Demoband machen. Und sobald du das hast, willst du, dass eine Plattenfirma dich rausbringt. Und wenn du eine Plattenfirma hast, willst du einen großen Hit landen. Niemand gibt sich mit nur einer Sache zufrieden.‹« Sie sieht Ben wieder an, der sie aufmerksam mustert. »Und sie hat recht behalten.«

»Und was willst du jetzt als Nächstes?«

Sie lächelt. »Was für eine Frage.«

Auf dem Display des Handys schlägt der Algorithmus das

nächste Video vor: *Greta James' Zusammenbruch beim BAM*. Sie sieht, wie Ben es liest und sofort woanders hinschaut.

»Das hast du doch schon gesehen, oder?«

Er antwortet nicht gleich. Dann nickt er. »Ich hab dich gleich am ersten Abend gegoogelt.«

Sie schaltet das Handy aus, und Ben beugt sich vor.

»Nebenbei bemerkt«, sagt er, »ich finde es gar nicht so schlimm. Es ist echt, und es ist menschlich, und du solltest dich nicht dafür entschuldigen.«

»Danke«, antwortet sie ergriffen und nimmt seine Hand. Eine ganze Weile sitzen sie so da und schauen einander in die Augen, bis Greta hört, wie jemand ihren Namen ruft. Sie dreht sich um und sieht Eleanor Bloom auf sich zukommen.

Eleanor Bloom winkt aufgeregt, ihre großen Ohrringe schaukeln wie Kronleuchter. »Da bist du ja!«, ruft sie, während Greta ihre Hand aus Bens löst und aufsteht, um Eleanor zu umarmen. Aber ein paar Meter von ihrem Tisch entfernt bleibt Eleanor wie angewurzelt stehen und reißt die Augen auf. »In dem Kleid siehst du genauso aus wie deine Mutter.«

Greta blickt irritiert an sich hinunter. »So was hat sie doch nie getragen.«

»Du kanntest sie nicht, als sie in deinem Alter war«, sagt Eleanor. Auch die anderen kommen jetzt rüber, Todd und Davis und Mary, gefolgt von Conrad, der ein Sportjackett trägt und darunter sein einziges gutes Hemd mit dem zerknitterten Kragen.

Ben glättet seine Krawatte beim Aufstehen. »Hallo, ich bin –«

»Jack London«, sagt Eleanor strahlend und zwinkert ihm zu.

Greta fällt auf, dass sie ein bisschen beschwipst ist. Das sind sie alle.

»Wir wissen Bescheid.«

»Ach so, äh –«, setzt Ben an, doch er kommt nicht weit.

»Das sieht ja hier richtig romantisch aus«, bemerkt Davis, während er die beiden halbleeren Weingläser und die Gedecke beäugt. »Wollt ihr zwei uns vielleicht irgendwas –«

Mary versetzt ihm einen so heftigen Stoß in den Magen, dass er husten muss. Greta nutzt die Gelegenheit und gibt Ben sein Handy zurück, das er grinsend einsteckt.

»Freut mich, dass es dir gut geht«, sagt Mary zu Greta. »Habt ihr die Ente probiert?«

»Ja, ich«, sagt Ben aufgekratzt. »Hat richtig entenmäßig geschmeckt.«

Greta lacht laut auf, dabei merkt sie, dass sie auch beschwipst ist. Sie linst zu Conrad hinüber, der hinter den anderen steht und überall hinschaut, nur nicht zu ihr, was sie ein bisschen enttäuschend findet nach ihrem Durchbruch am Nachmittag. Aber endlich sieht er sie an und fragt etwas zu angestrengt beiläufig: »Und? Gibt's irgendwas Neues bei dir?«

Da macht es Klick.

Wenn sie angenommen hätte, dass ihm das Gerücht zu Ohren kommen könnte, hätte sie versucht, es zu verhindern. Aber normalerweise hört er keine Nachrichtensender, die eine Story über die Verlobung einer Indie-Musikerin mit einem bekannten Musikproduzenten bringen würden. Sie kann sich nicht vorstellen, wie er an die Information gekommen ist. Er hat für diese Reise noch nicht mal mehr Datenvolumen für sein Handy gebucht.

Ein Kellner eilt mit einem Tablett voller leerer Teller vorbei.

Im ganzen Saal wird geplaudert und gelacht. Nur hier am Tisch sind alle still.

Conrad starrt Greta an, sie starrt zurück.

»Meinst du etwa das mit meiner –«, setzt sie an, doch er fällt ihr ins Wort.

»Das mit deiner Verlobung?«

Ben sieht abwechselnd Greta und Conrad an, dann, von all dem Wein etwas verlangsamt, entschließt er sich, hilfreich einzugreifen. »Also, sie ist eigentlich gar nicht verlobt«, sagt er. »Falls Sie das meinen.«

Eleanor hebt die Brauen. »Was?«, ruft sie aus. »Ihr beiden habt euch verlobt?«

Ben, der eben noch ziemlich selbstzufrieden dreingeblickt hat, macht einen Schritt rückwärts und wendet sich Greta zu, die so ruhig sie kann sagt: »Ich bin mit niemandem verlobt.«

Conrad runzelt die Stirn, aber er scheint nicht sauer zu sein. Zu Gretas Überraschung wirkt er eher verletzt. »Da hab ich aber was ganz anderes gehört«, sagt er. »Deine Tante Wendy hat es auf Twitter gelesen.«

Conrads Schwester, das größte Klatschweib der Familie, hat schon immer genau verfolgt, was in Gretas Leben passiert, als wäre es eine Reality Show. »Sag ihr, sie soll nicht jeden Quatsch glauben«, knurrt Greta und fügt hinzu: »Und du solltest das auch nicht tun.«

»Was bleibt mir anderes übrig? Schließlich machst du keinerlei Anstalten, uns auf dem Laufenden zu halten.«

Greta ist sich nicht sicher, ob ihm bewusst ist, dass er gerade *uns* gesagt hat, aber so oder so stimmt es sie milder. »Also, jetzt weißt du's«, sagt sie. »Du brauchst dir also keine Sorgen zu machen, dass –«

»Dass du diesen australischen Idioten heiratest?«

»Dad«, sagt Greta entnervt. »Jetzt mach mal halblang. Du kannst dich über die Möglichkeit aufregen, dass ich heirate, oder darüber, dass ich nicht heirate. Entscheide dich.«

Er schnaubt. »Ich sag ja nur, dass es nett wäre, wenn ich es vor Tante Wendy erfahren würde. Oder bevor es auf Twitter die Runde macht.«

»Ich hab dir ja gesagt, es ist alles Unsinn.«

»Es stand aber da.«

»Es stimmt aber nicht.«

»Trotzdem.«

Sie durchbohren einander mit finsteren Blicken. Beide sind frustriert.

Nach einer Weile räuspert sich Mary. »Wir wollten grade zur Piano Bar gehen«, sagt sie, ihre Flucht vorbereitend. »Vielleicht sehen wir uns ja da alle?«

»Vielleicht«, sagt Ben ein bisschen zu gut gelaunt.

Conrad wirft Greta einen letzten Blick zu, undurchdringlich wie immer, dann dreht er sich um und geht in Richtung Ausgang. Eleanor läuft hinter ihm her und tätschelt ihm den Arm. Greta sieht ihm nach, den Mund zu einer Seite verzogen.

»Mach dir seinetwegen keine Gedanken«, sagt Davis. »Heute ist ein schwerer Tag für ihn.«

»Ich weiß«, sagt Greta. »Aber das muss er ja nicht an mir auslassen.«

»Und du musst deinen Frust auch nicht an ihm auslassen«, sagt Mary in einem strengen Ton, der Greta an ihre Mutter erinnert. »Er liebt dich. Das weißt du.«

»Ja«, murmelt Greta. »Aber manchmal mag er mich nicht besonders.«

Mary zögert kurz, dann tritt sie auf Greta zu und küsst sie auf die Wange. »Dass er dich liebt«, sagt sie so leise, dass nur Greta es hören kann, »ist das, worauf es ankommt.«

Kapitel 27

Ben schlägt vor, ins Casino zu gehen.

»Du kommst mir gar nicht vor wie ein Spieler«, sagt Greta mit einem skeptischen Blick.

»Bin ich auch nicht«, sagt er grinsend. »Aber ich hab das Gefühl, dass heute mein Glückstag ist.«

Als Erstes spielen sie Blackjack, beide haben schon je fünfzig Dollar verloren, noch ehe ihre Getränke kommen. Greta trinkt ihren Cocktail auf ex und schlägt vor, lieber aufzuhören, ehe es noch schlimmer wird, aber in dem Augenblick klingelt ihr Handy.

»Wo bist du?«, fragt Asher, als sie sich meldet. »Das hört sich ja an wie Las Vegas.«

»Fühlt sich auch so an. Was gibt's?«

»Ach, nichts Besonderes«, sagt er. »Ich rufe nur an, um zu fragen, ob ich mir einen Smoking besorgen soll für deine Hochzeit. Danke, dass du mir geschrieben hast, übrigens.«

Greta geht in den Korridor. »Tut mir leid, war ein langer Tag.«

»Klar«, sagt Asher sarkastisch. »Hochzeitsvorbereitungen können echt stressig sein.«

»Asher.«

»Was?«

»Du weißt genau, dass das alles Quatsch ist.«

»Na ja, es ist immerhin schön, das aus erster Hand zu erfahren«, sagt er. »Ich wette, Dad hat sich gefreut.«

Sie kann nicht einschätzen, ob das ein Witz sein soll oder nicht, aber sie fragt auch nicht. »Hast du mit ihm gesprochen?«

»Heute jedenfalls nicht.«

Ein Steward geht vorbei, Greta erwidert seinen knappen Gruß mit einem ebenso knappen Nicken und dreht sich wieder zur Wand. »Wusstest du das mit der Asche?«, fragt sie ihren Bruder.

»Hat er die mitgenommen?«, fragt er überrascht.

»Nicht die ganze.«

»Gut. Die Mädchen wollen nämlich welche bei uns im Garten verstreuen.«

Greta runzelt die Stirn. »Ist das nicht ein bisschen makaber?«

»Es ist doch nur Asche. Und natürlich ist es makaber. Das Ganze ist makaber. Wo hat er die Asche denn verstreut?«

»Auf einem Gletscher.«

Er pfeift durch die Zähne. »Wow. Das hätte ihr gefallen.«

»Stimmt«, sagt Greta. Sie hat plötzlich einen Frosch im Hals.

»Und wie war es?«

»Hart«, sagt sie. »Echt hart.«

»Kann ich mir vorstellen«, sagt Asher so sanft, dass ihr die Tränen kommen. »Ich wünschte, ich wäre dabei gewesen. Aber es ist besser, dass du dabei warst.«

»Wie meinst du das?«

»Du weißt, wie ich das meine«, sagt er, und er hat recht. Sie wissen es beide. Sie haben es nur noch nie laut ausgesprochen. Helen hat keins ihrer Kinder bevorzugt, so wie Conrad es getan hat; ihre Liebe zu Asher stand immer außer Zweifel, die Liebe zu ihren beiden Kindern schien unerschöpflich zu sein. Und doch wusste jeder, dass das Band zwischen ihr und Greta etwas ganz Besonderes war.

»Danke, Ash«, sagt sie leise.

»Wofür?«

»Ich weiß es selbst nicht.«

»Dafür, dass ich der beste Bruder der Welt bin?«

Sie lächelt. »So was in der Art.«

Als Greta ins Casino zurückkommt, steht Ben am Roulette-Tisch und schiebt gerade einen kleinen Stapel Jetons auf die Nummer 12.

»Dein Geburtstag?«, fragt sie. Er schüttelt den Kopf. »Der Geburtstag einer deiner Töchter?«

Der Croupier dreht das Rad, und sie sehen zu, wie die Kugel im Kreis rast. Sie landet bei 00. Alle am Tisch stöhnen auf.

»Jack Londons Geburtstag«, sagt Ben mit einem verlegenen Lächeln, als sie ihre Jetons eintauschen und vom Tisch weggehen. Überall um sie herum bimmeln und piepen die Spielautomaten, und irgendwo bricht Jubel aus, als jemand beim Craps gewinnt.

»Was hast du eigentlich an dem gefressen?«, fragt Greta belustigt.

Ben hebt die Schultern. »Er ist einfach ein unglaublich guter Schriftsteller.«

»Okay, ich hab kapiert, dass *Der Ruf der Wildnis* total berühmt ist und so, aber *so* gut wird es auch wieder nicht sein.«

Er bleibt stehen und sieht sie an. »Soll das heißen, du hast es nicht gelesen?«

Sie schüttelt den Kopf, und ihm fällt die Kinnlade herunter. Es ist, als hätte sie ihm einen Mord gestanden.

»Im Ernst?«

»Im Ernst.«

»Aber bei meinem Vortrag hast du die Hand gehoben«, sagt er mit großen Augen.

»Ach so«, sagt sie. »Ja, stimmt. War gelogen.«

»Wie kann man denn wegen so was lügen?«, fragt er entgeistert.

»Ich glaub, ich hab den Film gesehen, und ich dachte, das reicht. Außerdem weiß ich im Groben, worum es geht: der Goldrausch, Alaska, der Wolf und –«

»Der Wolf?«, fragt er empört. »Du glaubst, Buck ist ein Wolf?«

»Nicht?«

Ben sieht aus, als würde ihm gleich der Kopf platzen. »Er ist ein *Schlittenhund*. Nur darum geht es in dem Buch.« Die Worte sprudeln nur so aus ihm hervor. »Wie ist es möglich, dass du … Es ist eins der besten … Ich meine, das müsste eigentlich Schullektüre sein!« Er schüttelt den Kopf. »Das ist ein Klassiker.«

Greta hebt die Hände. »Okay, okay. Ich werd's lesen.«

»Gut«, sagt er, plötzlich geschäftsmäßig. »Ich habe für alle Fälle ein Exemplar eingesteckt. Für den Notfall. Sollen wir es holen?«

»Also, deine Begeisterung in allen Ehren, aber ich würde das jetzt nicht als Notfall bezeichnen.«

»Na gut«, sagt er mit entschlossener Miene. »Du kannst es morgen früh lesen, und morgen Abend lade ich dich auf einen Drink ein, dann kannst du mir berichten.«

Sie hebt ihr leeres Glas und lässt die Eiswürfel kreisen. »Die Getränke sind im Preis inbegriffen, hast du das schon vergessen?«

»Äh, nein«, sagt er und nimmt ihr mit leuchtenden Augen das Glas aus der Hand. »Aber ich spendiere dir trotzdem einen Drink.«

Sie holen sich frische Drinks am Tresen, dann verlassen sie das lärmige Casino und gehen auf unsicheren Beinen zur Piano Bar. Im Eingang bleiben sie stehen und werfen einen Blick hinein. Ein alter Weißer mit grauen Haaren spielt voller Begeisterung einen Song von Billy Joel, und Eleanor Bloom sitzt auf dem Flügel, ein Mikrofon in der Hand, und singt mit geschlossenen Augen. Sie trifft fast keinen Ton, doch sie singt mit solcher Inbrunst, dass es keine Rolle spielt. Todd, ein bisschen rot im Gesicht, hebt sein Glas und prostet ihr zu, während Davis sich biegt vor Lachen. Mary und Conrad sitzen am Tresen und schunkeln im Takt.

»Nichts wie weg hier«, sagt Greta. Das ist ihr zu viel. Ihre Drinks schwappen in den Plastikbechern, als sie den Korridor entlangeilen.

Aus dem Jazz Club ist ein Saxofon zu hören, satte, aufregende Klänge, und ohne nachzudenken geht Greta hinein.

»Hast du hier neulich gespielt?«, flüstert Ben, während sie sich einen Platz ganz hinten im Raum suchen.

Greta nickt, und ihr Blick wandert zu den Gitarren, die über der Bühne hängen. Auf der Bühne geht das Jazz-Trio – Keyboard, Saxofon, Schlagzeug – nahtlos von einem Stück zum nächsten über, während die Leute mitklatschen und mit den Füßen im Rhythmus klopfen. Die Musik ist schwungvoll und unvorhersehbar, und Greta nimmt sie mit geschlossenen Augen in sich auf. Sie wünscht, sie wäre auch da oben auf der Bühne, aber nur flüchtig. Im Moment reicht es ihr zuzuhören.

Nach ein paar Minuten wendet sie sich ab und verlässt die

Bar, immer noch ganz erfüllt von der Musik. Ein verträumtes Lächeln auf den Lippen, folgt Ben ihr den schwach beleuchteten Korridor hinunter.

»Ich weiß eigentlich gar nicht, warum ich nie in Konzerte gehe«, sagt er. »Musik live zu erleben ist so berauschend. Ist das auch so, wenn du spielst? Denn ich würde dich so gern mal auf der Bühne sehen.«

Er klingt so ernst, so bescheiden, dass Greta ohne nachzudenken antwortet: »Du brauchst dir nur eine Eintrittskarte zu kaufen.«

»Ich glaub, das mach ich«, sagt er.

Sie bleibt stehen und dreht sich zu ihm um.

Er lächelt nicht mehr. Im Gegenteil, er wirkt auf einmal ganz ernst. »Ich wollte schon immer mal zum Gov Ball gehen.«

Sie sieht ihn an. »Wirklich?«

»Nein«, antwortet er verlegen. »Ich wusste ja bis heute nicht mal, was das ist. Aber jetzt würde ich sehr gern hingehen. Wenn es nicht zu –«

»Nein«, sagt sie hastig. »Es ist nicht zu …« Ihr Herz rast, und sie senkt den Blick. »Ich weiß es nicht.«

»Was weißt du nicht?«

»Es ist einfach – es steht viel auf dem Spiel.«

»Und ich mach dich nervös?«

Das ist offenbar als Scherz gemeint. Es soll absurd klingen. Aber Greta nickt. »Irgendwie ja«, sagt sie. Andererseits fühlt sich die Vorstellung, sein Gesicht in der Menge zu sehen, eher beruhigend an. Aber alles andere macht sie nervös.

Ben wirkt zunehmend belustigt, fast ein bisschen erfreut. »Dann vielleicht ein andermal.«

»Ja, ein andermal«, sagt sie.

Er nimmt ihre Hand, und sie gehen weiter den Korridor hinunter. Draußen ist es inzwischen dunkel geworden, in den Fenstern ist nur noch ihr Spiegelbild zu sehen, Ben in seinem Jackett und Greta in ihrem schwarzen Kleid. Greta bleibt kurz stehen, um das unscharfe Bild zu betrachten, doch dann tritt Ben ans Fenster und schirmt mit den Händen die Augen ab, um besser hinaussehen zu können.

»Wow«, sagt er. Greta tut es ihm nach und schaut zu den Sternen hoch, die über dem Wasser glitzern. Er wendet sich ihr zu, legt ihr eine Hand auf die Hüfte, und sie packt sein Hemd und zieht ihn an sich. Sie küssen sich lange und gierig, dort vor dem nächtlichen Himmel an die kühle Fensterscheibe gelehnt, und erst als jemand im Vorbeigehen einen Pfiff ertönen lässt, lösen sie sich voneinander.

»Ganz schön heiß«, bemerkt die alte Dame mit einem schelmischen Grinsen, und als Greta die Fensterscheibe betrachtet, ist sie beschlagen.

Irgendwann landen sie im einzigen Nachtclub des Schiffs, eine Bar wie eine Blackbox, in der zu Discomusik pinkfarbenes und lila Licht pulsiert. Ein paar verwegene Paare hopsen auf der Tanzfläche herum, alle mindestens um die sechzig, und ein Paar tanzt tatsächlich Foxtrott zu »I Will Survive«. Als das nächste Stück anfängt, stehen zwei Männer auf, die Greta von dem verunglückten Musical am Abend zuvor wiedererkennt; sie schauen einander tief in die Augen, nehmen Tanzhaltung ein und drehen sich zur Musik.

Auf der mit Samt gepolsterten Sitzbank berühren sich ihre Schultern, und Bens Atem riecht nach den Kirschen aus dem Cocktail, den er trinkt. Sie beobachtet sein Profil, während er im Takt der Musik nickt. Dann hält er inne und wendet sich ihr zu.

»Was ist?«, fragt er stirnrunzelnd. »Wieso siehst du mich so an?«

»Ich hab grade gedacht, dass meine Mutter von dir begeistert gewesen wäre.«

»Ich war schon immer der Liebling aller Schwiegermütter«, flachst er, aber sie merkt, dass er sich freut.

»Sie hat übrigens dein Buch gelesen.«

»Wirklich?«, fragt er mit leuchtenden Augen.

»Mary hat's mir erzählt, als wir bei deinem Vortrag waren. Sie waren Mitglieder im selben Lesezirkel.«

»Und hat es ihr gefallen?«

Greta lächelt. »Anscheinend ja.«

»Ist es nicht ein Ding, wie etwas, das man kreiert und in die Welt entlässt, viel größere Kreise zieht, als man je erwartet hätte?«, sagt er. »Wie ein Luftballon, der einem wegfliegt.«

»Oder eine Flaschenpost«, sagt Greta. »Weil es ja gerade darum geht, es loszulassen.«

Ben lehnt sich ein bisschen weg, nur so weit, dass ihre Schultern sich nicht mehr berühren. »Darin war ich noch nie gut«, sagt er. Sein Gesicht wirkt ein bisschen bedrückt im zuckenden Licht der Discokugel.

»Mit der Zeit wird es leichter«, sagt Greta. »Du wirst schon sehen. Wenn du erst dein nächstes Buch fertig hast und –«

»Nach meiner Rückkehr ist ein Gespräch anberaumt«, sagt er.

»Mit wem?«, fragt sie, obwohl sie es bereits weiß.

Er trinkt sein Glas aus. »Ich weiß nicht, was ich tun soll. Manchmal denke ich, es ist egal, ob ich sie noch liebe oder nicht. Dass es wichtigere Gründe gibt zu bleiben. Nicht nur die Kinder. Wir haben eine gemeinsame Geschichte. Und das loszulassen ist schwer. Andererseits ...« Er wendet sich ihr zu, etwas Flehendes liegt in seinem Blick. »Ich weiß nicht. Am liebsten möchte ich diese letzte Woche irgendwo einschließen und aufbewahren, damit ich mich, falls mich mal der Mut verlässt, daran erinnern kann, wie es sich anfühlt.«

Greta weiß nicht, was sie darauf erwidern soll. Sie denkt: *Natürlich geht er zurück. Er hat Frau und Kinder und eine Hypothek, die er abbezahlen muss.* Sie stellt sich sein Leben vor: den Garten voller Plastikspielzeug, den Keller, in dem im Winter die Rohre platzen, die Elternabende in der Grundschule, die Freunde, mit denen sie jeden Monat Pläne machen, sich vornehmen, diesen neuen Laden in der Stadt auszuprobieren, nur um doch wieder in der Kneipe um die Ecke zu landen, weil eins der Kinder erkältet ist und es eine anstrengende Woche war und es so einfacher ist. Wahrscheinlich hat er einen Rasenmäher. Und einen Grill. Und wahrscheinlich hat er eine ganz spezielle Stimme, wenn er Gutenachtgeschichten vorliest. Er hat ein komplettes Universum.

So ein großes Schiff kann man nicht einfach umlenken.

Ein neues Stück fängt an, ein langsames, und um sie herum erheben sich mehrere Paare ächzend von ihren Plätzen. Dann steht auch Ben auf. »Komm, lass uns tanzen«, sagt er und streckt ihr seine Hand hin. Er führt sie auf die Tanzfläche und zieht sie ganz dicht an sich.

Greta kann sich nicht erinnern, wann sie zuletzt so getanzt hat. Wahrscheinlich mit Jason auf Ashers Hochzeit, mit gerade genug Abstand, um es so aussehen zu lassen, als wären sie nur alte Freunde, während Jason ihr heimlich den Schlüssel zu seinem Hotelzimmer in die Hand gedrückt hat. Aber das jetzt ist anders. Sie möchte es kitschig finden, wie sie die

Wange an Bens Brust schmiegt, wie seine verschränkten Hände auf ihrem unteren Rücken liegen, aber sie bringt nicht den Hauch von Zynismus auf.

»Darf ich dir was sagen?«, fragt Ben und lehnt sich ein bisschen zurück, um sie ansehen zu können. »Es ist nicht nur, weil er so gut schreibt.«

»Hä?«, murmelt sie verwirrt.

»Warum Jack London mich so fasziniert. Es liegt daran, dass er so ein abenteuerliches Leben geführt hat.«

Das Stück ist zu Ende, der DJ legt etwas Schnelleres auf, und die Tanzfläche leert sich wieder. Greta hört auf, sich zu bewegen, Ben ebenfalls, und dann stehen sie einfach da unter der sich drehenden Discokugel.

»Er war nicht nur Schriftsteller«, sagt Ben eindringlich. »Er war Matrose, Entdecker, Boxer, Austernwilderer, Aktivist. Mit nur zwanzig Jahren ist er an den Klondike gefahren, um sein Glück zu suchen, was wild und romantisch klingt, aber am Ende hat er sein Glück im Schreiben gefunden. Er war ein unerschrockener, verwegener Abenteurer. Und zugleich war er einfach nur ein Typ mit Papier und Stift.«

Greta beobachtet, wie das Licht auf seinem Gesicht spielt. Er lässt die Arme sinken und tritt einen Schritt zurück. Die Discokugel verleiht dem ganzen Raum einen silbrigen Schimmer.

»Ich meine, sieh dich doch mal um«, sagt er, und sie tut es, lässt den Blick über das letzte Paar auf der Tanzfläche wandern, über die Leute am Tresen, den Mann in der Ecke, der inzwischen eingeschlafen ist. »Wie viele Menschen *leben* wirklich? Also, wie viele machen wirklich etwas Großes aus ihrem Leben?« Ihre Blicke begegnen sich wieder, und in seinen Augen liegt eine Intensität, wie sie sie bisher noch nicht bei ihm gesehen hat. »Ich habe ein gutes Leben. Aber bis vor Kurzem ist es auch sehr bescheiden gewesen. Womit ich im Prinzip zufrieden bin. Aber ab und zu sehe ich mich um, und dann krieg ich die Krise. Dann denke ich: Wie eng alles ist. Wie abgesichert. Und dann wird mir klar, wie wenig ich bisher in meinem Leben riskiert hab.« Er nimmt ihre Hände. Dann sagt er, und diesmal klingt er entschlossen: »Ich möchte mehr riskieren. Ich möchte, dass es eine tiefe Bedeutung hat.«

Sie weiß nicht, ob er diesen Abend meint. Oder diesen Augenblick. Oder ob er sein Leben im Allgemeinen meint. Aber auf jeden Fall versteht sie, was er ihr sagen will.

Und auf jeden Fall möchte sie auch, dass es eine tiefe Bedeutung hat.

Donnerstag

Kapitel 28

Irgendwann im Lauf der Nacht muss Greta Ben versprochen haben, mit ihm an einer Exkursion teilzunehmen. Sie kann sich an nichts erinnern, aber am frühen Morgen steht er am Bett und strahlt sie an. Er trägt ein grünes Kapuzenshirt mit der Aufschrift RETTET DIE WALE.

»Hey«, sagt er und rüttelt an ihrer Schulter. »Wir haben noch eine Viertelstunde.«

Sie gähnt. »Und dann?«

»Dann geht's auf zu den Walen«, sagt er begeistert. Etwas besorgt fügt er hinzu: »Du hast es doch nicht vergessen, oder?«

»Wie kann man was vergessen, wovon man nichts weiß?«

Er setzt sich auf die Bettkante und beugt sich über sie. Er riecht nach Zahnpasta. »Es wird absolut großartig, glaub's mir«, sagt er, und als sie verschlafen die Augen verdreht, küsst er sie auf die Nase.

Sie sieht aus dem Fenster. Das Schiff hat an einem hölzernen Pier angelegt. Dahinter ist nichts als Grün zu sehen. Wald, so weit das Auge reicht. Eine Möwe fliegt am Fenster vorbei, und aus der Nachbarkabine ist Lachen zu hören.

»Wo sind wir noch mal?«, fragt Greta und dreht sich auf den Bauch. Ihr dröhnt der Schädel, und sie hat einen trockenen Mund. »Und wie viel haben wir gestern Abend getrunken?«

»Wir sind am Icy Strait Point«, sagt Ben, steht auf und geht zur Kommode. »Und wir haben viel getrunken.«

Als er sich wieder zu ihr umdreht, hat er ein ziemlich zerlesenes Taschenbuch in der Hand, das er ihr beinahe ehrfürchtig überreicht. Es ist eine alte Ausgabe von *Der Ruf der Wildnis*.

»Hast du nicht gesagt, du hast ein Extra-Exemplar dabei?«

Er zuckt die Achseln. »Ich hab mehrere Exemplare.«

»Ja, aber das hier …« Sie sieht ihn an. »Das ist doch bestimmt wertvoll.«

»Nur für mich«, sagt er lächelnd. »Es ist mein allererstes Exemplar.«

Sie betrachtet das Titelbild, das zwei kämpfende Hunde zeigt. *Eine klassische Geschichte aus dem eisigen Norden*, lautet der Untertitel. »Ben«, sagt sie. »Das kann ich nicht annehmen.«

»Ich leihe es dir ja auch nur«, sagt er. »Dieses Buch hat mein Leben verändert.«

»Es ist zu wichtig für dich«, sagt sie und versucht, es ihm zurückzugeben.

Aber er lächelt nur. »Ich vertraue dir auch wichtige Dinge an.«

Ein paar Minuten später schleicht sie sich mit dem Buch unterm Arm aus der Kabine; sie trägt eine von Bens Trainingshosen und ein viel zu großes Kapuzenshirt mit einem Aufdruck der Dave Matthews Band. Sie bleibt kurz stehen, um auf ihr Handy zu sehen. Sie hat sechs Nachrichten von Howie. Mit jeder Nachricht verschlechtert sich ihre Laune.

Wenn du es laufen lassen willst, brauch ich ein Zitat von dir. ASAP
Ich kann es auch gern für dich schreiben.
Vielleicht was eher Vages?
Oder wir dementieren.
Entscheide dich und gib mir Bescheid.
Und zwar jetzt.

Sie schaltet das Handy wieder aus und eilt den Korridor hinunter. Zu ihrer Erleichterung sind die einzigen Leute, denen sie begegnet – eine Gruppe in gleichen T-Shirts mit der Aufschrift *Familientreffen* –, zu sehr mit einem Disput beschäftigt, um ihr Beachtung zu schenken. Aber als sie bei den Aufzügen ankommt, ist es vorbei mit ihrem Glück. Ausgerechnet ihr Vater steht da, die Tageszeitung in der Hand. Greta denkt kurz an Flucht, aber es ist zu spät. Er hat sie schon entdeckt und mustert sie mit hochgezogenen Brauen: Haare auf Sturm, barfuß, die Stilettos in der Hand.

»Ich geh gleich Wale beobachten«, verkündet sie, weil ihr benebeltes Gehirn nichts Besseres parat hat.

»In dem Aufzug?«, fragt Conrad, ohne eine Miene zu verziehen.

Sie stellt sich neben ihn, und sie wenden sich beide den Aufzugtüren zu, die Hände auf die gleiche Weise auf dem Rücken verschränkt. Sanfte, klassische Musik dudelt leise aus den Lautsprechern über ihnen. Greta blickt nach oben und überlegt krampfhaft, was sie sagen soll.

»Tut mir leid, dass ich euren Hochzeitstag vergessen hab«, sagt sie schließlich, woraufhin er sie überrascht ansieht. »Manchmal kann ich an nichts anderes denken als an sie. Und manchmal tut es einfach zu weh.«

»Geht mir genauso«, murmelt er mit belegter Stimme.

Der Aufzug bimmelt, und die Türen gleiten vor ihnen auf. Der Aufzug ist leer, aber keiner von beiden rührt sich vom Fleck. Die Türen gleiten wieder zu.

Greta und Conrad stehen immer noch da. Nebeneinander.

»Sie hatte ein Foto von der Glacier Bay an den Kühlschrank geheftet«, sagt er, ohne sie anzusehen. »Und jeden Morgen, wenn sie die Milch für den Tee rausgenommen hat, hat sie mit einem verträumten Lächeln gesagt: ›Das sieht aus wie im Himmel.‹« Er wendet sich Greta zu. Seine Augen sind feucht. »Ich hab keine Ahnung, wie ich das ohne sie schaffen soll.«

Ehe sie etwas erwidern kann, gleiten die Türen wieder auf. Diesmal stehen zwei Mütter mit ihren Kindern vor ihnen, bepackt mit Badesachen; das kleinste Kind hat grade einen Tobsuchtsanfall und schreit wie am Spieß. Alle rücken zur Seite, um für Greta und Conrad Platz zu machen, aber die beiden stehen nur da und schauen einander an.

Greta ist drauf und dran, den Aufzug wieder fahren zu lassen, als Conrad unsicher zwischen ihr und dem Aufzug hin und her blickt. Dann schüttelt er den Kopf, wendet sich ab und geht wortlos den Korridor hinunter.

»Absolut verständlich«, sagt eine der Frauen grinsend, während die andere einen Arm zwischen die Türen hält, damit sie nicht zugehen. Greta steigt ein.

Als sie beim Treffpunkt auf dem Pier ankommt, ist Ben schon da. Er trägt Jeans und Turnschuhe und über seinem Kapuzenshirt eine Daunenweste. Seine Augen liegen im Schatten des Schirms seiner Baseballmütze von Columbia. Es dauert einen Moment, bis er sie entdeckt, und ihr wird beinahe ein bisschen schwindlig, als sie spürt, wie ihr Brustkorb sich weitet und ihr Herz aufgeht.

»Was ist?«, fragt er, als sie zu ihm geht und sich unter seinen Arm schmiegt.

»Nichts«, sagt sie.

Das Walbeobachtungsboot ist größer als das Ausflugsboot vom Tag zuvor. Die Leute, die vor ihr und Ben an Bord gehen, sind mit riesigen Ferngläsern und richtig professionellen Kameras bewaffnet. Die meisten drängen ins Bootsinnere; es ist ziemlich kalt draußen, und es wird eine ganze Weile dauern, bis sie die ersten Wale zu Gesicht bekommen. Aber Greta und Ben gehen gleich aufs Deck, obwohl ihnen jetzt schon vom eisigen Wind die Augen brennen.

Als das Boot ablegt, halten sie sich mit ihren dick behandschuhten Händen an der Reling fest und schauen zu, wie das Kreuzfahrtschiff immer kleiner wird. Von weiter draußen auf dem Meer können sie die ganze Bucht überblicken, die kleine Ansammlung roter Holzhäuser auf Stelzen, die felsige Küste und die bewaldeten Hänge.

Aus den Lautsprechern ertönt die blecherne Stimme des Tourguides, der sie an Bord begrüßt. Er rasselt die Sicherheitsbestimmungen herunter, unterbricht sich kurz, um die Passagiere auf ein paar Seeotter aufmerksam zu machen, die sich auf dem Rücken liegend auf den Wellen treiben lassen. Greta kneift die Augen zusammen, kann sie jedoch nirgendwo entdecken. Woraufhin Ben sie mit dem Ellbogen anstupst und ihr sein Fernglas reicht.

»Du bist ja echt für alle Eventualitäten gerüstet«, sagt sie, während sie die Otter betrachtet, die die Sonne genießen.

»Ich war früher bei den Pfadfindern.«

»Klar.« Sie gibt ihm das Fernglas zurück. »Hast du schon mal einen gesehen?«

»Einen Wal? Nicht aus der Nähe.« Er lässt den Blick sehnsüchtig über das Wasser schweifen. »Ich hoffe, wir kriegen welche zu sehen. Unvorstellbar, so große Tiere. Sie haben fast was Heiliges.«

Greta sieht ihn an. »Wieso hast du eigentlich Probleme, über Melville zu schreiben? Wo du so begeistert bist von all dem.«

»Tja, bei ihm dreht sich nicht nur alles um Wale.«

»Willst du wissen, was ich glaube?«

»Hab ich eine Wahl?«

»Ich glaub, du hast Angst, was Neues anzufangen«, sagt sie. »Das mit Jack ist dir leicht von der Hand gegangen. Er ist dir dein Leben lang vertraut. Und dich jetzt auf Neuland zu begeben, hat was Abschreckendes.«

»Reden wir über tote Autoren, oder ist das eine Metapher?«

Sie lacht. »Du bist der Schriftsteller.«

»Mich interessiert immer die Botschaft zwischen den Zeilen«, antwortet er grinsend.

In dem Moment kommen mehrere Leute in knallbunten Daunenjacken aus dem Bootsinnern die metallene Treppe hochgetrampelt.

Sie fahren immer weiter aufs Meer hinaus, die Bucht mit ihren roten Häusern ist nur noch ein winziger Punkt. Überall in Alaska ist es, als wären sie am Ende der Welt, aber hier draußen sind sie völlig von allem abgeschnitten. Der Guide meldet sich wieder über die Lautsprecher, um sie auf einen Weißkopfadler aufmerksam zu machen, der über ihnen kreist. Greta kann mit Mühe die braune Gestalt mit dem weißen

Kopf am Himmel ausmachen. Ben gibt ihr sein Fernglas, aber sie braucht eine Weile, um den großen Vogel wiederzufinden.

»Okay, Leute«, sagt der Guide. Der Schiffsmotor wird ausgeschaltet, und das Boot schaukelt auf dem Wasser wie ein Korken. »Wir haben die Information, dass heute Morgen hier ein Schwarm gesichtet wurde. Wir warten also mal ein bisschen, vielleicht haben die Wale ja Lust, uns zu begrüßen.«

Greta lehnt sich an die kalte Reling und sucht die Wasseroberfläche ab. Ben umarmt sie von hinten, und sie spürt dankbar die Wärme und das Gewicht seines Kinns auf ihrer Schulter.

»Manchmal dauert es ein bisschen«, sagt der Guide über den Lautsprecher, also warten sie. Alle im Boot sind unnatürlich still, und alles um sie herum auch. Es fühlt sich an, als würden sie alle den Atem anhalten, als hätte jemand die Welt auf Pause gestellt.

Und dann, einfach so, bricht etwas durch das Wasser.

Aus der Entfernung könnte es irgendetwas sein. Ein dunkler Klumpen mitten in all dem Blau. Aber es ist die Rückenfinne eines Buckelwals, die kurz auf- und dann wieder abtaucht.

Zu Gretas eigener Überraschung entfährt ihr ein kleiner Freudenschrei. Einigen anderen um sie herum ergeht es ebenso. Kameras klicken und piepen. Von der anderen Seite des Boots kommen alle herüber, alles drängt sich an die Reling in der Hoffnung, einen Blick auf den Wal zu erhaschen.

»Hast du ihn gesehen?«, flüstert Ben aufgeregt und stellt sich neben sie an die Reling. Greta nickt nur, sie ist viel zu sehr mit Beobachten beschäftigt, um jetzt zu sprechen.

Wieder herrscht Stille auf dem Boot.

Sie warten. Und warten.

Schließlich bewegt sich wieder etwas in all dem Blau, aus einem Blasloch schießt eine kleine Fontäne. Aber mehr nicht.

Gretas Augen tränen. Aber sie traut sich nicht zu blinzeln.

Dann taucht der Buckelwal wieder auf, und diesmal bricht er mit Macht durch das Wasser, groß und kraftvoll wie ein Torpedo, und Greta sieht staunend zu, wie er einen riesigen Bauchplatscher macht und Fontänen schaumigen weißen Wassers in die Höhe schießen. Alle klatschen und jubeln, als hätte der Wal das Kunststück extra für sie vorgeführt.

Eine klassische Geschichte aus dem eisigen Norden, denkt Greta, während sie immer noch auf die Stelle blickt.

Einmal sehen sie den Wal noch, ein Schlag mit der Schwanzflosse wie aus einem Cartoon. Es kommt selten vor, dass man in der Natur etwas beobachtet, das genau den Bildern entspricht, die man schon hundertmal davon gesehen hat, denkt Greta. Es kommt selten vor, dass man die Schwanzflosse eines Wals an einem solchen Ort in das friedliche Wasser eintauchen sieht, über einem der Himmel wie eine blaue Kuppel, im Hintergrund die Berge und Bäume wie unscharfe Aquarelle.

Sie und Ben sehen einander wortlos an, aber sie weiß, dass das, was passiert ist, auch ihn berührt hat, dass es fast zu gewaltig war, um es mit Worten zu beschreiben.

Sie nimmt seine behandschuhte Hand und drückt sie leicht.

Auf der Rückfahrt sichten sie noch einmal zwei Wale, die sich im Wasser treiben lassen, und halten an. Die gewaltigen Rücken der Wale tauchen immer wieder ein bisschen auf, aber es ist kein Vergleich zu dem ersten Erlebnis.

Als das Boot wieder Fahrt aufnimmt, beobachtet Greta das schaumige Kielwasser. Auch diesmal stehen sie allein auf dem Deck, und obwohl ihr die Nase läuft und sie ihre Finger vor

Kälte kaum noch spürt, kann sie sich noch nicht losreißen. Sie schmiegt sich an Ben und fängt ganz leise an zu singen, so leise, dass sie sich nicht sicher ist, ob er es überhaupt hören kann, oder ob sie das überhaupt möchte.

»*Baby baluga in the deep blue sea …*«

Es ist nicht die fröhliche Version, die von Kindern gesungen wird. Ihre Version ist langsamer, sanfter, etwas ganz Neues, das sie gerade erfindet, und es hat fast etwas Gespenstisches, wie sich ihre Stimme mit dem Wind mischt.

»*Swim so wild and you swim so free …*«

Greta schließt die Augen.

»*Heaven above and the sea below …*«

Ben neigt den Kopf, um besser zuzuhören.

»*And a little white whale on the go.*«

Am Ende öffnet sie die Augen wieder, und Ben lehnt sich mit den Ellbogen auf die Reling. Das Boot unter ihnen schwankt.

»Das singe ich meinen Kindern manchmal vor«, sagt er.

Sie nickt. »Meine Mutter hat mir das auch oft vorgesungen.«

»Das ist schön«, sagt er. »Wie du es gesungen hast.«

Sie sind noch weit von der Küste entfernt. Alles hier draußen wirkt unberührt und unverdorben, sauber und unkompliziert. Sie sieht Ben an, plötzlich hat sie Herzklopfen.

»Mein Vater hat mich gebeten, nach Hause zu kommen«, sagt sie. »Kurz bevor meine Mutter gestorben ist.«

Er sagt nichts dazu.

»Sie hatte Kopfschmerzen, und er machte sich Sorgen. Ich war in Deutschland, um auf einem Festival zu spielen, auf das ich mich sehr gefreut hatte.« Sie schließt die Augen. »Wir haben schon immer dazu geneigt, uns gegenseitig wehzutun, so zu tun, als würde es uns nicht interessieren, was der andere denkt. Ich dachte, er wollte mir ein schlechtes Gewissen einreden, weil ich so weit weg war.«

Ben wirkt betroffen. »Aber du konntest doch nicht wissen, was passieren würde.«

»Vielleicht nicht. Aber ich hätte da sein können.«

»Es hätte nichts geändert.«

»Nein«, sagt sie, und das Herz ist ihr schwer. »Aber zumindest hätte ich mich verabschieden können.«

Er sieht sie mitfühlend an. »Ich bin mir sicher, dass sie wusste, was du für sie empfunden hast.«

Greta denkt an die letzten Textnachrichten, die sie mit ihrer Mutter ausgetauscht hat, ganz normale Nachrichten. Helen war auf der Arbeit der Musiklehrerin über den Weg gelaufen, die sofort von Greta schwärmte.

Ich hab dich für das Winterkonzert vorgeschlagen, schrieb Helen, und Greta konnte sich genau vorstellen, welches Gesicht sie dabei machte, dieses schelmische Grinsen, das sie immer aufsetzte, wenn sie ihre Tochter auf den Arm nahm. *Ein paar Erstklässler werden dich begleiten. Das ist doch bestimmt genau dein Ding.*

Klingt großartig, hat Greta geantwortet. *Ich wünschte, ich hätte Zeit.*

Helens Antwort kam prompt: *Das glaub ich dir!*

Das Nächste hat Greta geschrieben, ohne nachzudenken. Es war spät in Berlin, Luke schlief schon neben ihr, und sie musste am nächsten Tag früh aufstehen wegen des Soundchecks. *Danke, dass du an mich denkst*, hat sie geschrieben und dann das Telefon ausgeschaltet. Erst am nächsten Morgen hat sie Helens Antwort gelesen.

Ich denke immer an dich.

Stunden später, als Greta vor Tausenden Fans auf der Bühne stand, ist im Gehirn ihrer Mutter ein Blutgefäß geplatzt, und sie ist ins Koma gefallen.

Und das war's.

Das Ende des einzigen Gesprächs, das ihr je wirklich etwas bedeutet hat.

Ben und Greta schweigen eine ganze Weile, den Blick auf das blaugraue Wasser geheftet.

»Das hab ich noch nie jemandem erzählt«, sagt sie schließlich, und er legt einen Arm um ihre Schultern.

»Danke, dass du es mir anvertraut hast.«

Sie nickt. »Ich vertraue dir gern wichtige Dinge an.«

Kapitel 29

Noch ehe sie die Küste wieder erreichen, vibriert Gretas Handy. Sie nimmt es aus der Tasche und checkt ihre Nachrichten. In den wenigen Stunden, die sie unterwegs waren, sind jede Menge neue eingegangen, und es geht hauptsächlich um Luke: Interviewanfragen und Nachrichten von Freunden zum Thema. Aber hier draußen auf dem Meer ist alles so weit weg, so irreal und unbedeutend.

Sie schaut zu Ben hinüber, der ebenfalls mit seinem Handy beschäftigt ist. Sie kann seine Miene nicht deuten. »Ich hab fünf Anrufe von Emily verpasst.«

»Von wem?«

»Von meiner Frau«, antwortet er gequält. »Meiner Ex-Frau. Ich muss sie kurz …«

»Ja, natürlich«, sagt Greta.

Er hält sich das Handy ans Ohr, die Kiefermuskeln angespannt, der Gesichtsausdruck geschäftsmäßig. Doch dann schüttelt er den Kopf.

»Ich kriege keine Verbindung.«

»Willst du mein Handy benutzen?«

»Nein, danke«, sagt er und blickt zur Bucht hinüber, zu den roten Häusern, denen sich das Boot in starkem Wellengang nähert. »Ich versuch es in ein paar Minuten noch mal.«

»Hör mal«, sagt sie und wendet sich ihm zu, als der Pier in Sicht kommt und das Boot das Tempo drosselt. »Ich hab's mir anders überlegt.«

»Was?«

»Das mit dem Gov Ball.«

Er sieht sie stirnrunzelnd an. »Du willst das Konzert abblasen?«

»Nein.« Sie holt tief Luft. »Ich werde das Konzert auf jeden Fall geben.«

»Gut«, sagt er. »Das freut mich.«

»Und ich möchte, dass du kommst.«

»Wirklich?«, fragt er überrascht.

»Ja.«

»Ich dachte, ich mach dich nervös.«

Sie lacht. »Machst du auch.«

»Aber?«

»Gleichzeitig beruhigst du mich«, sagt sie. Er zieht sie an sich. »Du machst mich ...« Noch ehe sie die nächsten Worte ausspricht, kann etwas in ihr nicht fassen, dass sie es tut.

»Ja?«, fragt er mit einem Lächeln, als wüsste er, was kommt.

»Du machst mich glücklich.«

Als er sie küsst, schmecken seine Lippen nach Salz. »Und wirst du diesen Song spielen?«

»Welchen? Baby baluga?«

Er lacht. »Nein, den von dem Video.«

»›Astronomy‹«, sagt sie mit einem leichten Schaudern. »Ich glaube nicht. Die wollen, dass ich mich auf das neue Album konzentriere. Da bleibe ich auf der sicheren Seite.«

Ben hebt die Brauen.

»Was?«

»Du kommst mir gar nicht vor wie eine, die immer auf der sicheren Seite bleiben will.«

Greta wünscht, sie könnte sich ihrer selbst so sicher sein, wie er klingt.

Auf dem Pier warten die Leute schon auf die nächste Tour. Am Strand spielen Kinder, sie werfen Steine ins Wasser und kreischen, wenn die Wellen zu hoch schlagen, und ihr Lachen wird vom Wind davongetragen.

Das Boot legt mit einem Rumms an dem hölzernen Pier an. Greta und Ben steigen die Treppe vom Deck hinunter, verabschieden sich beim Durchqueren des Bootsinneren von der Mannschaft und treten in die Sonne hinaus. Ein kleiner Junge schaut sie mit großen Augen an, als sie an der Warteschlange vorbeigehen.

»Haben Sie welche gesehen?«, fragt er aufgeregt.

»Ein paar«, sagt Greta. »Grüß sie von uns.«

Er zieht die Brauen zusammen. »Wale können doch nicht sprechen.«

»Nein, aber sie winken«, sagt Greta lächelnd.

Am Ende des Piers befindet sich ein langgezogenes rotes Gebäude mit Andenkenläden und Restaurants. Sie gehen hinein, und während sich ihre Augen an das gedämpfte Licht gewöhnen, versucht Ben noch einmal anzurufen. In der Nähe des Eingangs entdeckt Greta ein kleines Konservenfabrikmuseum. Sie geht näher und staunt über die riesigen schmiedeeisernen Konstruktionen, die anscheinend früher einmal dazu dienten, die Fische auszunehmen und zu zerkleinern, ehe sie in Konservendosen verpackt wurden.

Sie dreht sich zu Ben um, einen Scherz über Ölsardinen auf den Lippen, doch er steht immer noch an der Tür, das Handy am Ohr. Von dort, wo sie steht, kann sie seinen Gesichtsausdruck nicht richtig erkennen. Der Geräuschpegel um sie herum ist hoch, in dem scheunenartigen Gebäude wimmelt es von Leuten, die mit vollen Tüten aus den Andenkenläden kommen oder aus Pappbooten Krabbenfrikadellen essen. Aber an seinen eingezogenen Schultern kann sie ablesen, dass irgendetwas nicht stimmt.

Jetzt lässt er das Handy sinken und sieht sich suchend um. Als er sie entdeckt, bemerkt sie ein Flackern in seinem Blick. Er kommt mit schnellen Schritten auf sie zu.

Sie fragt erst gar nicht, ob alles in Ordnung ist.

»Hannah hat sich den Arm gebrochen«, sagt er mit belegter Stimme. »Ziemlich schlimm sogar.«

Greta schluckt. »Was ist passiert?«

»Sie ist auf dem Spielplatz gestürzt. Sie sind jetzt grade im Krankenhaus.« Sein Blick wandert leer über die seltsame Sammlung von Gerätschaften für die Fischverarbeitung. »Ich weiß nicht, was ich machen soll. Sie hat bestimmt große Angst.« Er blinzelt ein paarmal, seine Augen sind glasig. »Ich kann es nicht fassen, dass ich nicht bei ihr bin. Dass ich jetzt nicht zu Hause bin.«

Greta weiß nicht, was sie sagen soll. Nichts, was ihr in den Sinn kommt, scheint ihr passend: *Es tut mir so leid. Wie schrecklich. Es wird bestimmt alles gut.*

Trotzdem sagt sie: »Es tut mir so leid.«

Aber Ben hört es gar nicht, er liest etwas auf seinem Handy, während er sich mit der freien Hand den Nacken reibt. Diese Geste hat sie bei ihm noch nicht gesehen, vielleicht ist es etwas, das er tut, wenn er aufgeregt oder besorgt ist oder beides, und während sie ihm zusieht, wird ihr bewusst, wie wenig sie einander kennen. Letztlich sind sie zwei Fremde, die ein paar Tage gemeinsam an einem Ort verbracht haben, der nicht weiter von ihrem normalen Leben entfernt sein könnte.

Aus unerfindlichen Gründen schlägt ihr das Herz bis zum Hals.

»Ich muss los«, sagt Ben und blickt auf.

Greta nickt. »Klar. Ich komme mit.«

Ganz kurz wirkt er verblüfft, dann schüttelt er den Kopf. »Nein, ich meinte, ich muss nach Hause. Ich muss jetzt bei Hannah sein.«

Sie starrt ihn an, hat plötzlich das Gefühl, irgendetwas Wichtiges falsch verstanden zu haben, ihr Mitgefühl in einer Situation bekundet zu haben, die etwas viel Ernsthafteres verlangt hätte. »Aber das wird doch wieder, oder?«, fragt sie.

»Ich weiß es nicht«, erwidert er ungehalten. »Das ist es ja gerade.«

»Ja, aber ein gebrochener Arm –« sie sucht nach den richtigen Worten »– ist doch eigentlich nichts Ernstes, oder?«

»Sie haben gehört, wie der Knochen gebrochen ist«, sagt er. »Das ist ernst. Sie muss womöglich operiert werden, unter Vollnarkose, und das ist richtig ernst.«

Greta blickt sich um, es fällt ihr immer noch schwer, sich auf die Situation einzustellen. »Wie willst du denn – ich meine, wir sind hier am Ende der Welt, und –«

»Das weiß ich noch nicht«, sagt er. »Das muss ich mir noch überlegen.«

»In nicht mal achtundvierzig Stunden sind wir in Vancouver«, sagt Greta. »Bis dahin kannst du bestimmt rausfinden, wie du –«

»Ich kann nicht hier in Alaska mit dir Bier trinken, während meine Tochter im Krankenhaus ist.«

Sie fühlt sich vor den Kopf gestoßen. »So hab ich das doch nicht gemeint«, sagt sie. »Ich meinte –«

»Du kannst das nicht verstehen«, sagt er und marschiert in Richtung Ausgang.

Der Himmel draußen ist immer noch stahlblau. Greta folgt Ben auf den hölzernen Pier zu ihrem Schiff, das auf der anderen Seite einer kleinen Halbinsel hinter einem Fichtenwäldchen liegt.

»Warte«, sagt sie. Sie muss fast laufen, um ihn einzuholen, als er mitten durchs Bild läuft, wo jemand gerade ein Familienfoto schießt. Ihre Schritte sind laut auf den Planken.

»Ich kann nicht warten«, sagt er und fährt herum. »Du kapierst das nicht, weil du –«

Er unterbricht sich, aber sie wissen beide, was er sagen wollte: *Weil du keine Kinder hast.*

Es ist eine simple Tatsache. Und in Gretas Augen nicht einmal eine unangenehme. Zumindest meistens nicht. Aber etwas an seinem Ton hat sie verletzt, und sie hat Mühe, sich das nicht anmerken zu lassen.

»Tut mir leid«, sagt Ben. »Aber in solchen Fällen will man nur noch bei seinem Kind sein, dann spielt alles andere keine Rolle mehr.«

Greta sieht ihn bestürzt an. Es dauert einen Moment, bis ihm dämmert, was er da gerade gesagt hat.

»Damit wollte ich nicht sagen …«, setzt er bestürzt an, scheint aber nicht zu wissen, wie er den Satz beenden soll. »Ich habe nicht an das gedacht, was zwischen dir und …« Wieder bricht er ab. Er schüttelt den Kopf. Er wirkt aufgewühlt. »Tut mir leid«, sagt er schließlich. »Aber ich muss wirklich nach Hause.«

»Schon gut«, sagt Greta. Was sonst könnte sie auch sagen?

»Ich wünschte …« Er holt tief Luft, setzt erneut an. »Ich wünschte, es müsste nicht so enden.«

Das Wort *enden* landet mit einem Rumms zwischen ihnen, und Ben macht ein Gesicht, als überlegte er, ob er es zurücknehmen soll.

»Ich wünsche deiner Tochter alles Gute«, sagt Greta, worauf er zu ihrer Überraschung ihre Hand nimmt. Die Geste hat etwas Automatisches, die selbstverständliche Art, wie ihre Hände ineinandergreifen, und sie fragt sich, wie es sein kann, dass sie am Morgen zusammen aufgewacht sind, und wie sehr er ihr am nächsten Morgen fehlen wird.

»Danke«, sagt er, und dann dreht er sich einfach um und geht in Richtung Schiff.

Als Greta später am Strand auf dem kalten Sand sitzt, macht sie auf ihrem Handy eine Suchanfrage: Es gibt einen Flug von der nahe gelegenen Kleinstadt Hoonah aus direkt nach Juneau und von dort einen Nachtflug nach New York. Den ganzen Nachmittag über, während die Touristen um sie herum kommen und gehen wie Gezeiten, versucht sie sich vorzustellen, wo er gerade ist, stellt sich vor, wie er im Taxi sitzt, wie er am Flughafen am Gate wartet, wie er über die einsame Landschaft fliegt und alles daransetzt, nach Hause zu gelangen.

Freitag

Kapitel 30

Der letzte Tag auf See ist kalt und grau. Der Wind hat sich gelegt, alles wirkt gespenstisch still, und auf dem Wasser liegt eine dicke Nebelschicht, sodass es aussieht, als würden sie direkt in eine Wolke hineinfahren. In einem Liegestuhl in der Aussichtslounge blickt Greta durch das mit Regentropfen besprenkelte Fenster und denkt an Geisterschiffe, an Piratenschiffe, an all die Schiffe, die diese Gewässer befahren haben, bevor sie kartografiert waren. Sie fragt sich, ob Jack London wohl auf so einem Schiff gewesen sein könnte, oder ob er über Land nach Alaska gelangt ist. Sie wünschte, sie hätte Ben danach gefragt.

Morgen werden sie noch vor der Morgendämmerung in Vancouver einlaufen. Aber heute gibt es nur das zu sehen: Wasser und Berge und Himmel. Alles Grau in Grau.

Sie hat keine Ahnung, wie lange sie schon dort liegt, als ihr Vater mit einem Glas in der Hand erscheint und es sich in dem Liegestuhl neben ihr bequem macht. Er trägt eine Fleece-Weste mit dem Logo des Kreuzfahrtschiffs, und seine Wangen sind leicht gerötet.

»Lass mich raten«, sagt er. »Du bist wegen der Macarena hier.«

»Hä?«, fragt Greta träge.

Er deutet mit dem Kinn hinter sich, wo sich ein paar Leute auf der Tanzfläche vor dem Tresen eingefunden haben, um an einem Kurs teilzunehmen.

»Das ist deine große Chance, die ganzen Bewegungen zu lernen.«

Sie wirft ihm einen Blick zu. »Sag mir nicht, dass *du* deswegen hier bist!«

»Nein, ich hab dich gesucht.«

»Warum?«

»Brauch ich dazu einen Grund? Es ist unser letzter Tag. Ich dachte, wir könnten vielleicht noch was Schönes zusammen machen.«

Greta sieht ihn skeptisch an.

»Okay«, sagt er. »Es war Ashers Idee.«

Sie muss beinahe lachen. Aber nur beinahe. »Ich bin im Moment wahrscheinlich keine besonders gute Gesellschaft«, sagt sie.

Er mustert sie von oben bis unten, ihre Leggings, das Sweatshirt, ihr ungeschminktes Gesicht, die unordentlich zusammengesteckten Haare, die bis an die Brust angezogenen Knie. »Hattest du eine anstrengende Nacht?«

»So in etwa«, sagt sie und sieht wieder aus dem Fenster.

»Wie waren denn die Wale?«

Bei der Erinnerung an den Vortag zieht sich etwas in ihrer Brust zusammen – das Heulen des Winds, der Salzgeschmack auf den Lippen, die riesigen Wale, die durch die Wasseroberfläche brachen, die Schaumfontänen, als sie wieder ins Wasser klatschten. Und natürlich Ben – seine Arme um sie, sein Bart an ihrer Wange, sein begeistertes Lachen, als die riesige Schwanzflosse im Meer verschwand.

»Es war großartig«, antwortet sie wahrheitsgemäß.

»Habt ihr welche gesehen?«

»Ja, ein paar«, sagt sie. »Und was habt ihr gemacht?«

»Eine Exkursion zu den Bären. Wir haben nur einen einzigen zu Gesicht gekriegt, aber das war es wert. Ein Riesenvieh.«

»Fast so groß wie Davis«, sagt eine Stimme hinter ihnen, und im selben Augenblick legen sich zwei Hände auf Gretas Schultern. Mary beugt sich über sie und haucht ihr einen Kuss auf den Kopf. »Hallo Süße.«

Aus irgendeinem Grund kommen Greta die Tränen. »Hallo.«

»Wo ist dein Freund?«, fragt Mary und geht um die Liegestühle herum. Vor dem Fenster hebt sich die Silhouette ihrer Gestalt ab.

»Gute Frage«, sagt Conrad. »Wolltest du nicht zu seinem Vortrag gehen?«

Greta hat ganz vergessen, dass Ben heute noch einen Vortrag halten sollte. Sie fragt sich, ob man einen Ersatz für ihn gefunden hat, oder ob der Saal jetzt leer ist. Die Erinnerung daran, wie er in seinem Tweedjackett auf der Bühne stand, elektrisiert sie, und unwillkürlich wirft sie einen Blick auf ihr Handy.

Die ganze Nacht war sie versucht, ihm eine Nachricht zu schicken, hat es aber nicht getan. Was hätte sie ihm auch schreiben sollen?

Trotzdem war sie enttäuscht, als sie aufgewacht ist und keine Nachricht von ihm auf dem Handy war. Nicht mal ein simples Update. Sie hat kurz überlegt, ob sie ihn fragen soll, wie es Hannah geht, aber sie wusste nicht, wie man sich in einer solchen Situation verhält. Wäre so eine Frage übergriffig? War es gefühllos, sie nicht zu stellen? Sie hat sogar in Erwägung gezogen, im Krankenhaus anzurufen, in der Hoffnung, etwas in Erfahrung zu bringen, ohne Ben kontaktieren zu müssen, aber dann wäre sie sich allzu sehr vorgekommen wie eine Stalkerin. Wahrscheinlich dürften die ihr sowieso keine Auskunft geben. Am Ende hat sie gar nichts gemacht. Und jetzt sind vierundzwanzig Stunden vergangen, seit er abgereist ist, und er hat sich nicht gemeldet.

Sie legt das Handy mit dem Display nach unten in ihren Schoß.

»Er musste weg«, sagt sie. »Ein Notfall in der Familie.«

»Was soll das heißen, weg?«, fragt Conrad. »Wir sind auf hoher See.«

»Er ist gestern abgereist, als wir im Hafen waren.«

»Aber wie –«

»Keine Ahnung. Irgendeine Möglichkeit hat er wohl gefunden.«

»Ach, wie schade«, sagt Mary. Etwas an Gretas Miene hält sie offenbar davon ab, Fragen zu stellen, denn sie fügt hastig hinzu: »Hör mal, das wird dich aufmuntern – Davis und ich treten heute Abend in der Varieté-Show auf. Wir singen ein Medley.«

Greta hebt die Brauen. »Ein Medley woraus?«

»Weiß ich noch nicht«, antwortet Mary lachend. »Er ist grade in der Piano Bar, um sich das zu überlegen. Du kommst doch, oder?«

»Das lass ich mir doch nicht entgehen.«

»Und noch was. Nimm's mir nicht krumm, aber ich hab Eleanor versprochen, dich noch mal zu fragen, ob du nicht auch –«

»Nein«, fällt Greta ihr ins Wort, wohl wissend, dass sie klingt wie ein aufsässiger Teenager. Aber sie hat einfach keine Lust, es dauernd zu wiederholen. »Bitte, sag ihr so nett wie möglich, dass ich *immer noch* keine Lust habe, in einer plüschigen Piano Bar auf einem Kreuzfahrtschiff aufzutreten.« Sie holt tief Luft. »Nimm's mir nicht übel.«

»Alles gut«, sagt Mary. »Aber eins sollst du wissen: Eleanor reitet deswegen dermaßen darauf rum, weil deine Mutter uns versprochen hat, diesen Sommer mit uns zu einem deiner Konzerte zu gehen.«

»Wirklich?«, fragt Greta überrascht.

»Sie hat immer geschwärmt, wie gut du bist, dass sie sich auf deinen Konzerten jedes Mal gefühlt hat, als wäre sie wieder zwanzig«, sagt Mary mit einem wehmütigen Lächeln. »Wir hatten eine Mädelstour geplant und wollten zu einem deiner Konzerte gehen, wenn du das nächste Mal auf Tournee bist. Aber jetzt, wo sie nicht mehr da ist …«

Sie beendet den Satz nicht. Es ist auch nicht nötig.

»Ich schätze«, sagt sie nach einer Weile und wischt sich die Augen mit ihrem Ärmel, »Eleanor glaubt, dass das unsere einzige Chance sein würde, dich mal auf der Bühne zu erleben.«

Greta nimmt Marys Hand und drückt sie. »Bestimmt nicht«, sagt sie. »Versprochen. Sagt mir, wann ihr kommen wollt, und ich organisiere das.«

»Das wäre großartig«, sagt Mary und schaut sie liebevoll an. »Deine Mutter wäre mächtig stolz auf dich, weißt du das?«

Greta nickt, aber gleichzeitig muss sie an die Talent-Show in der sechsten Klasse denken, wo sie vor ihrem Auftritt dermaßen kalte Füße bekommen hat, dass ihre Mutter hinter die

Bühne kommen musste. Greta hockte unglücklich auf einer umgedrehten Mülltonne, die Gitarre in den Armen. »Ah«, sagte ihre Mutter. »Jetzt versteh ich das Problem.«

»Hä?«, hat Greta gefragt.

»Du spielst nicht.« Ihre Mutter bückte sich, sodass sie einander in die Augen sehen konnten. »Du musst einfach nur anfangen zu spielen, dann geht alles wie von selbst. Versprochen.«

»Woher willst du das wissen?«

»Weil du«, sagte sie und küsste Greta auf die Stirn, »eine Superpower hast.«

Und sie hatte recht.

Aber jetzt hat Greta zum ersten Mal nach vielen Jahren wieder Angst, auf die Bühne zu gehen. Und jetzt ist niemand da, der ihr sagen könnte, dass alles gut wird.

Nachdem Mary gegangen ist, bleiben Greta und Conrad noch eine Weile in ihren Liegestühlen sitzen. Hinter ihnen ruft der Tanzlehrer seine Anweisungen für die Macarena – *Hände hoch, erst die eine, dann die andere!* –, und die Teilnehmer stampfen mit den Füßen auf dem Holzboden und amüsieren sich köstlich. Draußen vor den Fenstern löst sich der Nebel allmählich auf, und im Nachmittagslicht wirkt alles sepiafarben.

Das zerlesene Taschenbuch *Der Ruf der Wildnis* liegt auf dem Tisch zwischen ihnen. Als Conrad es entdeckt, nimmt er es in die Hand und schlägt es auf. Auf der Titelseite steht Bens Name in ungelenker Kinderschrift. Als ihm die Bedeutung klar wird, sieht er mit hochgezogenen Augen zu Greta hinüber. »Hat er dir das geschenkt?«

»Eher geliehen.«

»Das bedeutet also, ihr werdet euch wiedersehen?«

Greta schaut ihn von der Seite an. »Das weiß ich nicht, Dad.«

»Also, meistens willst du ja meine Meinung nicht hören, aber ich fand ihn einen netten Kerl.«

Greta hat das deutliche Gefühl, dass er sich den Nachsatz verkneift: *Zur Abwechslung mal.* Darüber ist sie froh.

Stattdessen klopft er auf das Buch und legt es auf den Tisch zurück. »Und einer mit gutem Geschmack.«

»Stimmt«, sagt sie. »Aber er hat Frau und Kinder.«

Conrad fällt die Kinnlade herunter. »Wirklich?«

»Na ja, sie sind getrennt. Aber das ist trotzdem eine Menge Ballast.«

»Jeder trägt Ballast mit sich rum«, sagt er. »Auch du. Bloß weil deiner eine andere Form und Größe hat, heißt das noch lange nicht, dass er nicht schwer ist.«

Gretas Augen werden schmal. »Seit wann bist du unter die Philosophen gegangen?«

»Ich glaube, es ist das ganze Wasser«, sagt er und sieht aus dem Fenster. »Das macht was mit mir.«

»Es geht nicht nur um … den Ballast«, sagt Greta nach einer Weile. »Wir leben einfach in so unterschiedlichen Welten. Er ist beunruhigt, weil seine Tochter vielleicht operiert werden muss. Ich bin beunruhigt, weil –«

»Weil du am kommenden Wochenende Gitarre spielen musst.«

Greta zuckt zusammen und sucht nach dem üblichen verächtlichen Unterton in seinen Worten. Aber sie wird nicht fündig. Also nickt sie.

Conrad überlegt. »Aber Gitarrespielen macht dich doch glücklich.«

»Na ja, wenn's gut läuft«, sagt Greta vorsichtig, immer noch unsicher, wo dieses Gespräch hinführt. Sie sieht ihn von der Seite an. »Bist du betrunken oder so?«

Er lacht und lässt das Eis in seinem Glas klimpern. »Es ist Nachmittag, das ist der letzte Tag unserer Kreuzfahrt, die ich eigentlich mit meiner kürzlich verstorbenen Frau machen wollte, zur Feier unseres Hochzeitstags. Klar bin ich betrunken. Aber deswegen kann ich trotzdem mit meiner Tochter plaudern, oder?«

»Klar«, antwortet sie. »Es ist einfach … komisch.«

»Asher sagt, es geht dir in letzter Zeit nicht gut«, sagt er. »Deswegen fand er, diese Reise würde dir guttun.«

Greta runzelt die Stirn. »Mir?«

»Ja, dir«, antwortet Conrad, als wäre das selbstverständlich. »Er dachte, es wäre gut für dich, wenn du mitkämst.«

»Alles klar«, sagt sie. »Gut für *dich*.«

Conrad sieht sie verblüfft an. »Wieso sollte es gut für *mich* sein?«

»Weil du diese Reise eigentlich mit Mom machen wolltest«, sagt Greta und kommt sich vor, als wäre sie im falschen Film. »Es wäre doch total traurig gewesen, wenn du diese Reise allein hättest machen müssen.«

»Ich wäre doch nicht allein gewesen«, sagt er langsam, als spräche er zu einem Kleinkind. »Ich hätte die Fosters und die Blooms gehabt.«

Greta wirft die Arme in die Luft. »Genau das hab ich auch gesagt!«

»Wem?«

»Das hab ich zu Asher gesagt, als er meinte, ich solle dir auf dieser Reise Gesellschaft leisten.«

»Er hat *dir* gesagt, du solltest *meinet*wegen mitkommen?«, fragt Conrad, und Greta nickt, erleichtert, dass es endlich Klick gemacht hat. »Und *mir* hat er gesagt, es würde *dir* guttun, wenn du mitkämst.«

»Sieht so aus.«

Einen Moment lang ist Conrad sprachlos. »Wow.«

»Ja. Er hat uns in eine Falle gelockt. Auf einem Boot.«

»Es ist ein Schiff.«

»Herrgott noch mal, wen *interessiert* das?«, fragt Greta und wirft stöhnend den Kopf in den Nacken. »Wieso reiten alle darauf rum? Hast du Angst, ich könnte das Schiff beleidigen?« Sie kramt ihr Handy heraus. »Wie spät ist es überhaupt?«

Conrad schaut auf seine Uhr. »Halb eins.«

»Großartig«, sagt Greta und sieht sich nach dem Kellner um. »Weil ich nämlich auch einen Drink gebrauchen könnte.«

Als sie sich Conrad wieder zuwendet, lacht er sie an.

»Was ist?«

»Nichts«, antwortet er grinsend. »Aber ich … ich finde es nicht schlimm, dass er uns reingelegt hat.«

Das wird Asher noch bereuen, denkt Greta. Sie wird ihn als Puppenspieler beschimpfen, ihm sagen, dass er ihr etwas schuldig ist. Aber jetzt und zu ihrer eigenen Überraschung muss sie sich eingestehen, dass sie es auch nicht schlimm findet.

Kapitel 31

Vor der Varieté-Show gehen sie noch auf einen Drink in den Starboard Saloon, wo Greta auf einem der Tische ein liegen gebliebenes Kartenspiel entdeckt.

»Zeig uns mal, was du noch draufhast, Houdini«, sagt sie, als sie sich setzen, und schiebt die Karten zu Conrad hinüber.

Er schüttelt die Karten aus der Schachtel. Er wirkt entspannt und sieht gut aus in Hemd und Krawatte.

»Ist schon 'ne Weile her«, sagt er, während er die Karten mischt. Doch dann fächert er die Karten auf, als hätte er nie etwas anderes gemacht, und hält sie Greta hin. »Such dir eine aus.«

Sie zieht eine Karte. »Und jetzt?«

»Jetzt steckst du sie zurück«, sagt er. »Aber sag mir nicht, welche es ist.«

Ein Grinsen umspielt seine Lippen, während er die Karten erneut mischt; die Sache scheint ihm Spaß zu machen. Doch als er die Karten zusammengleiten lässt, rutschen sie ihm aus den Händen und fliegen in alle Richtungen. Während Greta sich bückt, um die Karten einzusammeln, bleibt Conrad sitzen und betrachtet die Schererei.

»Ich glaub, ich bin zu alt dafür.«

»Bist du nicht«, sagt Greta und hebt den Kopf.

Er besieht sich seine Hände. »Aber ich komme mir uralt vor.«

Greta hält inne. »Das muss kein Ende bedeuten. Es kann auch ein Neuanfang sein.«

Er schüttelt den Kopf, sein Gesicht ist ernst. »Ich will keinen Neuanfang.«

»Ich fürchte, du hast keine andere Wahl«, sagt Greta, während sie die restlichen Karten zusammenschiebt. Als sie ihn wieder anschaut, ist sein Blick leer. Er legt die Herzkönigin auf den Tisch und sieht die Karte eine Weile an.

»Wir hatten gerade ein Puzzle in Arbeit«, sagt er. »Es liegt immer noch auf dem Wohnzimmertisch. Wir waren noch nicht weit gekommen, es ist ein schweres. Tausend Teile. Aber jetzt – ich halte es nicht aus, ohne sie daran weiterzumachen, aber ich bringe es auch nicht über mich, es wegzuräumen.«

Greta setzt sich wieder auf ihren Stuhl. »Dad«, sagt sie, und ihr versagt die Stimme. Sie hat das Gefühl, als würde etwas in ihr zerbrechen. Während sie dem nachspürt, muss sie an den Eisbrocken denken, der vor ihren Augen von dem Gletscher abgebrochen ist. »Ich hätte nach Hause kommen sollen.«

»Was?«

»Als du angerufen hast.«

Sein Blick wird wieder klar. »Du wusstest es nicht. Niemand wusste es.«

»Ich wünschte, ich wäre da gewesen.« Sie stützt die Ellbogen auf die Knie und legt die Stirn in die Hände. »Ich würde alles dafür geben, wenn ich die Zeit zurückdrehen könnte. Dann würde ich das nächste Flugzeug nehmen und rechtzeitig da sein.«

Sie kann die Tränen nicht mehr zurückhalten, und Conrad, der das nicht gewohnt ist, erhebt sich halb, als wollte er sie trösten. Doch dann setzt er sich wieder hin und senkt den Blick. Ein Kellner kommt, stellt eine Schale Erdnüsse auf den mit Karten übersäten Tisch und macht, dass er wieder wegkommt.

»Ich bin in Berlin geblieben«, sagt Greta leise, »damit ich auf dem verdammten Festival auftreten konnte. Als wäre so was wichtig.«

Conrad zuckt die Achseln. »Das ist dein Beruf.«

»Wie bitte?«, fragt sie und wappnet sich für seine nächsten Worte, rechnet damit, dass er sagt, sie habe ihren Beruf schon immer über die Familie gestellt, ihre Musik sei ihr wichtiger als alles andere.

Aber stattdessen sagt er: »Du bist eben Musikerin.« Seine Worte sind so untypisch, und sie kommen so unerwartet, dass sie beide lachen müssen. »Wie viele Leute können schon von der Musik leben?«

»Danke«, sagt sie, was sich zugleich zu wenig und zu viel anfühlt. Sie wischt sich die Augen und atmet tief aus. Dann stapelt sie die Karten ordentlich und schiebt sie ihrem Vater hin.

»Hier«, sagt sie. »Versuch's noch mal.«

Später, als sie beim Veranstaltungssaal eintreffen, werden sie schon von Eleanor und Todd erwartet. Todd trägt einen Smoking und Eleanor ein glitzerndes Ballkleid und im Haar eine Art Tiara. Über so einen Aufzug würde Greta normalerweise die Augen verdrehen, aber Eleanor sieht tatsächlich schön aus.

»Hört mal«, sagt Eleanor, umwabert von einer Parfümwolke. »Ich hab mit Bobby geredet.«

Greta runzelt die Stirn. »Wer ist Bobby?«

Eleanor lacht, dann merkt sie, dass Greta die Frage ernst gemeint hat. »Der Cruise Manager«, sagt sie mit einem Blick, der zum Ausdruck bringt, dass sie es nicht fassen kann, wie jemand am Ende einer Kreuzfahrt noch immer nicht mit so einem wichtigen Menschen per Du ist. »Er hat versprochen, ein Zeitfenster für dich freizuhalten. Für alle Fälle.«

Greta merkt Eleanor an, dass sie sich für ein endgültiges Nein wappnet. Als Greta sie jedoch umarmt, fragt sie überrascht: »Heißt das Ja?«

»Nein, es heißt immer noch Nein«, sagt Greta. »Aber danke, dass du mit dem Mann gesprochen hast.«

Im Saal suchen sie sich Plätze in einer der ersten Reihen. Auf der Bühne erklärt Bobby, wie der Abend verlaufen wird. Um sie herum sind alle außer Conrad nervös. Davis spielt auf einem imaginären Klavier, während Mary Melodien vor sich hin summt und Eleanor und Todd mit den Füßen wippen.

»Das war eine bescheuerte Idee«, flüstert Mary Greta beim ersten Programmpunkt zu, als ein vielleicht achtjähriger Junge die Bühne betritt, in den Händen vier Jonglierbälle.

Der arme Junge lässt die Bälle innerhalb von drei Minuten insgesamt zwölfmal fallen, zweimal, weil das Schiff gekrängt hat, aber zehnmal aus Ungeschicklichkeit. Aber als er fertig ist, klatscht das Publikum trotzdem begeistert, und Greta spürt, wie Mary sich neben ihr entspannt.

Als Nächstes kommen eine irische Familie mit einer Steptanznummer, dann ein etwa sechzigjähriger Mann, der zu Billy Joels »We didn't Start the Fire« die Lippen so bewegt, als würde er es singen, und ein Zauberer, dessen Vorstellung Conrad mit kritischem Blick verfolgt.

»Amateurkram«, murmelt er vor sich hin, wirkt aber trotzdem fasziniert.

Anschließend treten zwei christliche Sänger mit Ukulelen auf, gefolgt von der alten Dame, der Greta dauernd über den Weg läuft. Sie liest ein selbst geschriebenes Gedicht vor über Feminismus und Widerstand, das so eindringlich ist und so durchsetzt mit Kraftausdrücken, dass selbst Greta am Ende errötet. Greta applaudiert begeistert, und als die Frau die Bühne verlässt, meint sie zu sehen, dass sie ihr zuzwinkert.

»So viel Talent auf einem Schiff«, sagt Bobby nach fast jedem Auftritt. Dann sind Mary und Davis an der Reihe. Sie steigen auf die Bühne und spielen ein Medley aus Songs der sechziger Jahre – alles von Marvin Gaye bis zu den Beach Boys –, und irgendwann klatscht der ganze Saal mit. Greta hat Davis schon seit Jahren nicht Klavier spielen gehört, und sie ist überrascht, wie klar und kraftvoll Marys Stimme klingt. Die ganze Zeit sehen die beiden einander an.

Dann bringt ein Komödiant einen Sketch über das Angeln, und ein alter Mann liest aus *Ulysses* vor. Dann sind Eleanor und Todd an der Reihe. Sie tanzen so anmutig über die Bühne, als würden sie schweben. Sie bekommen einen Riesenapplaus, und Greta merkt, dass sie sich bei dieser albernen Talentshow auf dem blöden Kreuzfahrtschiff tatsächlich amüsiert.

Später flüstert sie so aufgeregt mit Mary über die dreiundachtzigjährigen Zwillinge, die eine Szene aus *Viel Lärm um nichts* gespielt haben, dass sie gar nicht mitbekommt, wie Bobby den nächsten Auftritt ankündigt. Doch dann sieht sie Preeti mit einer akustischen Gitarre auf die Bühne steigen, und sie wird ganz still.

Es gibt keinen Grund für sie, nervös zu sein, Preeti wirkt jedenfalls ziemlich entspannt. Sie stellt sich an das Mikrofon in der Mitte der Bühne und stimmt ihre Gitarre noch einmal nach. Ihre freudige Erregung ist regelrecht spürbar, und als sie aufblickt, strahlt sie voller Selbstvertrauen ins Publikum.

Sie nimmt das Plektron aus dem Mund und beugt sich zum Mikro vor. »Ich spiele einen Song von einer Musikerin, die mein großes Vorbild ist«, sagt sie und sucht mit ihrem Blick das Publikum ab. »Er heißt ›Birdsong‹.«

Greta kann nicht sagen, ob sie damit gerechnet hat, dass auf die Ankündigung Applaus folgt, aber es herrscht Stille im Saal, und Greta muss sich beherrschen, um nicht laut zu lachen. Denn das ist ihr Song, und niemand im Saal weiß es. Woher auch. Selbst ihre mitreisenden Freunde haben keine Ahnung. Conrad kratzt sich am Ohr. Mary kramt in ihrer Handtasche nach einem Pfefferminzbonbon. Todd gähnt einmal, dann noch einmal.

Als Preeti die einleitenden Akkorde spielt, weiß Greta nicht, ob sie eher vor Stolz oder vor Aufregung Herzklopfen hat. Wahrscheinlich ist es ein bisschen von beidem. Der Song ist schon alt, das vierte Stück auf ihrer ersten EP, und eins, das sie kaum noch spielt. Es ist mehr eine Studie als ein richtiger Song. Sie war damals mächtig stolz darauf, aber heute weiß sie, dass es viel zu aufgesetzt war, mit zu komplizierten Riffs und Übergängen. Es ist kein sehr eingängiges Stück, aber es macht tierischen Spaß, es zu spielen, und es erfüllt sie mit Stolz, als sie Preeti zusieht, wie sie sich – die Brauen zusammengezogen, die Zunge zwischen den Lippen – durch die ersten Harmoniefolgen kämpft, und wie viel Spaß sie dabei hat.

»Die Kleine ist ja richtig gut«, flüstert Mary.

Greta kann nur nicken, so fasziniert ist sie von Preeti. Es ist verrückt zu sehen, wie jemand solche Freude an etwas hat, dass man sich irgendwann aus den Fingern gesaugt hat, und Greta hüpft das Herz, als sie sieht, wie Preeti sich wacker durch die etwas dürftige erste Strophe schlägt, den Kopf tief über die Gitarre gebeugt, wie ihre Finger über die Saiten huschen.

Aber in der zweiten Strophe verliert sie den Faden.

Zuerst ist es nur ein falscher Ton.

Sie hält inne, setzt noch einmal an. Spielt ein paar Akkorde, hält wieder inne, sie bekommt es nicht hin.

Es ist seltsam, es in Echtzeit ablaufen zu sehen, genau zu wissen, wie dem Mädchen gerade das Herz bis zum Hals schlägt, die plötzliche Leere, wo eben noch das Selbstvertrauen war. Man macht einen Fehler, dann noch einen, und dann, plötzlich, ist die Unsicherheit da wie eine Nebelbank, die einem die Sicht behindert. Man geht alles noch einmal von vorne durch, jeden Schritt, von den kleinsten Elementen des Songs bis hin zur Energie im Saal, die sich um einen herum auflöst wie der Wind nach einem Gewitter. Und die Finger, die eben noch über die Saiten geflogen sind, fühlen sich taub an.

Preeti blickt auf. Nur ganz kurz, nicht lange genug, um den Blick zu fokussieren, aber Greta weiß genau, was sie sucht.

Sie sucht Hilfe.

Sie sucht nach ihr.

»Die Ärmste«, sagt eine Frau hinter Greta, und jemand neben ihr stimmt ihr zu. Das Publikum wird unruhig. Es gibt nichts Peinlicheres, als zusehen zu müssen, wie jemand auf der Bühne scheitert. Das weiß Greta besser als alle hier.

Sie weiß nicht, was sie vorhat, als sie aufsteht. Sie weiß nur, dass sie etwas tun muss. Preeti ist inzwischen wie erstarrt, und über dem Saal liegt eine unangenehme, grenzenlose Stille.

Greta schiebt sich durch die Reihe, ignoriert die verwunderten Blicke von Conrad und Mary und den anderen und das unterdrückte Stöhnen der Frau, der sie auf die Zehen tritt. Auf dem Weg den Gang hinunter schnappt sie sich eine Ukulele von den Knien eines der christlichen Sänger. »Hey!«, ruft der Mann verblüfft, doch sie geht einfach weiter, springt die Stufen zur Bühne hoch und stellt sich neben Preeti, die mit geweiteten Augen reglos am Mikrofon steht. Das Herz schlägt ihr bis zum Hals.

Sie legt eine Hand über das Mikrofon. »Alles okay?«, fragt sie.

Preeti nickt zaghaft.

»Okay«, sagt Greta mit mehr Bestimmtheit, als sie empfindet. Sie wirft einen Blick ins Publikum, ein Meer aus Menschen, alle mit einem Handy im Schoß, Hunderte winziger Kameras, bereit, diesen Augenblick festzuhalten.

Sie schluckt.

Spiel einfach, verdammt noch mal, denkt sie.

Die Ukulele fühlt sich winzig an, eher wie ein Spielzeug, und sie hat weniger Saiten, aber ihre Finger finden die richtigen Stellen. Sie schaut Preeti an, die aussieht, als würde sie gleich in Tränen ausbrechen. Immer noch herrscht Stille im Saal. Greta ringt sich ein Lächeln ab.

»Los geht's«, sagt sie und fängt an zu spielen. Der Song klingt total falsch auf der Ukulele, die viel zu hoch gestimmt ist, und es gibt nicht genug Saiten für die vielen Töne, obwohl das eigentlich egal ist, weil Preeti mitspielt, sie macht genau da weiter, wo sie aufgehört hat, ein bisschen wacklig, ein bisschen gekünstelt und den Applaus nicht wert, der sofort aufbrandet, aber es reicht, um das Stück zu Ende zu bringen, was manchmal das Einzige ist, was zählt.

Als sie das Stück beenden, springen die Leute auf, und Greta atmet tief aus. Preeti lacht vor Erleichterung.

»Heilige Scheiße«, sagt sie treffend.

Greta nimmt Preetis Hand, und sie verbeugen sich gemeinsam. Dann macht sie einen Schritt zurück und zeigt auf Preeti, und der Applaus schwillt an, und jemand ruft »Zugabe!«, und aus irgendeinem Grund kommen Greta die Tränen. Doch sie hält sie zurück, und zu ihrer eigenen Überraschung sagt sie »Noch eins?«, und Preeti nickt und legt die Hände wieder auf ihre Gitarre – sehr, sehr sorgfältig – und spielt die Einleitung zu »Done and Done«, und Greta lacht und steigt ein, und die Leute im Saal springen auf und klatschen mit, und wider Erwarten macht das alles einen Heidenspaß.

Als Preeti Greta nach dem Auftritt umarmt und sagt: »Ich bin dir richtig was schuldig«, denkt Greta genau das Gleiche.

»Ich habe das alles auch erlebt«, sagt sie. »Jetzt, wo du es hinter dir hast, wirst du einen Riesensprung machen.«

»Echt?«

Greta nickt. »Niemand hat gesagt, dass es leicht ist.«

»Stimmt«, sagt Preeti. »Aber es macht Spaß.«

Sie lächelt, umarmt Preeti noch einmal, bringt die Ukulele zu ihrem Eigentümer zurück – der zu beeindruckt ist, um sich zu beschweren – und geht wieder auf ihren Platz, wo Mary und Eleanor und Todd und Davis und sogar Conrad sie mit einer zweiten stehenden Ovation in Empfang nehmen. Vor allem Conrad strahlt übers ganze Gesicht und schüttelt den Kopf, als sie sich mit einem verlegenen Lächeln neben ihn setzt.

Später gehen sie alle zur Piano Bar, um anzustoßen. Mary und Eleanor kichern beschwipst, Todd schläft auf seinem Platz in der Ecke ein, und Davis sieht mit erhobenen Brauen zum Mann am Klavier hinüber.

»Er ist nicht besser als du«, flüstert Greta ihm zu, woraufhin er laut auflacht und zum Tresen geht, um noch eine Runde Drinks zu holen, die nicht die letzte bleibt.

Irgendwann nimmt Greta ihr Handy, um Howie eine Nachricht zu schicken. *Dementier die Geschichte, okay?* Er schreibt sofort zurück: *Endlich hast du's kapiert!*

Und zum ersten Mal seit Langem denkt sie, dass das vielleicht tatsächlich stimmt.

Dann merkt sie, dass ihr Vater neben ihr steht. »Was du da auf der Bühne gemacht hast«, sagt er, »war echt beeindruckend.«

»Ich wollte ihr nur helfen. Sie ist nett.«

»Ja, ich weiß, aber ich meinte nicht nur das«, antwortet er, und er sagt es so ernst, dass es Greta die Kehle zusammenschnürt. »Was du gespielt hast, war wirklich sehr schön.«

»Es tut mir leid, dass dein Song nicht schön war.« Das hatte sie gar nicht sagen wollen. Aber jetzt ist es raus. Conrad blinzelt, er wirkt genauso überrascht wie sie. Sie räuspert sich und setzt noch einmal an. »Ich kann mich nicht dafür entschuldigen, dass ich den Song geschrieben habe. Es waren meine Gefühle damals. Aber es tut mir wirklich leid, dass ich dich verletzt habe. Und dass ich bis jetzt gebraucht habe, um dir das zu sagen.«

Er sieht sie so lange an, dass sie schon fürchtet, er könnte sich abwenden und gehen. Stattdessen sagt er schließlich: »Du warst nur ehrlich. Du warst ...«

»Was?«

»Hör zu, wir wissen beide, dass ich gern auf Nummer sicher gehe. Deine Mutter war nicht so. Als sie an dem Abend zurück zu mir in die Kneipe gekommen ist, hat das niemand, der sie kannte, für eine gute Idee gehalten. Sie hätte es viel leichter gehabt, wenn sie bei ihrem Freund geblieben wäre. Aber er war nun mal nicht ihr Traummann.« Er lächelt. »Das war ich.«

Greta nickt. »Und sie war deine Traumfrau.«

»Stimmt, aber für mich war es einfach«, sagt er. »Mich in sie zu verlieben war das Einfachste, was ich je in meinem Leben getan hatte. Aber sie ist ein Risiko eingegangen. Sie musste einen Sprung wagen, und zwar einen großen, aber das hat ihr nichts ausgemacht.« Er schließt die Augen. »Was ich sagen will, ist, dass ich manchmal vergesse, wie mutig sie sein konnte. Wie furchtlos.« Er macht die Augen wieder auf und schaut Greta an. »Genau wie du.«

Sie weiß nicht, was sie darauf erwidern soll. »Danke, Dad«, sagt sie und blinzelt ein paarmal. Im Moment fühlt sie sich alles andere als furchtlos. Sie hat sich immer noch nicht getraut, »Astronomy« wieder in Angriff zu nehmen, denn das würde bedeuten, dass sie sich nicht nur der Hoffnung stellen müsste, an die sie sich geklammert hat, als sie den Song geschrieben hat, sondern auch der Trauer, die mittlerweile untrennbar mit dem Stück verbunden ist. Den Song zu Ende zu schreiben würde bedeuten, Abschied zu nehmen. Und dazu fühlt sie sich noch nicht bereit. Also ist sie untergetaucht. Aber es wird Zeit, dass auch sie etwas riskiert.

»Weißt du, wie du mir wirklich danken könntest?«, fragt ihr Vater gerade. »Du könntest einen neuen Song für mich schreiben. Und du könntest ihn vielleicht ›Oceanography‹ nennen.«

Greta lacht verunsichert. »Wieso?«

»Weil der Song, den du für Helen geschrieben hast, ›Astronomy‹ heißt«, sagt er mit einem verschmitzten Lächeln. »Und Ozeanographie ist so was wie das Gegenteil davon. Weiter weg vom Sternenhimmel geht nicht. Aber auch das Meer hat was.«

Sie fragt sich, ob ihm das spontan eingefallen ist, oder ob er sich das schon vor längerer Zeit überlegt hat. Aber letztlich spielt es auch keine Rolle.

»Zwei Gegensätze«, sagt sie und stößt mit ihm an, und als er den Kopf in den Nacken legt, um sein Glas zu leeren, sieht sie, dass er grinst.

Später, auf dem Weg zu ihrer kleinen Kabine, fällt ihr auf, dass sie schon seit Stunden nicht an Ben gedacht hat. Vielleicht ist das auch in Ordnung so. Sie haben eine knappe Woche zusammen verbracht, und die ist vorbei. Manchmal bekommt man nicht mehr. Und vielleicht war es genug.

Aber als sie die Tür aufschließt, fällt ihr Blick als Erstes auf das Buch. Es liegt mitten auf dem Bett, genau da, wo sie es liegen gelassen hat. Sie setzt sich auf die Bettkante und nimmt das Buch in die Hand. Ihr Kopf ist ein bisschen benebelt von all den Cocktails, ihr Körper noch aufgeladen von dem Auftritt mit Preeti. Doch dann schlägt sie das Buch auf und lässt sich von der Geschichte mitreißen. Und als sie es Stunden später wieder zuklappt, hört sie, wie das Personal in den Korridoren das Gepäck einsammelt, während das Schiff in den Hafen von Vancouver einläuft.

Samstag

Kapitel 32

Greta steht an der Reling und sieht zu, wie die Stadt immer näher rückt, als eine Nachricht von Ben eintrifft.

Es geht ihr gut. Keine OP.

Mehr schreibt er nicht. Aber sie ist erleichtert über die gute Nachricht.

Das freut mich sehr, schreibt sie. Dann betrachtet sie eine Weile das Display in der Hoffnung, dass kleine Pünktchen eine Antwort ankündigen. Aber nichts passiert.

Die Luft ist kühl, und obwohl es erst Anfang Juni ist, riecht es schon nach Herbst, nach welkem Laub, Holzfeuer und Feuchtigkeit. Greta bleibt noch eine Weile an der Reling stehen, um das alles in sich aufzunehmen, dann steckt sie ihr Handy ein, nimmt ihren Gitarrenkoffer und geht nach drinnen.

Alle anderen genießen eine letzte Mahlzeit, bevor sie von Bord gehen. Gretas Flug geht am frühesten, sie wird also mit der ersten Gruppe das Schiff verlassen. Sie schnappt sich einen Apfel und geht zu den anderen an den Tisch, um sich zu verabschieden.

Conrad steht auf, als er sie sieht. »Du gehst schon?«

Sie nickt und gibt ihm eine Tüte aus dem Andenkenladen. Überrascht nimmt er ein Puzzle heraus.

»Ein Neuanfang«, sagt sie, während er die Schachtel betrachtet. Es ist ein Bild von einem blau-weißen Gletscher, ein Puzzle aus tausend Teilen.

»Wow«, sagt Davis, der Conrad über die Schulter lugt. »Sieht aus wie der totale Albtraum.«

»Stimmt«, sagt Conrad. Dann schaut er Greta an. Seine Augen sind feucht. »Danke.«

Greta lächelt. »Danke *dir* für die schöne Woche«, sagt sie, und zu ihrer Überraschung lacht er. Auch sie lacht. Dann versucht sie es noch einmal: »Für eine unerwartete Woche?«

»Schon eher«, sagt er und umarmt sie.

Aber die Wahrheit ist viel komplizierter. Es war eine seltsame Woche. Eine traurige Woche. Eine anstrengende Woche.

Es war eine Woche, in der sie beide leicht hätten untergehen können.

Aber das ist nicht passiert. Sie haben sich über Wasser gehalten. Sie arbeiten immer noch dran.

Sie verabschiedet sich von den anderen, klatscht Davis ab und verspricht Mary, sie an Weihnachten zu besuchen. Sie lacht, als Todd vorschlägt, sie soll sie auf ihrer nächsten Reise wieder begleiten, und verspricht der vor Freude strahlenden Eleanor zwei Backstage-Ausweise für ihr Konzert in Cincinnati im Herbst.

Sie alle wünschen ihr viel Glück für den nächsten Abend, und als Mary sie zum Abschied umarmt und ihr ins Ohr flüstert »Deine Mutter wäre mächtig stolz auf dich«, muss sie ein paar Tränen wegblinzeln, obwohl Eleanor dasselbe im Lauf der Woche schon mehrmals gesagt hat.

Als die Nummer ihrer Gruppe aufgerufen wird, schlingt sie sich den Gitarrenkoffer über die Schulter, hebt noch einmal zum Abschied die Hand und macht sich auf den Weg durch das Schiffslabyrinth. Überall stehen Gepäckstücke, überall sind Leute mit Reisevorbereitungen beschäftigt. Seltsame Vorstellung, dass am Nachmittag wieder alles von vorn anfängt, dass das Schiff sich mit Hunderten neuer Passagiere füllen wird. An der Rampe gibt sie ihren Schlüssel ab und geht vom Schiff. Nur einmal dreht sie sich noch um, nimmt noch einmal die atemberaubende Größe dieses Schiffs in sich auf, das sie sieben Tage lang beherbergt hat.

Zuerst muss sie am Zoll Schlange stehen, dann am Gepäckband, und als sie ihren Koffer hat, steigt sie in einen der vielen Busse, die die Passagiere zum Flughafen bringen. Kaum hat sie einen Platz gefunden, kommt eine Nachricht von Asher. Es ist ein unscharfes Foto von Greta und Conrad in der Piano Bar, das Mary offenbar am Abend zuvor aufgenommen und ihm geschickt hat. Darunter schreibt Asher: *Ich habe viele Fragen. Aber die erste lautet: Bin ich immer noch das Lieblingskind?*

Sie lacht. Dann antwortet sie: *Keine Sorge. Dein Platz ist bestimmt nicht in Gefahr.*

Puh, antwortet er. *Ich dachte schon, ich muss noch ein Kind in die Welt setzen.*

Als der Bus losfährt, drückt sie ihre Stirn ans Fenster und sieht die Straßen von Vancouver vorbeifliegen, grau in grau, und sie denkt, wie seltsam es doch ist, den Tag auf hoher See zu beginnen und in New York zu beenden, von dem ruhigen Meer unter endlosem Himmel in das Häusermeer mit seinem quirligen Treiben zu wechseln. Und dann morgen auch noch das Musikfestival.

Im Flugzeug klappt sie ihren Laptop auf, um ihre Setliste zu bearbeiten, die sie Howie immer noch nicht zum Abnicken geschickt hat. Als Erstes tippt sie »Prologue« ein und betrachtet das Wort ziemlich lange. Dann gibt sie den Titel eines Songs ein, den sie in einem anderen Flugzeug geschrieben hat, mit dem sie durch eine andere Nacht geflogen ist. Sie schließt die Augen, und sofort taucht das Bild des Gletschers auf, an dem sie mit Conrad gestanden hat, die Asche, die mit dem Wind davonfliegt, winzige schwarze Punkte vor einem schneeweißen Himmel, so winzig wie die Sterne am Nachthimmel.

Ihr Herz gerät ins Schlingern, und sie lässt es zu, dass sie das spürt.

Aber nur ganz kurz.

Dann fängt sie an zu schreiben.

Als sie fertig ist, schiebt sie ihre Fensterblende ein Stückchen hoch, und tief unter sich sieht sie die Spitze Manhattans auftauchen, all die silbrigen Hochhäuser, umspült von zwei Flüssen. Für sie gibt es kaum einen schöneren Anblick auf der Welt. Schon als sie das erste Mal hergekommen ist, nervös und hoffnungsvoll zugleich, hat es sich angefühlt, als würde sie nach Hause kommen. Es ist eine Stadt, in die man sich verlieben kann, noch bevor man sie richtig gesehen hat. Bei dem vertrauten Anblick geht ihr das Herz auf, und als das Flugzeug in Richtung Flughafen abdreht, holt sie mehrmals tief Luft.

Es ist schon dunkel, als sie zu Hause ankommt. Sie lässt ihre Schlüssel auf den Beistelltisch fallen und sieht sich in ihrer kleinen Wohnung um. Ihr letzter Versuch, eine Pflanze am Leben zu halten, ist fehlgeschlagen, aber ansonsten sieht alles aus wie immer. Sie ist noch keine drei Minuten zu Hause, als Howie anruft.

»Ich hab die Geschichte offiziell dementiert. Morgen früh um Punkt acht kommt dein Wagen, die Plattenfirma will die Zusicherung, dass du ›Astronomy‹ auf keinen Fall spielst«, rasselt er herunter, ohne auch nur Hallo zu sagen.

Greta betrachtet das Notizheft, das aus ihrer Tasche herausragt. Dann sagt sie: »Danke. Alles klar. Und gut.«

Nach kurzem Zögern fragt Howie: »Gut?«

»Gut.«

»Was?«

»Der Wagen.«

»Ach so.«

»Howie, das war ein Scherz. Sag ihnen, ist gut. Ich spiel es nicht.«

»Sicher?«

»Nein«, antwortet sie und legt auf.

Sonntag

Kapitel 33

Am nächsten Morgen wacht Greta früh auf, trotz Jetlag. Sie macht einen Spaziergang am East River, trinkt in ihrer Küche zwei Tassen Kaffee – im Stehen, vor der Espressomaschine – und geht ins Bad, um ausgiebig zu duschen. Um kurz vor acht ist sie nervös und steht unter Adrenalin, aber sie ist bereit.

Während ihr Wagen den FDR Drive am Rand Manhattans hochfährt, denkt sie an Ben, überlegt, wie er wohl diesen Sonntagmorgen verbringt. Sie stellt sich vor, wie er in seiner Wohnung in Uptown sitzt und bei einer Tasse Tee die Zeitung liest. Oder vielleicht macht er ja einen Spaziergang im Morningside Park. Oder vielleicht ist er bei seiner Familie in New Jersey. Oder immer noch im Krankenhaus bei Hannah, die Augen gerötet und die Haare zerzaust. Hoffentlich nicht.

Selbst nach allem, was passiert ist, fragt sie sich, ob er wohl zu ihrem Konzert kommen wird. Sie hofft so sehr, dass es ein guter Abend wird, aus Gründen, die viel wichtiger sind, als einen verschrobenen Professor beeindrucken zu wollen, den sie auf einem Kreuzfahrtschiff kennengelernt hat. Aber wenn sie ganz ehrlich ist, muss sie sich eingestehen, dass auch dies ein Grund ist.

Als sie in Randall's Island eintrifft, ist noch alles menschenleer. Der Rasen hat sich in eine Schlammlandschaft verwandelt, zertrampelt von den Fans, die am Vorabend hier waren, und auf der Hauptbühne herrscht erwartungsvolle Stille. Howie erwartet ihren Wagen in der Nähe des Eingangs; auch Cleo ist da, umwerfend schön in Neongelb, ihre Zöpfe schwingen, als sie Greta umarmt. Atsuko und Nate warten im Green Room, wo sie mit Umarmungen, Scherzen über ihre Auszeit und Fragen zu Luke empfangen wird. Aber trotz all der Ablenkung spürt Greta die nervöse Energie um sich herum, als sie alle für den Soundcheck auf die Bühne gehen.

Sie hat immer noch ihre Straßenkleidung an – enge schwarze Jeans und ein altes Metallica-T-Shirt –, und vor sich sieht sie nichts als eine leere Wiese, doch in dem Moment, als sie anfängt zu spielen, lässt die Anspannung nach. Das ist immer so, sobald sie ihre Gitarre in den Händen hält, auch wenn sie jetzt ein bisschen zu hastig in den Anfang von »Prologue« einsteigt. Dann hält sie kurz inne, um ihren Ohrstöpsel zu justieren und die Soundpedale zurechtzurücken.

»Das Ding wird auf jeden Fall ein Hit«, sagt Cleo, als sie zurück in den Green Room gehen, und die beiden Chefs ihrer Plattenfirma – zwei Weiße in Anzügen und Turnschuhen –, deren Namen Greta sich nie merken kann, lächeln erfreut.

Während sie in der Maske ist, tigert Howie hinter ihr hin und her, in seinem gebügelten Hemd wirkt er zwischen all den neonfarbenen Tanktops und Band-T-Shirts völlig fehl am Platz. Aber sie weiß, dass das beabsichtigt ist. Howie ist verdammt gut als Manager von Rockstars mit großen Egos. Sich um einen Rockstar zu kümmern, der auf der Bühne zusammenbricht, ist allerdings eher Neuland für ihn. Aber er ist die ganze Zeit für sie dagewesen, hat unerschütterlich weiter an sie geglaubt, selbst in Momenten, wo es nachvollziehbar – vielleicht sogar vernünftig – gewesen wäre, an ihr zu zweifeln.

Als die Maskenbildnerin sich abwendet, um eine andere Wimperntusche auszuwählen, beugt Howie sich ganz dicht über Greta und flüstert: »Nicht hinsehen, aber ich hab rausgefunden, wer die Geschichte über dich und Luke in die Welt gesetzt hat.«

Im Spiegel sieht Greta die beiden Chefs am Cateringtisch stehen. Einer von ihnen lächelt ihr zu und hebt einen Bagel, als sich ihre Blicke begegnen.

»Ich hab dir doch gesagt, nicht hinsehen!«, zischt Howie, aber Greta ist das egal. Denn ihr ist völlig klar, was das bedeutet: Ihre Chefs dachten, sie brauchte mehr Publicity, eine andere Geschichte, etwas zur Ablenkung, falls sie es wieder vermasselt.

Die glauben, dass ihre Musik allein nicht gut genug ist.

Dass *sie* allein nicht gut genug ist.

»Hör zu«, sagt Howie, »darum kümmern wir uns später. Vertrau mir. Jetzt wollte ich dir nur sagen –«, seine Lippen sind ganz dicht an ihrem Ohr, »geh da raus und heiz der Meute ein!« Dann zwinkert er ihr im Spiegel zu und trollt sich mit einem Grinsen.

Die Maskenbildnerin kommt zurück, Greta legt den Kopf zurück und lässt sich die Wimpern tuschen, anschließend kommt eine Assistentin, um ihr Outfit ein letztes Mal zu überprüfen – ein rotes Kleid und schwarze Stiefel –, dann gesellen sich Atsuko und Nate zu ihr. Draußen toben die Fans, ohrenbetäubender Lärm, ein wogendes Meer aus Körpern und Farben. Während sie in Begleitung eines Trupps aus Bühnentechnikern mit Headsets und Sicherheitsleuten mit dunklen Sonnenbrillen zur Bühne gehen, pocht Gretas Herz so heftig, als wollte es aus ihrem Brustkorb springen.

Atsuko und Nate gehen als Erste raus und nehmen ihre Plätze an ihren Instrumenten ein. Greta sieht sie dort im Dunkeln sitzen, sie warten auf sie, genau wie die Menge da unten. Greta tritt von einem Fuß auf den anderen, die Takte des ersten Songs, des neuen Songs, von dem so viel abhängt, pulsieren bereits in ihrem Körper.

Sie denkt kurz an ihren letzten Auftritt, der so katastrophal geendet hat, die Erinnerung daran ist nie weit weg, und ihr Gesicht beginnt zu glühen. Es sitzt immer noch tief, das Gefühl, wie sich plötzlich totale Leere ausbreitete, wo vorher nur Musik gewesen war. Das Gemurmel um sie herum, und dann die Panik. Die Taubheit in den Fingern und der trockene Mund. Wie tausend Handys in die Höhe schossen, um den Moment festzuhalten. Von all diesen Eindrücken wird sie seit jenem Abend verfolgt wie ein wildes Tier.

Doch dann gibt ihr jemand ihre Gitarre, und sie legt sich den Riemen um den Hals, spürt das vertraute Gewicht des Instruments, und plötzlich wird ihr bewusst, dass das vermasselte Konzert gar nicht ihr letztes war, jetzt nicht mehr jedenfalls. Ihr letztes war der Auftritt mit Preeti vorgestern Abend, als sie auf einem Kreuzfahrtschiff vor der Küste Alaskas vor Hunderten Zuschauern Ukulele gespielt hat. Als sie und Preeti stehende Ovationen bekommen hatten.

Die Scheinwerfer tauchen die Bühne in Rot und Grün und Blau, und Greta spürt die freudige Erregung, die über allem liegt. Als sie auf die Bühne kommt, spielt das Publikum verrückt, der Jubel ist so laut, dass ihr ein Schauder über den Rücken läuft, aber das lässt sie sich nicht anmerken. Sie geht zur Mitte der Bühne, reißt einen Arm hoch, bleibt breitbeinig da stehen, das Kinn vorgereckt, während hinter ihr die Musik einsetzt, die ersten Noten eines Songs, den sie noch nie öffentlich gespielt hat, eines Songs, den noch nie jemand gehört hat.

Zuerst setzt das Keyboard ein, dann das Schlagzeug, das Tempo steigt mit dem anschwellenden Geschrei der Fans, die Energie überträgt sich von der Menge auf die Bühne wie in einem Stromkreis, als ginge es darum, die ganze verdammte Bühne mit Licht zu erfüllen.

Und während sie sich darauf vorbereitet, in den Beat einzusteigen, während ihre Finger über den Saiten schweben, wandert ihr Blick über die Menge, auf der Suche nach einem vertrauten Gesicht.

Als sie gerade anfangen will, entdeckt sie ihn.

Er steht ziemlich nah an der Bühne, ein ruhender Punkt inmitten der wogenden Menge aus Fans, die um ihn herum hüpfen und mit den Armen wedeln.

Und er hält ein Schild hoch.

Und auf dem Schild steht: GRETAS DAD.

Hinter ihr ändert sich der Rhythmus, das Zeichen für ihren Einsatz. Stattdessen hebt sie die Hand, und die anderen hören auf zu spielen. Sie spürt, wie alle im Publikum den Atem anhalten und sich fragen, ob die Geschichte sich wiederholt. Aber darum schert sie sich nicht. Sie dreht sich um und ruft ihren Musikern etwas zu.

Einen Augenblick später setzt die Musik wieder ein, diesmal langsamer, dräuender, und ein riesiges Jubelgeschrei geht los, als die ersten Takte von »Astronomy« ertönen, ein Song, der ursprünglich von Hoffnung handelte, und später von Trauer, der aber eigentlich immer von der Liebe gehandelt hat.

Diesmal zögert Greta nicht. Keine Sekunde lang.

Sie lächelt nur und spielt ihre verdammte Gitarre.

Danach

Kapitel 34

Sie liest das Buch noch einmal, doch dann schickt sie es ihm zurück. Es erscheint ihr nicht richtig, etwas so Persönliches zu behalten, ein Buch, das so zerlesen ist, das jemandem so viel bedeutet. Trotzdem fällt es ihr nicht leicht, sich davon zu trennen. Sie steckt es in einen braunen Umschlag, adressiert ihn an Ben, geht zur Post, um den Brief aufzugeben; und jede Handlung fühlt sich an wie ein Abschied.

Sein Sweatshirt behält sie. Das wird er nicht schmerzlich vermissen.

Außerdem hat sie sich angewöhnt, darin zu schlafen, seit es kühler geworden ist.

In den vergangenen Monaten war Greta die meiste Zeit auf Tournee, und es ist gut, wieder ihr normales Leben zu führen, das aus Flughäfen und Hotels und Konzertsälen besteht und sie jeden Abend, wenn sie vor ihren jubelnden Fans steht, wieder daran erinnert, wie großartig es ist, seinen Lebensunterhalt mit etwas verdienen zu können, das man liebt.

Das neue Album ist erschienen, aber sie hat keine Lust, die Rezensionen zu lesen. Dafür verfolgt Conrad sie umso aufmerksamer, und wenn er sie sonntagsabends anruft, was er tut, seitdem er auf ihrem Konzert war, gibt er ihr immer eine Zusammenfassung der neuesten Kritiken.

»Der Kritiker der *Times* hat dein Album in den höchsten Tönen gelobt«, sagt er dann. »Er findet es originell und anspruchsvoll und vor allem –«

»Dad.«

»Okay, ist ja gut. Ich hab den Artikel in die Kladde geklebt, für den Fall, dass du das Zeug irgendwann mal lesen willst.«

Noch vor wenigen Monaten wäre es unvorstellbar gewesen, dass Conrad die Kladde weiterführt, in der ihre Mutter über all die Jahre alles über Greta gesammelt hat. Aber jetzt erzählt Asher ihr, dass er sie jedem zeigt, der ihn besuchen kommt.

Nur einmal fragt Conrad, ob Ben sich noch mal gemeldet hat, und sie antwortet wahrheitsgemäß, dass das mit ihnen keine Zukunft hatte.

»Vielleicht geht es auch nicht immer darum, dass etwas von Dauer ist«, hat er gesagt. »Vielleicht geht es nur darum, dass es einem etwas bedeutet.«

Und sie findet, ja, es hat ihr etwas bedeutet.

Dann findet sie eines Tages zwischen den üblichen Briefen und Wurfsendungen einen Umschlag vor ihrer Wohnungstür. In der linken oberen Ecke ist das Logo der Columbia University abgedruckt. Sie reißt den Umschlag auf, und zum Vorschein kommt ein kleines, leinengebundenes Buch mit kleinen Huskies und schneebedeckten Bäumen auf dem blauen Leinen. In dem Buch steckt ein gefalteter Briefbogen mit dem Logo der Uni. *Danke, dass du mir mein Buch zurückgeschickt hast. Hast du es gelesen?*

Eine Weile grübelt Greta über die Frage nach. Es ist eine offene Frage, eine Einladung. Sie legt den Brief auf ihrem Schreibtisch ab. Jedes Mal, wenn sie daran vorbeigeht, liest sie die Worte noch einmal, obwohl sie sie längst auswendig kennt. Erst als sie zwei Wochen später am Morgen, bevor sie zu einem Konzert in Portland aufbricht, in einen Buchladen geht und eine andere Ausgabe der Geschichte sieht – ein Taschenbuch, auf dem eine leere Schneelandschaft abgebildet ist, auf dem sich in einer Ecke der Schatten eines Hunds abzeichnet –, entschließt sie sich zu antworten.

Nach kurzem Nachdenken schreibt sie auf einen Bogen Hotelbriefpapier: *Ich hab's sogar zweimal gelesen.* Dann schickt sie ihm den Bogen zusammen mit dem Taschenbuch.

Eine Woche später schickt er ihr eine weitere Ausgabe mit einer Nahaufnahme eines blauäugigen Huskies auf dem Umschlag, der den Betrachter direkt anzusehen scheint. Auf dem beiliegenden Briefbogen steht: *Und?*

Die nächste Ausgabe entdeckt sie im Buchladen The Strand, nach einem Brunch mit Jason und Olivia, der – obwohl der Avocado-Toast zu wünschen übrig ließ – angenehmer war als erwartet. Diesmal ist auf dem Cover ein heulender Wolf im Schneegestöber abgebildet, und auf eine Karte, die sie zusammen mit dem Buch kauft, schreibt sie: *Und du hattest recht.*

Ein paar Tage später schickt er ihr eine ledergebundene Ausgabe, und diesmal steht seine Nachricht auf der Titelseite des Buchs: *Willkommen im Jack-London-Fanclub.*

In der Hoffnung, da noch eins draufzusetzen, geht sie zu einem Antiquariat in der Upper East Side, wo sie einmal mit Luke war, als der nach einem signierten Album von Bob Dylan suchte. Leider hat der Laden keine Ausgabe von *Der Ruf der Wildnis*, dafür jedoch eine Erstausgabe eines anderen Buchs von Jack London, *Die Fahrt der Snark.* Sie schlägt es auf, und es enthält tatsächlich eine handschriftliche Widmung des Autors an einen Freund: »Nur ein paar Stationen einer glücklichen Reise.«

Sie bezahlt den völlig überteuerten Preis und schickt es ihm.

Und dann: Nichts. Eine gefühlte Ewigkeit lang.

Den ganzen Herbst über geht sie jedes Mal, wenn sie nach New York zurückkommt, voller Hoffnung ihre Post abholen. Aber als der Dezember beginnt, wird ihr klar: Ben ist aus dem Spiel ausgestiegen. Vielleicht hat er Wichtigeres zu tun. Vielleicht ist er zu seiner Familie zurückgekehrt. Oder vielleicht hat sein Leben einfach eine andere Richtung genommen.

Über Weihnachten fliegt sie nach Ohio. Es ist das erste Weihnachten ohne Helen, und doch begegnet sie ihnen überall: in den Schachteln mit dem Weihnachtsschmuck, die sie vom Speicher holen, in den Weihnachtsliedern, die sie in Dauerschleife abspielen. Als sie den Baum schmücken, lachen Greta und Asher über die Sachen, die Helen aufgehoben hat: aus Zuckerstangen gebastelte Bilderrähmchen und aus Gabelspaghetti zusammengeklebte und mit Goldfarbe besprühte Girlanden. Es fühlt sich an, als würde sie ihnen all diese Sachen noch einmal schenken.

Zu Ashers Entsetzen schenkt Greta ihren Nichten ein Schlagzeug zu Weihnachten.

Aber ihr Vater setzt noch eins drauf.

Er schenkt allen dreien eine Gitarre.

Es ist schon spät am Abend, als sie am nächsten Tag zurück nach New York kommt, die Straßen sind regennass und menschenleer. Als sie über die Brücke fahren, legt sie die Stirn an das Fenster des Taxis und betrachtet das Lichterballett der Rücklichter der Autos.

Vor ihrer Wohnungstür türmen sich Briefe und Päckchen, Weihnachtsgeschenke von Freunden und Verwandten, von Agenten und Managern und natürlich von ihren reumütigen Chefs. Als sie die Tür aufdrückt, fällt der Stapel um, und einige Päckchen landen in ihrem Flur, darunter eins mit Bens Absender. Ohne sich die Jacke auszuziehen, reißt sie es auf. Es ist ein Buch. Aber nicht *Der Ruf der Wildnis*. Es ist noch nicht mal ein Buch von Jack London.

Es ist in blaues Leinen gebunden, mit lauter kleinen Walen drauf.

Sie fährt mit dem Finger über den Titel: *Moby Dick*.

Während sie den Briefbogen auffaltet, weiß sie eigentlich, dass sie die Nachricht nicht zu lesen braucht. Sie weiß schon, was das alles bedeutet.

Trotzdem bekommt sie Herzklopfen beim Anblick von Bens Handschrift.

Zeit, ein neues Kapitel anzufangen, schreibt er. Lächelnd faltet sie den Briefbogen wieder und schiebt ihn zurück in das Buch.

Ein paar Tage später fängt es an zu schneien. Es fällt so viel Schnee in so kurzer Zeit, dass es ihr vorkommt wie ein Zeitsprung – als hätte die Welt um die Stadt herum einen Zahn zugelegt. Innerhalb der Stadt ist alles still und weiß, und es gibt nur Greta am Fenster, eine Tasse in der Hand. Sie hat den ganzen Tag geschrieben, ihre Finger sind mit Tinte beschmiert.

Draußen treibt der Wind Schneeflocken in Wolken auf. Morgen wird alles wieder grau sein, die Gehwege voller Schneematsch. Aber heute Abend ist alles perfekt. Greta bleibt lange am Fenster stehen und betrachtet die Schneeflocken, die wie schwerelos in der Luft schweben. Ihr Fenster geht nach Norden, und sie stellt sich den Central Park vor, der fünfzig Blocks entfernt liegt: die schneebedeckten Bäume, die Schneewehen, das sanfte Licht der Straßenlaternen. Und irgendwo mittendrin – vielleicht – eine einzelne Gestalt, warm eingepackt und voller Staunen.

Ihre Stiefel stehen im Flur unter der Bank. Sie betrachtet sie eine Weile, bevor sie hineinschlüpft. Dann schnappt sie sich Mantel und Mütze und ein Paar Handschuhe.

Als sie aus dem Gebäude tritt, fällt der Schnee noch dichter, alles fühlt sich surreal an, und ihr wird ein bisschen schwindlig. Einen Moment lang bleibt sie stehen, betrachtet die Straßenlaternen und den samtenen Himmel, während ihre Stiefel bereits im Schnee versinken.

Und dann macht sie sich auf den Weg.

Danksagung

Ein Dankeschön für meine fantastische Agentin Jennifer Joel. Unser zehnter Roman, und mit jedem neuen bin ich glücklicher über unsere Zusammenarbeit.

Meiner Freundin und Lektorin Kara Cesare danke ich dafür, dass sie dieses Buch von Beginn an in ihr Herz geschlossen hat und auch weiterhin mit großer Energie dafür wirbt.

Allen bei Ballantine möchte ich sagen, was für eine Freude es mir bereitet, mit euch zu arbeiten. Besonders möchte ich Gina Centrello für ihre Begeisterung, die sie schon früh versprühte, danken, ebenso Jennifer Hershey, die mich immer wieder ermutigt hat, und Kara Welsh für ihr Vertrauen, und nicht zuletzt Kim Hovey, die all das überhaupt erst ermöglicht hat. Großen Dank schulde ich außerdem Jesse Shumann, Allyson Pearl, Susan Corcoran, Quinne Rogers, Jen Garza, Karen Fink, Taylor Noel, Loren Noveck, Paolo Pepe und Elena Giavaldi.

Cassie Browne und Kat Burdon sowie allen anderen bei Quercus danke ich dafür, dass sie so wundervolle Partner in Großbritannien sind und dass sie so viel Anteil an der Geschichte genommen haben. Und Stephanie Thwaites, Jake Smith-Bosanquet, Roxane Edouard, Isobel Gahan, Savanna Wicks und Tanja Goossens bei Curtis Brown, dass sie mithelfen, das Buch über die ganze Welt zu verteilen.

Ich bedanke mich bei Binky Urban, Josie Freedman, John Delaney und Tia Ikemoto bei ICM für alles, was sie in den vergangenen Jahren für mich getan haben.

Und bei Kelly Mitchell, meinem Lieblings-Resonanzboden.

Und natürlich bei Marisa Dabice und Elena Awbrey für ihre musikalische Expertise.

Bei Morgan Matson für den Titel und bei Gretchen Rubin für das Motto am Anfang.

Ich danke Jenny Han, Adele Griffin, Sarah Mlynowski, Julie Buxbaum, Siobhan Vivian und Morgan Matson, die die ersten Entwürfe gelesen haben, für ihren unschätzbaren Rat. Und Anna Carey, Jenni Henaux, Lauren Graham, Rebecca Serle, Courtney Sheinmel, Elizabeth Eulberg, Robin Wasserman, Ryan Doherty, Mark Tavani, Andy Barzvi, Kari Stuart, Jocelyn Heyward, Allison Lynk, Hillary Phelps und Summer Walker für ihre Gesellschaft und für die Gespräche, die wir geführt haben, während ich an dem Buch gearbeitet habe.

Und ich danke meinen Lesern, denjenigen, die mir bis hierher gefolgt sind, und auch denen, die neu sind. Ohne euch wäre nichts von dem hier möglich gewesen.

Und natürlich danke ich meiner Familie – meinem Vater, meiner Mutter, Kelly, Erroll, Andrew und Jack – für all die Liebe und Unterstützung.

Zum Schluss: Dieses Buch würde nicht existieren ohne die verstorbene Susan Kamil, die mir jahrelang zugesetzt hat, es zu schreiben. Ich werde immer dankbar sein für ihren unerschütterlichen Glauben an mich und ihre Ermutigung. Ich wünschte, sie könnte es noch lesen, sie hätte es unendlich viel besser gemacht. Dieses Buch widme ich ihr.